李玉平 著

中国文史出版社

C 目 录
Contents

第一章　陈百歌与他的复婚妻子

一

我是倪水萍，并不是水中浮萍之意，而是我因五行缺水而得名。我属松柏木命，有不怕风雨之性格，坚忍刚强，百折不挠。父母却给我取了个女性化名字，实为男儿身。我的人生没有波澜不惊的经历，倒有漂浮不定的际遇。所以我始终认为苦难才是人生最大的财富，使得许多人都误会我一定经历过苦难。其实不然，我还算一帆风顺，随风而动，而不会见风使舵，也不会逐波随流。但是我却见证了身边熟悉的或不熟悉的朋友们的不同人生的命运各异，起伏变幻、春花雪月、凄风苦雨。

如果你只知道长乐的冰饭很好吃是不够的，还要知道长乐的清茉莉非常爽口，可以百吃不厌。你还应该知道长乐的海边种满了木麻黄，那是防风阻沙的树林。而且各种海鲜从大海深处被渔民捕捞上岸，可以直接送到人们的嘴上，那种新鲜度还带有大海深处的天然海藻味。我的家乡故土就是在这一片又一片木麻黄的地方，有一片又一片弯弯曲曲的海滩边。海浪、海螺、海礁伴随着我的童年，风沙、风声、风雨是我儿时深刻的记忆，鱼虾、渔船、渔民是我成长的见证。现在这一片树林、沙丘、沙园已变成了一座雄伟的国际机场。真是沧海桑田啊！四十年的时光，不是物依旧人已非，而是人与物都已不是往日的景象。

　　地处东南海岸的那一片故土，东临台湾海峡，南接漳港，西与金峰相连，北与文岭毗邻，有一个地方叫"湖南"，先由湖南公社改为湖南乡，再由湖南乡改为现在的湖南镇。在湖南镇有一个村庄叫山富，那是我的出生地，我就土生土长在这里。离台湾很近，海鲜很多，风沙很大，是长乐最东壤南疆，几乎无人知晓。漳港因各种海鲜而被人熟识，金峰曾因走私而闻名于全国，文岭也许比较陌生，但顾名思义，文岭山多，峰峰岭岭，风景独美，又处于闽江口，海产养殖也风靡数十里。而我的家乡叫湖南，因为福州长乐国际机场就建在这里，才慢慢被人所熟知。

　　在我的记忆中，知道海边汹涌的三阵浪最为危险，渔民的船只只有越过这三阵浪，才能进入较为平静而宽阔的海面。退潮时裸露出一片海滩，湿漉漉的，咸腥腥的，千顷海滩，万朵浪花。那时，没有人游玩，有的只是渔民为了谋生出海、归岸。而我能出现在海滩不是为了欣赏日出日落、潮起潮落，而是为了半捡半偷漏网的小鱼儿，来贴补父母免费的下饭菜。海滩在太阳光折射下，被海水不断亲吻着，留下口水一样的痕迹，呈现着一派鱼鳞般一闪一闪的金黄色景象。海滩的背后是一片又一片的木麻黄树林，几乎围着海岸边连绵地矗立着、摇曳着。我的童年寒暑假时间基本上在这树林里度过，那可不是捉迷藏的游戏，而是去捡木麻黄树上丢下来的干针须，作为做饭生火之用。穿过一片木麻黄丛林，是一片接着一片沙园。沙园上有各种农作物，以沙园地瓜为主，小时候习惯叫地瓜为番薯，我就是吃地瓜饭长大的，我知道生鲜地瓜好吃，但晒成干地瓜米就不好吃了。各种瓜果、豆类、蔬菜倒是应有尽有，特别是小麦与油菜记忆深刻，无垠的麦浪和油菜花，充满了诗意，只是当时没有也不懂这样的情怀。

　　这里的村庄大大小小有十几个，如棋盘上的棋子一般落在各个角落，靠山吃山，靠海吃海。上山求财，下海求命是这里人的口头禅。农民不管在生产队时期还是承包单干年代，都有属于自己种植的庄稼，自产自销，自供自给，基本可以充饥填饱，但是口袋里没有几毛钱。

所以出门打工做生意、偷渡出国乃至走私成为这里人的大胆选择，都是为了赚钱。

我的离家出走不是去打工做生意，也不是偷渡出国淘金，更不是走私什么物品，而是为了诗和远方……

二

今年的夏天特别炎热，太阳好像要冲出银河系，到地球串门来了，有些东西的到来或相遇可能就意味着毁灭，保持一定距离才是安全的。但浑身不舒适感让人格外地想念冬天。城市的空调外机散热排放和机动车的尾气排放，加剧了城市的灼热，空气的浑浊，人们的焦虑。现代文明代替了原始野蛮，先进文化冲击了落后的思维，工业化的发展加剧了生态环境的恶化。使人们在周末或节假日空闲时间，走出城市，去有农作物的乡村，去有山水的郊外、去有河流的荒野，放飞愉悦心情，吸收新鲜空气。我也是其中一员，每年夏天，我都会以独自度假的方式，离开城市一周，到一个僻静的地方，不会遇到熟人的场所，感受荒凉中的诗意，享受孤独中的宁静。

长乐是我的第一故乡。我从二十世纪八十年代开始就一直居住在福州，也就是说二十世纪八十年代之前，我是生活在长乐的一个靠海很近的村庄，当时感觉与福州距离很远很远。现在长乐纳入福州城区，长乐曾经还是县的时候，我从家乡湖南镇山富村到福州要花一天时间。一般从山富村步行到金峰，再在金峰坐人力三轮车到潭头，潭头有个水上码头，从这渡船到亭江，再坐亭江到达福州的公交车。或者由潭头直接坐船到福州台江码头，不管从哪一条线路走，到达福州时都要到下午四点以后。今天我要去长乐滨海佰翔假日酒店度假几天，酒店位于福州长乐国际机场东南的海边，这里有宽阔连绵的海滩，有亚热带的季风，有海水涨潮时海浪的翻腾声，有飞机从低矮的头顶上空掠过，海面上早有日出晚有日落的壮观，海滩上有被搁浅的小鱼小螺，有被海水冲刷得光亮的贝壳，还有无数在海滩上钻进跳出的小螃蟹。

我将在这样的环境下度过几天闲暇时光。现在交通发达，四十分钟左右就到达我要下榻的酒店，我是坐机场快线大巴，方便、快捷、安全、便宜。尽管我只要一个电话就会有人愿意用专车将我送达，但我喜欢静悄悄地去，静悄悄地回，不麻烦一个人，不打扰任何人。

我发现自己的后背有微微的汗珠，太阳很火热，风也很疯狂，我下了大巴车，在木麻黄的树底下穿过一条小道，这里没有红绿灯，不用等候过马路，也没有车水马龙，不用担心被车撞到。但我嗅到了丝丝咸味儿，海的味道离我越来越近了，海风发出了呼呼的响声，要比城里的汽车喇叭声好听多了，像是自然界问候一般直达心底。这座准五星级的佰翔假日酒店已呈现在我面前。我通过偏门的一条两旁栽满三角梅的通道到达了酒店大堂。我下意识地从口袋里摸出身份证，来到了酒店的前台，丝丝的空调冷气扑面而来，气温的反差让我浑身痉挛一下，打了个寒噤。人类发明了空调，调节了季节的温度，也带给人类空调病，于是炎热的夏季也感冒，寒冷的冬天也中暑。乱了一年四季的自然风貌，慌了人们生活起居的远古规律，我胡思乱想地准备办理入住手续。

大堂很宽敞，左边是咖啡小屋，右边是品茗驿站，客人不多，显得很宁静，是我喜欢的环境和气氛。正当我办完入住手续向电梯走去的时候，身后响起了一阵声音："水萍、是水萍吗？"

我迟疑地驻足，蓦然回首，发现一对衣冠楚楚男女站立在我身后，表情上挂着疑惑和惊愕，似乎发现新大陆一般对我微笑。我问："你们是叫我吗？"

男子向前走两步，女的也跟上来，他激动地说："没错，是倪水萍。"我见他说话时眼眶里有些湿，不知是泪水还是眼睛还保留原有青春的汪洋水灵？他显然比我年轻，但也已有五十开外的人了，此时他穿着一件红色的T恤，乳白色的短裤，黑色运动鞋。头发虽少，却能像被修剪整齐的竹林一般昂扬地矗立着，给人硬朗明快的感觉，他眯着眼睛看我，显然眼神已经不大好，脸庞上干净利索，没有中年男子的油腻，只是脖子上挂了一条链子，破坏了他的整体形象，幸好链子是白色的，也没有那么粗，看上去没有那么刺眼。我一直动用记忆搜索引擎，都无法记起面前这对男女的名字。我歉意地脸露微笑，用低低的口音说："不好意思，一时记不起来，但是我们一定认识。"

男子没有直接回应我，而且转向身边的女子说："我写给你的第一封情书就是他，水萍帮我代笔的。"

我突然得到启发，问："你是金峰人？家好像住在汽车站旁边。但名字记不起来了。"

"对，你终于记起来了，我是陈百歌啊！"男子激动地说着。我向前双手握住陈百歌，说："记起来了，陈百歌。"然后面对他身边的女人说，"你一定是唐诗燕了。"

唐诗燕微微一笑，点了点头说："你看上去比陈百歌还年轻。"

我摇摇头说："你看，陈百歌多时尚，我曾经认为他应该去当歌星，歌唱得那么好，后来成歌星了吗？想不到会在这里碰到。"我也激动起来。

陈百歌自嘲地摇摇头说："一言难尽啊！"

我跟陈百歌握手后也跟唐诗燕握了握手说："你还这么年轻啊！"

陈百歌插话："她可是我的原配，不是二婚，也不是情人。"他认真地解释着。旁边的唐诗燕接着他的话："我虽然是他的初恋，但我们离过婚，后来又复婚了，不知道算不算二婚。"她说着脸上泛起了一片红晕，不知是害羞还是感慨。我哈哈大笑起来："关键是当下还是夫妻就是幸福的，幸运的，都值得珍惜。"我很久没有这样开怀大笑过了。

三

时光如此地脆弱，经不起任何的挥霍和折腾，四十年的光阴就这样被一片片地瓦解，裸露出斑斑点点的岁月痕迹，似乎经不起阳光的照射。我与陈百歌是在二十世纪的八十年代的第一个年头认识的，再次见面的时候已是暮年，不再是少年。岁月的风霜敲打了彼此的人生，苦难也一定眷顾过彼此的生活，除了衰老无可逆转，曾经的理想与抱负不管是否实现，都已尘埃落定。四十年的变化不管从国家层面还是社会层面都发生了翻天覆地的变化，更何况是家庭和个人。我不清楚站在我面前的陈百歌这四十年来都经历了什么？发生了什么？他那时候是留着很长的头发，乌黑而细密，现在剪了这么短也变稀少了。他说过是我促成了他的姻缘，就是我帮他写的情书，其实当时不叫情书，叫求爱信。他说他所喜欢的这个女孩很有文化，他也认为我也很有文化，所以要我为他代笔，然后他送我一支钢笔。这些陈年旧事一下子又历历在目，陈百歌的出现似乎又把我带到二十世纪八十年代……

冬天的寒风吹过来很刺骨，也许是海风，显得特别犀利，像刀片一般飕飕地刮在脸上，我的嘴唇干燥而开裂，脸颊红肿而粗糙，头发被风吹得像野草一样乱成一片。但也不至于人模狗样，毕竟年轻，还不到二十岁，身上有许多耗不完的胶原蛋白，这就是青春。虽然这里的环境条件差，风沙大，沙丘、土路，灰尘随风飘起。但河水是清澈的，蔬菜是绿油油的，地瓜是硕大的，鱼虾是鲜活的，只是口袋里没有半毛钱。我这个村庄叫山富村，背靠山，山上有许多墓地，梯田式的山坡除了种些地瓜、稻谷、果树外，到处是野草丛生。除草捡柴是小孩周末和寒暑假必做的事，因为家里做饭烧火靠的就是这些晒干的野草和树叶树干。这里盛产地瓜，地瓜藤成为烧火的主要来源物。小时候经常听老人说山上中午和晚上有野鬼出没，所以在这个时辰我们都不敢上山，也不敢走夜路。据说山富村背靠着这样一座山，风水好得很，村庄的前面是一片宽阔的沙园，沙园上还有许多大大小小的湖泊和江河，大都是活水，大小鱼虾众多，成为农民捞鱼捕鱼的额外生计，满足一日三餐的淡水佳肴。农民就是靠这片沙园一年四季耕作，种豆得豆，种瓜得瓜，赖以世代传承。沙园的前面是广袤的木麻黄树林，再前方就是无边无际的大海。村庄的左边是层林有序的土沙掺杂的小山丘，山丘上大部分是大小不一的木麻黄，爬上木麻黄树可以看到远处的海面，村里的牛羊都在这里放养、吃草，早出晚归。右边是山富村去金峰的唯一通道，通道边蜿蜒盘旋的稻田一片接着一片，丰收季节金黄色的稻穗在风的吹拂下波浪起伏，景色蔚为壮观。山富人只有到达金峰，才能去全国各地。在海边，汪洋大海的对面是马祖岛，渔民捕鱼出海撒网时可以清晰地看到马祖的轮廓。我在这个地方生活了二十多年，因为我出生在这里，所以我把山富视为第一故乡，是我肉体成长和灵魂成形的地方，我离开这里的时候，没有带走这里的乡规与民俗，也没有留下我的憨厚与天真。但是乡音未改却伴随我的一生。

在农村有三大法宝，土地、住宅、劳动力。有了土地才能耕地、收成，有住宅才能遮风挡雨，有劳动力才能干活，这是农民的基本生存条件。在我开始懂事这里是生产队制，所有的耕地都属生产队管，农民负责出工干活，以工分计算分回的粮食，但每户人家都有几分自留地，作为耕种经济农作物用地。我吃过公社的大锅饭，干过生产队集体的活，上过山砍柴扛木头，下海捕鱼与海浪搏击，还饿过肚子晕倒在沙滩上，这些都是我二十岁前所经历过的事。大约只有十六岁的我就能挑起一百斤重的菜头从田园挑到三公里外的收购点，而且一天来回都要七八趟，肩膀因被不断碾压一层一层脱皮是家常便饭，我可以顶着烈日挑着担子，赤着脚板走在滚烫的沙地上汗流浃背、气喘吁吁地赶往田园施肥。我在闷热的地瓜地里，头上萦绕着无数小飞虫嗡嗡作响，我若无其事地埋头干活，也可以在寒冷天气里赤脚踩入江水挑水浇菜。甚至整个冬天都没有穿过鞋子，若有一双像样的拖鞋算是很派头了。所以冬天手脚、耳朵被冻得红肿长冬粒是家常便饭，夏天面容黝黑肩膀脱皮手脚长茧不像少年该有的模样。这都算不了苦难，是辛苦，辛苦到还不应该让青少年承受的程度，我都承受过。辛苦还蕴含着贫穷，贫穷到一日三餐都无法得到温饱。但是，我的村庄盛产西瓜，方圆几十里都非常有名，被誉为山富西瓜顶呱呱。其特点清甜、清脆、硕大、汁多、瓜子少。每到西瓜收获季节，整个夏天以西瓜作为降温防暑的佳品，从田头吃到田尾，从七月半吃到中秋节。那时的农村也有自己很多的乐趣，小孩玩弹珠、跳绳，大人玩扑克、打牌九。这些听起来有些离奇，却是我和我那个年代的同伴们经历过的日子，就像此时站在我面前的陈百歌和他的老婆唐诗燕就会理解当时的经历和际遇。

陈百歌又叫了我："倪水萍，你那个山富村变化很大啊。"我恍然从记忆中回到佰翔度假大酒店大堂。我说："是的，我都认不出来了，小时候到过这儿捡柴、捡鱼，现在变成机场了，盖起了酒店，那个时候是神仙也预测不到啊。"

"对了，你为什么会在这里？为什么只是一个人？佰翔大酒店距离山富村不到五公里。"陈百歌左右观望一下，有一些疑惑。

"我是来度假的，每年都这样，独自、随性、养心、思考，这是我的度假目的，算是放松自我，虚度时光。"我轻松地说着，"我住八层八〇八房，要不要一起上去？"我想告辞客气地问。

"不不不，"陈百歌激动起来，"我们四十年一遇，怎么可能匆匆辞别？我们一起坐下来喝咖啡。"他说着示意我一起去大堂里的咖啡厅，然后从身上掏出身份证，对他老婆说："诗燕，去前台登记，我们也住下。"

唐诗燕拿着身份证，突然对我妩媚一笑，脸上泛起一股清爽而迷人的神情，然后直步走向前台。与年轻时的唐诗燕相反，现在已是富态十足，怎么妩媚也没有了少女时的青涩。

"我在美国时天天喝咖啡。"陈百歌与我对面而坐，品起咖啡。我说我更多时候是喝茶，偶尔喝咖啡，然后问："百歌你应该生意做很大吧。"

"水萍，看得出来，你的人生应该很一帆风顺吧，不像我劳累得很，经历过生离死别，悲欢离合。"陈百歌一下子情绪低落下来。

"人生总是这样，起起落落，能够苦去甘来就是幸运的了，对了，你有几个孩子？都成家立业了吧！"我似乎在安慰，心里知道每个人的人生都是不容易的。陈百歌见我这么一问，突然热泪夺眶而出，抽噎起来。我一下子慌张起来，不知道哪一句话刺激着他神经或者伤害了他。坐在我面前的陈百歌是一个很硬朗的男人，虽然脸上也刻着岁月的风霜，但一个年过五十的男人，不管心灵还是容颜谁没有留下苦难与忧患的千疮百孔？我自己还不到六十就已经憔悴得像一个糟老头了，这个时候拼的是眼神是否还有灵光？心态是否已经很安详宁静？精神是否还很振奋饱满？思想是否还有创造力？这些东西如果都消失了，那才是真正地衰老了。人体器官衰竭无非两种，一种老到一定岁数器官慢慢衰竭直到死亡，一种是人得病了引起器官衰竭直到意外死亡，病死与老死是不同的概念。陈百歌着衣时尚，精神良好，娇妻在旁，还是原配的，而且像年轻情侣一般光临佰翔假日酒店，没有爱情也有亲情，不会浪漫也会有情怀。他为什么突然在一个阔别四十年的旧友面前轻弹泪水呢？是因为我勾起了他什么痛楚？还是我的出现打乱了他的生活？抑或是我的那句话触动了他的神经？我百思不得其解，面对他突如其来的悲伤，不知如何劝说和安慰。此时他用缓缓的语气说："水萍，我的儿子五岁时被人贩子拐走，至今二十二年了，仍然下落不明，不知是否还在人间？"我一听他这么一说，心情瞬间沉重起来，说不出的同情和痛楚、悲愤与无奈爬上心头。这些伤天害理的事每天都在发生，这些毫无人性的恶魔随时都有可能出现在儿童的身边，谁能斩断那双拐手？谁能扼杀那颗黑心？一个孩子，牵动着两个家庭，影响了三代人，还有众多的亲朋好友，他们都会陷入无限悲痛的黑暗之中，而且时间会延续几十年，由此可见，那些拐卖儿童的人贩子是何等的丧尽天良？应该如何想尽办法将其赶尽杀绝，还给儿童安全的大地，还给父母放心的天空。此时此刻，我非常理解陈百歌的眼泪，同情他的遭遇，就连他的哭泣也得到我的共鸣。

这时唐诗燕办好入住手续过来，见百歌眼眶通红，看我表情凝重，她明白了怎么回事，她打破了僵局，说"老公，办好了，我们也住八层"。陈百歌没有接话，我也不知说什么，生硬地回应一句："我们同一层方便见面聊天。"唐诗燕见陈百歌还没平复情绪，她撒娇地靠在老公的肩膀上问："我的咖啡呢？没帮我点吗？"

我赶紧招呼服务员说："再点一杯拿铁。"

陈百歌开口了："对不起啊水萍，我失控又失态了，抱歉。"我内疚而又无奈地看着百歌，感到自己的无能与无用。我这个人历来爱管闲事，打抱不平，见朋友遇到难事都会极力施手援助，此时却无回天之力，让陈百歌的儿子失而复得。此时我理解陈百歌年轻失子的撕心裂肺，二十年思念儿子的苦海无边，无数个黑夜的噩梦萦绕。这是切肤之痛，断指之疼。

这时唐诗燕插话："百歌，我们怎么安排啊。"

陈百歌似乎恢复了平静，说："我们都住下来了，我们再叫几个认识水萍的，水萍也认识的朋友来佰翔酒店相聚，今晚好好宴请水萍。"

我一听难为情地说："这，这。"确实有些无所适从。

陈百歌说："这什么啊！四十年如一日，还有幸遇到，这就是缘分，再说你在我心目中永远是老大哥，不信你问我老婆。"他说着看一眼唐诗燕，问，"对不对？"

唐诗燕应和着："对呀！百歌平日里经常念叨着你，说水萍是个好人，现在不知道在哪里？过得怎么样？今天有幸相遇，百歌怎么可能放过你呢？"

我点点头，唐诗燕说得真诚而实感，让我体会到人生无常而苦短。多少人离别而难以再见，多少人擦肩而过不再重逢。有一首曾经打动过我的俄罗斯小诗是这样写的：

　　一天很短，短得来不及拥抱清晨，

　　就已经手握黄昏。

　　一年很短，短得来不及细品初春殷红窦绿，

　　就要打点素裹秋霜。

　　一生很短，短得来不及享用美好年华，

　　就已经身处迟暮。

是啊！人生总是过得太快，我们总是领悟太晚，所以要学会珍惜，珍惜人生路上的亲情友情爱情同事情同学情朋友情，一旦擦肩而过，也许永不邂逅。今天在佰翔大酒店能够碰到陈百歌夫妇委实很意外，也很惊喜，故友重逢泪满面，与君一席话当年，岁月蹉跎酒当歌，今日话别无限期。我的心中涌起了人生的纷扰与不易，曾经的朋友都渐渐销声匿迹，不再联系，所以人生慢慢进入孤独的季节。老实说，四十年来在我心中很难会记起有陈百歌这个朋友，在任何时节也不曾记起，却存在于生活之中，只要有一个爆发点，就会一见如故。当年我们只有半年的交往时间，而且是在一起做点小生意，在他家时经常跟他讲我看过的对联、诗词，对于他来说可能记忆犹新，同时也因为我帮他写过求爱信，有成人之美之功劳，那个时代人们讲究义气，懂得恩情，他初中还没毕业，我已高中毕业。但他家庭富裕，一九七八年已是万元户，在金峰镇有三层半的独栋房子，而且是城镇户口，当时我羡慕与崇拜活跃在脸上，而他认为我很有文化，博古通今，文章写得有声有色，并带有古风味道。其实我当时替人写了两封信，一封就是陈百歌的求爱信，另外一封是为我的一个朋友代写了退婚信。

我感慨之后点了点头说："陈百歌是一个有情有义的男人。"唐诗燕一语双关地应着："他一直都这样，而且是多情多义。"我有些不解，陈百歌自个儿拿起手机，拨通了一组电话号码，他开始招呼一些朋友来佰翔大酒店，他把我的名字告诉了对方，对方有的唐突一时想不起来，有的问水萍从哪个星球回来了。陈百歌只是呵呵地笑着说："先来佰翔大酒店面谈，慢慢聊我们的过去。"

唐诗燕瞥他一眼，没有反感，而是一种复杂的眼神，唐诗燕已年过五十岁，陈百歌大她三岁，她应该也有五十五岁了，但还能吸引着不少中年油腻男，她不像农村的女人，也不像城市职业女性，更不像城乡接合部的生意人，她在美国待过多年，习惯称中国为大陆，时尚中蕴含着点点务实，开朗里隐藏着丝丝忧伤，眼神里传递出迷人的风情，嘴角边散发着炽热的温情，她一定是一个感情丰富的女人，难怪当年陈百歌为她神魂颠倒，迷恋到日无食欲夜无睡意，三番五次地求我帮他写一封能打动少女心的求爱信。从她和陈百歌的对话和举止中，可以说还保持着夫妻难得的情调，这种情调甚至有些玩世不恭，令人羡慕。这时陈百歌碰一下老婆的胳膊说："老婆，也叫林芬芳来，水萍认识她，她也认识水萍。"

我疑惑一下问："林芬芳后来怎么样了？有结婚吗？"我记起了曾经对我情意绵绵的她。

"她始终没有结婚，还得了抑郁症，又查出乳腺癌，真是命运多舛啊！"陈百歌说得很沉重，我的眼睛却看着他的老婆。似乎嗅出一丝不对劲，果然，唐诗燕接着话："也算是百歌的老情人了。"

"别说这么露骨难听吧！让水萍笑话。"他说后就站了起来，解释着，"林芬芳不会开车，我去金峰接她，诗燕陪水萍喝咖啡。"我以为他的老婆会暴跳如雷，我显得很尴尬，想不到唐诗燕并没有生气，还叮嘱说："早去早回，路上小心。"然后对我说，"别见外，习惯成自然，男人更需要新的多巴胺，但百歌恋旧，所以也可以解释为有情。"我嘻嘻地笑着，既没有反对也没有赞同。陈百歌好像已经司空见惯了，他拿着车锁匙说："我走了。"

四

窗外的烈日依然如火，蓝天下没有白云，大海也是蓝色的，偶尔会听到海浪声，那潮声是夹着一阵阵东南风飘过来的。大堂内冷气足够冷，应该还不到二十五度，可以穿长袖的衣服，与外面形成不同的季节。人在酷暑却可以享用冬天的寒冷，同样人在冬季也可以体验春天的温暖，这就是科技的伟大，它可以改变季节，逆转大自然，但也带来诸多问题。唐诗燕又点了两杯咖啡，我面对这位年份已久的朋友的老婆，三十年前曾有几次在一起出门玩耍，不怎么说话，也不会很熟，因为是陈百歌的未婚妻，我总是对她敬而远之，保持一定的距离。现在她的落落大方和开朗得体，使我放松了许多，尽管我并不了解这四十多年来陈百歌夫妇的生活和经历，他们也不了解我的情况，四十年弹指一挥间，已不像年轻时的腼腆和顾虑，什么事都掩掩遮遮，吞吞吐吐。年长后变得更加坦率和直白，与人交谈都会和盘托出，即使多年不见，一旦重逢就会互诉衷肠，也许都到了既不取笑别人也不怕被人取笑的年龄。但是，我的这次度假计划已经被陈百歌夫妇打乱了。

唐诗燕问："你还记得林芬芳吧！"

我说："是金峰倩影照相馆老板的女儿吧！我记得，她帮过我许多忙，后来我去北京就没联系了。你们还一直保持着联系吧！"

唐诗燕淡然地说："她是陈百歌的情人。"

我一时语塞，不知说什么，半天挤出一句："你不在意吗？"

"那又怎样？你当时在金峰倩影照相馆见到林芬芳的时候确实漂亮吧！反正比我漂亮，人家对陈百歌情有独钟，而且也门当户对，陈百歌偏偏爱我，也许我活泼可爱，善解人意，风趣更具神韵，所以陈百歌为我疯狂，我是被那封求爱信俘虏了，后来才知道是出于你之手，不然我更想嫁的人是你。哈哈！"唐诗燕说着自个儿大笑起来。她的一番话，让我仿佛在听一则童话故事，而且自己是主角。以前他们都是城镇户口，而我是农村小伙，门不当户不对，没有任何非分之想，也有自知之明。那时就是他们的着装、谈吐、玩笑都显得高雅，让我仰望、膜拜，感到自己是乡巴佬。今天能够平等地坐在一起喝咖啡，而且他们还要招朋呼友宴请我，是经过了四十年的时间，我用四十年时间的打磨，在他们面前才有了自信，才没有了自卑感。也许我离开他们之后，可能发生了我无法想象的事。我想，此时趁陈百歌不在的时候，唐诗燕一定想告诉我一点什么，所以我故作镇静，没有主动打听，其实内心好奇得很。

唐诗燕没有把我当外人，哪怕几十年不见，也并没有那么熟，可见她的朋友不多，闺密更少，这是我的推测。在我的推测之际，唐诗燕开口了："水萍，百歌始终没有忘记你，他不理解你为什么一点音信都没有，以为你也定居国外了。"

"我一直在国内，也一直住在福州，也只北漂了十年，也不是真正意义上的北漂，每个月都会回福州一次，长乐确实很少回去。平时我很少参加社会活动，因为没有正规职业，不用上班，我很少用水萍的字名，很多人好像也忘记了，只有年轻时候的朋友、同学、发小知道。"我对陈百歌夫妇印象极好，他们对我一见如故，我也要对他们推心置腹。

唐诗燕问："那你还有什么名字？"她显然很好奇，在她心中认为只有歌星影星才有艺名，要么是社会上的老大或小混混才有外号。唐诗燕心中揣摩着我的真正身份。我见她以疑惑的目光看着我，心想她应该还不知道我有另外的笔名，于是我顺口而出："刀力。"

唐诗燕并没有表露出意外的表情，淡淡地说："这个名字虽然特别，但与报纸新闻、头条新闻那个'刀力'是同名了。"我说你们也知道那个刀力，诗燕说很多人都知道这个名字啊！文章很接地气，对社会现象、生活的本质、人性的弱点、职场的纷乱、人际的秘籍说得头头是道，我们在美国都知道这个名字，是一个记者吧！百歌佩服得五体投地，崇拜得视为人生导师，可惜我们只知其名，不见其人。我哈哈大笑起来："有这么厉害吗？"我不屑一顾的样子。

唐诗燕强调说："人家确实写得好，而且讲得有道理，可以深入人心，就像你写情书一样，能俘虏少女的芳心。你应该知道这个人，你也取'刀力'这个名字一定认可刀力的文章，是不是想借用他的名气呢？"

"嗯，诗燕，那个刀力就是我，我就是那个刀力。"我一本正经地说着。

"啊！是真的吗？你这么深不可测？密不可露？是低调吗？还是有意营造神秘？"唐诗燕显然喜出望外又惊愕不已。

"为了保护自己，就像那句古训说的人怕出名猪怕壮。"我淡定地解释着。

"你啊水萍，不，是刀力，你等等。"唐诗燕说着拿起手机拨通了百歌的电话，"喂，百歌，你什么时候到啊？"

电话那边的陈百歌回她人还在金峰，等林芬芳化妆。唐诗燕嘲笑地说："都老太婆了还化什么妆？"唐诗燕嘲讽一番后严肃地说，"百歌，你知道水萍是谁吗？"

"你脑子有没有发烧？水萍是谁？当然是我当年的朋友了，难不成是你唐诗燕的老情人？你这不是废话吗？"陈百歌见老婆没话找话打电话过去就是吃醋而已，他也没好语气说着。

唐诗燕提高了嗓门说："神经病，不想告诉你了。"她说后摁掉通话按键。我有点蒙圈。

看唐诗燕的表情，我好奇地问："怎么了？"

"本来想给他一个惊喜，他还以为我吃醋。"唐诗燕正说着当儿，电话铃声响了。是陈百歌的电话，唐诗燕接通后问："怎么了？"

电话那边陈百歌反问："怎么了？水萍怎么了？怎么突然问水萍是谁？"陈百歌有点蹊跷。

"告诉你吧！水萍就是那个刀力。"唐诗燕的语气充满着自豪。

"刀力？那个我所崇拜的在报纸上写文章的刀力？"陈百歌很吃惊。

"是啊！是啊！"唐诗燕重复着。

"啊！等我，你们等我回来。"陈百歌有些惊慌失措了。唐诗燕哈哈大笑起来了，对着手机说："你说水萍重要还是林芬芳重要？"但是陈百歌已经挂断了电话。唐诗燕难为情地对我笑笑，好像陷入沉思，然后认真地说："其实，陈百歌没有林芬芳就挺不过今天，但是林芬芳没有陈百歌的陪伴，也没有勇气活下来，他们是情人关系，如亲人般、兄妹似的。不瞒水萍，我也有一个情人，他大部分时间在美国，我每年都去看他，有时一个人去，有时跟陈百歌一起去，他是我女儿的监护人，我女儿住在他那儿。"唐诗燕涓涓细流般地说着，我却高山流水般地听着，在我心中形成瀑布般的悬念。也许他们在美国待过，思想观念、生活习惯、情感问题等诸多方面都受到西方的影响。我说："你们关系这么复杂，一定发生过什么？"

"因为孩子被拐的事，晴空霹雳，如同天塌下来，我们夫妻死的心都有了，五岁的孩子，身上的骨肉，陈百歌一夜之间白了头发。"唐诗燕似乎回到了二十多年前人生至暗的时刻，伤心和悲戚的情绪笼罩在她脸上，不知如何向我诉说，更难以表达那时的痛心疾首。

陈百歌家住金峰汽车站边，周边人来人往，环境非常复杂，陈百歌夫妇是有防范意识的，因为经常有孩童丢失、被拐的传言。但是当时农村的孩子大多是半放养的，几个孩子在自家周边结伴玩耍是经常的事，想不到这次就出了意外，那是一个初秋的黄昏，天快黑之后陈百歌夫妇没有见儿子回来才慌了神，乱了方寸。他们绝没有这种心理准备，孩子被拐的事件会降临到他们头上，动用所有亲朋好友，搜遍金峰的每个角落，就是不见孩子的踪影，最终报警，陈百歌夫妇却双双昏迷过去……

第二天当陈百歌醒来时，虚弱的身体，呆板的眼神，痛苦的心灵，惨烈的情绪逐渐地让他失去活下去的勇气，他无法面对现实，孩子可爱的模样萦绕在他的脑海，他只有选择死去才能解脱一切的困扰。他盘算着从三层楼窗户跳下去能不能死？有没有可能上吊自尽？或者服毒而死，但是家里没有剧毒农药。正当陈百歌准备选择自杀的方式时，林芬芳出现在了他的面前……

这个温柔多情、感情细腻的林芬芳仍是家中千金，父亲在金峰的照相馆人人皆知，在七八十年代拥有照相和冲洗技术，相当于握住了铁饭碗，赚了很多钱，也给林芬芳留下了童年时期成长的丽影。喜欢照相爱美的陈百歌成为金峰倩影照相馆的常客，这个时候他们认识了。林芬芳对陈百歌几乎是一见钟情，可惜陈百歌心里盘算着如何向唐诗燕求爱。人世间的阴差阳错比比皆是，照相馆林师傅深知女儿的心思，他对陈百歌这个子弟也赞赏有加，经打听才知道家道殷实，家里经营纺织手工家坊，三层楼的房子正处于金峰街中心，陈百歌是棵独苗，上有两个姐姐，陈百歌被家里奉为公子哥，但陈百歌是一个务实的青年，虽然不爱念书，却有经营做生意的头脑。照相馆林师傅也觉得门当户对，眼见女儿喜欢，就想撮合这门亲事。谁知陈百歌死心塌地爱唐诗燕，他得知林芬芳爱自己的时候感到很唐突，他虽然和林芬芳很熟，印象也不错，但从来没有想过这样的心思，只把她当成小妹妹而已，尽管只大她两岁。

林芬芳内心温柔，个性却倔强，自己的爱无法献给喜欢的男人，她就终身不嫁，一直受传统文化教育的林师傅听女儿这么说慌了手脚，他只一个女儿，妻子早逝，那时林芬芳从小除上学读书外都在照相馆帮忙，很早也学会了拍照。在林师傅眼中，懂事、聪明、乖巧、听话、善良、温和才是女儿的本性，但是她在感情上却如此叛逆，要在一棵树上吊死，这点继承了他的基因，他中年丧偶不再娶，中年单身与女儿为伴，想不到女儿到了男当婚女当嫁的年纪，遇到了意想不到的事。

时间像风一样吹过，世事如雨一样飘来，林芬芳眼看陈百歌娶了唐诗燕，寸肠欲断。她就这样把自己的爱之闸门关上，把陈百歌深深地埋在心底，全身投入拍摄学习之中，正所谓青出于蓝而胜于蓝，林芬芳的拍照技术突破了他父亲传统技术，从拍摄设备更新到黑白向彩色演变，使金峰倩影照相馆名扬四方，金峰照相拍摄写真艺术照就是林芬芳的首创，她推出这个广告吸引了无数俊男美女，什么结婚照系列、家庭照系列、同学照系列使金峰倩影照相馆门庭若市。拍摄艺术的熏陶，生意的繁忙排遣了心中的思念和寂寞，也忘记了陈百歌的幸福和美满。

陈百歌儿子出生，林芬芳委托照相馆的一个小妹送上一份贺礼，她买了一只鸡和十个鸡蛋。这让陈百歌夫妇感到意外，这时月子中的唐诗燕才知道自己的老公是林芬芳梦中情人，心中不禁醋意大发。陈百歌也相信了林芬芳是为他而不嫁，心中不免五味杂陈。陈百歌非常确定自己对唐诗燕的挚爱，而且有爱的结晶。但是在陈百歌夫妻心目中，林芬芳是爱的阴影，是虚无的存在。唐诗燕虽然有醋意，但她却坚信陈百歌对自己的专一和疼爱，现在孩子出生了，更是家庭的基石，婚姻的定海神针。她反而感激林芬芳的那一份贺礼，所以在孩子满月时，向陈百歌提议一起去金峰倩影照相馆拍几张百日照和全家福，并向林芬芳送上回礼。

这是陈百歌夫妻两年后与林芬芳有了交集，他们三人都认识，林芬芳还是保持了那样的文静，她只是心中默默地坚守那一份美好和情义，她不会踏入他们三口之家，她也不会向唐诗燕夺爱，只觉得他们不般配，只知道陈百歌选错了对象。他们告别之时，林芬芳送上了祝贺：祝你们一家幸福、快乐！从此之后，陈百歌心中多了一份内疚。

上帝总是在人间不断制造玩笑，有时喜悦有时悲惨，几家欢喜几家愁。此时，不幸降临到陈百歌夫妇头上，五岁的孩子被人贩子拐走了，这种打击足以让人家破人亡。于是，陈百歌走投无路，为了排除心中的痛苦，别无选择，只能选择自杀，他见家中有一条麻绳，决定用上吊来结束自己的生命。正当生死关头，林芬芳神出鬼没地出现了。救下陈百歌，给他重重的一个耳光，然后深情地说："一个在我生命中这么重要的男人，我怎么能让他消失而逃脱责任呢？"林芬芳的话中充满着爱意和怜惜、责任与担当。陈百歌六神无主地望着林芬芳，瞬间泪流满面。

　　这边的唐诗燕已经两天两夜饭不吃眠不睡，两眼挂着泪水哭却无声，派出所民警来了几趟，了解、询问、笔录，听说已出动几批次公安民警对主要路段、车站进行布控。亲朋好友有的登门慰问，有的直接上街寻找孩子的下落。林芬芳早把孩子的照片放大冲洗几十张，张贴金峰大街小巷，以重金答谢进行寻人启事。陈百歌的父母在悲痛之后鼓起勇气，抛下经编小作坊，背上行囊，走上千里寻孙的茫茫之路，至今未归。虚弱又无力的唐诗燕得知丈夫自杀被林芬芳所救，知道林芬芳为了寻找孩子到处张贴相片和寻人启事，她不知道该吃醋还是感恩。但是，也就是在这个时候，陈百歌对林芬芳产生了感情，这种感情如同生命中的稻草，鬼门关上的生死锁匙，悲痛难忍的心灵止痛药。林芬芳以善良之心，温情之意对陈百歌的怜惜，对唐诗燕的同情。她恐惧人生的悲欢离合，她害怕生命无常，她无法接受痛失亲人的现实，尽管她未恋未婚未育，但她能够感同身受。所以，在这关键时刻，她必须守候陈百歌的身边，以最大的力量减轻陈百歌的痛苦。

　　一天盼一天，一月盼一月，一年盼一年，孩子终究没有回来，陈百歌彻底地失望了。同时也盼着父母千里之外带回儿子，日复一日，不但没见儿子失而复得，就连父母也没有了音信。亲朋好友建议尽快再去生一胎，陈百歌夫妻却不敢再生了，他们害怕了，他们深切感到生孩子容易，培养成人难。到了第二年他们决定去抱养一个女孩作为终身的精神寄托。彼时在福建省德化县的一户人家，连生了三个女孩，在重男轻女的农村，就盼望有个男孩，那时又遇计划生育，三个女儿不给人家一两个就不能再生了，于是经朋友介绍，陈百歌夫妇收养了这户人家只一岁半的小女儿。虽然经过中间人，但陈百歌夫妇都知道孩子是哪个县哪个乡镇哪个村的父母姓氏。

　　到了一九九〇年陈百歌夫妇才决定出国，这个想法是唐诗燕提议的，她的理由是要离开金峰这个伤心地，其实是为了斩断陈百歌与林芬芳的关系。唐诗燕早已知道他们的情人关系，只是她不清楚是不是只有情感上的寄托和心灵上的慰藉，无法判断他们的亲密程度。唐诗燕出于对林芬芳的感激，在陈百歌危难之时，她救下了陈百歌，不然失子又失夫，自己也活不成了。所以不敢太深究，只好睁一只眼闭一只眼，先渡过难关，自从孩子丢失后陈百歌整个人变了个模样，他看淡一切，玩世不恭，又豪爽义气，又很自我。所以在这样的背景下，决定去美国。

陈百歌同意老婆的想法，却向唐诗燕坦白：自己跟林芬芳好上了。唐诗燕淡然地说：我知道。这让陈百歌感到意外。其实唐诗燕都明白，只是没有拆穿，什么能够比生命更重要呢？自从儿子被拐之后，改变了她为人处世、待人接物的思想，甚至理解陈百歌的所作所为。但是唐诗燕心里想着如何拆散他们，所以走为上策成为她唯一的选择，出国正是长乐人谋生的最好手段，也是当年最时髦的潮流，美国、日本是首选，英国、加拿大、澳大利亚、新西兰也很热门，陈百歌夫妻选择美国是因为长乐人多，也有很多熟悉的朋友和亲戚，比较好找工作和互相照应。于是，在一九九〇年的初冬季节，陈百歌和唐诗燕带着两岁的女儿辗转三地到达了美国，从此也隔断了与林芬芳的联系。

五

时间可以医治任何的创伤和悲痛，因为时光隧道不是双行道，无法掉头，只能往前走。被抛在身后的点滴悲欢离合，爱恨情仇会慢慢遥远，逐渐模糊。十年时光仿佛弹指一挥间，陈百歌夫妇带着女儿在美国卧薪尝胆十年，在一家中餐馆从后厨洗刷碗碟到餐厅里端盘子，再到外卖送餐。夫妻俩夜以继日，只有一个目标，赚足美金后自己开店。女儿已经上小学三年级，可爱、好学、聪明，一口流利的英语，一家三口似乎习惯了美国的生活。一天傍晚，餐馆里客人稀少，晚餐还没开始，突然三个蒙面大汉持枪冲了进来，餐馆老板见怪不怪，在美国这样的事件时有发生，伤人死人也司空见惯，自卫是人人皆有的安全意识，配有枪支也是每个家庭必备的防御武器，此时正在休息的陈百歌听见几声枪响，从休息间操起枪支冲出去，见老板几个人双手抱头，以破财消灾等待歹徒发落，陈百歌不问青红皂白，也不讨价还价，直接举起枪向三个歹徒连续开了几枪，突如其来的反扑惊呆了歹徒，其中一个蒙面歹徒已经倒在血泊之中，还有两个见势不妙，拖着受伤身躯落荒而逃。此时警察还有众多记者蜂拥而至，一时陈百歌成为与歹徒搏斗的英雄，第二天各种报纸头条刊登这一消息，还有陈百歌的照片，引起轰动。打死歹徒是属于正当防卫，持有枪支也是合法权利，中餐馆老板对陈百歌刮目相看，当众多华人得知开枪打死歹徒的陈百歌是中国福建省长乐人时，纷纷为长乐人的勇敢点赞，就连当地的美国人也为之震撼，从此有美国人怕长乐人之说。在美国唐人街是以中国人为生活圈，同时唐人街又是以长乐人居多。陈百歌的名声不但在美国传开，也传回了国内，也传到了林芬芳的耳朵里。

中餐馆知道陈百歌是个人才，从此中餐馆将会生意兴隆，一时间名扬千里，光临餐馆的食客也络绎不绝，因为在此中餐馆就餐安全，还可以目睹陈百歌的英雄气概。中餐馆老板知道陈百歌不但是个人才，还讲义气，他非常欣赏，他为了留住陈百歌，决定将餐馆百分之十的股权送给陈百歌。意想不到的是陈百歌不但拒绝了老板的好意，还准备提前回国，这倒颇让人费解。

其实陈百歌没那么勇敢，当时他心里怕得发抖，他只懂得关键时刻就是你死我活的道理，也懂得危险时刻谁心狠谁就是胜利者。他打死一个歹徒心里还害怕得很，只是不敢张扬，不敢表露出来，他知道人怕出名猪怕壮，这也是他选择回国的原因，他认为在美国继续待下去，总有一天会死于非命。陈百歌自从儿子被拐之后，心里产生了悲观主义情绪，他决定回国自有打算，他说服了唐诗燕，并请求中餐馆老板让她到餐馆里当服务员，将女儿托付给老板作为监护人。

陈百歌自己清楚，这次回国就意味着很难再来美国，因为他们一家三口是偷渡来的，在美国是黑户，没有正规身份，而中餐馆老板已经持有美国绿卡，将妻女托付他照顾最为安全，中餐馆老板虽遗憾陈百歌不能留下，就凭陈百歌的胆略和义气，而且送股权给他都不要，很让中餐馆老板感动和敬佩，当然都会答应陈百歌的请求，同时也为陈百歌一家担保办理绿卡，让陈百歌有机会再来美国。就这样陈百歌带着十万美金离开了度过十年时光的美国。而唐诗燕成为中餐馆的收银员，不用端盘刷碟做卫生，老板也把陈百歌女儿当作亲女儿看待。终于有一天，唐诗燕向中餐馆老板讲述自己和陈百歌的遭遇和不幸，因为儿子被拐才收养一个女儿，一家子的命运改变了，才决定来美国，重新生活。

中餐馆老板听后竟然热泪盈眶，非常同情陈百歌夫妻的不幸，他从来没有听陈百歌提起，陈百歌也没有说起在大陆的遭遇，中餐馆老板是一个性情中人，他七十年代初就偷渡来美国，那时才十六岁，他是长乐连江人，叫林长河，在美国有二十多年了，在唐人街大家都叫他阿特，也有人直接叫他中餐馆老板，因为在唐人街他的中餐馆最大，时间也开得最早最长，中国味道也最正宗，生意也最好，所以歹徒抢劫也从此下手。林长河不知何故至今未娶，却赚了很多钱都寄回老家，在连江很早就盖了别墅，父母都在，一个姐姐和一个弟弟都受到他的资助和恩赐。他十几年前通过人介绍与从中国来的女性结婚，都没有成功，加上餐馆里生意繁忙就放弃了婚姻。林长河认为，如果一个在国内一个在美国，这样的婚姻也没有意义，美国是开放的西方国家，与中国价值观不一样，他们淡薄家庭，注重个体，在婚姻和情感上都是立交桥型的错综复杂，不像中国只是一条垂直地平线的纯洁与专一。但是林长河自己都意想不到陈百歌一家人的出现，一切都改变了。

陈百歌到达中国回到金峰后，第一件事是跑去金峰倩影照相馆找林芬芳，那是下午三点左右，照相馆里没有客人，只有林芬芳一个人斜靠在一张包车椅上，她没有一点准备，陈百歌会突然出现，美国那么遥远，如梦幻般，似天方夜谭，眼前站着陈百歌。陈百歌轻轻地叫了一声芬芳，林芬芳从椅子上弹了起来，如同久别的恋人，摊开双臂扑向陈百歌，然后泪水如倾盆大雨一般一泻而下。陈百歌却慌了手脚，他知道林芬芳爱恋着自己，但始终内心平静如水，想不到十年时光之后林芬芳变得如此激动和狂热。陈百歌抚摸着林芬芳的后背，喃喃地说："我回来了，只有我一个人回来。"

林芬芳泪水还没有停止，好像十年的伤心和痛苦都要随着泪水流尽。原来在陈百歌去美国之后，林芬芳的情感支撑点坍塌了，使得她变成闷闷不乐起来，三年前与她相依为命的父亲也去世了，给她生活造成重创，跌入了孤家寡人的处境，金峰倩影照相馆生意也每况愈下，一年前自己又不幸被查出乳腺癌，重创了她生命的活力，也永远失去了一个女人应有的幸福，也失去了一个女人做母亲的权利。幸好她的乳腺癌发现得早，没有转移，也不是晚期，但做了切除手术，五年的危险期要平稳度过。

陈百歌得知十年间林芬芳发生这么多不幸的事，心中难以言表的伤心与疼痛，紧紧地抱着林芬芳不放，心中叹息着老天爷为什么这么无情，总是把厄运降临到善良人的头上。十年前自己痛失可爱的儿子，在自己走投无路的时候，因为林芬芳的出现让他活了下来，想不到她自己却受到痛失亲人和病魔的双重折磨，陈百歌心中在滴血，眼中却没有眼泪，他双手捧着林芬芳的脸庞，一句一句地说："芬芳，我们要勇敢地活下去，我会永远陪伴你身边。"

"你会是我的力量，我不会要你的婚姻，但需要你的爱恋，我不会贪恋你的身体，但我需要你的情感。"林芬芳以渴求的眼光望着，以卑微的语气说着。陈百歌心如刀割，他知道林芬芳从少女时代就喜欢自己，非他而不嫁，在他生死关口挺身而出，帮他抚慰心灵，重新为他点燃生的希望，而自己却被病魔折磨得死去活来。陈百歌想到这一切，而自己从来没有在意过、关心过，此时此刻感到自己自私、愧疚。他庆幸的是自己毅然决然地回国，也许是冥冥之中上苍的安排，他需要报答林芬芳，不，应该是感恩，也不是，应该是命运的使然。

陈百歌以他男子汉的气概重新为林芬芳树立起对生活的信心和希望，陪伴她寻找人生的阳光与雨露，让她沐浴在快乐而幸福的天空下，感受到亲人般的温暖。陈百歌因为有美国的关系，加上在美国反杀歹徒的事迹，在长乐有了一定的名声，想出国打工的人找上门，希望陈百歌为他们牵线搭桥，偷渡去美国。陈百歌认为这是赚钱的好机会，就做起了"蛇头"。

陈百歌与林芬芳的恋情也传到了美国，唐诗燕一气之下向陈百歌提出离婚，陈百歌一时无法解释清楚，只好先答应唐诗燕提出离婚的要求。

生活总是给人们做了无数阴差阳错的安排，命运之神总是将人们捉弄得不知所措。所以，随着时间流逝，经历的丰富，心智的成熟，每个人都会做出改变。原来期待的东西到后来不一定是自己想要的，原本觉得很美好的东西到后来不一定就有价值，原先苦苦追求的东西到后来不一定就能带来快乐。计划既赶不上变化，变化又让人猝不及防。这时候身在国内的陈百歌做"蛇头"的营生好得很，而在美国的唐诗燕与中餐馆的老板林长河却坠入爱河。这一切的变故陈百歌没有告诉林芬芳，他也不想让她知道。他还建议让照相馆外包给年轻人，传统的照相技术已没落，数码、写真、特写等新的拍摄技术和方式日新月异。个体拥有相机越来越多，到照相馆拍照的人越来越少。于是，林芬芳找个年轻的合作者，交给其经营管理，自己做一个小女人，帮助陈百歌介绍打理出国的一些小事

当然，好景总是不长久，五年之后唐诗燕突然带着女儿从美国回来，陈百歌和林芬芳一起去机场接机。直至这个时候林芬芳才知道陈百歌早已离婚，于是他们没有尴尬场面，尽管林芬芳有些难为情，但是，此时的唐诗燕得知林芬芳得了乳腺癌，陈百歌也并没有跟林芬芳结婚，使唐诗燕一下子明白了一切，林芬芳对陈百歌有恩，她投之以桃，陈百歌报之以李，理所当然，天经地义。所以唐诗燕匆忙回国为了跟陈百歌复婚。

十几年的美国生活，使唐诗燕改变了生活方式，陈百歌的移情别恋也使她看开了一切，这么多年来，她跟中餐馆老板保持着男女关系，并发展为情人关系。她始终没有和中餐馆老板结婚，但她感激他，是他帮助唐诗燕母女拿到美国绿卡，在跟他五年的生活中，他无微不至

地关心和帮助，既是情人关系又是兄妹关系，甚至有着亲情般的情感。后来当她决定回国跟陈百歌复婚的想法告诉中餐馆老板林长河时也得到他的支持和理解。

六

太阳应该快落山了，这里没有高山，只有海岸线，一会儿太阳会坠入遥远的海面，把海浪染成金黄色，像炼钢的火花四溅而起。陈百歌带着林芬芳从酒店大堂门口向咖啡馆走来，手上提了一个黑白相间的包，显然是林芬芳的行李包。唐诗燕见陈百歌带着林芬芳来了就站了起来，我仿佛还沉浸于陈百歌与唐诗燕的故事之中，尽管唐诗燕描绘得简单扼要，但他们的人生经历、生活际遇不知算不算苦难？几十年如一日，他们走到今天，都已经到了人生的暮年，三个人的真实存在，还有美国的那个中餐馆老板，他们也许彼此理解与包容，他们也许深知生活不易，何必互相为难。情感是复杂的东西，特别是男女之间的情感，怎能说清谁对谁错，分分合合、爱爱恨恨也是一种情感的表现。陈百歌大大咧咧地叫喊着："水萍啊！你还认得林芬芳吗？"

我也站了起来，端详着林芬芳，她有些偏瘦，体型苗条，皮肤洁白，但缺乏几分气色，头发乌黑，应该染过，在后脑打个髻，显得很高挑。她穿着一身乳白色的连衣裙，一双白色的凉鞋，显得高雅。我摇摇头说："认不出来，你应该也认不出我吧！"

林芬芳笑着望了望我，半开玩笑地说："认不出来，但我记住了你这个人，并一直对你有意见。"

陈百歌夫妻见林芬芳这么说，有点难为情，我也一头雾水，说："我一定哪里得罪了林芬芳。"

"不是吗？当年你若没有帮陈百歌写求爱信，我可能还有希望，是不是我该对你有意见？"林芬芳说着自个儿先笑起来。我们三个也不禁哈哈大笑起来。唐诗燕说那封求爱信确实让她春心荡漾，情丝零乱，爱马奔跑。陈百歌瞥一眼唐诗燕，对着我说："我就喜欢有文化的人，喜欢对社会有责任的文化人，喜欢做人有底线的文化人。"

"哇，你这几句话说得就很有文化。"唐诗燕带有奚落的语气嘲笑老公。

"这不是我说的，是报纸上看的，有道理吧！"陈百歌说后看看手表，嘴里嘀咕着，"他们还没到，今晚我在五楼宴会厅订了一张大桌。"

我们四人重新落座，服务员又送来四杯咖啡，还有点心，那是唐诗燕点的单。这时候陈百歌突然记起什么？对我说："水萍，那个刀力就是你？"

我点点头，陈百歌双手抓住我的手，几乎双膝跪在地上，可怜兮兮地对我说："刀力，求求你，帮我写一篇文章，或者寻人启事，找回我的儿子。"陈百歌突如其来的动作和言语惊呆了在座的人，二十年过去了，陈百歌始终没有忘记他的儿子，他坚信儿子若还活在人间，一定就会找到。今天遇到四十年前的故友水萍，原来就是大名鼎鼎的刀力，给了他寻找孩子的希望和信心。他认为刀力就是上帝派来的救星，是天意，是冥冥之中的安排。他咬定只要刀力肯帮忙就一定能找到儿子。他还记得若干年前刀力写的那篇《宝贝回家》的文章引起社会反响和共鸣，因为刀力的文章促使社会爱心人士联手执法部门，成立了许多打击人贩子和寻找失踪儿童的机构。一直以来陈百歌无法得到刀力的确实身份，他以为是公安系统或法院的人士，想不到是自己的故友倪水萍。

我在他们面前就像谜一样存在，又像一个正义的象征。他们不知道这四十年来我到底发生了什么？为什么会以"刀力"作为笔名在各报纸上刊登各类文章，被社会冠以"敢写敢披露"良心文章。只要报纸上有出现刀力的文章就会引起人们的热议，这种热度延续十年之久，直到自媒体兴起，抖音快手普及，头条短视频深入人心，刀力的名字及文章才慢慢淡出人们的视野。所以陈百歌崇拜，唐诗燕好奇，林芬芳一头雾水。我见他们以奇特而虔诚的目光在我身上寻找奇迹，我将陈百歌扶起，一句一字地说："我一定要把你的孩子找回来。"我的话是认真的，也是负责任的而不是吹牛讲大话。

要知道，以刀力铠甲之名，勇敢正义之文，在各报纸占据十年之久，本身就是一种神奇。这不但是当前的开明，也是社会的共识，更是大众的期待。所以刀力的声音显得很嘹亮，刀力的文章得到普遍共鸣，更有仁人志士相呼应，使得社会的一些矛盾得到化解，使得生活中的一些误会得到澄清。

写文章是我的爱好，为陈百歌代写求爱信也是一种喜欢，但是我更喜欢写杂文，然而，写杂文容易犯错误，杂文大多褒贬时弊，文风必须犀利。于是我看的是杂文，写的是纪实文，却歪打正着，向报社投稿，编辑却喜欢我的话题和行文，不但刊登我的文章，也得到广大读者的共鸣，所以报社还不断向我约稿，而且有稿费，这给了我信心，我正需要钱呢。

我这个人喜欢观察，经常在福州大街小巷瞎逛，我也喜欢胡思乱想，天南地北地遐想。我把瞎逛瞎看的东西，再经过胡思乱想地瞎编，然后写成文字，觉得很不错，就不知天高地厚地用"刀力"作为笔名寄给了报社，想不到几天之后就刊登了出来。从此我养成了看报纸的习惯，因为偶尔会看到自己的文章，非常来劲，比看情书还爽。就这样我以"刀力"的名字写各类主题的纪实文章向各报纸上投稿，而且都能见诸报端，稿费能够养活我的低配生活。我的纪实文章主要有三大方面：社会面、生活面、现实面。我挑战的是社会的真相，我揭示的是生活本质，我质问的是现实的残酷。读者评价我的文章像刀一样锋利，像千斤顶一样有力。

比如，当我在街头瞎逛时看到那些大人带着几岁的小孩耍各种动作，衣衫褴褛地乞讨，我就想孩子到底是不是大人亲生的孩子，他们的背后真相是什么？于是我就写成了《宝贝回家》的纪实文章投稿报纸，不但刊登出来而且还引来公安、城管、卫健委等部门联合对街头不明真相的现象进行人贩子、假乞丐、卖假药的街头打击旋风行动，引起社会反响。"刀力"的名字一下子走进大众的视野，《菜市场里的短斤少两》讲的是买卖不讲诚信，《医院里比市场还热闹》讲的是得病看不起病，《文凭高于一切》讲的是管你水平高低有文凭就行，《生男育女大骚动》说的是计划生育中的重男轻女，《老虎机里有老虎》说的是游戏机的危害，《我们今天吃什么》说的是食品卫生问题，《我们要住在哪里》说的是高房价下的百姓居住问题等等。我面对的是社会热点、生活痛点的现象，我关切的是百姓苦衷、大众无奈的心理，从这些内容入手，写出真情实感，才获得读者的共鸣。而我始终不敢露面，既怕惹麻烦又怕引火烧身。

因此我在福州十年，蜗居在工棚里，寄人篱下于地下室，一边在福州王庄万人新村工地上打着小工，赚着工钱，一边伏案写着纪实文章，靠稿费收入。让我这个来自长乐海边的农民哥，能够在福州安身立命，但许多人只知道我是倪水萍，不知道我是"刀力"。

十年之后，我不再干苦工了，就当起了行业报编外"特约记者"，而且还兼了好几家报纸的特约记者，比如建筑报、卫生报、土地报、机械报、市场报、城市报等等近十家报社，每家报纸除了发稿费外，每月还给我底薪补贴五十元人民币，有的报社也叫"车马费"或叫"采访费"，也有叫"茶水费"的，他们都给钱，但都不会超过五十元。

有了一点小钱，人慢慢地体面了，懂得安排自己的生活和前程，向往了更美好的未来……

陈百歌、唐诗燕、林芬芳听得津津有味、目不转睛。我离开他们后，这近四十年来在销声匿迹中传奇般地出现在他们面前，又把自己传说中的故事向他们娓娓道来，让他们感动不已，又感慨万分。

第二章　倪水萍与他的"第一桶金"

一

在我懂事的时候就喜欢去金峰街上玩，那里有石板铺成的道路，街道两旁有大大小小的店铺，店铺里卖着形形色色的杂货。还有零零散散的临时摊点，摊点上卖的大部分是吃的，锅边、鱼丸、肉燕、炒粉、油条、咸饼、芋糕等都是好吃的食品，可以当正餐也可以当小吃。我若有机会跟大人去金峰玩，只能吃锅边，因为便宜吃得起，一碗三分，两碗五分。那个碗比较小，而且还很浅，锅边也稀，没几口就喝完了。这么稀的锅边最好要配油条、馅饼之类的糕点才算得上美味可口又能温饱提神。那个时候应该是二十世纪七十年代的事，那时候真的无法保证天天都温饱，到合作社买最多的是一分钱两颗的糖果，就算馋了嘴甜到了心田。喜欢去金峰玩的原因是那儿有街道、有农贸市场、有百货、有照相馆、有理发店，还有排在街边的小人书。大人小孩人来人往都穿好看的衣服，使我去金峰时也穿上好看的衣服，特别是金峰本地人不用下地干活，因为他们没有田地，他们是居民户口，国家有分配粮食。所以他们可以开店做小买卖，可以做小作坊，加工或制作小物件。比如修理手表、补鼎补锅、买卖生活用品、农作物肥料，还有小桌小凳、小碟小盘都可以买得到，这些生意也只有金峰本地人才有条件做，在自己的家门口做生意，不管哪门子生意，生意大小都能赚到钱，所以他们家家户户都有钱。

我当时要去一趟金峰，就像现在去一趟纽约一样可望不可即，由此可见，金峰这座小镇在这方圆几十里的地位不言而喻。它隶属福州市长乐区，东与湖南镇毗邻，也是海边，南与漳港交界，西南与鹤上相连，又是闽江入海口，西北与漳头接壤，东北与文岭为邻，金峰镇几乎是这些乡镇的中心。在五十年代称之为金峰公社，八十年代改为金峰镇。主要以经编、纺织、印染为主要工业体系，历史名人谢葆璋及他的女儿谢婉莹（冰心）的祖籍就是金峰镇横岭村人。有着闽中十大才子之一的王恭也是金峰镇陈墩头村人。金峰的名胜古迹有皇恩寺、真元寺、炉峰公园和越王山等风景区。这些都不足以让金峰享有盛名，就算有着优越的地理位置，有着便捷的交通要道，加上方圆几十里贸易市场的集散地，就是人来人往的密度优于其他乡镇。金峰的经济突飞猛进始于八十年代，经编也好，纺织也罢，都是从家庭小作坊到家族小工厂，而且带动了上下游，经编、纺织都需要织布机、拉丝机，这就带动了制造织布机、拉丝机等设备的产业。经编做成的塑料蚊帐就需要缝纫，缝纫之后需要推销，延伸了下游各工种的参与，形成了金峰粗犷型的产业圈和简单式的生意圈。真正让金峰名扬千里的是七十年代末到八十年代初的走私。

说到财富，一个只有七十万人口的金峰镇，就有一百多名亿万富豪，是全国富豪密度最高的乡镇，金峰人在全国各地创业投资办企业达五千多家，众多的优秀民营企业家分布在全国各地，还不包括出国打工、开店、投资、创业的移民。金峰人均 GDP 是全国平均人均GDP 的五十倍。金峰镇红白事风俗更让人目瞪口呆，特别在改革开放之后，金峰成为长乐纺织重镇，金峰人不但在本地，也在全国各地办起了纺织和钢铁企业。富裕之后除了盖房外，就是办红白喜事，不但不向宾客收取红包，还向宾客发钱，每人从五百元到一两千元不等，一传十，十传百，向宾客发钱的习俗渐渐形成，变成了乡规民约。豪气的长乐人由此闻名省内外，许多人都喜欢去长乐喝酒。

那个时候的金峰还不是这般模样，但具备了这样豪气冲天的气质，只是我当时没有看出来，不然我就不会离开金峰。终于有一天，这种习俗被改变了，叫作移风易俗。由党员干部带头向红白喜事发钱说"不"。动员办厂致富的企业家把钱捐给村委员，为村里做善事，建祠堂，扩建学校，成立敬老院，组建互助会，能够做到五保户有钱花，孤寡老人有温饱，考上大学子女有奖励。哪家遇有红白喜事，把本来要向宾客发的钱，都捐给村里的敬老院或互助会，习惯成自然，自然成规矩，现在就是沿袭着这样的乡规民约，不但获得政府赞赏，也得到村民的拥护。

就是这样一座小镇，在八十年代时，街容街貌也是简陋而杂乱，建筑物也是高低不均，有的是红砖灰瓦，有的土木结构，有的是石材水泥，一层的都是木结构，两层居多，能盖三层以上的算是有钱的大户人家。大街上人间烟火味确实非常浓烈，不亚于清明上河图的景象，啥都有，农产品、山珍海味，鲜的腌的都有；猪牛羊、鸡鸭兔，活腾乱跳的杀好洗干净的都有；各种水果蔬菜新鲜得让你下不了手动不了嘴；各种本地传统小吃、糕点、粿果，咸的酸的甜的淡的辣的让人不知先吃哪种口味；蒸的煎的炸的拌的煮的焖的烟火萦绕；冰饭都靠边站没人问津。那么多日用品、小食品的摊摊点点，鲜的热的冷的，现吃的带回家煮的都可以，还能讨价还价，也没有城管，更不会被人砸摊子。倒是小巷清静得多，也干净，巷子有深有浅，有宽有窄。两边人家有的双门紧锁，有的开着大门还摆着自家生产的物品做买卖。但是街道的石板路凸凹不平，街上也大多是自行车、人力三轮车、板车，偶尔的摩托车、农用拖拉机经过才能听到机械的声音。

所以，方圆几十里的大人小孩都喜欢去金峰。儿童时代，金峰在我心目中就是大城市，长乐县城那么远只偶尔听说过，都不在我的思维范围内。从我家去金峰的唯一交通工具就是用脚走路，要走一个小时，时间不算长，走得也不累。偶尔为了找借口去金峰，会挑了一些自家吃不完的蔬菜、地瓜、瓜果等去金峰街上卖，不管好坏，贵卖贱卖都能卖掉，然后去吃锅边，再去照相馆照一张相片，小时候我很爱臭美。那个时候去金峰，也只有吃吃锅边配油饼，那是最便宜的，那时没有玩具，所以只懂照相，最后蹲在街边看一会儿小人书再走路回家。

真正让我认识和了解金峰这座小镇的生意兴隆和市场繁华，是我刚过了十七岁的生日，也是我刚刚高中毕业，参加全国高考。那是全国恢复高考的第一年，一九七七年。我理所当然地没有考上大学，因为我一直都念不好书，考不上大学是我和父母及周边邻里预料之中的事，并不觉得奇怪。十七岁的我就有媒人上门说亲，按当地风俗，说亲、相亲、订婚、结婚，成家立业，生男育女。日出日落，白天下田，晚上上炕，很快就会变成农家大叔。这是多么可怕的事，虽然没考上大学，尽管也没有什么书可看，但是我还是喜欢看书。虽然十七岁算大人了，还是喜欢看小人书，不知道是不是智商有问题，但是我也看报纸、长篇小说，甚至手抄本。当时心想，看书阅读的年龄，怎么可能去谈情说爱呢？自己的理想目标还没定好，怎么可能去结婚生子呢？再说我也不想在农村生活。

我明白，要想从农村走出去，只有三条路可走：第一考上大学，毕业后国家分配正式工作，一辈子就可以端铁饭碗了；第二去当兵，在部队冲锋陷阵，最好参与一两场能够打胜仗的局部战争，或者当连长以上的就可以转业地方，安排工作；第三背井离乡闯荡江湖。经过打拼、奋斗，在城里买房找老婆。遗憾的是这三条路我都走不通，又不甘于死守在农村，父母骂我在农村浪费青春，不如出去碰运气。我觉得父母的话有道理，但是，去哪里？我去过最远的地方就是金峰，我只能隔三岔五地往金峰跑。

我万万没有想到，在金峰，在金峰倩影照相馆，认识了陈百歌他们男男女女，他们给了我走出去的机会，为我插上远走高飞的翅膀，改变了我一生的命运……

二

入冬，天气变得干燥起来，不但嘴唇开始开裂，就连脚跟也开始开裂，这是冬天必须煎熬的疼痛。此时的季节倒好，天天烤地瓜吃，又香又甜，还暖和肚子。今天我起了个大早，整理了一篮子蒜头拎去金峰街上卖。还是老规矩，吃了一碗锅边，再买了一根油条，边吃边往金峰倩影照相馆方向走。擦了一把嘴巴，登上二楼，发现今天照相馆里人很多，男男女女好几个，照相馆老板林师傅认识我，向我打招呼："小伙子，今天客人多，你要等等。"

我点点头，在一个角落站着，旁边有个小小的窗户，对着繁华的闹市，对面街头有个百货商品，男男女女进进出出，百货里从做衣服的布料到成衣的服装，从拖鞋到帽子，从锅碗到盐巴，啥都能买得到，都是国家的牌价，价格公道所以不能讨价还价，不像街边的摊点随便砍价。突然，照相馆老板又叫我："小伙子，你过来一下。"

我见状走了过去，问："林师傅，什么事？"

林师傅拿着一张集体合照给我看，说："帮我给这张相片写几句话，今天免费给你照一张照片。"

我喜上眉梢，见相片是一张穿着军装的军人集体照，即刻在一张白纸上写下八个字：戎装在身，军魂永存。林师傅竖起大拇指，说："好文化，我一直想着，只想一句，军人气概，友谊千古。没你的好。你应该念了高中吧？"我说："刚毕业，没考上大学。"林师傅说："可惜可惜。"

站在我旁边的一个小伙羡慕地说："反正大哥有文化啊。"

我看他一眼，笑笑，显得几分腼腆。这个小伙问："你是哪个村的？叫什么？"

"山富村，我叫倪水萍。"

"我就是这里金峰人，叫陈百歌，走，我请你吃锅边。"他很热情，想认识我，想和我做朋友。金峰人，我羡慕得很，不要干农活，有白米饭吃，可以随时走街串巷。刚入冬，他就穿上了带有菱形花纹的毛衣，还戴着一顶军帽，脚下穿着一双学生鞋，像个阔少，一眼就能看出他的家境好。我说："我已经吃过锅边了。"

这时林师傅叫住我："小伙子，来，我先给你照。"

陈百歌站在我旁边，对林师傅说："我跟他一起照。"

林师傅看我问："可以吗？"

我点点头，反正免费的。陈百歌高兴地把手搭在我肩上，林师傅说："照相不能勾肩搭背的，不好看。"林师傅在我们俩前面摆弄一番，然后咔嚓一声照好了。

照相一般都要七天才能取，陈百歌对我说："水萍，你吃过锅边了，我们就不吃了，走，去我家里玩，中午我请你吃饭。"

因为我喜欢金峰，还有金峰街上的景象，不想那么早回家，也不懂得客气，也不会说客套话，就听陈百歌的安排，跟他去他家玩。

陈百歌也只小我两岁，好像比我还成熟，讲话声音好听，有点鼻音，也很有腔调，头发稍长，头脑精灵得很，虽不爱读书，却懂得做生意，这也许就是乡镇与农村的区别。我们走过金峰大街，偶尔会见到卖三用机和录音带的摊点，还有时髦的服装，我都不敢观望，因为很贵买不起。我们拐一个弯，经过金峰汽车站，来到了陈百歌的家门口。

那是一座三层半的房屋，外墙贴着条形的瓷砖，很讲究。入户大门是双开两扇门，很气派。在我们农村没有哪一家房屋的门是两扇对开的，可见陈百歌家境殷实，应该是做生意的，等下要问问陈百歌。到了一楼大厅，陈百歌喊着："妈，中午我的一个朋友在我们家吃饭。"他说后不管他妈妈有没有听见，就带我上了三楼。陈百歌有自己单独的房间，很让我羡慕和嫉妒。房间里一张不算大的床，挂着白色的尼龙蚊帐，床上堆着被子和衣服，墙壁上贴着几张从《大众电影》上撕下来的图片和电影明星的照片。后来才知道有两张明星叫周里京和沈丹萍。一张饭桌式的圆桌放着收放两用机，还有几盒录音带。陈百歌说："我喜欢听歌唱歌。"我说："所以你叫百歌。"他哈哈大笑起来。

我在一张木质发沙上坐了下来，陈百歌拿了一个苹果到阳台上洗一下给我说："吃个苹果。"然后坐在我旁边，真诚地对我说，"我们家主要做经编的小作坊，有几台织布机，然后做成蚊帐。"他指着床上的蚊帐说，"就是做成这样的成品运到外面去卖。"我认真地听着，不断地点头，然后说："你家做大生意。"陈百歌说："金峰这里很多家庭都在做，我两个姐姐每天都在织布，像牛郎织女一样，脚上踩着织布机台踏板，双手把丝线球左右抛来抛去，也挺累，我爸负责经编拉丝，我不喜欢干这些，我喜欢去推销蚊帐，那可以全国各地跑，那多好，好男儿不是要志在四方吗？正合我意。"

我听得差点流出口水，金峰就是好，金峰人家就是幸福。他们不用下田干农活，他们家中有各种小作坊，就是做豆腐、豆浆、豆皮、豆干都能赚钱，出门可以做生意，挨家挨户收购鸡毛鸭毛、废铜废铁、坏锅坏罐都能变现赚钱。陈百歌见我亮着羡慕的目光，他悄悄地对我说："水萍，我喜欢一个姑娘，你能不能帮我写一封求爱信？"

我笑着说："你这么早就想谈恋爱啊！"

"都十五岁啦，关键姑娘长得漂亮，怕被别人抢走，我们要先下手为强，我的家境比她好，配得上，主要这姑娘很有主见，喜欢看书，有文化，是情窦初开的少女，我怕搞不定，不能强求，要以情动人，所以求爱信能打动她，我不懂得写，你倪水萍可以。"陈百歌眉飞色舞地说着。

我是没有写过情书之类的书信，也没有向哪个姑娘写过求爱信，我露出犹豫的神态，陈百歌怕我不写，他赶紧亮出底牌，说："水萍，我准备带你一起出去做生意。"其实这是陈百歌早就计划好的事。

我心底一热，眼睛发亮，扪心自问：我哪有本钱做生？对百歌说："我先帮你写求爱信，做生意的事我没本钱就免了。"其实我是不喜欢做生意。

"不用出本钱，我爸有钱有货，他会安排好，你跟着我就好。"陈百歌信誓旦旦地说着。

"那个姑娘叫什么名字？"我问。

"她叫唐诗燕，比我小一岁。不知道是不是名字的缘故，她喜欢唐诗宋词，我还送一本《唐诗三百首》给她。她却说希望能够在唐诗里飞出一只燕子。我也不知道她什么意思？"陈百歌应该很喜欢她，说得心花怒放起来。

在农村，就算金峰小镇，也很少有自由恋爱的事，虽然男婚女嫁天经地义，但大部分都是父母包办，通过媒婆游说，是否门当户对，再了解男女双方自身条件。自身条件包括男的个头有没有一米七以上，低于一米七的说成二等残废，然后五官是否端正、头脑是否灵活、有没有什么手艺。而女的主要长得是否漂亮？相貌很重要，然后就是头脑会不会清楚，做事会不会灵巧。就这些，看上去简单，也没有那么容易，许多子女都东不成西不就，就耽搁了青春年华。特别是女孩子，女孩长大不经留，越留越不值钱，当父母的都很焦急，所以媒婆生意很好，这家跑跑那家串串，哪家有女初成长就往那家跑，哪家男儿一表人才那家的门槛就被媒婆踩烂。

陈百歌最怕的就是媒婆，满嘴跑火车，能把白的说成红，能将黑的说成白，什么时辰般配，五行互补，生肖相融，都能成双成对。也不妨为了赚钱拉郎配，把大一点的男儿年龄说小了，把还小的姑娘年龄说大一点，结果夫妻年龄悬殊。所以陈百歌要自己看中，再求父母叫媒婆去说亲。唐诗燕是跟他一个学校的，低他一年级，陈百歌只念初中毕业就不想念书了，他只喜欢做生意。当时初中只有两年，没有初三。唐诗燕今年念初二，她毕业后还想念高中，高中也只有两年，她喜欢念书，还想考大学，这却吓坏了父母。在乡村，一般父母只让女孩念到初中为止，这不知道是不是世袭了中国传统的女子无才便是德的影响，女子学历太高了反而难以出嫁。

唐诗燕却是一个叛逆的女孩，她要上高中考大学，个人婚事要自己恋爱，不要父母做主，更不让媒婆说亲。所以，当她发觉陈百歌对自己眉来眼去之时，心中情不自禁地涌起一股难以言表的情愫。陈百歌为了追求唐诗燕，刻意在放学的学校门口守候，手里还拿着油条、虾酥之类的食品分给唐诗燕吃，仅此而已，他不懂得如何进一步向唐诗燕表白。他想到了情书，向她写求爱信，唐诗燕一定喜欢。但是，陈百歌不懂得如何下笔，这个时候，他遇到了倪水萍，如同看到爱的曙光一样欣喜若狂，当他得知倪水萍能写出一手好字之后，他决定交这个山富村的朋友，还准备带他一起去做生意。

倪水萍也没有让他失望，一封洋溢着高尚情操和美好爱情的求爱信让陈百歌俘虏了唐诗燕的心……

三

　　农村的春节充满了人间烟火味。杀猪宰羊，杀鸡宰鸭，炸鱼卤肉，还有各种手工糕点、粿果。贡香烧纸，猪头拜天地，全羊拜祖仙。好像一年的忙碌都是为了除夕夜，一直延续到正月十五。所以孩子们是盼星星盼月亮想过年，有得吃有得穿有得玩，好比儿童的天堂。

　　长乐有个风俗，只要过年，不管你在何方，是做什么的，都会纷纷回村过年。这不知是念乡情结还是一种迷神，就是你事业繁忙，父母也会逼你放下手中的事回家，就是在国外，也得安排回国过年，除非路途遥远，要事在身，无法回家，也会寄钱回来买年货，供香上拜。每个家庭需要人气，要儿孙满堂，营造香火旺盛的景象。一年一度的除夕不能冷冷清清，那是没落的象征，农村人很讲究这些规矩，况且正月里还有访亲走戚的拜年习俗，所以一年在外的人不敢怠慢，必须在除夕之前赶回家中，若一个家庭少兄缺弟，这个年过得就有点遗憾，冲淡了年味，也减弱了节日的喜庆。左邻右舍问起来也不好解释，还以为儿女在外犯事不能回家，让当家的很没面子。

　　过年我也忙得很，很少去陈百歌家里玩，那次在他家吃中午饭，他妈妈煮了红烧肉，蒸了一条带鱼，炒了一盘花菜，一大碗米饭，我馋得肚子咕咕叫，这饭菜像过年过节一样丰盛，陈百歌的家却是家常便饭，让我羡慕得很。我家的一日三餐都是地瓜饭，配菜要么白豆腐，要么咸榨菜，蔬菜是自己种什么吃什么，炒菜基本没放什么油，一小滴，那不是炒菜，是煮菜。如果是花菜切成一朵朵直接放在地瓜饭上面蒸熟，然后蘸虾油配饭，省油省柴省事，遇到渔民归海在路口摆摊，会买些便宜的小鱼回来炖着配饭，平时基本没有肉吃，要到了过年或大节才有点肉吃，过年一般是政府发肉票限量供应，我们家一般都是买猪头或猪脚，还有买肥肉，家家户户都喜欢肥肉多一点瘦肉少一点。

　　我能够在陈百歌家吃上这样的饭菜，像在梦里一般，这种山珍海味对我来说是最幸福的享受，在七十年代，有这样的饭菜算是富裕的人家，一定是万元户。我吃完饭眼睛发亮，精神抖擞，像一个身体虚弱的病人打了强心剂，抑或吃了补药，一下子恢复了元气，我满怀信心地对陈百歌说："我现在就帮你写求爱信。"陈百歌一阵高兴，竖起了大拇指说："水萍兄弟够哥们义气。"

太阳还没有落山的时候我写好求爱信，然后准备回家，临走时陈百歌送给我一双针织的手套，还对我说："过年后我带你一起去卖尼龙蚊帐。"我感激地点点头，至于去哪里卖蚊帐我不知道，反正要离开长乐，去很远很远的地方，我当然喜欢去，我期待着，我要把这个充满着神秘和富有前途的消息告诉给父母。

家家户户忙于过年，我跟着父母去金峰买年货，帮父母去供销社排队买政府的供应品，有鱼有肉，还有油啊糖啊等过年的必需品，还要去金峰百货买布料做新衣服，村里有好几家缝纫店，过年不但有好吃的，还有新衣服穿，这就是幸福。

今年我特别急着过年，可能是因为过年之后可以跟着陈百歌远走高飞去做生意，所以特别期待，期待着新年的到来。外面的世界充满着诱惑，是不是一样的天空？一样的田野？一样的山川？一样的河流？还有一样的人情世故？我在书中看到全国的情况，我从地图上了解辽阔的大地。但是，车水马龙的道路，繁华亮丽的大城市，给我许多幻想和向往。也许是长期生活在穷乡僻壤，上学读书、下田劳作、出行游玩、登山寻幽，方圆不会超过八公里。而且走的都是荒凉之地、沙丘之坡、海浪之滩、崎岖山谷，唯一的远方是金峰，还有梅花与潭头，要越过一座座山坡、穿过一个个村庄、跨过一条条小溪才能到达。纵然你整天看书阅报、苦思冥想、画画写作，只要没有走出村庄，守着一亩三分地，就不会知道外面的世界，就不懂得广阔的大地，就不会知道理想要如何播种。而我即将跟随陈百歌，走向很远很远的地方。

农村是孕育苦难的地方，不说自然环境的恶劣，风沙大，太阳毒、一阵风尘吹来，像尖叫的鬼声让人毛骨悚然。三餐无法吃饱，夏天被太阳晒得脱皮，冬季无法保暖，手脚冻得红肿。劳作负重前行，买不到书，看不了文章，只靠听老人讲故事，故事都是神出鬼没的内容，挺吓人。或者听评书先生说书，都是中国历史的传说，挺吸引人。几乎童年、少年、成年一起过，过得辛苦，过得惨淡，过得无奈，无奈得使我站在烈日下，滚烫的沙丘上，盼望着天外飞船、神秘飞碟（UFO）降落在我面前，把我接走，到另一个星球去。

我那个村很寂寞，只能看到日出日落，没有电影和电视。夏天，除了下田劳动，上床睡觉，要么站在穿风巷吹风，要么看天空数星星，找牛郎织女星。冬天，除了存粮积食准备过年，要么茶馆打牌，要么三五群围炉攀讲。白天荒凉，看到的是鸡鸭猫狗的窜来跳去，晚上寂寥，听到的是百虫叫鸣，风声涌动。开门漆黑一片，关门沉默一宿，昼夜更替，日复一日，乐在其中，苦在其中。

农村是落后的象征，人们穿的是布衣麻裤，灰与黑是主色调，看不到色彩斑斓的生活，只有黑白的世界，你我他贫穷相当，没有谁更富，也没有谁更穷，叫作床底下踢毽平平高。务农、盖房、成家是农村人的主旋律。读书、学艺、出远门是农村人的奢求。家里堂前烧饭用的是土灶，堂后如厕用的是粪桶，村里一两个厕所叫粪坑，臭气能冲天，如厕能起溅。邻里惹纠纷闹矛盾的要么是房屋多一丈少一尺，要么田地被多占几分或堵了水系少了收成。小事纠纷骂街，骂到祖宗十八代，大事大动干戈，打得头破血流。谁家子女多拳头就大，谁家子女少势力就弱，就被人欺负。那是欺善怕恶的小农意识。

农村也是荒谬土壤，老人说这都是古训，不敢违背抗命。比如同村男女不能联姻，没定亲不能谈恋爱。家里来客人吃饭女人孩子不能上桌，亲戚要淡淡走，田地要日日去。吃鱼不能翻来覆去，要么出海会翻船，走夜路不能回头，要么会吹灭肩上的火光，鬼子就会惹身。遇上男女偷情幽会的，当事者要提着太平蛋和太平面，为偶遇者压秽去污转运。遇到哪家火烧房，全村要出动救火，左邻右舍不能搬东西，要救火为先。

农村是按自然规律生活的，日落而息，鸡叫而起，这是农村人的生物钟，我从小就是遵循这样的作息时间起居的，没有时钟，没有手表，只靠天上的太阳走向来判断时辰，夜间是靠天上的月亮走向来判断夜有多深，几时会天亮。一年四季也是这样，注重二十四节气，而且非常明显，大雪节气来临，一定就有雪花飘，大暑节气到来，一定是暑气逼人。所谓一叶知秋，一定是秋高气爽了。明显的季节变化，种瓜得瓜，种豆得豆，适时而食。没有冰箱，也没有冰块，只按季节春播种夏，秋收冬藏。

我就是生活在这样的农村，荒凉而冷清，满肚子都是井水，我从小喝井水长大的。肚子里就是缺油水，一年吃不上一斤的肉，烧菜的油吃不上半斤。肚子里更没有墨水，虽然也混到高中毕业，小学到初中基本不懂得念书，连国语都讲不清楚，知识匮乏见识短，不懂常识智商浅。这不是我笨，我们农村人七哥八哥都差不多，如果有特别聪明的就是天才，可以光宗耀祖。所以农村的年轻人就怕下地种田，那就一辈子面朝黄土背朝天，他们都想着学一门手艺，哪怕学照相、理发、缝纫都比干农活好，或者背井离乡远走高飞，偷渡下南洋，哪怕铤而走险也比待在农村有出息。而我过年之后也要出去闯世界，所以今年我特别急着过年，也特别勤快，帮父母忙前忙后，烧香拜佛。

在农村，过年要先拜天地再拜列祖列宗，然后挑着一担大碗小碟上祠堂，排开八仙桌，点燃烛光，再点三炷香，摆上碟碟盘盘的年货，十个红色的酒杯排前面，酒要倒三巡，不断地烧纸，整个祠堂被家家户户的桌子排满，有人专门在前厅念念有词，敬忠神明。然后才轮到我们一家子的年夜饭。农村就是这样过年，列祖列宗最大，弟子最小。

农村的正月，没有什么娱乐，初一不能串门走亲戚，早上要吃素，晚上要与鸟儿争先入睡，也就是天一暗下来就要上床入睡，不知从何时开始又有什么典故，无从考证。到了初二才开始热闹，走亲访友请客吃饭，放鞭炮啃甘蔗吃花生米，游灯唱歌讲戏文，拜年敬老压岁钱，老叟妇幼乐开了天。平时有什么意见矛盾闹别扭，在正月里都会暂时放下，抬头祝一个新年好，低头问个好年头。最让成年人感兴趣的是茶馆赌馆，难得不要下田干活，可以自由自在地泡在赌馆里，赌馆里玩的是牌九，麻将倒是不时髦，牌九是竹子制作成的，分为皇帝、天天、地地、仁仁、和和，一级胜一级，大的吃小的，都是现金压注，平时人人都没钱，到了赌馆就有钱，牌九是一个人坐庄，也可以两个人合伙开庄，叫作庄家，脚仔有三个压庄，还有里三层外三层的旁人看着谁旺就压在谁的庄上，可以赌得天昏地暗。赌馆有免费茶水的，也有卖糕点的，小吃的都有，不用回家吃饭，一直玩到开戒，也就是正月初四。初五开始干正事，一个年基本过完，农村过正月十五元宵节，不是闹花灯，而是游神。游神是长乐特有的地方民俗，各个村庄都有自己的神位，按自己的不同时间节点祭拜、游神，一尊尊造型惟妙惟肖的神像由一个个壮年顶着高达二米以上，由村头游到村尾，由小巷游到大街，其间鞭炮连天、烟火四溅、锣鼓喧天。比如我的村庄山富从正月初十就开始摆宴游神，初十请出的是过水山医官尊王、企岭府江七爷、富山境金吴二位大王、琉球国蔡氏夫人、仙锦堂西河江氏夫人、九天府三田都元帅、齐天府齐天大圣等神像进行八爷游神，村民男女老少纷纷出动，手捧鲜花或手握香烛或手提鞭炮摆成浩浩荡荡的队伍游神活动，一直延续到正月十一日才请各神回宫。这期间到正月十六之时又请出湖山堂顺天圣母神尊，到了正月廿一日最后请出魁山洞主胡天王、南天门李靖天王神像进行祭拜、游神，把游神推向高潮。直到正月廿六日请神回宫，才算真正结束了正月里的游神习俗活动。此时正值春暖花开，大地复苏，村民们才开始该下田的下田，该出门打工做生意的就出门，有手艺的就拿着自己十八般武器挨家挨户地吆喝着，年味也慢慢地淡了，一年之计在于春，农民很在意，谋划着春耕的事，而我也谋划着跟陈百歌出门做生意的事。

四

虽然是春天了，但倒春寒还是不断地来临，忽热忽冷。春耕也开始了，农民开始忙碌起来。

我一大早吃了一个蒸好的地瓜，就去金峰了。从我村到金峰有两条道路，一条是大路，一条是小路，路途差不多，都要走一个小时左右，小路要穿几个村庄，还有几个起伏的小山坡，大道比较宽阔，两旁都是田野、沙园，有稻谷、油菜，一片又一片，还有大大小小的小溪流、水塘。我是大道小路轮流走，路上各有各的风景，今天我是走小路，我双手戴着陈百歌送给我的针织手套，其实今天不是很冷，手脚也不冰凉，但是贪新鲜，好像戴着手套好看，很有派头，是一种肤浅的虚荣。

走到一半路程的时候，在一个叫作山头村的村头遇见了我的同学刘水利，他在班上跟我坐一排，因为个儿差不多高，但书念得比我好，他比我大一岁，是近视，戴着一副不知多少度的眼镜。他的心理承受能力可能没有我强，他考试低于九十分就会哭，而我能够达到六十分及格就很高兴，比他乐观多了。高中毕业后他不考大学，去考中专，结果考上了，考到长乐财经职业学院，毕业后可以分配工作。我是去考大学，没考上，预料之中的事，我是不敢去考中专，如果中专都考不上才叫笑话。是他先看见我，叫着我："水萍，你去哪儿啊？"我见是刘水利，停住脚步，这是他家门口山头村，我说是去金峰玩。刘水利说："来、来，到我家坐坐。"然后就牵着我走。我也只好随他而去，家里只他一个人。我问："你爸妈呢？"

"他们在旧房子上面，我睡新房，这是前几年盖的，共十户人家一排开来，各一间二层楼。"刘水利说着然后洗一个苹果给我吃。

在当地苹果是很高档的水果，我不客气，吃同学的东西像兄弟一样不介意。我问："你什么时候去上学？"

他说要等正月十五以后才去学校。我羡慕得很，他中专毕业后就有单位了，而我要当一辈子农民，心理落差一下子千尺万丈。他说中专先念毕业再说，他喜欢出国。我骂他真是神经病，国家分配单位、铁饭碗、吃米饭、不用当农民还不满足，还想出国。他被我说了一通无言以对，就问："对了，你去金峰干什么？"

我说："我认识一个朋友，家里很富裕，是开小作坊做买卖的，他说要带我一起去做生意，我去找他玩。"

刘水利眼睛一亮，说："你很会打交道吧！还会交朋友，很厉害啊！"

"那个人叫陈百歌，很好玩，我在他家吃过饭，红烧肉，好吃得很。他很热情，而且这么早就谈恋爱了，喜欢上一个校友，是我帮他写的求爱信。"我说得有点得意扬扬的样子。

刘水利听得很惊讶，好像比他接到考上中专录取单还惊讶，他说："水萍，我也跟你一起去金峰玩，等下我请你吃锅边。"

我说好的我们一起去金峰，反正刘水利也没事干，就一起去金峰找陈百歌了。在半路上，刘水利突然对我说："倪水萍，我求你帮我一件事。"

我有些莫名其妙，我有什么能力为同学做什么？难道他也想一起去做生意？那不去念中专了？不可能啊！对于农家子弟来说，考上中专、大学相当于天上掉下馅饼啊！怎么可能不念呢？那是什么呢？正当我不得其解之时，刘水利悄悄地告诉我："水萍，不瞒你说，前年家里给我定亲了，女孩子是远洋村的，靠海边，在你山富村后面，我没见过这女孩，是父母通过媒婆订的亲，现在我考上中专了，以后有正规工作，就是城镇户口，而她是农村户口，所以我想悔亲，你帮我写一封退婚信，如何？"

我迟疑了一会儿，心里想这事儿能不能做的？远洋村离我山富村很近，那儿还有我的亲戚。刘水利见我忧虑不决，就趁热打铁地说："不管有没有给对方写退婚信，反正我不会承认这门亲事，写退婚信是礼貌，解释清楚，免得耽误人家，也避免父母之间的误会和矛盾。你说对不对，水萍？"

刘水利的话是有道理，也说得通，连面都没见过，长得啥样也不清楚，这算哪门子的亲事。但是，给对方写退婚信比较难听，会让女孩子没面子，受到打击，结下怨恨。我忧心忡忡地说："水利，你自己为什么不写？"

"我的语文又不好，写文章头就痛，写得不好让人家反感，那麻烦就大了。"刘水利一本正经地说着。

"我建议你不写退婚信。"我说。

"你有什么鬼主意？那你帮我娶她？"刘水利急了。

"她若愿意也成，我还没未婚妻呢。"我一脸坏水地说着。

"别废话了，写不写？"刘水利推了我一把，脸上露出无可奈何而又求助无门的神态。

我说："信可以写，不叫退婚信。"

"那叫什么？你说了算，只要能解除亲事就行。"刘水利喜出望外，然后诚恳地对我说，"等我去长乐县城上学后，请你到长乐县城来玩，参观我的长乐财经职业学院，一起吃学院里的食堂。"

我哈哈大笑起来，很高兴。刘水利够义气，这样的同学我要帮他写。我说："叫解除媒婆之妁，结为兄妹之好。"

"夫妻不成做兄妹？我才不干呢。"刘水利不同意我的意见。

我说："这是客气话，礼貌用语，人家也不稀罕跟你做兄妹，只是让她感觉不是嫌弃她，而是不适合而已。把她抬高一点，把你压低一点，明白吗？"

"你鬼点子多，反正能说得通就行，这两天一定帮我写好，我要托人送到女孩手里，然后我才告诉父母，那个时候我也差不多上学了，走为上策。"刘水利盘算着，一路上都是这样的话题，刘水利还叮嘱我，千万不要让媒婆说亲，媒婆嘴巴能够吹到天文地法，能够吹到哑巴上台讲戏文，瞎子台下看杂技，能够吹到草蜢一脚踢死老水牛。也不能让父母包办婚姻，父母只看家道不看人样，只懂门当户对，不懂男欢女爱。婚姻大事一定要自己做主，你那个刚认识的兄弟叫什么陈百歌的对不对，自己谈恋爱，我也准备在师专学院里自由谈恋爱。

刘水利的一番话如醍醐灌顶般冲击着我的神经，我也渴望着这样的自由和生活，我也向往着这样的未来与前程。但是我们生在农村就要当一辈子农民，干一辈子农活，所谓龙生龙、凤生凤，野鸡生出土鸡蛋。农民的儿子就是农民的儿子，你若生在城市，就是城市的子民。读书、上学、招工、当官都有先决条件和优待政策。而农村只有考上大学毕业后有分配工作，去当兵要有所作为转业后也可以分配工作，否则就要待在农村娶亲生子干农活过一辈子，代代相传，任劳任怨，无怨无悔。你刘水利考上中专也算改变了命运，毕业后当银行职员、企事业单位财务人员，正式工作，吃国家口粮。而我倪水萍没考上大学，当兵也去不成，唯一的出路就是要冲出去，离开农村，还有一丝希望。陈百歌是我命运的稻草，我要跟着他去很远的地方做生意。

我们快走到金峰镇了，穿过一个部队驻地，那里有个小卖部，刘水利买了两块光饼，我们各吃一块，天气还很冷，光饼有些硬，我们照样啃得津津有味。金峰驻军历史悠久，一九五七年就进驻金峰，隶属福州军区守备二师五团，归二十九军领导指挥，主要担负长乐沿海防务。长乐金峰靠近东海，与台湾相隔，解放台湾是当时最响亮的口号，我经常在海边、树林、礁石、小岛见到军人巡逻，一方面防敌军特务上岸，另一方面预防我方百姓下海投敌。我也经常在海边看到从台湾方向飘过来的气球，里面装着宣传单，说什么我们大陆百姓生活在水深火热之中，还有一些生活用品，吃的东西大部分是压缩饼干，负面的宣传单大部分都被部队没收，我们也不敢传阅，否则就会被抓走训诫。

金峰部队驻地小卖部卖的东西要比地方其他供销社卖的东西便宜，所以去金峰经过这儿都会拐进去买东西，大部分买的是盐巴、榨菜、粗纸、铅笔、笔记本、蜡烛等调味品和日用品。我只在小卖部买过糖果。今天吃了刘水利的光饼，等下到金峰街上再吃他一碗锅边，那就一定要帮他写退婚信了。

到达陈百歌的家门口已经十点钟了，却被他的母亲告知陈百歌不在家，我和刘水利就不敢进门，心里想陈百歌一定是去找唐诗燕了。我和刘水利就拐到汽车站里去，对刘水利说："我们在汽车站边看汽车边等陈百歌回来。"从汽车站可以看到陈百歌的家。

我喜欢看汽车，一拨又一拨客人提着包上车，又一拨一拨乘客提着行李下车，人来人往，车进车出，汽车的喇叭声，发动机的启动声，一种沙哑的机械声音，充满着粗犷而油腻的声音，我喜欢这样的声音，也喜欢闻汽油的味道，排气管里排出的焦炭味道的烟雾，富有现代城市的气息，没有农村猪牛鸡鸭动物的腥味。

我们等了两个小时才看到陈百歌姗姗来迟回来了，我抢先一步上前叫住了他："陈百歌，我等你老半天了。"陈百歌见是我很高兴，见旁边还有一个人，问我是谁。我赶紧介绍："我的同学刘水利，是山头村人。"

"你好你好，你们高中生，羡慕羡慕。"陈百歌热情地招呼着。我补充地说："他已考上长乐财经职业学院，中专生。"

陈百歌更是兴趣勃勃地说："我们以后可以去长乐城关找你玩了。"刘水利不断点头说好的好的。毕竟第一次见到陈百歌，不是很熟，有些拘束。但刘水利心里觉得陈百歌好玩，值得交朋友。这时陈百歌认真地对我说："水萍，做好准备，我们五天左右就要出门做生意了，我爸说要去半个月，你要自带一些衣服和生活用品，天气还冷着呢。"我听后很激动，回去要我父母准备出门的杂什，站在一边的刘水利好奇地问："去哪里做生意啊！远不远啊！"

"这个具体还没定，听我爸说是去广西方向的，应该很远。"陈百歌应该心里也没底，说得不是很确定。我心里想回去找地图看看广西远不远。

我们一直在陈百歌家门口聊了很久，然后和刘水利一起离开金峰原路走回去。

五

终于在金峰汽车站登上了去福州的长途汽车，我们坐的是第一班车，所以天还没亮我就从家里背着行李来到金峰汽车站，陈百歌也在汽车站了，他的老爸还有几个壮汉不断地把一包包装有塑料尼龙蚊帐的麻袋搬到车顶上，总共有十包麻袋。说起尼龙蚊帐，是金峰一带各乡镇、村庄近两年兴起的手工产业，在我念高中的时候就有人在做蚊帐的生意。蚊帐是由白色的尼龙丝手工织成的，有清洁、透明、通风、凉爽、美观之特点，缺点是价格贵质量差缝隙大。由于是手工织成，手一拉一摩擦，蚊帐的竖横丝就会并成一块，蚊子容易进出。但是，蚊帐是白色的，肉眼难以看出蚊帐的缝隙大小，因为手质很好，比较飘逸，深得大众喜爱。

由谁发明首创无从考证，却是长乐纺织产业发展的雏形。当地几乎家家户户都在织布、拉丝，然后被集中收购。跟风、带帮、集资、合作是长乐人的强项，蚊帐生意越做越大，一个带着一个，一家带着另一家，陈百歌要带我一起做就是这个道理，也许今后我也会带其他人一起做，而且带动了上中下游产业，拉丝织布需要织布机，于是木工师傅的生意就很红火，许多农民就学了木工的手艺。尼龙蚊帐已是成品，需要有人带着蚊帐去全国各地走街串巷，进村入厂推销、售卖。使很多农村剩余劳动力加入了推销蚊帐的队伍，也使长年累月没有出过门的农民有机会走南闯北，增加了见识，知道了天有多大地有多宽。这不仅历练了生意经，也为日后创业打下基础。这也许就是长乐人敢闯敢拼的缘由。

有了蚊帐这一产品，就需要大量的裁剪工、裁缝工，使农村的女子有了用武之地。农民干活有粮食有蔬菜，自种自收自给，就是没有钱。有了蚊帐这一产品就可以赚钱了，他们干完农活后就是裁缝蚊帐。那么，蚊帐面料织成是一卷一卷的，要有人织布，这也是由女工来完成，几乎家家户户都有织布机，夜以继日"咔嚓咔嚓"地响着，椭圆形的丝球左右穿梭。做蚊帐需要织布机，那么长乐境内就涌现了一批又一批制造织布机的木匠。要织布就要有人拉丝，这大部分是有资金人家的小作坊，陈百歌的父亲就是做这个的。

一顶小小的蚊帐，床上用品，在长乐产生了一条产业链，而且环环相扣，使大部分的农民家庭有了现金收入，也是八十年代的长乐由尼龙蚊帐走向纺织工业的鼎盛时期。

我和陈百歌坐上了长途汽车，还有两个是陈百歌的堂哥，一个叫陈亮，另一个叫陈忠义。他们两个已经做了一年多的蚊帐生意，很有经验。我和陈百歌都听他们安排。我一路上都看窗外，心里既激动又紧张，窗外的树林、田野、江河慢慢地掠过，变成了烟囱、建筑、工厂，福州城市的气息逐渐地浓郁起来，消失在身后的是民房、农作物，还有猪羊牛马。

我们到达了福州火车站，这个时候陈百歌的堂哥才告诉我们去广西桂林。据陈百歌的堂哥说法，之所以现在才告诉我们去哪里推销蚊帐，怕我们走漏风声，被别人跟随。因为推销蚊帐线路图很重要，哪里好卖？哪里卖不动，要做到心中有数。一会儿上火车慢慢再教我们。我和陈百歌不断点头表示解理和赞同。我听到"桂林"二字心中就暗喜，那是闻名于世的桂林山水甲天下，那里有漓江、有阳朔，还有庐笛岩、象鼻山。

福州没有直达桂林的火车，我们要到株洲转车，这是两个堂哥告诉我们的，这时候陈百歌说肚子饿，堂哥说到车厢买面包吃。我们托运好货物就开始入站准备上车。火车站穿着制服的人很多，有男有女，有的检票有的检查行李，有的是警察有的是列车员。操着各种口音的乘客背大包拎小件地来去匆匆，我在人群中四处张望，充满着好奇与疑惑，一步又一步跟紧两个堂哥。

车厢内很拥挤，大家大包小包的，有的往行李架上塞，有的往座位底下塞，自己凭票找自己的座位，我们是一排两个座位，四个人面对面坐着，中间有一张长方形的小桌子，可以放杯子、食品等杂物。穿着制服的列车员来回走着，貌似在巡逻什么，检查什么，喇叭里传出各种声音，大部分是乘车规则，还有注意事项，也放着歌曲。这时，陈百歌不断地张望，然后对堂哥说："哪儿有面包呢？"

那个叫陈亮的堂哥说："要等火车开车后有餐车推出来卖各种东西的，再等一会儿。"陈亮有些自豪，因为他在行，什么都懂，他已经坐过无数次火车，东南西北走过很多地方，也赚了很多钱。陈百歌点点头，老实地坐着，他是和我坐一排的，对面坐着是两个堂哥。这时那个叫陈忠义的堂哥说话了。他说："趁这个机会教你们出门做生意的经验。"

我点头说："这个很重要，你们要教教我们。"

陈忠义说："我们统一都叫名字，不要堂哥堂弟地叫着，我们年龄差不多，就大你们几岁，出门在外，要统一思想，统一行动。百歌应该懂一些，倪水萍还不懂。"

我点点头，虚心地听着。陈忠义说："我们是去卖蚊帐，是双人床的蚊帐，一床本钱八元钱，不包括路费、住宿费、餐饮费，还有其他杂费，比如打长途电话、电报等，加起来一床蚊帐成本要十元。所以我们一床蚊帐要卖到二十元以上。"

　　这是翻倍赚钱，算不算暴利啊！我心里高兴得抓狂，这不是要发财了吗？这要感谢陈百歌，是他让我去赚钱，这是人生的重要转折点。陈忠义接着说："倪水萍没有出本金，是百歌家里垫着，到时候赚钱后要扣除垫付的费用。"

　　我还是点头，听陈忠义的安排。他又继续说："我们所有的费用都是共同承担，赚钱也是一起分，这次带着一百五十床蚊帐，在十天内要卖完，然后打电报回去再托运蚊帐来继续卖，当然还要看我们推销得怎么样。"陈忠义面授机宜，向我们传授经验和规矩。我认真地听着，这时火车启动了，轰隆隆地离开福州站，向前驶去。餐车推出来了，有各种吃的东西，陈亮买了四块面包，我们各吃一块，面包有百果馅，我第一次吃这么好的面包，百果馅里有碎花生仁、白糖揉成的。我们用热水配着，如同吃着山珍海味，陈忠义又接着说，"我们四人兵分四路，各卖各的，谁先卖完先回旅社等着，然后算账，钱统一保管，再一起吃饭。每人一个提包，能装八顶蚊帐，一天能卖完算很厉害了，说明这里市场好，卖不完也没关系，下午五点前不管有没有卖完都要回到旅社，这是规矩。"

　　我不断点头说明白，面包被我吃完了，实在好吃，比刚蒸好的地瓜好吃多了，陈百歌问我好吃吧，以后我们可以天天吃。我心里美滋滋的，坐了这趟火车好像不是去桂林，而是开往天堂一般，快乐无比，享受无比，富裕无比。陈忠义还接着说："我们四个人只有一张介绍信，由我保管，我们卖蚊帐，有的地方工商局会检查，轻的教育罚点款，重的没收货物，把人还带到工商局做笔录写检讨，所以我们尽量要防着工商局的人，有穿制服戴大盖帽的要注意躲着。"我和陈百歌听得都有点害怕起来。

　　我问："我们卖蚊帐不犯法吧？"

"不犯法，但不一定合规，最好要有工商证明，需要走后门，要花点走后门的费用，我们不想出这个冤枉钱，所以要防着工商局的人。"陈忠义耐心地向我们解释。陈亮插话说："没事没事，我都被工商局的人发现了两次，只是问七问八一番，还买了我两床蚊帐，我说外面卖二十三元，卖他们二十元，他们还欢天喜地，我就溜之大吉。"

　　我一下子又放心了。陈百歌调侃似的说："我这个堂哥鬼精得很，没水能游好几里，他是卖蚊帐高手，死的能被他说活了。"

　　陈亮嘻嘻地笑着，憨厚中隐藏着精明，然后对我说："听百歌说你文化水平高，文章写得好，我没念什么书，自己的名字都写不清楚，以后有写字填表的事都交给你做。"

　　我说可以、可以。陈百歌哈哈大笑起来，然后问："株洲什么时候到？"

　　陈亮说："如果火车不晚点，到达株洲的时间是下午五点十五分，我们有一个小时的转车时间，到时候去株洲街头逛逛。"

　　我和陈百歌都欣喜若狂。我知道株洲是属于湖南省，在长江中游，湖南东部城市，是铁路枢纽中转站。这个高中念地理的时候了解过。我边听着两个堂哥的生意经，边望着窗外掠过的风景。

　　转车、逛街，第一次的火车体验。人来人往，车流穿梭，第一次见到如此繁杂的车水马龙。我像落群的牛羊四处张望，一样的天不一样的土地。四通八达的街道比金峰繁华多了，毗连林立的商铺五花八门，让我目不暇接。我们四人到达桂林是凌晨两点，我们窝在火车站候车室的长凳子上迷迷糊糊到天亮，然后各自吃了一碗桂林米粉，暖和了身体，提振了精神。等到了上午八点一起赶到货物提货点，距离火车站进站口有一公里左右，我们背着行李步行前往。

　　提完货雇一辆板车直接拉到汽车站，我们四人也坐在板车上颠簸着到桂林汽车站，卸了货付了钱，我们看紧十个麻袋装的蚊帐，陈忠义到了售票窗口，买了四张去荔浦县的车票。看来他们早已胸有成竹。我们去推销蚊帐的地方是广西的荔浦县，而不是在桂林市。当我们坐上车出了站慢慢离开桂林市区的时候，才看到了窗外的山山水水与众不同，如树林般的山峦，峰叠如笋。江水清澈，透明泛绿，流淌在鹅卵石上。车辆经过漓江边，风景如画，建筑虽不高，却风格各异，富有民族风情。我对桂林念念不忘，以为在桂林卖蚊帐，可以顺便玩一下桂林山水，想不到是匆匆的过客。陈百歌也依依难舍，也许两个堂哥看到我们的心事，陈忠义安慰地说："我们还会回到桂林，等我们卖完蚊帐再来桂林，到时候带你们玩桂林。"

我和陈百歌心里确实有了某种美好的期待。

六

荔浦县隶属桂林市级直辖县，它建制于汉元鼎六年，是广西旅游县区，有银子岩、丰鱼岩、荔江湾景点，农产品有荔浦芋、砂糖橘、马蹄等水果。我们其实不看重这些，主要看荔浦有多少乡镇，据陈忠义了解到有十几个乡镇，这是我们要走乡闯镇推销蚊帐的根据地。我们入驻荔浦，兵分四路分布各个乡镇，早去晚归。只要县城班车能到达的乡镇，我们都要到那儿卖蚊帐，一般先在荔浦县城至郊外推销三天，然后再进入各乡镇。

我们到达县城是中午，肚子有些饿，但要先找旅社，一般会靠近汽车站。入住旅社后吃饭，住旅社，吃饭店，使我赏心悦目，好像天天都在过节。下午我们各背着一包蚊帐出去卖，我串街走巷，轻声地叫着："卖蚊帐。"蚊帐却在包里装着，没人知道，也没人理睬。到了四点多回旅社，一顶蚊帐都没卖出去。陈亮告诉我卖蚊帐要从包里拿出一顶蚊帐放在手上，见人就说卖蚊帐，挨家挨户去推销，见人就吆喝。还要介绍蚊帐特点：轻便、凉爽、透明、便宜等优点，由此来吸引人。我似乎明白了一些，但我自己知道会害羞，不够出众，按我们农村人的说法是脸皮不够厚。

我们吃完晚饭去看电影，找到电影院，这几天是演《少林寺》和《小花》，我们选择看《少林寺》，才知道了李连杰，演得很好，武功也棒。我们白天卖蚊帐，晚上隔三岔五就看电影。陆续看了《苦恼人的笑》《甜蜜的事业》《小花》《天云山传奇》等电影，给了我无限的精神享受。慢慢地我也找到了卖蚊帐的技巧，也学会了能说会道，脸皮也慢慢磨厚了。

第三天过后，仅在县城蚊帐就卖出去一半，陈忠义决定马上打电报回去再托运两百床蚊帐到桂林市，因为托运时间要一周，还是快运。我们四人信心满满，每天晚上都在数钱算账，然后吃饭看电影，我实实在在地尝到了甜头。陈百歌在我面前更加自豪，给我讲与唐诗燕谈恋爱的事，问我回去买什么礼物送给她，还叫我帮他写一封情书寄回去。

今天的阳光很明媚，春的气息越来越重，春暖花开了。我们卖完蚊帐又坐班车回桂林市，等从长乐托运过来的蚊帐。我们有时间游览了芦笛岩、象鼻山，千姿百态的溶洞巧夺天工。我们还坐着竹排游览了漓江，两岸的山峰春笋般波浪式起伏，神似各种肖像。我们还不断地看电影，什么《保密局的枪声》《从奴隶到将军》，还有《瞧这一家子》《生活的颤音》等都非常好看，我还买了很多《大众电影》杂志，里面有电影明星和新电影预告，各种海报画面让人赏心悦目。

蚊帐终于到达了桂林火车站，我们提完货听着陈忠义堂哥指挥要去哪里。此时我已经不怕了，不管去什么地方都不怕了。我已经成为卖蚊帐的高手，他们三个都卖不过我，我一般到中午左右就会卖完包里的八顶蚊帐，回到旅社大约两点左右，他们都要四点以后才回来，有的还剩一两顶没有卖完。我得到两个堂哥的赏识和器重，陈百歌对我刮目相看，他其实也卖得很好，我们四人不相上下，只是我更胜一筹，因为我有时会一下子八顶蚊帐批发给小贩子，所以我都很早回来，然后就会独自去看一场电影，我喜欢看电影。

我们去了柳州，那是阿诗玛的故乡，但是我们没有时间听歌，更没有心事看戏。这次托运来两百床蚊帐，大家都有些压力。按既定的线路一路高歌推销出去，最后到达了广西壮族自治区梧州市。虽然是一个市，感觉很偏僻。但是蚊帐很好卖，所以我们在梧州待着比较久，又托运了一百顶蚊帐，没几天就卖完了。我们开始在饭店点好吃的菜，还喝啤酒，尽管有些酸，我们也喝饮料，还吃水果罐头。早上起来一般到店铺买面包配牛奶，面包是百果馅的，牛奶味又浓又腥，外出半个月多，我明显地胖了。

我们卖完蚊帐，算完账，除掉各种费用，包括回去的路费和火车上吃的盒饭钱，一个人可以赚八百多元钱。从小到大，这是我见到最多的钱，几乎可以用发财来形容，当时有单位的普通公职人员的工资，每月无非就是几十元而已。而我们不到一个月时间，就赚了八百多元，真是牛无夜草不肥，人无横财不富，我有发横财的感觉。

我们为了节省时间和住宿费用，决定当晚从梧州坐轮船到广州，在船上睡一个晚上，第二天早上就会到广州，再从广州坐火车到福州，然后回长乐金峰。结果在船上一点睡意都没有，我们睡的是通铺，透过玻璃窗，可以看到外面茫茫大海，具体什么海我不知道，也可以看到波浪起伏，轮船比较平静，感觉自己所乘的轮船非常渺小。心里总是担心会不会翻船，海朦胧夜朦胧，如果落水没人看见，可能无法得救。一夜里总是思着这个想着那个，越发把八百多元钱揣得更紧，这可是我人生中的第一桶金啊！

第三章　杨之为与他的走私货

一

如果说命运由天注定，那么生活可以自己选择。于是选择变得非常重要，甚至胜过努力。自古就说时代出英雄，也有伟人创造一个崭新的时代，这都需要在特殊的背景下，处于非常时期，把握机遇，勇于开拓，敢于出手的谋略。杨之为虽文化不高，也没有经营之道，更没有生意经验，他却能把握天时、地利、人和之古训，瞄准特殊时期的生财之道。

杨之为是何许人？他有何能何德？成为金峰一带走私货流通的核心人物。杨之为其实不是金峰人，是靠海边的沙林村人，沙林村地处沙丘与木麻黄之间一个不算大的自然村，靠近南澳，也就是现在长乐国际机场的位置。村民一半靠种地瓜、瓜果为生，一半靠海边滩涂种蛏、养殖墨鱼（目鱼）、出海捕鱼为生。靠山吃山，靠海吃海。想不到多年后沙林村不复存在。这也是杨之为引以为自豪的事，他初中毕业后就到金峰菜市场做买卖咸菜的生意，咸菜以大头菜为主，在金峰方圆十几里地里种了很多大头菜，收割后用盐巴腌成晒干，是很好的下饭菜。很多农民都挖了大大小小的石坑，用石条砌成，把新鲜的大头菜腌制其中，经过一个多月后起坑、晒干，然后销往全省各地，大部分是生意人到村上收购，杨之为就是干这样的事。他在金峰菜市场有一个摊位，虽然不大，但卖着各种咸菜。大头菜、萝卜干、榨菜、笋丝、紫菜、海带丝，还有海蜇皮，很多花样。

杨之为今年二十七岁，也只比我大七岁，看上去偏老，好像与我隔了一代，他为人不错，比较精明，讲话带鼻音，好像是感冒，又似是鼻炎。留着胡子，头发四六开，经常提着一个北京包，包上划了几道痕，有点脱皮。但是包里可能装着的都是钱或是票据，大家看着才羡慕他。他父亲遇难于台风捕鱼的海上，母亲务农，一个弟弟叫杨之生，两年前去当兵了，听说在宁德那边飞鸾海军基地当海军。杨之为前几年就结婚了，是赶在父亲死后百日里完婚，否则要等三年，这是当地的风俗。老婆也是海边附近的，嫌家里风沙大，他结完婚就跑到金峰混，最早是住在一个小仓库里面，干着投机倒把的事，日子混得不错，很早就买了一架凤凰牌自行车，派头得很。

是他第一个把台湾那边的走私货拉到金峰，放在自己的咸菜摊位上卖，引来众多买菜人的围观。货品新颖而便宜，主要有小钱包、围巾、衬衫、充电的手电筒、收音机，还有压缩饼干、火腿肠、凤梨酥，许多产品我们平时没有见过，所以有许多人买和许多人想买，特别是年轻人都蠢蠢欲动，只是口袋里没钱而已。

我兴高采烈地从广州回来，拿着八百元钱给父母，父母高兴得把我当成他们的爹娘，家里的地位迅速提升，不再煮地瓜米给我吃，采取大米一半地瓜一半混合着煮给我吃。我经常跑去金峰找陈百歌玩，计划着下一趟什么时候再出发卖蚊帐。这时候我去金峰不再吃锅边糊了，改成吃鱼丸，金峰的鱼丸非常好吃，使我多年以后吃不惯福州的鱼丸。金峰鱼丸有很浓的鱼味，还有没绞碎的细骨，肉馅滋润得很，咬一口油汁直流，满嘴油腻，被人称上金峰全真鱼丸的美誉。

陈百歌不怎么理我，不是和我不好，而是忙于跟唐诗燕谈恋爱。他说谈恋爱会得相思病，以前听人讲不相信，现在才信，他如果没有约会就吃不下饭，如果没有见到唐诗燕就一夜难眠，牵一下唐诗燕的手胜过握着大把的人民币，抱一下唐诗燕犹如抱着生命的稻草。我被说着心里痒痒的，也很想谈恋爱。因为我会赚钱，在村里也传开了，媒婆也上门说亲，父母也有意去物色一个好的女孩子，我却不愿意，我不打算在山富村生活一辈子，免得定亲以后还要退婚，像我的同学刘水利一样很被动。但是听陈百歌对恋爱的一番论述，又觉得恋爱可以当饭吃、当衣穿、当人生的力量。

今天难得遇到陈百歌，他满脸的高兴劲，想必与唐诗燕热恋于"水深火热"之中，他火急火燎地对我说："水萍，我爸想见你。"我有些受宠若惊，陈百歌的爸爸我只见过一面，他大部分都不在家，都坚守在经编织布厂里面，在我心目中他就是大老板，有钱有势有家业。听陈百歌说织布厂是由他三间老房子改造的，拥挤不堪。但是，我心中有数，陈老板为什么要见我，一定是我很会卖蚊帐，而且有很多主见，还可以搞批发，认为我是一个做生意的人才。

我问陈百歌："你爸找我是好事还是坏事？"

陈百歌拍一下我的肩膀说："我的哥哥，一定是好事。我爸很忙，不会轻易约人的。"

我有几分自豪，自豪于被人器重。我跟着陈百歌去他的家，他的家我已经很熟悉了，他的妈妈很热情，会煮很多菜，只是不爱说话。这时，在路上意外地遇上一个人，她是林芬芳，金峰倩影照相馆林师傅的女儿。是她先看见了我们，很远就叫住陈百歌："百歌，你们去哪里啊！"

我们停住脚步，陈百歌有些难为情，偷偷对我嘀咕："水萍，她暗恋我，我对她没感觉，你有没有？"

"去你的，我是有感觉，但没资格。"我反讽刺他，"找老婆不是要找她喜欢你的吗？人家对你有意，你为何对人家无情？"

"不对，要找我们喜欢她的，我就喜欢唐诗燕。"陈百歌洋洋得意地说着。这家伙婚恋倒有些主见，他的话当然有道理。

林芬芳已站在我们面前，脸在阳光照射下，像含羞草一样露出几分羞涩，抿着唇，搓着手问："你们去哪里？吃过饭没有？我请你们吃午饭。"

陈百歌抢先说："我爸要见水萍，我带水萍去我家吃饭。"我也点头说是。

林芬芳说："我爸也想见你，陈百歌。"

陈百歌惊出一身冷汗，然后镇静地应付说："好的好的，到时候带我的未婚妻去照相馆请你爸拍照。"

林芬芳噘着嘴不高兴地说："那我也跟你们一起去你家。"站在一旁的我感到很尴尬，不知说什么，陈百歌倒快人快语地说："芬芳不行，我爸以为我搞三角恋爱，会被父母打死。"

林芬芳默默无语地转头，悄悄地向着金峰繁华的街头走去，我看着她的背影，心中很不是滋味。人的感情就是这样微妙，一个人喜欢另一个人，而这个人却不喜欢，去喜欢另一个人。此时我同情林芬芳，又羡慕陈百歌，最快乐的应该是唐诗燕。我心中喜欢林芬芳，仅此而已，因为心中明白这是不可能的事，林芬芳也不会看上我，包括她的爸爸林师傅。因为门不当户不对，而我也清高得很，根本没打算在农村找老婆，我想着是远走高飞，能飞多远就多远，我也想着自由恋爱，自己谈自己看得上的女朋友。

我跟着陈百歌来到他的家，我偷偷对陈百歌说："林芬芳可能生气了。"

陈百歌装个鬼脸说："没事的，有空去照相馆哄哄她就不生气了，关键这事不能让唐诗燕知道。"

陈百歌的老爸已在客厅等我，他很热情，而且很欣赏我的样子，他对陈百歌说："百歌，你去洗几个草莓给水萍吃。"然后招呼我坐下。

我说："叔叔好。"很拘束地坐在他旁边。他说："水萍啊！看不出来啊你还是卖蚊帐高手啊！有文化的人就是不一样，做什么事都能成。"

我嘻嘻地笑着："可能是我的运气比较好。"

陈老板拍了拍我的肩膀说："挺好，百歌要多向你学学，他贪玩，没你懂事。"

陈百歌端着草莓过来，对他老爸说："爸，说重点，等下我要和水萍出去逛街呢。"

"你们也要吃完饭再去玩吧！"陈老板话归正题。他说，"水萍，下一趟出去推销蚊帐由你带队。"

我一听忐忑不安起来，没有一点心理准备，好像也不敢这么做。心里犹豫着，嘴上说："叔叔，我还没这本事呢。还要跟一两趟才行。"

陈老板又拍了拍我的后背说："小伙子，你一定行。陈亮和陈忠义一定不会看错人，他们跟你出去一趟就看出来了，你不但能独当一面，还能带团队。"他接着说，"现在蚊帐市场非常好，春天之后就是夏天，蚊子开始多起来，所以旺季来临了。"

我点点头，心里紧张，但又觉得自己有价值，所以也激动。陈老板又说，"这次是分三组团队，你水萍带一个团队四个人，百歌跟着你。陈亮和陈忠义各带一个团队，兵分三路。"

原来陈老板早有计划了。他说："为了安全起见，我托关系到长乐工商管理局开了几份推销蚊帐介绍信带去。"

我心里想，陈老板这么抬举我，有陈百歌做伴，就不大怕了。于是我们谈得很愉快，陈老板很满意，他招呼我们吃饭，然后我和陈百歌一起上街了……

二

金峰最繁华的算是农贸市场。啥都有而且是绿色的、生态的、传统的、天然的、手工的。一方水土养育一方人，长乐人习惯于地域性很强的、土生土长的东西。尽管其他地方也有，却没有长乐的味道来得正统、甜美、纯正。比如，在长乐有青山后的龙眼、青村桥的番薯、山富村的西瓜。龙眼、番薯、西瓜到处都有，却没有长乐的好吃。科普一下，青山后属于古槐镇境内，青村桥则属鹤上镇境内，山富村就是靠机场的湖南镇了。这三个地方的龙眼、番薯、西瓜在金峰农贸市场几乎人人皆知。

我和陈百歌来到农贸市场，午后两点这个时辰，有的摊位开始休市，等四点后再开市，所以没有上午的热闹。一些摊位已经用布罩着，几个小伙计在那儿拉呱、打牌、嬉闹。还有一些摊位收起大鱼大肉，换成日用品、小商品。我和陈百歌就是这个时候认识了杨之为。

其实杨之为的摊位不明显，是靠近一个后门的角落。但是他摊位上卖的东西很有特色，与众不同，所以有人围观，有人问价，有人想买。所谓物以稀为贵，杨之为不知从哪里走的渠道，好像都是港台那边的货物。这些货物都是小商品，有录音带，放在播放机上播非常好听，有人说这是靡靡之音，给人柔弱颓废、委靡不振的感觉。但是人人都喜欢听，当时非常时髦。后来才知道唱得好听的那个女的叫邓丽君，还有唱得幽默谐趣的那个男的叫张帝。后来才有刘德华的歌。这是录音带的魅力，杨之为的摊位上有卖。还有卖围巾，他们不叫围巾，叫围脖，名称好听，花花绿绿的，让人有购买欲。还有卖背心，而他们也不叫背心，叫文化衫，前后都印有图案和文字，像书的封面，似杂志的彩页，非常吸引人，所以叫文化衫。还有卖钱包，他们也不叫钱包，叫钱夹子、手抓包，设计精美，有男式女款。后来才知道这在港台那边叫作文创产品。我们内地还不知道文创产品为何物。杨之为摊位上还有卖更神奇的东西，叫巧克力和咖啡，外面金黄色锡纸包着，金光闪闪的，里面黑黑圆圆的，像红糖，但比红糖好吃。而咖啡是一袋一袋装着，里面是粉末，用开水一冲，闻着特香，喝着有点苦，回味甘甜得很。金峰农贸市场上只有杨之为的摊位上有卖这些东西，都是高贵的精品。更让人目不转睛的是他还卖手表，而且是自动手表。当时只有有单位的人才有手表戴，最时髦的是上海手表、海鸥手表，在杨之为摊位上居然有卖自动手表，很让我惊讶，更让陈百歌垂涎三尺。

我们一直站在杨之为的摊前不肯离开，陈百歌什么都想买又不敢买，我说买一条丝巾送给唐诗燕，他不同意，他说想买一盒录音带，他喜欢听歌，家里也有播放机。杨之为看我们依依难舍的样子，他热情地招呼着："你们看中哪一个？我便宜卖给你们。"

"真的吗？"陈百歌欣喜若狂起来。然后问，"老板，你这是哪里进的货？"

杨之为左看看右瞧瞧，很神秘的样子，悄悄地对我们说："从台湾那边过来的，走海上通道。"

陈百歌"哦哦"地附和着。我说这是不是属于走私货？杨之为给我竖起大拇指，说我厉害，懂得识货。

当时只要说是走私货就是好东西，就是稀缺物品，让国人可望不可即。走私货就是港台货的代名词，而且走私货还有一个特点，便宜，可以说物美价廉。只有有番客亲属关系偶尔才会从正规的海关按规定带回一些港台的物品，否则在内地不可能有港台的东西，但是在金峰农贸市场却出现了港台货，这分明是走私进来的，这方面我懂。福建为沿海省份，长乐在东海边上，临近台湾，一衣带水，台湾海峡既是浅浅的乡愁，又是深深的隔离。解放台湾是当时最响亮的口号，台湾那边说我们生活在水深火热之中，所以在每年九月份秋天时会通过气球从台湾飘过来很多食物，我小时候就捡过好几次。而我们大陆这边也说台湾那边深陷资本主义的不堪社会环境里，因为信息不通，台湾海峡不可跨越，所以不了解双方的真实情况，只有解放台湾，让宝岛回到祖国的怀抱，才能共享彼此的先进和文明。

陈百歌突然说："老板，我对这个感兴趣，我想跟你干走私，卖走私货。"

我大吃一惊说："百歌你疯了？"

"我没疯，水萍，走私货买卖一定会红火，比卖蚊帐更好赚钱，而且都是好东西，我们一起干。"陈百歌眉飞色舞地说着。

我看着摊位前的老板，他见状，笑着说："两个小兄弟，我叫杨之为，是南澳那边的沙林村人。"

"哦，靠海边，靠我村庄也比较近。"我说。

"你哪个村？"

"山富村。"

"山富村啊！我好几个亲戚都在你的山富村，山富村在附近算是大村了。"杨之为一下子对我亲近起来。

陈百歌推了我一把说："怎么样水萍，我们一起做走私货买卖。"

"我们刚答应你爸带队去卖蚊帐啊!"我说。

"我们不管啦!卖蚊帐还有我堂哥他们几个呢。"陈百歌解释。

其实杨之为正缺人手,他一边拿货一边卖货忙不过来,正想着我们跟他一起干。他偷偷地对我们说:"其实大陆这边是拿着东西跟台湾同胞换的,人民币在台湾不能流通,我们又没有美金,所以都是用银圆跟他们换港台货,就是那个有袁世凯头像的银圆,你们有吗?这东西以后会很值钱。"

"原来这样啊!"我恍然大悟起来。

杨之为还告诉我们,他是在半夜海水退潮的时候开着小船到一个小岛与台湾同胞换东西的。杨之为说:"台湾同胞只要银圆,银条银砖也可以,其他东西不要,我就缺银圆,带着不多,所以换的东西也不多。他们船上什么都有,都是我们平时没见过的货品,吃的穿的用的玩的都有。"杨之为算是把走私的内情都告诉了我们。

杨之为便宜卖了陈百歌两盒录音带,都是邓丽君的歌曲。两盒才五块钱,陈百歌非常高兴,按正常市场价一盒就要十块钱。陈百歌由此判断做走私买卖很赚钱,他决定跟杨之为干走私的买卖。杨之为一下子就跟陈百歌称兄道弟起来,他倒是一直动员我一起干,我却不感兴趣,就是卖蚊帐也不是我想干的事。只是去全国推销蚊帐可以走南闯北,游历锦绣山河,体验各族风土人情。这是我感兴趣的,之前就是高中都毕业了,还不知道天有多大,地有多广,真是井中之蛙。若只守在东海之滨、沙丘之陵、木麻黄之荫,那一辈子将是灰头土脸的。三十六计走为上策,冲破闭塞屏障,飞越断头之路,方可到达宽阔大地,那里一定也有星星和月亮,而且还会有美丽的彩虹。

陈百歌突然改变主意,不与我一起出门推销蚊帐,一股孤独涌上我的心头。我心里明白陈百歌的父亲让我带队卖蚊帐,其实就是为了拓展他的经编纺织产业,需要大量的推销团队,我成为他发展业务的核心,所以我必须要三个人组成四人团队,才能成行。这倒不是难事,很多人都想去推销蚊帐,毕竟很赚钱,只是没有门路。而且我选择人选也要看人品、家道,还要看是否勤劳、吃苦。有三个人成为我考虑的对象，一个是我的远亲表哥，大我两岁，叫卓平原，他头脑灵活，虽然有点鬼精，但是做生意的料，能说会道，只是比较喜欢喝酒，中午晚上都要喝酒，以啤酒和红酒为主，不喝白酒，只有在夏天的时候喝上地瓜烧，他说可以祛暑。他酒量不行却不会醉，只是喝起酒话太多，令人生厌。他个儿长得比较瘦小，眼睛大，牙齿不整齐，牙缝里黑黑的污垢，好像饮尽人间的苦辣甜酸。嘴唇往上翘，见人就笑，两边露出明显的酒窝，虽不深，给人是陷阱的感觉。喜欢走南闯北，早些年就做过生意，赚中间差价，做得不怎么样，因喝酒所以容易交朋结友，朋友多，三教九流都有。人一走江湖就会多多少少讲义气，当然偶尔也会夸夸其谈，甚至满嘴跑火车，倒是很适合做推销蚊帐的生意。他现在金峰踩三轮车载客谋生，以金峰为中心，去长乐县、漳港镇、潭头镇和梅花镇、湖南镇等方向。生意算不错，我偶尔会坐他的车，从来不收我的车费，他习惯叫我水萍表弟，我也叫他平原表哥，因为是远亲，显得亲近一些。一个与我同龄，叫魏长海，是靠海边的北澳村人，与我家距离有五里路，不算远。他人长得比较高，好像比我大，比较黑一点，海边的太阳很毒，海风也很犀利，所以海边人没有做好防护皮肤容易黑而粗糙。我与他认识是在木麻黄树林里扒柴捡柴的时候，经常在一起玩，我会跟他讲故事，是评话那种，我是在村里听评话先生讲的，还有听老人讲的鬼故事讲给他听。魏长海憨厚老实，不但喜欢听故事，也喜欢打牌，我们经常在树林里、沙丘上打牌，还赌点小钱，一般输赢在一块左右。因为打牌耽误时间完不成捡柴任务，就爬上树去偷折树枝回去。他经常会带鱼干给我吃，鲜美而醇香，他家靠海鱼多，吃不完卖不掉就晒干慢慢吃或送礼。他经常跟他爸爸一起去金峰、长乐城关卖鱼，也算见过世面，懂得买卖的道道和技巧，所以我想到他跟我一起去推销蚊帐没问题，一定比我卖得还好。还有另外一个人叫董石和，是长乐梅花人，也是我的一个远房亲戚，他爸爸是梅花镇上一个小干部，一家子都是信天主教。董石和大我两岁，戴一副近视眼镜，为人诚恳，做事务实，家境要比普通农民好很多，毕竟有一个吃公粮的父亲，每月十日可以领工资，所以董石和的家庭算比较优越了。我小时候跟着大人去他家拜年，应该是爷爷奶奶那一辈的，那时候跟董石和认识了，偶尔我一个人会穿过沙丘爬过山坡，去梅花找董石和玩，他会请我吃鱼丸和肉燕，我非常解馋。梅花镇是因将军山遍植梅花而得名，人们去梅花玩不是为了寻梅，而是为了那儿品种繁多的海鲜。梅花有渔港码头，距离马祖岛很近，只有十几海里，这里的渔船成群结队，不像我家附近的海边，没有码头，只有沙滩和礁石，渔民出海捕鱼比较困难，没有码头可靠，只能硬推到沙滩上，只能小打小闹。梅花镇主要就是以捕鱼为生，镇上村里、街头巷尾都充满着海腥味。董石和的家也做海鲜，但不多，他家主要收入是他爸爸的工资，我也准备叫他跟我一起去卖蚊帐。我想将这三个人选跟我一起组成四人组，然后跟陈老板谈我的想法。

卓平原、魏长海、董石和听我这么一说，高兴得都想跳楼，他们说这简直是天上掉馅饼，马上可以吃起来的。我说这次出门卖蚊帐，你们每个要出三百元的住宿和路费作为本钱，蚊帐货款由陈老板垫付。他们都同意我的意见，异口同声地说："可以的，我们每人出三百元交给你。"

我把这些情况向陈老板做了详细的汇报，并计划这次带队出去准备向四川、贵州那边推销蚊帐。陈老板惊讶于我的周全统筹，不但组建了团队，还叫团队出本钱，减轻了他的负担，让他对我刮目相看。陈老板愈加对我信任，并寄予我很大的希望。由此陈百歌与他的父亲关系开始紧张起来，并减少了每月给陈百歌的零花钱，陈百歌也从此意识到一切都要靠自己，父母再有钱是他们的。再多的财富也要等父母百年之后才愿意处理身后之事。陈百歌明白这一点，但是，他是铁了心的要跟着杨之为去做走私的买卖。他把自己的想法分别告诉了唐诗燕和林芬芳，她们竟然都支持陈百歌，林芬芳还借了陈百歌五百元钱作为买卖走私货的本钱，使陈百歌感激不尽，当场抱着林芬芳，捧着她的脸轻轻地吻一吻说："等我赚到钱要加倍还你。"让林芬芳陶醉得热泪盈眶起来。

三

八十年代初期，应该是一个充满蓬勃朝气而又理想主义浓烈的时代。这正是处于改革开放的萌芽时期，不管从经济到文艺，还是生活方式到娱乐喜好都发生了变化。生活中出现了收录机、缝纫机、手表、自行车的四大件。娱乐上开始收听邓丽君的"靡靡之音"，崔健的摇滚音乐。文艺上开始手捧着《诗刊》《春风》杂志，心理学图书开始看《少女杜拉的故事》、弗洛伊德的《梦的释义》，民间开始看张扬的手抄本《归来》，直到印刷成书的《第二次握手》。街头上流行了女性的连衣裙，男性的喇叭裤，男女都时髦穿的牛仔裤也是在这个时期风行。

暖阳的逐渐普照意味着春天来临，春寒也一下子消失，开始了春暖花开。特别在农村，四季的变化明显而突出，可以不看天空和风速，只要看农作物的生长，只要听百虫的鸣叫，就知道季节的更替。万物的冬眠已经彻底醒来，摇曳的油菜花，波浪起伏的麦田，波涛汹涌的河流，还有袅袅的炊烟，都让人充满生机和希望。我带着三个同伴，托运了四百顶蚊帐，踏上了开往重庆的列车。

而陈百歌到了火车站送我，他的确把我的情义看得比较重，这么远能够从金峰陪我到福州火车站，帮我忙前忙后，让我感动不已也过意不去。他也许是代表他父亲，也许是他意识到这次没有一起推销蚊帐，意味着从此分道扬镳。陈百歌想从感情上给我一个肝胆的举动，从情义上给我一个铁杆的哥们定义。我似乎读懂了他的情感。但是，我也没有想到，在火车站一别，从此却难以再见，会到了三十多年之后才偶然相遇。

杨之为深夜匆匆忙忙地跑到陈百歌的家门口，连续敲了三次门。也许是陈百歌心有灵犀，想到一定是杨之为，他赶紧下楼开了门，将杨之为引进屋，一起上楼到了陈百歌的房间。陈百歌正在听邓丽君的歌，房间有些零乱，陈百歌非常爱干净的人，也很讲究，这几天被"靡靡之音"萦绕得晕头转向，都懒得去整理房间，杨之为突然夜访，看着自己房间的邋遢状，让他很不好意思。陈百歌问："这么迟了有什么急事？"

"明天是周末，我要去乡下收购银圆，明晚十一点左右海水退潮时我跟几个老乡一起出海，到一个叫大沙的小岛，用银圆兑换各种商品，你白天要帮我在金峰农贸市场看摊位卖东西，晚上凌晨三点左右到海边等我船只回来接货。"杨之为话说得很神秘，也说得很认真，不是开玩笑。

深更半夜的，陈百歌听得有点紧张起来，心脏跳动得厉害，他听完停顿了片刻，然后问："这么快啊！"

"你能不能搞定摊位，我会写一张商品价格表，这几天你在农贸市场也基本熟悉了，主要是周末人流多，问价砍价的也多，不要活市卖没钱。"杨之为怕陈百歌搞不定。

"这倒不怕，我出远门卖过蚊帐，还怕你这个小摊位。我主要担心你海边走私货安全不安全？"陈百歌讲出自己的担忧。

"哈哈，你不会害怕了吧！"杨之为将了陈百歌一军，然后说，"很正常，一回生二回熟吧！多干几趟就轻车熟路了。"

"我倒是喜欢跟你一起去乡下收购银圆。"陈百歌他已经准备了一千元人民币做本金，只是他没有告诉杨之为。杨之为说以后有机会，以后还要去全国各地收购。于是，陈百歌更有信心了，他们一直谈到十二点多，杨之为才离开了陈百歌的家。

周末的金峰农贸市场是有赶集的气氛，陈百歌体验一把小老板的瘾，好像摊位上的东西都是他的，得意扬扬起来，看着人来人往，他吆喝着小商品，能说会道，也许他有推销蚊帐的经验，人又年轻帅气，引来了很多人围观。特别是一些女孩子，好奇地问这问那，陈百歌介绍着摊前的走私货，生意一下子火红起来，特别是邓丽君唱的录音带，还有女性的胸罩，男性的太阳帽都非常好卖。

话说杨之为放心地抛下金峰农贸市场的摊位，走乡串镇，去了好几个村庄，幸好他有一辆自行车，虽然有的没路，有的是土沙小道，都要下车推着自行车走，甚至还要扛起自行车走一段路，但总体上还是为他节省了很多时间。

银圆也叫元宝，是起源于十五世纪的欧洲，大约在一六二〇年流入中国，在清光绪十五年就开始由官方铸造。在民国时期建立银本位货币制度之后，就开始以银圆作为主要的通行货币，就开始大量铸造，银质成色高达百分之九十八点六，具有很强的收藏价值。银圆的种类，多达二百多种，有孙头银圆、袁头银圆、大清银圆、宣统元宝、光绪元宝等。在长乐农村百姓家中藏有的大部分是光绪元宝和袁头银圆，光绪元宝的背面有"盘龙"图案，袁头银圆的背面则是"袁世凯"头像图案。当时的市场价格一块在二十元左右，杨之为去走乡串镇，就是为了收购这两种银圆，银圆的成色很重要，杨之为已经很内行，他拿着银圆，用指甲夹着正反面一吹，然后放在耳朵上听声音就能判断银圆的银质成色、优劣、好坏、真假。

海边除了浪涛汹涌的声音，海风飕飕吹拂的响声，深夜看不到海鸥，只看到远处海天相接，迷迷茫茫，朦朦胧胧。海滩上有一只小船，估计只有二百马力，有几个人影在穿梭，其中一个就是杨之为，他带着将近一百块的银圆，三个人合租了一条二百马力的船，聘请了一个船老大，就是舵手。船出海最大的风险就是靠近海边的三阵浪，非常凶猛，一浪比一浪高，一浪比一浪大。只要越过这三阵浪，就可以进入平静的海面，就等于进入了安全的海域，正所谓天高任你飞，海阔任你游就是这个道理。同理，若船只归岸，要越过这三阵浪，到达海滩是非常困难的，比出海时更难，难以靠岸。所以船老大的技术相当了得，冲浪、避浪、借浪是船老大的三大法宝。冲浪必须加大马力，不可松弛，避浪就要避开凶猛的暗藏漩涡的浪涛，借浪就要顺势而为，借用浪涛顺势推动，让船只向岸靠近。所谓需要接船的人手，不单单是接货，还要帮助船只靠近海滩时一起拴住麻绳，将船只推上沙滩。接货的人还有一个任务，巡视沙滩附近、木麻黄树林中是否有公安人员？他们都知道，现在有一支队伍叫边防兵，专门出没在海边口岸，抓捕和防范走私货的、偷渡客的、下海投敌的。

陈百歌是提着心吊着胆来到指定的海边，他要顺着一条长长的水渠，走上一片沙丘，穿过木麻黄的树林，才到达指定海滩。他带着一只手电筒，他最怕走进树林，阴森森的，黑乎乎的，树林叶枝之间的吱呀声都会让他毛骨悚然。幸好有手电筒，随着光线，不敢左右回头，铆足着劲一步步向前，直到听到海浪的声音，看到海岸线，才松了一口气。陈百歌看到海边人影攒动，心想一定也是接货的人，心里就踏实下来，他向这些人走去，有个伴，套个熟，互相照应。

在夜色苍茫中的海边，海浪的翻滚，白色的浪花，天空中月色明亮，还有各种星星，海水亲吻着沙滩，贝壳躺在滩涂上，夜风阵阵，树枝摇曳。此景此色，陈百歌他们无暇顾及，甚至不懂得欣赏，更多的是没有这种心情和意境，他们向远方遥望，等待着船只安全而顺利地满载而归。

大约凌晨三点一刻，海面上有船只颠簸着向海边靠近，随着汹涌的海浪，船只像摇篮一样左右摇摆，上下颠簸。陈百歌看到的好像不是一条船，似乎有三五条船在海面上幽灵般由小变大，由模糊到清晰，既争先恐后又停滞不前。杨之为的船只终于先到达海边靠近沙滩上，他挥舞着手臂，让陈百歌一下子就认出是他，他一阵激动向前跑去，踩着潮湿的沙滩爬上了船只，在船舱上陈百歌看到了带日历的全自动数码手表，有机械和石英两种，都很漂亮。看到了大量的录音带、收播两用机和收录播三用机，看到了各种款式和面料的 T 恤衫、背心、毛衣、牛仔裤和喇叭裤，看到了各种的罐头、凤梨酥饼干和咖啡，陈百歌也就是在这个时候看到并认识了一种开罐即食的粥，后来才知道叫作八宝粥。满舱都是台湾货，大陆都没有见过，陈百歌看到这些走私货比看到渔船满舱的鱼虾都刺激有劲。他们一起装袋、卸船，人人挑着担子，几乎是匍匐前行，趁天亮之前，将走私货运到金峰。

四

陈百歌站过摊，接过货，能够日夜兼程，既熟悉了走私货买卖，也认识了台湾货的种类，最关键是练大了胆，看到了希望，预见了未来，所以他决心与杨之为全力以赴，在此一搏。而此时的我正远在重庆，这是我人生第二次出远门，而且我的胆子也练大了，还带着三个伙伴，知道了外面的天有多大，地有多宽。还知道了人是一样的，都是中国人，只是饮食口味不一样，风土人情不同，习俗做派各异。三个伙伴都听我指挥，我们在重庆就买了一张地图，计划蚊帐推销线路，一般每到一处都会买当地的地图，然后按线路出发，我们只计划在重庆待三天，然后去成都。人随线路走，货跟人走，钱两三天电汇回去一次，陈老板早就写给我地址、姓名、账号，汇款回去，打电报要货都按这个地址保持联系，我们每住进一家新的旅社，都会告诉陈老板旅社的总机电话和所住的房号。白天卖蚊帐，晚上安排看电影，偶尔一起下馆子，四川的菜辣得让人出汗掉眼泪，我们福建人吃不惯，他们都称我们福建前线，都提到了宝岛台湾，一衣带水，四川人好奇得很。我们吃饭时只能叫餐馆师傅少放辣椒，但还是辣，每吃一口菜都要用手掌在嘴巴前扇几下，吹吹风，让口腔凉爽几下，减轻火辣的味道。

不知为什么，重庆市场非常好，原计划只待三天，结果卖了五天的蚊帐，四百顶蚊帐已经卖了一半。我们四人都很高兴，想不到董石和卖得很好，也很勤劳，每天八顶蚊帐要卖完才肯回旅社，有时到了七八点才回来，早上都是很早第一个出去。我手气很好，一般下午四点前就会卖完回旅社看书了，有时一下子全部批发给二贩子，就更快了，中午就回来了。倒是我表哥卓平原卖得不好，也不够勤快，不管有没有卖完蚊帐，下午五点前都会回旅社，而且又喜欢喝酒，经常一个人在旅社里喝着啤酒配着花生米。我们一起出去做生意任何费用都是一起核算，他可能觉得占便宜合算，酒喝得比家里更猛，我们倒不计较，比如魏长海会抽烟，也是一起算，魏长海蚊帐卖得一般，也从来没有卖完回来，也剩不多，只剩一两顶而已。我和董石和都是不抽烟不喝酒，我喜欢看电影和看书，有时一个人去看电影，也会买一些书来看，特别喜欢买《大众电影》，图文并茂，有很多时尚的演员照片，我也会买当地的报纸来看，知道了很多新闻。因为蚊帐的好卖，大家都开心，没有太多计较，出门在外，有钱赚，见识多，人一下子成熟起来。

我们离开重庆时就打电报回去说卖了一半，钱也都汇款回去，准备去成都。叫陈老板尽快再准备好三百顶蚊帐，等我通知托运到什么地方。陈老板很高兴，听说陈百歌也很高兴。陈老板赞扬我出门在外，成竹在胸，对我信任有加。其实我并不懂哪里市场好，只是瞎猫碰到死老鼠。后来有很多长乐人都来四川方向推销蚊帐。

我只知道成都有一个杜甫草堂，应该是大诗人曾经生活过的地方，应该是杜甫纪念馆，我从小读过李白、杜甫的诗，很是欣赏也很崇拜，我一定要去看看。我们几个到达成都时，已经是深夜十一点钟，我们先在火车站附近旅社住下，然后还没有睡意，一起跑出去逛街，结果店铺都关门了，成都的街道只有路灯亮着，相当宁静，偶尔见到夜归的人骑着自行车匆匆而过，还有见到一两个小摊卖麻辣的东西，我们不敢吃。因为明天要到相对偏僻一点的郊区住宿，所以想节省时间趁夜逛一下成都市区。

我们在成都也只待了一周时间就把剩下的蚊帐卖完，我们主要是在成都的郊区乡镇推销蚊帐，城里的人不一定喜欢，没有郊区市场好。我们要等着家里陈老板把蚊帐托运过来，听说福州火车站托运很紧张，有时还需要走后门，所以需要一些时日。我们就慢慢卖，比较轻松，有时几个一起进城，带着一些蚊帐到居民小区去卖，成都人很会砍价，我们为了逛街、游公园、去杜甫草堂和看电影，就把蚊帐便宜一点卖掉。我们在成都还拍了很多照片，付完钱给拍照师傅留下地址，他们会把照片冲洗好寄到长乐老家。

想不到白天的成都很热闹，人来人往，好像外地的游客也很多，女孩很漂亮，男孩也很帅，我们长乐金峰一带有的家庭经济比较困难，兄弟又多，有的就找四川的老婆，可能大部分都是农村的。四川农村女孩子都要下地干活，所以看上去比较黑，因要干体力活，被担子压得比较矮，又很胖，就感觉四川的女孩子长得不漂亮，经济又不好，她们都知道福建那边很富裕，条件好，经济发达，女孩子不用下地干活，所以很多农村女孩子都想嫁到福建来。于是，在福建那边和四川本地就出现了人贩子，但是，不是拐卖，而且互相自愿，价格便宜，一个姑娘不到五百，都是中间人赚了。有的四川农村姑娘嫁到福建后也有后悔的，发现老公长得难看，家庭又困难，所以想方设法逃跑。这是小部分，大部分女孩子嫁到福建，虽然也是农村，生活条件都不错，过得很幸福。然后她们还会介绍姐妹、表姐表妹、亲戚发小来福建。我们几个在推销蚊帐过程中，四川这边当地人也都问我们要不要带一个老婆回去？我们没有这个打算，只卖蚊帐，不找老婆。

但是，在成都街头看到的女孩子都很漂亮，个头高挑，穿着风衣，手上拿着饭盒，边走边吃，可能赶去上班，看上去非常洒脱。也许她们出生在城市，又有工作，与农村女孩子不一样。而男生则推着自行车走，不骑，一边手上拿着饭团一口一口地吃，看上去潇洒，很让我羡慕。街道路边有竹椅竹桌摆着，貌似喝大碗茶的地方，这是我对成都的印象。但没有很在意，也不会太顾及，我们心里想着卖蚊帐，有钱才能走天下，每次出门卖蚊帐，都想满载而归。只是心里偶尔会想陈百歌，他跟着杨之为做走私货生意到底怎么样了？到底能不能赚钱，我回去的时候打算买一块手表戴，我喜欢戴手表，不单看时间，还是一种装饰，能够提升个人身份和档次，我不知道这算不算一种虚荣。

陈百歌在金峰跟着杨之为做走私货生意很红火，他心里想，远在四川的倪水萍，万万没有想到金峰几乎在一夜之间成为走私货的集散地。每天深夜海边排满了船品，可能都有十几艘，等待出海，那可不是去撒网捕鱼，而是去台湾方向以银圆换港台货，然后再运到金峰。

金峰成为走私货批发、买卖的最大市场。大街小巷，临街的繁华地段，就是偏僻的小道都排满摊点，当地家家户户都参与走私货买卖生意，就是不做这生意也会去逛去买，身上穿着手上提着都是走私货，一直以灰蓝黑白为主色调的金峰，一下子五颜六色起来，变成花花绿绿的世界。而且街头响起阵阵从播放机传出的从来没有听过的歌声，大家最熟悉的歌声是邓丽君，她的歌声温柔而甜美，细腻而轻盈。张帝主要以说唱而见长，被称为急智歌王，现场能够改歌词、编歌词，即兴演唱。非常幽默，临时填词非常搞笑，声音也很好听。

如果只有一小部分人做走私货物，公安、工商就会设岗抓人，制止走私。但是走私货铺天盖地地涌来之时，成群结队的人马上阵之际，政府部门就难以禁止了，金峰街头的走私货一下子变成合法的买卖。公安不抓人了，来维持治安，工商部门也不没收走私货了，而是出来维护摊点，收取摊位费。

有人说哪里有禁令哪里就有走私，包括男女私情。这时候的杨之为已经今非昔比了，他已经不满足于在海滩租渔民的渔船走私，而是在福清、连江靠海边有码头的岸边，用大船进行走私活动。此时，长乐的金峰、福清的龙田、连江的琯头等有十几个大型的走私货物码头和据点，金峰是最大的走私货物批发和零售市场，金峰附近的村庄有百分之七十以上的农民参与了走私活动，因为钱好赚，而且来钱快，所以暂时放弃了农民该干的农活。杨之为越做越大，他此时从台港那边进来的走私货主要集中在档次上，如大量的自动的石英表和机械表、电视机、电动缝纫机、化纤布料和各种款式的服装，兑换这些走私货物的则是大量黄金、白银、文物和一些名人艺术品。杨之为的走私团队达十几人之多，他负责海上走私货的交易、运输，陈百歌负责金峰市场的批发销售，两个人分工明确，带着十几个伙伴从早忙到晚。此时从全国各地拥入金峰的货物车辆每天都到三千辆左右，人员达五万元左右。一座名不见经传的小镇一下子在全国出名了，全国不管是生意人还是普通民众，都知道了福建省有一个长乐县，在长乐县有个金峰镇。金峰的走私公开而猖獗，福建地处沿海，内地人很羡慕，他们可能都没有见过大海，长乐的金峰一带更是能听到海浪声，闻到海腥味。走私货物就是靠海上通道，条件得天独厚，所以近水楼台。这不但是一场群众性的走私活动，甚至连一些当地领导干部都参与其中，一些港口海关也睁一只眼闭一只眼，为走私大开绿灯。

金峰成了闻名全国的走私小镇，金峰的经济也是从走私作起点，走向了繁华，金峰及周边的乡镇农民也是经过走私掏到了第一桶金。既是全民走私的疯狂时代又是人人迅速造富的时机。有着这样的一个特殊时期的走私导火线，才引爆了像震惊中外的厦门远华走私大案，由此使得众多官员纷纷落马，也才有了后来中国掀起了打击走私活动的浪潮。而长乐金峰的走私也逐渐走向没落，转而兴起了偷渡出国的狂浪……

五

我虽然人在成都，但听陈百歌的爸爸说金峰的走私生意非常赚钱，他不知道陈百歌赚了多少钱，因为家里又购置了一部经编机及一些设备，陈百歌拿了三万元给他老爸添置织布机。当我了解到这些情况之后，有点后悔当时没有与陈百歌留下来跟着杨之为做走私货生意。由此也让我对陈百歌刮目相看，佩服他的果断和决绝，也深刻感到陈百歌才是做生意的坯子，日后一定会干出一番大事业，成为大老板。正当我躺在旅社的单人床上胡思乱想之时，旅社的服务员敲响了我的房门，然后喊着："电话、长途电话。"

我拉开门直往旅社的服务台跑过去，心里想着一定是陈百歌，没有其他人。是长途电话，话费很贵，而且等待时间也要算钱，我必须小跑过去，尽快与陈百歌通话。我一拿起电话听筒就问："是陈百歌吧！"

"是我啊！你现在怎么样？听说蚊帐卖得不错，我爸第二批蚊帐已经托运出去了。"陈百歌语气中充满着对我的关心。

我说："总体市场还可以，几个伙伴也勤劳，都卖得不错，现在等蚊帐到货。你呢？与杨之为合作得怎么样？"

"我打电话正是说这事。水萍，你可能想不到，现在的金峰人山人海，都是来自全国各地。走私货琳琅满目，都是港澳台那边的商品，有人说现在的金峰就像一个小香港，你回来可能都认不出来了。"陈百歌眉飞色舞地向我道来。我听得心花怒放起来，心想这才多久时间啊！金峰怎么一下子变成小香港了？我还带几分疑惑地问："那就是自由市场啊！工商管理局不抓吗？公安不管吗？"

"不管啊！怎么管！抓谁？把人山推平？把人海抽干？不可能啊！"陈百歌在哈哈笑声中显得无可奈何的样子，又有几分千载难逢的得意。我在电话这边也笑起来，然后好奇地问："那你赚了很多钱？"

陈百歌激动地说："杨之为发大财了，他厉害，胆子大，下手猛。他说马无夜草不肥，人无横财不富，走私是千载难逢的机会，时不再来。杨之为的走私货占金峰半壁江山。我跟着他当然也不错，连我爸都对我刮目相看。"这是陈百歌亲口告诉我的，让我很羡慕，自己以为卖蚊帐挺赚钱的，想不到还不如金峰的走私赚钱，所以人与人是不能对比的，一比高低，一比好坏，一比贫富，一比贵贱，就失落了，就不快乐了。于是，我还是打听一下他到底赚多少钱。我问："百歌，有没有赚一两万元了？"

电话那边的陈百歌对倪水萍是坦诚的，他视倪水萍为真朋友，所以他不会隐瞒，只是他也具体不知道赚多少钱，还有许多货物还没有出手。他说："水萍啊！我自己也不知道，肯定不止一两万元了，应该要比你卖蚊帐多赚好几倍。对了，说得这么多差点正事给忘了。"

我好奇起来，有什么正事呢？赶紧追问："什么正事？"

"你第二批的蚊帐卖的钱不要汇款回来，全部拿去当地那边收购银圆回来。"陈百歌说得神秘兮兮的。

我犹豫片刻，拿着话筒没有回应。陈百歌见状补充说："我跟我爸说了，他同意了。你把银圆收购回来，我全部要你的货，我一块按二十元给你收购过来，你在当地必须低于二十元的价格去收购，越低赚越多，明白吗？"我一边说明白明白，一边心里盘算着。

长途电话之后，我却心事重重起来。一则出门在外，尽管能赚钱，却是餐风宿雨。尽管一路风土人情各异，却无暇顾及。如果长期在外，不是我所想要的人生。尽管所走之处，当地人都投以异样的目光，心中却有自知之明。毕竟自己还是一个青年农民，如果回到农村，就要当一辈的农民，日出而作，日落而息，生男育女，繁衍家族，香火生生不息。但是，时光进入八十年代之后，好像时代发生了翻天覆地的变化，什么事情都有可能发生。按陈百歌的说法，金峰已经今非昔比了。

我已经二十一岁了，自己的思想好像有了独立思考的能力。尽管从小学到高中，经历过"文革"到粉碎"四人帮"的时代，但我知道中国各领域已经进入春天的季节。

这也是中国处于改革开放的前夜。

而我面对琅琅读书声的同学，心里为自己"倪水萍"的名字耿耿于怀，特别是"萍"字太女孩子化，那时心中就埋下改名字的想法。直到今天，我远在四川成都，听着金峰走私活动像一场全民健身运动一样，盛况空前。让我感到时代将要发生一场变革，经济将要发达，文化将被弱化，商业将要崛起。

于是，我也想改变，我要突破，我仿佛处在人生的十字路口。

我决定先从我的名字"倪水萍"改起，把倪水萍的"萍"字去掉草头和三点水，改为"平"字。自己好像还比较满意，"倪水平"已不大像女孩子的名字，而且寓意有水平。这是我擅自主张，不找取名先生，也不问算命先生，也不问时辰八字，按自己喜好修改字名，这也意味着我的人生自己做主，我的命运自己掌握。

成都连下了两天的雨，我们躲在旅社里没事干，他们打牌消遣，我则在看巴金的《家》。晚上，我们吃完饭，对他们三个伙伴说，明天我们准备出发去德阳，因为蚊帐托运后天就会到达德阳火车站。他们听完都雀跃而动，毕竟这两天雨天闷得慌，我们总想着到了一个新地方之后，再换一个新地方。

走南闯北是我们卖蚊帐的特色，进村入户是我们推销蚊帐的手段。在四川农村给我留下深刻印象的是几乎家家户户都自建简易的沼气池。他们用沼气生火煮饭、烧火、照明。只是后院一年四季都是臭气冲天。我们是坐着火车的货车厢到达德阳市，找靠近汽车站的旅社住下，再打听电影院在什么方向，再者就是买地图看有多少乡镇，那是我们推销蚊帐的流程。我们一起去德阳火车站的货物站，提了货雇了车到达旅社，蚊帐把两间旅社的空隙塞得满满的高高的，幸好会一天天少了下来。

当天晚上我召集他们开会，并算了第一批蚊帐的销售情况，除成本外总共赚了多少钱，一个人能分多少钱。整个账算下来每人能分五百元左右，这几乎是暴利，像发财一样每个人都高兴得飘飘然起来，只是这个钱要等回家的时候才能分到手。我今晚给他们开会的目的就是传达陈百歌关于收购银圆的事。

卓平原点着烟，吞云吐雾，脸上红红的酒色还没退去，魏长海笑呵呵的满嘴都是牙，仍然沉醉于还没到手的五百元欢欣中，董石和则不动声色，小小的眼睛通过近视镜，几乎看不到他眼睛的大小。他在等待我还说什么重要的事。

我认真地说："我们可能没有想到，金峰的走私市场像过年赶集一样热闹、繁荣。据说非常赚钱。"

"真的吗？金峰是我的根据地啊！我在金峰踩了一年多人力三轮车，现在三轮车载人生意也应该很好。"卓平原睁大眼睛，把烟蒂熄灭掉，问："我们要不要回去做走私生意？"

"那不能啊！我们的蚊帐买卖也很好，不要轻易改变，再说卖蚊帐有陈老板做靠山，提供蚊帐货物，我们不用本金，而走私货需要本钱作底，风险又大。风大不听鬼叫。我们还是卖好蚊帐。"董石和慢条斯理地说着，魏长海点点头，说："石和说得对，我们就卖蚊帐，我们都赚五百元了，还不比走私好吗？"

我见他们各种议论，心里也不懂到底是卖蚊帐好还是走私好，如果按陈百歌的说法，不但是走私好，而且还好好几倍。所以我也难以判断，但是我已经决定要把卖蚊帐的钱拿去当地收购银圆。这个听陈百歌的一定没错，再说了也得到他爸爸的同意和支持。我说："兄弟，现在货物在房屋里堆积如山，我们全力以赴卖蚊帐，但是这批卖蚊帐的钱不用汇款回去，把这些钱去收购银圆。现在金峰银圆一块二十元，有多少陈百歌都要，我们在这里收购价格要低于二十元才能赚差价。"

"这个买卖可以做。"大家异口同声。我交代大家先打听这里的银圆一块多少钱？我们准备最高出价十元，若能成交就能百分之百地赚。

大家点头赞同，脸上都露出得意的笑容。

六

清早起床，到路边吃当地的早餐，然后直奔汽车站，各自购买不同方向的车票去卖蚊帐，早出晚归，已经是轻车熟路了。我已经不满足于一顶一顶地卖蚊帐了，一天出去老想着包里的八顶蚊帐一下子盘给二贩子。于是我经常走进企业车间、机关、学校等场所，拿出一顶蚊帐进行展示、宣传，夸夸其谈，吹牛不用起草，娓娓道来。众人听着我用不标准的普通话介绍蚊帐的特点、特色、特价，看着雪白的蚊帐，透明而通风的工艺，轻便而时尚的款式，个个心里都蠢蠢欲动起来，我察言观色，见他们已有购买欲，我就会突然抛出一句："我这有八顶蚊帐，你们如果一下买完，一顶便宜两元。"

有人问："原价多少钱？"

我说："二十八元。"

又有人说："那就是二十六元一顶？"

众人你看我，我看你。又有人抢先说："小伙子，再便宜一元，一顶二十五元，我们凑一下人数，把你八顶蚊帐都买了。"

我只嘻嘻笑着，我的笑容很真诚，也有无奈的表情。又有人开始趁热打铁地说："小伙子，二十五元可以了，一下子买光八顶，免得你跑东赶西，到了晚上还不能卖完。"

我迟疑一会儿说："我其实就只赚这一元钱。"

又有人说话："不会没钱赚啊！你们福建前线，风光无限啊！生活也富裕啊！"

我说你怎么知道呢？他说他在福建沿海当兵三年呢。我一听找到了突破口，我有些激动地说："凭这，一顶二十五元卖给你。"

他们一片哗然之后开始凑单，叫着张三来一顶，李四可以买两顶。就这样八顶的蚊帐一下子被抢光了。其实他们还价二十三元一顶我也会卖给他们。

这就是我推销蚊帐的经验，而且非常有效，所以我卖蚊帐很轻松，不是早去晚归，而是晚去早归。我有时也到当地的综合市场，把蚊帐盘给摆摊点的摊主，说是便宜盘给他，但我们有个底线，每顶不会低二十元。只要碰到一个摊主感兴趣，几下工夫八顶蚊帐就盘出去了。这是我推销蚊帐的宝法。我这些做法和经验没有告诉他们三个同伴，不知道为什么。

四川省的德阳是一座城市，地盘很大，但不怎么繁华，没有成都热闹。我们计划在德阳待五天时间，四百顶的蚊帐能卖多少是多少，剩下的卖不完到一下站绵阳去卖，我们都看好了地图，在绵阳卖完蚊帐，一边去收购银圆，一边打电报回去叫陈老板再发货到江油，我们准备下一批蚊帐在江油城推销。他们都赞同我的计划和安排，并称赞一切都在我的掌握之中。我最后提醒他们卖蚊帐的钱没有汇款回去，就藏在床垫下比较安全，大家要留意，每天晚上回来结算当天的卖蚊帐钱后，都要检查一下床垫下的钱。

春暖开始花开，天气格外地晴朗，好像白天的时间变得比较长，我经常还不到饭点就肚子饿，这时候我就会去买肉包吃，只有肉包才没有辣的，其他食品都带辣。虽然四川的辣味让我难受，挑战了我的味蕾，但是比之前刚到重庆时候已经好多了，口腔适应了辣椒的存在，并找到了吃饭的秘诀：大口吃饭小口配菜。

三四天时间很快过去，大家天天蚊帐大包提去，空包回来。感觉德阳市的蚊帐市场也非常好卖，而且价格也好，每顶平均价格都在二十五元以上。我们决定在德阳市多待几天，争取把四百顶都卖完。我们都美滋滋地想着。可是想不到的事情却发生了。

到了第五天的时候，我是傍晚第一个就回旅社了，然后边看书边等待他们陆续地回来，一般六点前都会回来，这是我们的约定。但是今天到了六点还有一个人没回来，他就是我的远亲表哥卓平原。他见识多，人精灵，也有出门的经验，一般是不担心他有什么意外。我们等到七点钟，心中慌张起来，肚子也不饿了，不断地猜测各种可能，赶不上最后班车？蚊帐没卖完不好意思回来？又去夜市里加班去卖？

自己擅自跑去看电影？一个人偷偷去喝酒？去找当地的女人？我们想着许多可能性，又一个个地排除。这是人命关天的事，我曾听人说有人出去做生意，走后一直没回来，许多年过去了一直没有音讯，不知是溺水还是坠崖？抑或是被杀不得而知。我一想这些毛孔都竖了起来，望着面前几个伙伴六神无主的样子，一种从未有过的恐惧与惊吓笼罩了我的心头，不知如何面对。

在家靠父母，出门靠朋友，我们四个人一起出来做生意，就是朋友，而且是我发起的，我明白自己责任重大。时间一分钟一分钟过去，街上已灯火通红，九点钟对一座城市来说夜生活才刚刚开始。我突然想起了什么，喊了一声："快看一下床垫下的钱。"

魏长海和董石和手慌脚乱地将床垫掀起，才发现四千元人民币不见了，只见有一个信封躺在那儿。我一下子明白了什么，破口大骂起来："王八蛋卓平原，钱被他卷走了。"

董石和打开信封，里面留有一张纸条和一千元钱。也就是说卓平原拿走三千元，纸条上写着："表弟水萍和水萍的两个朋友魏长海、董石和，我卓平原对不住你们了，算我借你们的，等我日后发财了一定每人还你三千元。"

我们三个面面相觑，无言以对。我说："我们先吃饭吧！肚子饿了。"他们两个点点头跟着我出了旅社，去大街上找吃的。这个时候不是晚餐了，算是夜宵。魏长海和董石和不敢多说什么，他们毕竟知道卓平原是我的表哥，不管多远的表哥，毕竟是亲戚。所以一路上都是我在骂卓平原。倒是董石和偶尔插嘴："他还算有点良心，留一千元给我们，他自己赚的钱应该也有一千元，等于我们三个人损失两千元。"

魏长海附和地说："是的，是的，希望他日后发财了能够每人还我们三千元。"我听后心里不是滋味，不知是不是他们在安慰我。我们落座准备吃饭时，我强作镇静地说："我们要先把这三千元赚回来。"我告诉他们说："从明天开始，我边卖蚊帐边收购银圆，争取每天提蚊帐出去，带银圆回来。"

魏长海和董石和都异口同声地说:"我们就这样干。"于是,我们很快调整了心态,恢复了平静,开始了日复一日地边卖蚊帐边买银圆的生意,不敢把卓平原卷款逃跑的事告诉陈老板,也不敢告诉陈百歌,更不敢告诉家里人。我们从德阳又到绵阳,再从绵阳到江油,一路张罗着蚊帐,一路吆喝着银圆。

四川江油是一座古城,也是一座工业县城,位于四川盆地的北部,有夏长、雨热、降水丰沛的特点,我们刚入住由一所旧学校改造成的招待所,就接到陈百歌的长途电话。招待所的条件比普通的旅社好很多,价格也高了一些,进出招待所都需要房号出入证,很有安全保证。我们随身带着蚊帐和银圆,还有现金,有了卓平原事件之后,增强了防范意识。这也是我们为什么要住好一点的旅馆的原因。

陈百歌的长途电话大部分是报喜的,虽然我还没回到长乐金峰,听陈百歌娓娓道来,我能够感受到金峰走私的盛况。能够称得上内地的小香港,我们根本都没去过香港,也不知道香港热闹到什么程度,只听过香港是购物的天堂,但人民币是不能使用的,是用港币,我们没有。可见金峰是小香港,也就是购物的小天堂,说明现在的金峰什么都有,只要你有人民币,就可以买到港澳台的商品。这可是一件了不得的事,所以引来了全国各地的生意人、游人、客人。陈百歌的语气有点财大气粗的派头。他说:"水萍,你们银圆收购多少块了。"

我说:"我们是边卖蚊帐边收购银圆,这样节省了很多时间。"

陈百歌称赞说:"这个方法好,你脑子好使。"

我嘻嘻地笑着,然后说:"今天才收到你爸托运来的蚊帐,可能要七八天,估计十天左右带着银圆回去。"

"很好很好,记得银圆不要集中一个人身上,要分散你们四个人身上,火车站进出站都要小心,偶尔会有检查,福州火车站白天就有检查,是抽检。你们最好是买晚上到站的车票。"陈百歌为了预防万一,向我通报了福州火车站的情况,也是金峰走私活动名声在外,在车站一些关口设立了检查站。

我点了点头,说:"明白了,看来走私终究要被禁止。"

"是的，那是短期的生意，所以我跟杨之为分开了，他把摊子铺得太大，线拉得太长，我担心收不住亏本了。对了，唐诗燕不想考大学了，也是她父母的意思，所以帮我打理，她全身上下都穿着走私货，我们偶尔会偷偷睡在一起，哈哈，不能告诉别人哦。"陈百歌得意扬扬的样子，有一点少年得志的豪迈。

　　我听得只有羡慕，总想早点回去，看看金峰现在的模样，瞧瞧陈百歌现在的派头。我不经意地问："那个林芬芳怎么样了？"

　　陈百歌哈哈大笑起来，反问："你是不是想她了？"

　　"你别乱说，这怎么可能呢？她喜欢你，不就是唐诗燕的情敌吗？"我解释着。

　　"怎么会呢，她们现在是好姐妹，经常一起逛街，买走私货，一起照相，好得很。"陈百歌似乎一点都不担心，一个是未婚妻，一个是红颜知己。语气中流露出快乐而幸福的气息。

　　"好吧！长途话费很贵，等我带银圆回去。"挂断电话之后，我又陷入深深的思考之中，不知自己该努力赚钱还是远走高飞？该回去投入疯狂的走私活动还是坚持自己最初的理想？

第四章　卓平原与他的歪门邪道

一

卓平原自己都不曾想到会走其下策，卷走表弟他们的钱，从此欠下愧疚之债。他自己也不知道是鬼迷心窍还是见钱眼开。其实卓平原卷钱逃跑是见色起意。

卓平原一直以来都是一个不安分的家伙，而且还是一个风流之徒，他一方面总想着一夜暴富，一方面总想着有女人在侧。这些情况倪水萍、魏长海、董石和他们知之甚少，只知道卓平原在金峰踩人力三轮车谋生，也算安分守己，自食其力。谁知做三轮车主也接触三教九流，社会上各种信息都略知一二，官场上的权力之争，生意场上的利益之争，情场上的欲望之争，他们都消息灵通，了如指掌。所以卓平原有一帮这样的哥们，一天到晚总想着靠走偏门发大财，渐渐地就走上了歪门邪道。

他们还在成都的时候，卓平原在推销蚊帐过程中偶遇了一个女子，这个女子叫肖洁俞，长得有几分姿色，还比卓平原大一岁，看上去较为成熟，也显得落落大方。两条浓黑的长辫子，一前一后地围守着，在她浓眉下那两颗并不算大而且有神的眼睛，似乎埋伏着许多忧虑。两片淡红色的双唇正紧紧地抿着，似乎不轻易向人透露心迹。虽然脸上仍然有笑意在荡漾，给人的感觉她是一位甜美而又谨慎的姑娘。卓平原不自在地将目光投放在她全身上下，本能地泛起了雄性的荷尔蒙。当这位名叫肖洁俞的姑娘得知卓平原来自福建前线之时，就报以热情的回眸。当卓平原自报是福建长乐金峰人时，肖洁俞就已经羡慕起来，就问："是那个有很多港澳台货的金峰吗？"可见金峰因走私被全国悉知。

卓平原开始夸夸其谈起来："什么走私货都有，各种款式的手表，电子表特别多；各种面料的布匹，尼龙布料特别多；港台歌星的录音带，都是邓丽君的歌声；各种的收音机、二用机、三用机，还有电视机……"

肖洁俞一下子陶醉了，随口而出："能带我去金峰吗？"

卓平原见状欣喜若狂，即刻见色起意。

春天的色彩，纷纷扬扬地渲染着天空，大地一片绿色。成都的郊外，阵阵春风柔柔拂过，使无数树叶在飘在粗糙石块铺成的路上盘旋着。卓平原望着肖洁俞，心里盘算着，如果把她带回去就是我的女人了，我就要娶她为妻了。他提着手上还有三顶没卖完蚊帐的包，踏着凸凹不平的石路，伴随着破碎的树叶，问肖洁俞："你真的想跟我去金峰吗？你父母会同意吗？"

"当然想去，不用父母同意，我自己可以做主。"肖洁俞很自信地说着。

卓平原反而停下脚步，审视着肖洁俞。她见状，说："别大惊小怪，家里太穷，或者我那个村太穷，我要远走高飞。"

卓平原点点头，然后伸手抓住肖洁俞的手说："我带你远走高飞。"

肖洁俞这时才开心地笑起来。这个开心的一笑对于肖洁俞来说非常难得，因为她有不为人知的痛楚与遭遇……

肖洁俞出生在成都郊外的一个小村庄，家里穷得父亲把还没满月的哥哥送人获得几个钱，在农村女孩子倒贴都没人要的。妈妈在坐月子中气死，父亲以他粗犷的性格把她抚养成人，他人老实却喜好酗酒和赌钱，跟隔壁的老王叔叔整天鬼混在一起，好吃懒做。当长到十六岁的时候，老师说她有着歌舞的天赋，声音甜美，舞姿优美，方圆百里都知道肖家有一个宝贝女儿，能歌善舞。大人说亲的，青年求爱的不断拥来，媒人纷纷上门说亲，父亲生性贪酒瘾烟，他毫不客气地收下了人家的烟酒，还推辞说爱女尚未长大，婚姻大事有待她个人做主。人们失望至极，骂父亲以爱女作饵，骗人烟酒。父亲吃人家的嘴软，无话可说。正处于青春萌芽时期的肖洁愈，情窦初开，朦朦胧胧，还不大懂感情之事，却知道父亲所作所为极为卑鄙，自己感到受到污辱。正在这时候，肖洁俞被隔壁的老王叔叔盯上了。

那是一个天高云淡、万里晴朗的中午，肖洁俞正哼着歌儿去河边洗衣服，湖平如镜正是一派春光明媚的季节。肖洁俞在一块大石头上蹲下来洗衣服，这时不远处一个英俊青年正悄悄地向她移近，肖洁俞自觉地警惕起来。而他在保持一定距离之后也蹲了下来，将手在湖水里哗哗地拍打着，多情的眼神，不时地瞟着肖洁俞，露出某种难以言喻的情愫。嘴里不时地吟着："窈窕淑女，君子好逑。"

肖洁俞心想他应该不是什么坏人，还会念诗，举动也文雅，就报以回眸一笑。

"你要我说真话？还是说假话？"他受宠若惊地问。

"当然要说真话，不许骗人。"

"那你也不许生气。"

"不生气！"但不许你胡说八道。

英俊青年说："我是你虔诚的求爱者，于是我想的英雄救美人这句古训来获得你的爱情。盼望你掉进湖里，正在这千钧一发之际，我不顾一切潜入水中，舍命把你救上来。你昏迷不醒，一身湿漉漉的。我把你抱进山洞里，生起了火，为你做人工呼吸，然后为你宽衣取暖。你慢慢醒来，得知我是你的救命恩人，你感激我。在洞里为我唱起阿诗玛曾唱过的歌。并将终身托付给我……"

"闭嘴……"肖洁俞脸颊绯红，感到几分腼腆，不客气地训着，"你在白天做梦是不是？我劝你回去当作家还有几分天赋，别在我面前异想天开！"她嘴里这样说着，心里还是有几分佩服这个青年的想象力，只不过爱情不是靠想象的。

他快快而去，不断地咕噜着："你说不生气，我才对你说，真是诚心对明月，明月照臭沟。"

虽然他的求爱方式有些荒诞，却给肖洁俞点燃起青春之火，使她周身燃烧起了爱情的焰火，此时她才晓得自己是一个女人，并且是多么希望异性朋友来疼爱……

然而，阴差阳错，日月颠倒，当太阳被西山完全吞没的时候，也是肖洁俞高中毕业的时候，她回来路上就被隔壁老王叔叔骗到他家，说什么父亲欠他赌输的钱，无力偿还，叫女儿为他还债。老王叔叔咧着嘴，亮着眼睛看着肖洁俞说："你若也没钱还，就陪叔叔睡半天。"肖洁俞又怕又吃惊，六神无主地看着他，心想在他家睡半天也没什么，老王叔叔见肖洁俞没反对，一股脑地将她抱到床上，肖洁俞想不到被老王叔叔骗奸了，而且她还不敢吭声。

肖洁俞伤心而无助地哭了，她那少女纯洁的心被隔壁老王野兽之犁蹂躏，使她的青春之河从纯洁变为浑浊。隔壁老王叔叔得寸进尺，隔三岔五就对肖洁俞图谋不轨，若不服从，就威胁、打骂。肖洁俞想反抗，想与他决一雌雄，然而力不从心，又怕他欺负父亲。孤独无助的肖洁俞只有三十计走为上策，给他父亲留下一张纸条："爸，我出去打工，不再回来了，你要保重你自己。"然后从家里逃了出来。临走时肖洁俞带走着家中唯一祖传的一枚酷似"麒麟"模样的玉石，来到了成都，在灯红酒绿的大都市里沉迷……

肖洁俞是不敢去太远的地方，所谓远走高飞，天南地北，在八十年代初期，就是书念到高中，对于一个刚满十八岁的姑娘来说，是无法跨越的黄河长江，甚至是天际银河。这个时候遇上从福建来的卓平原，而且还是一个生意人，让肖洁俞心中暗喜，对卓平原好生喜欢，好像黑夜中看到了亮光，断崖上找到了桥梁。而卓平原面对年轻漂亮的肖洁俞，心中萌发出歪门邪道的想法。他想把肖洁俞带回长乐老家，娶她为妻。但是自己却身无分文，与倪水萍表弟他们卖蚊帐的钱还没有分到手，又听倪水萍说金峰走私生意很好赚钱，又得知金峰很需要银圆，玉石、黄金。卓平原就想着趁表弟他们早上大家一起出去卖蚊帐之时，自己再潜回旅社将床垫下的钱偷走，然后与肖洁俞一起私奔。

那是前几天晚上，卓平原又约好肖洁俞，他们来到成都一座小公园，在假山后面相会。月光是银白的，很有浪漫情调，一眼望去，假山后面的枫树底下，一个身材苗条的倩影朦胧地在那里晃动，肖洁俞显然等候多时了。卓平原呼吸困难地在枫树边停住了脚步，他用贪婪的目光偷看着肖洁俞。肖洁俞手上挎着一个橘红色的小包，里面装着那枚祖传玉石，她今晚要告诉卓平原，这是她全部的家产，也是她唯一的家底。她轻轻地叫了一声："卓大哥。"夜色下的卓平原冲动起来，扬起双臂紧紧地抱住了肖洁俞。

肖洁俞顺势靠在卓平原肩上，也紧紧抱住卓平原，仰望着天空，把前胸的那条辫子甩向背后，说："我愿意把这辈子交给你。"

卓平原不说话，双手却不安分地抚摸着肖洁俞的身体。肖洁俞又悄悄地附在卓平原耳边说："我有一枚麒麟玉石。"

卓平原一下子松开双手说："真的？"

"真的，我随身带着，那是祖传宝玉呢。"肖洁俞说着从包里掏出玉石，卓平原一看，一只像麒麟般的玉石在月光下显得温润而剔透，乳白色中泛着树叶般绿油油的色彩。卓平原不懂玉石，不敢鉴定，但他知道应该会很值钱，带回金峰，一定有人要。这时他更加坚定带肖洁俞回长乐金峰。为了获得洁俞的信任和大气，他必须先拿走倪水萍他们的钱，于是，卓平原说："洁俞，你要在成都等我几天，我要先去江油几天，还要跟我的同伴告别之后，然后再来成都接你，一起去福建。"

肖洁俞一听高兴至极，但她生怕一走了之，不来接她，就说："等你来时，我就把玉石交给你。"

卓平原点点头说："我一定会来的，而且还会给你惊喜，你要好好保管好玉石。"两个人说着又紧紧地搂抱在一起。

二

卓平原与倪水萍他们到达江油后就没有心思卖蚊帐了，一心计划如何拿走一笔钱与他们不告而别。卓平原也没有心思看电影了，他一想起与肖洁俞在一起时的情景，胜过电影里任何情节，他也无心逛公园了，肖洁俞才是他最好看的风景。当然还有肖洁俞身上的那一枚玉麒麟，一定会卖一笔钱，他要找时机打电报回去问一个踩三轮车的哥儿，了解一下金峰金银珠宝的行情，还有走私市场的情况。卓平原美滋滋地想着，好像马上就要发大财了。

江油城的蚊帐市场也很好卖，春天之后就是夏季，蚊子多的季节也即将到来，蚊帐是每家每户的必需品，家里有床必有挂蚊帐的习俗，所以蚊帐特别好卖。大家对前景看好，唯独卓平原心中暗喜，他盯着床垫下那包用牛皮纸包着的卖蚊帐的钱。

卓平原想好哪天他与大家一起出门去汽车站，购买不同方向的车票，然后中途下车折回旅社偷走三千元钱。卓平原的内心还是害怕的，毕竟这么熟的伙伴，还有远亲的表弟。所以他再三考虑之下没有全部拿走现金，剩下一千元，并留有一张字条，算借条也好，算承诺也罢，给他们一个交代。他心里是这样想着，日后真的发财了，一定每人还他们三千元作为补偿。

卓平原揣着三千元钱，还有一包十顶的蚊帐，当天就坐火车去了成都。直接到成色酒吧找肖洁俞，她在成色酒吧里当服务员。夜色刚刚降临，夜生活还没开始，他见到肖洁俞穿着时尚，是酒吧里的服饰，在灯光下透出青春的活力和欲望的诱惑。肖洁俞见卓平原如期而来，特别感动，感到这是一个守信用的男人，一个守信用的男人就是有着担当和责任。于是她轻轻地叫了一声："卓哥。"

卓平原听后特别舒服，至今还没有人这样叫过他，他激动地说："我们一起去吃饭。"卓平原口袋里有了钱，就大方起来。他准备明天将十顶的蚊帐卖掉，也有两百多元钱，然后带着肖洁俞回福建长乐，将肖洁俞的玉麒麟卖掉，加上身上的三千元钱作为本金，与肖洁俞一起在金峰做走私生意。

卓平原与肖洁俞吃完晚饭后，将自己的想法告诉了肖洁俞，当她得知卓平俞身上有三千元钱，大吃一惊，心想果然是一个大财主，福建人就是这么有钱，生意人就是这么牛，让她更加下定决心要去福建，也更加心甘情愿跟着卓平原。但是，当她得知卓平原打她身上玉麒麟的主意，她又犹豫了，这毕竟是她祖传的宝玉，至今还不知道价值几何？肖洁俞沉思片刻，脸露愁云，为难地说："我现在还不想卖玉麒麟，它既是我的传家宝，也是我日后生存的保证。还有一个重要的原因，一个未完成的夙愿，如果这个夙愿不能实现，我愿与它同归于尽。"肖洁俞说话时眉宇间渗透了悲戚的表情，似乎有难言之隐。

卓平原收敛一下，望着肖洁俞那顷刻间转化为忧愁模样，对她有些捉摸不透，但凭他在社会上混几年的经验，他推测，这位年轻漂亮而又拥有玉麒麟玉石的女子，敢于离家出走，一定有一段不为人知的经历。她家里是一个什么样的背景？她个人经历过了什么的岁月？她家族是否发生什么变故？她个人遭遇过什么样的挫折？无数个问题像蜘蛛网一样在卓平原的头脑里蔓延。他要争取打开这些问号，撕破这些蜘蛛网，为了玉麒麟，他将费尽心机，去获得肖洁俞的信任，使她在自己身上得到一种珍贵的安全感，以便将全部隐私和盘托出。卓平原思考着，心想着还要从长计议。

肖洁俞起身说："要去酒吧上班了。"

卓平原也起身，买了单，说："我也去酒吧坐个通宵，免得花钱住旅社。"

肖洁俞咯咯地笑起来说："这样行吗？我们成色酒吧只营业到凌晨两点。"

"那没事，我明天很早要坐班车去郊县把十顶蚊帐卖掉。"卓平原提着包子与肖洁俞走出饭馆，一起去成色酒吧。

五颜六色的灯光在闪烁，花枝招展的女郎在穿梭，一片灯红酒绿的景象。肖洁俞把卓平原带到一个拐弯处较为僻静的角落坐下，小圆桌上有一盏油灯，亮着微光，肖洁俞悄悄地问："你是要酒还是要咖啡？"

"我要女人呢。"卓平原色色地盯着肖洁俞。

"去你的，我的卓大哥。酒吧就是以酒为主，提供红酒、洋酒、鸡尾酒以及咖啡和成都的茶水。"肖洁俞一本正经地说着。

"人说酒是感情的催化剂，酒后乱性怎么办？"卓平原半玩笑地说着，这时有人叫着肖洁俞。她见卓平原一直不正经，就自作主张为他点了一杯最便宜的鸡尾酒。

卓平原是贪酒的人，但他明白今晚到这里不是为了喝酒，而是虚度时光。他把鸡尾酒当作饮料，慢慢润唇。然后欣赏着轻音乐，观看着驻店歌手的演唱。一直到凌晨一点多钟，肖洁俞才在卓平原的对面落座。

肖洁俞微笑着，看着卓平原，似乎能看透他内心似的，不紧不慢地说："没有醉吧！其实男人都是以醉酒为借口来满足自己贪婪的心。不过男人在酒、色、钱三者之间，最终还是选择金钱，你说对吧？"

肖洁俞的一番话使卓平原想入非非起来，他并没有醉酒，脸却火辣辣的，好像做了什么亏心事。他镇静一下心情说："我是不是醉了？肖姑娘，你放心，我不贪你身上的玉麒麟，我有钱，我是贪你的人。"

肖洁俞对卓平原嫣然一笑，然后问："打算什么时候去福建？"

"明天一早去卖蚊帐，后天去火车站买火车票。"卓平原盘算着时间后做出计划。

肖洁俞说："我明天结算工资，然后就不上班了。"

"那我们就决定后天坐火车去福建。"卓平原说着把最后一点鸡尾酒喝干。两个人对着窗外的夜色，东方的天空还没破晓，一起走出了酒吧，卓平原说："去你的住处吧！"

"我的住处是四个人的集体宿舍，你确定去吗？"肖洁俞揶揄地说着。

卓平原哈哈大笑起来，然后说："不敢去，吃不消。"

"还是我陪你逛街到天亮，你去卖蚊帐，我再回宿舍补睡。"肖洁俞说着牵住卓平原的手，像一对情侣一般把成都的夜色逛亮。

肖洁俞终于如愿以偿跟着卓平原登上了开往福州的火车。在火车上，肖洁俞十分激动，这是人生中第一回坐火车，窗外的房屋、树木、山峦、田野、江河很快掠过，成都也很快被甩在身后，火车渐渐驶出四川的境内。肖洁俞实现了离家出走、远走高飞的愿望。她感激卓平原，觉得卓平原是真男人，所以她决定不能欺骗卓平原，自己的事应该向他和盘托出。

对于肖洁俞来说，这是艰难的决定，虽然她还年轻，但她好像早就懂得男人的心。把那一段不为人知的往事告诉卓平原。那是一段血淋淋的真实的青春遭遇……

那是三月的季节，山花烂漫，姹紫嫣红。而对肖洁俞来说却是惆怅的季节。她心事重重地拖着一身创伤流浪于成都的街头。异想天开地去寻找她的爱情，盼望着能够邂逅贵人。

一天夜晚，华灯初上，成都市通宵烛光舞厅正响起浪漫的曲子，令人神往驻足。肖洁俞一身洁白的、低领的连衣裙在橘红色的路灯下显得几分风骚。在通宵烛光舞厅门口徘徊着。等待任何陌生的、有情的、富有义气的男人的邀请。月亮在城市里显得苍白无力，隐隐约约，模模糊糊地在向西匆匆地移着。肖洁俞见时间不断地流逝，心里几分焦急，几分无奈。正在这时，一个男士正匆匆忙忙地向这里走来，看神态好像舞厅里早有人在等待他了。肖洁俞只是自作多情地拦住了他，说："先生，跳舞吗？"

他停住了脚步，用一种好奇的眼光看着她，很认真，也很直率。然后笑着说："你等舞伴吗？我们不相识啊！"

"相逢何必相识呢？"肖洁俞说着。

"那我们走吧！"他说后做了一个很优美的动作。说，"以舞会友是我们每个人的心愿。你说呢？"

肖洁俞迅速地，怕他反悔似的将手挽住了男人的手臂，潇洒地向舞厅走去。

微弱的烛光如同垂危的老人在噼啪啪地流着泪。一对对青年男女隐约可见。轻音乐浪漫的情调在舞池里流动着。与其说人们在跳舞，不如说他们在搂抱，互相依偎着，他们只是在原地摇来摆去。肖洁俞紧紧地抱住他，把头靠在他肩上，开始在倾听摇篮曲一样在如痴如醉中得到某种的安慰和寄托。

"先生，你贵姓？"肖洁俞柔声娇气地问。

"我姓沈名见，你呢？"

"肖洁俞……"

"你很漂亮……"他轻声地说着。

"谢谢！你也很潇洒，但愿你也很善良。"肖洁俞踮起脚尖轻轻地在他长满胡须的脸颊上留下一个纪念性的吻印。

他搂紧了肖洁俞……

夜深了，音乐也更轻了，烛光也更微弱了。舞池中一双双多情的贪婪的手开始情不自禁地，无目的地，探索性地在双方身上游移着。肖洁俞的胸前也感觉到了一只手，但她为自己感到遗憾，因为她的身上不再是圣洁了，辜负了沈见的一片真心，她任凭他肆无忌惮的动作，然后胆怯地问住他："沈见，满意吗？"

"嗯！"

"永远这样陪你好吗？"

"嗯！"

"沈见，我有一个祖传玉麒麟。"

"嗯！……你讲什么？"沈见的手停止了游移，肖洁俞更靠紧了他。

"我有一个传家宝，不知值多少钱，如果值钱就卖掉，离开这里到深山老林去过我们的隐居生活，好不好？"肖洁俞卑微地说着。

"我们先出去再说……"

肖洁俞跟着他，来到了他的家。一场缠绵的云雨之后，将玉麒麟掏出来给他看，并愿意跟随沈见，做他身后默默的女人。

沈见有点不相信自己的耳朵，他陷入深深的思索之中，"玉麒麟"

的来历？肖洁俞的来历？几种问号使他疑虑重重。

也许过于轻易得到的东西，反而被人认为是廉价的。沈见此时正是这样的心情。他忧心忡忡，忐忑不安。因为他占有了她，他害怕肖洁俞会恼羞成怒，指控强奸她。但沈见错了，肖洁俞已经看透他的困惑，于是她真诚地、坦率地向他讲述了自己的身世和命运……

如同天方夜谭，一桩桩血淋淋的事实好像一颗颗炸弹在沈见脑海爆炸开来。他亮着惊诧的目光，这位在他面前如同宝玉翡翠一样的少女，顷刻间化为乌有。他胆怯着，咬牙切齿地说："你应该杀掉这个老王叔叔……"

"然后再杀掉你这个王八蛋，因为你也占有了我。"肖洁俞气急败坏地说。

沈见更加焦灼、困惑、迷茫起来，然后喃喃自语着："不可能……"

肖洁俞听不懂他的意思，不知他的"不可能"是指肖洁俞那悲切的命运，还是指两个人之间不可能走在一起。但肖洁俞这一夜的爱情也马上在脑海中破灭。并作出决定，不恳求他的同情和爱情。自己疲惫地、颓丧地、愁苦地离开了他的家，走进了茫茫的黑夜……

据说女人总要遇上一两个负心郎，才会慢慢变得成熟起来。此时的肖洁俞不知是成熟起来了，还是破罐破摔。年少轻狂，天真无邪总要付出代价的。火车依然不分昼夜向前驶去……

卓平原那冒火、阴鸷的眼光不时地盯着肖洁俞，他万万没有想到，坐在自己面前带着几分活泼欢快的肖洁俞心灵深处有着不为人知的遭遇，如同刚盛开的花朵就被人摧残。卓平原惋惜这颗尚且年轻正充满着幻想的心被人糟蹋了，甚至会失去男人对她的各种欲望。那个叫沈见的男人之所以望而却步，最大一点就是肖洁俞不再纯洁，他宁愿放弃玉麒麟，也不愿与肖洁俞真情相拥，只能逢场作戏来发泄七情六欲。此刻他那颗游移不定的心捕住了他的意志，他以勉强的温柔和矛盾的情绪对她说："我同情你的命运，一个被人强奸和自甘沉沦的女子不能相提并论。你尽管受人践踏，但你的心灵仍然纯洁，你的思想仍然高贵，但，你必须懂得男人的心，男人对女人的自私是与生俱来的，他容许自己拥有众多女人，却不允许女人被另外男人所占据，这也许就是男人的贪婪。更何况你是被迫的，是隔壁老王叔叔的王八蛋。而你对沈见是自愿的，因为你视他为生命稻草，想托付终身，沈见得知你身世退避三舍，就因为你不是黄花闺女了。本来每一个人都有权利保存自己的隐私，一些不堪回首的往事可以烂在肚子里，也不能轻易向人倾诉。同情者投以怜悯，嘲笑者投以鄙视，都无法得到人们的理解，更不会接受你的情感和婚姻。"

肖洁俞有些可怜兮兮的样子望着卓平原："也包括你，是吗？"

卓平原没有回答她，他说："但愿您的遭遇是对我最后一个说，今后对这事要守口如瓶，忘记过去，面向明天，这样才能获得爱的新生，走上人生美好的归宿，就像月被云遮重露彩，花遭霜打又逢春一样获得青春和美好。"走南闯北的卓平原平时能说会道，又会花言巧语，平时看一些杂志，懂一些文字，有了一些文化，说起道理一套一套地，让肖洁俞听后茅塞顿开。

她用感激和信任的目光，胸无城府地望着卓平原，脑子里瞬间掠过一阵喜悦，用那种遗失多年的痛楚向卓平原泄露了自己的情愫："卓平原，你若不轻视我，看得起我，我这辈子跟你做牛做马。"

"不，做我的女人吧。"

夜更深了，火车还在运行，卓平原有点闷热，拉上车窗玻璃，窗外飘进一股风，淡淡的凉意，依然感觉冷。卓平原避开肖洁俞那凌厉而深刻的眼光说："明天五点就会到达福州了，然后一起坐班车去长乐……"

三

街很静，路上飘着零碎的枫叶。卓平原带着有些醉意的肖洁俞趁着模糊的夜，拐来弯去地来到离金峰镇三里外的老家，两个人度过了一个美好的夜晚。在肖洁俞眼里，卓平原的老家还不如她四川老家房子好，虽然前后左右的邻居房子也有两层的，也有钢筋水泥的，但是大部分还是木头砖头的居多。卓平原的房子矮小，墙壁是石条竖起的，属于冬冷夏热的房屋，厨房与卧室是连在一起的，没有卫生间，也没有自来水，后门不远处有一口共用的水井，屋内放一个水缸，一个小圆桌，床上有些零乱。在肖洁俞眼里，卓平原在当地应该属于困难户。其实不然，卓平原的经济还算可以，踩三轮车，投机倒把也赚了一些钱，只是他贪酒贪色贪赌，没有什么积蓄，加上总想一夜发财，满肚子歪门邪道，最终赔了钱。他平时不经常回来家里住，所以房屋有些荒凉。其实他在不远处还有两间房子，是他父母和弟弟一起住，所以他偶然回来是到父母那边吃饭。

　　肖洁俞在和卓平原过夜的时候，向卓平原倒出了一肚子苦水。回想往事，她那种忧伤、痛楚的情绪就布满她的眉梢，她几乎颤抖而诚恳地对卓平原说：我从沈见家出来后，咬着牙，瞪着眼，怀里揣着"玉麒麟"走向不知是自暴自弃还是破罐破摔？甚至想到一死了之。有一个黑影紧张而慌乱地跑来，惶恐地、粗犷地、鲁莽地抓住她的手，惊怯地、恳求地、语无伦次地说：小姐别怕，我不是流氓，我是走私分子，正被两位警察追捕，来不及了，快！救救我，不容我答应不答应，他已经脱掉外衣，扔进大河。然后紧紧地、贪婪又情意绵绵地搂住我，把他那炽热的、紧张的、颤抖的嘴唇感激地压在她那苍白的唇上……

　　肖洁俞见此情况心领意会，敏感地、多情地配合他扮演了应有的角色，她配合默契地履行热恋中的姑娘，做了一场逢场作戏的情人幽会的剧情，如天方夜谭，又似荒谬至极。就是为了躲避警察的追捕。两位警察气喘吁吁且警惕地看着，然后威严地喊住："谁？"

　　"讨厌，又来一个……"精灵的肖洁俞不屑一顾地说着，然后慢条斯理地整理着衣冠，一手掩着胸脯，痴情地依偎在陌生男子的怀中，甚至还有意遮住面前这位陌生男人的脸庞。陌生男子感激又充满柔情地搂紧肖洁俞，不好意思地把脸埋在她的胸前，活像一个痴情小生，低下头。

　　"刚才有一个人从这里过去？"警察问道。

　　"不是吗？人家没房子，才在这里谈情说爱，你们总不知趣地干扰我们。"肖洁俞埋怨地说着并带几分羞涩和无可奈何。

"太不像话了，快回去吧！"警察匆匆地说着又往前追去。

"走私分子，现在没事了，起来吧！"警察走后肖洁俞推开了面前的男子。

"谢谢你！你贵姓？怎么一个人在这里？"

"如果我不在这里，你就被抓了。"

"是，是，我要好好感谢你。自古有英雄救美，想不到深更半夜美人救英雄，你胆子够大，是个烈女性格。对了，你一个人在这干吗？不会是想不开寻短见吧。"陌生男子对肖洁俞赞美一番之后又对她疑惑重重。

肖洁俞没有回答陌生男子的问题，却直直地看着他，在黑夜里她的眼睛显得特别明亮。

"你怎么了？"

肖洁俞突然之间泪如雨下。陌生男子慌了手脚，心想这个姑娘一定有什么隐情。他觉得在这里不安全，就提议说："若你没有更好的去处，跟我一起回旅社再细谈，如何？"

肖洁俞别无选择，跟着陌生男子走，他们踏着夜露走进温馨如梦的旅馆。然后陌生男子泡一杯咖啡给她喝，然后说："我叫叶伦，来自云南，是做珠宝生意的。对了，你叫什么名字？"

"叶伦，很好听的名字，我叫肖洁俞。"

"今晚若没有遇到你，可能被警察抓了，虽然不是杀人抢劫，也不是贩毒打架，但是从缅甸那边贩来的珠宝玉石也犯法，不要说坐牢，货品被没收就倾家荡产了。所以我要重谢你。"叶伦说着从包里掏出一千元人民币给肖洁俞。

肖洁俞见状，生意人就是财大气粗，一出手就是一千元，确实大气。她现在无家可归，甚至走投无路，她想要的不是一千元钱，而是想跟着一个能对自己好、有安全感的男人过日子。站在她面前的叶伦还算一表人才，尽管年龄稍大一点，这又算得了什么呢。肖洁俞犹豫着，对一千元人民币没有动心。叶伦见状说："怎么？嫌少吗？"

肖洁俞笑笑，说："在成都，一个普通工人月工资在三十至五十元左右，在机关工作人员月工资在八十元至一百二十元左右，可想而知，当时一千元简直是天文数字。"

"那为何不收？"叶伦又把一千元人民币推到肖洁俞面前说，"这是你的酬金，救我脱险的报酬。对我生意来说算不了什么，如果没有你，我这时在警局，花一万元人民币都出不来。"

肖洁俞点点头赞同叶伦的说法，心里想这个叶伦懂得感恩，说得很在理，应该算是好男人。她说："我能在这里过夜吗？"

叶伦惊讶地看着肖洁俞，他明白自己是生意人，出门在外，安全第一，贪色是男人本性，面对年轻漂亮的肖洁俞，心中早已暗流涌动，但他不敢轻举妄动，到目前为止还不了解面前这位偶遇于深夜街头的女郎，他感激她为自己躲过一劫，本想以千元酬金了却恩情，现在看来还不够。他好奇地问："你不想回家吗？我们孤男寡女的你不怕？"

"有什么可怕的？你又不是坏人，只是做着不合法的生意而已。"肖洁俞淡定地说着。

"好吧！你若不介意，我们就一起睡。"

肖洁俞讥笑地望着他，抿着嘴，却一言不发。她把玉麒麟悄无声息地放在叶伦的眼前……

叶伦看到灯光下的玉石呆住了，用贪婪的眼光欣赏着闪闪发亮的玉麒麟，然后神经质地说："你这哪来的？"

肖洁俞淡淡地说："祖传的。"

"那是无价之宝啊！"

"你识价？"

"不是，是祖传的当然是无价之宝。"

俩人同时沉默了。他们一起过夜，但没有上床，在夜色的温馨中各自构想着不同的梦，静静地度过了不眠之夜。

第二天中午，叶伦开始追问肖洁俞的身世，她避而不答。当天晚上，叶伦郑重其事地对肖洁俞说："肖洁俞，我明白你的意思，想跟我走，做我的女人。但是，当我还不知道你的来历之前，我不敢要你的人和你的玉麒麟，更不敢与你结婚。"

"你不相信我？"肖洁俞不高兴起来。

"坦率地说，令我困惑的是在河边的一幕，你怎么那样轻易地扮演那样的角色，这有点不合乎常理，令人捉摸不透。"叶伦说着重新审视肖洁俞。

"你太无情无义了，为了救你，我不顾一切，甚至以自己的生命作抵押。那时，我就想跟着你，所以才那样大胆。我知道了，你大概怀疑我能做出那样动作不是好女人对吗？"肖洁俞越发激动起来。

"肖洁俞，如果你不生气的话，请把你的衣服全脱了，让我看一看，行吗？"他的声音断断续续。

这就是男人吗？充满着贪婪和自私……

"好吧！不过你只能眼看不许动手！"肖洁俞心里想，难道你叶伦有特异功能能看出我被人睡了？

片刻，肖洁俞一丝不挂地站在叶伦的面前，如同展览馆里裸体女郎照一样。一动不动，一会儿又似裸体模特儿一样扭动着不同的曲线，淋漓尽致地展示给叶伦。叶伦呼吸紧张，心脏剧烈地跳动着……

"可以了吧！"肖洁俞用手抚摸着自己光泽的身体，暗淡地问。

"好了！穿上衣服吧！"他说后瘫倒在沙发上，眼睛里冒着男性的欲火，他激动了。

"都看到了什么？"肖洁俞又问。

"纯洁的，没有人动过，神圣的，原始的处女地。"他像诗人般喃喃自语着。

肖洁俞如释重负地投进了叶伦的怀里……

他们恋爱了。恋爱中的情人是幸福的，因为能得到如火如荼的情愫，又是不幸的，因为随时随地都要准备分离。肖洁俞便是这样，她除了帮叶伦保管走私货外，常常给他一个甜蜜的、热情的吻，或是用那柔软、温馨的、刺激的拥抱，也时常用那狂热的心给他一个充裕的爱，用一个富有弹性的、舒适的胸怀去稳定他那游移的意念。可是，好景不长，他们终究没有缘分，叶伦终究没有勇气接受那铁板钉钉的事实。那是在一个月朗星稀的夜晚，尽管外面的空气更宜人。但他们都成了爱情的奴隶，仍然沉醉在流花宾馆的一个房间里。叶伦突然问她："肖洁俞，你一定很不幸你想跳河自尽是不是？"

"你怎么知道？"肖洁俞被突如其来的询问有些惊慌失措。

"如果我值得你爱的话，请你告诉我你的不幸……"叶伦用那理解的语气说。

肖洁俞感动了，不！她还是太天真了。她当时想，自己没有理由向他隐瞒事实。更没有理由用欺骗的手段去获取爱情。于是肖洁俞向叶伦表白了自己的隐秘。叶伦的意志之果断，令肖洁俞失望至极。他婉转地谢绝了她，几分歉意，几分矛盾。尽管他对玉麒麟还念念不忘，但终究与肖洁俞分道扬镳了。

四

那是一个崇尚于处女童男的时代。

肖洁俞明白，她对卓平原说："男人都有他的共同点，我在叶伦身上看到你的影子，在你的身上也看到了叶伦的影子……"

"该睡了，你困了……"卓平原自己感觉很困了。

肖洁俞迷迷糊糊地从那沾满灵与肉、血与泪的记忆苦海中解脱出来。望着卓平原说："怎么？你真的也害怕了？"

卓平原已经发出了呼噜声音。

太阳在东边的海面上冉冉地升了起来，金峰镇又开始喧嚣起来，摊摊点点挤满街头。国货、港台货、古董货、现代货、高档货、低档货、真货、假货在这里各显风骚。卓平原带着肖洁俞越过拥挤的人群，来到了较静的小巷。正在这时，一位三十左右、打扮入时的女贩子拦住他们。肖洁俞正一怔，女贩子轻声地问："喂，要扑克吗？"

"不要！"卓平原厌烦地说。

"什么扑克？"肖洁俞好奇地问。

"黄色的，是台湾贩过来的。"

"看看吧！"肖洁俞示意卓平原停下。

卓平原无可奈何地问："一副多少钱？"

"二十元。若需要内容介绍，另加十元。"女贩子说。

"那买一副吧！"卓平原咬着牙说着。

"跟我来……"女贩子神秘地把卓平原和肖洁俞带进一间小房。然后从抽屉里掏出一副扑克牌说："拿钱吧！"

卓平原掏出两张"大团结"。于是女贩子递过来扑克。卓平原转给肖洁俞说："回去看，现在主要任务要把你的玉麒麟卖掉。"

他们拐一个弯，在一间双扇门口停下。卓平原用有力的手却轻声地敲了三下，一个戴着近视眼镜的男子开了门。他叫陶生，正值火红的年龄，一副文质彬彬的样子，他高考落榜后，写了五年的诗，都被编辑们"枪毙"了。于是他决心弃文经商，做起生意来。在一次坐三轮车的时候，与卓平原认识了。他虽胆小怕事，但机智得很，他曾以购买一九五五年五分硬币为圈套，白赚了两万多元，赢得了生意上伙伴们的刮目相看。那是去年的事情。

五月时光，石榴花开遍满山遍野，大地有了些许的热气。陶生以他诗人的气质，惆怅地徘徊在街头，他想用他的灵感在这纷杂的世界上捕捉闪光点。然而，当他看着那些不用文化、没有知识却能操纵着自己生意风风火火的人感慨万千，为自己写了五年的诗哭泣，为自己苦苦挣扎于文山学海中哭泣。于是，他一气之下，跑回家把所有的诗稿毁于一炬，然后流荡于街头巷尾，双手插在口袋里摆弄着几个五分硬币，不时地拿出来观看，殊不知，他终于在五分的硬币上看出了文章，原来一九五五年五分硬币与众不同，表面显得特别黑，特别旧，只要是这样的颜色，准是一九五五年制作的。于是，陶生动用诗人的想象力和观察力，创造出了一个伟大的创举。他首先不断地暗自收集一九五五年五分硬币，经过几个月的收集，收到了几千枚五分硬币，然后把风声放出去，等时机成熟，高价卖掉，获取两万余元。他先在街上向一位卖银圆的青年哥问道："喂，你有一九五五年制作的五分硬币吗？"

"干吗用？"

"里面含有铂金，一枚能兑换五元人民币"。陶生神秘地说着。

"有这样的事？"

"你别疑神疑鬼的，有多少卖给我。五元一枚。"

"一言为定，你叫什么名字？"

"陶生，你呢？"

"邓一修，这里的人都叫我一修哥，出名得很。"

就这样，一九五五年五分硬币经过一修哥的快嘴快舌传播。一传十、十传百、百传千、千传万；金峰镇霎时间掀起了买卖一九五五年制作的五分硬币的狂澜。人们不得不相信。一九五五年的五分硬币确实区别于其他年份制作的五分硬币。一修哥信之为真，到处收购，然后卖给了陶生。一修哥尝到了甜头，到处显耀。人们纷纷相告，纷纷收集。从金峰出发，冲出福建进军全国各地。当在人们收集一九五五年份五分硬币进入高潮时，陶生觉得时候到了，他们以五元钱一枚把几千枚硬币销售一空，牟利两万多元，然后收兵回寨。久而久之，人们终于从这场噩梦般的五分硬币大骗局中醒来，各个电台、报纸纷纷载文澄清这个谜中之谜。

陶生从此认识邓一修，结为好友，邓一修也是卓平原多年合作的兄弟，他们曾经一起做过饲料、化肥等倒卖生意。又与陶生认识，三个就成了好朋友。卓平原喜欢陶生点子多，有什么事都请教他，在他身上也学了一些文化知识。

"哗！卓兄弟，哪里带来一位美女啊！"陶生用手扶一扶眼镜，腼腆地说着。

屋内的人一窝蜂走出来，卓平原示意肖洁俞别怕，走了进去。卓平原咧着嘴说："大家安静，这是从四川来的辣妹子，很有才华，对生意也有她独特的见解。她身上还有一块祖传的无价之宝玉麒麟呢！"

屋内的人睁亮眼睛，都想开开眼界，但卓平原又接着说："肖洁俞，给你介绍一下，这位就是诗人出身，靠一九五五年五分硬币发小财走进生意圈的陶生，那位就是靠假银圆去骗换真银圆而扬名的邓一修；

还有他，靠姐姐开工厂发财来供养他，而整天无所事事地跟我们打转的胡过段……卓平原一股脑地向肖洁俞介绍了兄弟们。

肖洁俞看花了眼，心中又惊又喜。与他们为伴，跟他们合伙感到既担心又放心。但她不解地问："做生意干吗还要合伙？"

"一个人不行啊！人人都想成为金峰镇的首富，只有这样才有可能强有力地战胜对方的经济，才能站得住金峰镇的地盘。"卓平原眉飞色舞地说。

"拿出来看看吧！玉麒麟。"邓一修走近肖洁俞，用贪婪的目光盯住着她。

"让他们见识见识吧！"卓平原笑着说。

"好吧！不过只许看，不许动！"肖洁俞神气地说着。

"行，行，一饱眼福！"兄弟们异口同声地说着。

肖洁俞望一眼卓平原之后，慢条斯理地将玉麒麟掏出来示众。人们不论识货不识货，一口咬定："好货色！"

"肖大姐，你只身一人带着这宝物从四川来不怕吗？"陶生扶扶眼镜说。

"不是有卓大哥一路保驾护航吗？以后要多靠你们帮助啊！"肖洁俞收起了玉麒麟，用一双亮丽的眼光注视着陶生等人。

"各位，肖洁俞初到金峰，人生地不熟，你们要多多关照。"卓平原说着掏出"双喜"香烟，一支一支地递给每个人。然后向肖洁俞示意一下说："我们走吧！"

卓平原带着肖洁俞逛了一整天的金峰街，许多洋货、国货、特产、土产使肖洁俞大开眼福。日落西山，金峰街镀上了橘黄色的色彩。一阵阵微风使人还感觉到有几分凉气。卓平原靠近肖洁俞身边问："玉麒麟打算什么时候卖掉？"

"我现在不打算卖掉。"

"为什么？"卓平原不解。

"还不知道值多少钱呢，我们先回旅馆吧！"

卓平原将肖洁俞送回旅馆，他却没有意思离开。肖洁俞脱去外衣，拿着毛巾，自个儿走进浴室。卓平原坐在沙发上，掏出刚才买的黄色扑克牌，一张张地看着……

一会儿，肖洁俞披着浴巾走了出来，见卓平原坐在沙发上看牌，风趣地说："卓大哥，别精神污染了。"

"哇，你这一身……好迷人呵！"卓平原站了起来，有些拘束。

"怎么？难道你没有免疫力？"肖洁俞婀娜多姿地在屋里摆弄着身姿，大有舞蹈家的风度。

"英雄难过美人关吧！更何况你这一身装束，加上这屋里的气氛，我怎么坐得住呢？"卓平原走近肖洁俞。

肖洁俞像羔羊一样温顺地站在那里一动不动，正在这里，门外响起了急促的敲门声。"他娘的……"卓平原望着门口，深恶痛绝地骂了一声，然后不耐烦地喊了声："是谁？"

"卓大哥，是我，有急事找你。"邓一修的声音。

肖洁俞忙乱地整理衣冠，示意卓平原去开门。卓平原将沙发上的黄色扑克牌乱纷纷地收起来，塞进棉被里。然后打开门。邓一修急促地将卓平原拉到门口，轻声地说："卓大哥，出事了"。

"你说什么？"

"那笔生意全炸了。"

"货都已到手了，该死的。几千元啊！"邓一修哭丧脸似的说着。

卓平原脸上青一块、白一块地跟着邓一修离开旅馆，回到了接头的地方，刚一踏进门槛，陶生一手拿着电报，一手扶一扶眼镜说："是云南那边的叶伦打来的电报。"

"念……"卓平原悬着心。

电文是："在成都失手，需两万元急用。叶。"陶生念完电文将电报递给卓平原。卓平原扬一扬电报，沮丧地说："叶伦又出事了。今天怎么这样倒霉？"其实卓平原心里知道叶伦跟肖洁俞也有瓜葛。

"莫非肖洁俞这个女人给我们带来霉气？"邓一修搔搔头皮，怕自己的话不妥当。

大家你看我，我看你。

"大家坐吧！我们这里失手两万元，叶伦又要两万元，我辛辛苦苦卖蚊帐赚来的钱！还偷走表弟他们的钱，就是为了把生意做大，想不到天有不测风云。事到如今，只能一不做二不休。现在我有一计，肖洁俞可能对我们不利，但她手中有一玉麒麟，价值应该也几万元。如果能拿到手，可以解决一切亏损了。"

"对，我们把她骗出来！"邓一修站了起来。

"这……"陶生扶一扶眼镜想说什么，又没说出来。

"陶生，今晚派你去和肖洁俞密约，只要能拿到玉麒麟，我卓平原不会亏待你。"卓平原咬咬牙说。

"对，陶生，这是好事，还轮不到我呢？"邓一修说。

"那你去吧！"陶生趁机推辞。

"不，邓一修鬼头鬼脑的，还是陶生文质彬彬的合适，肖洁俞一定喜欢。"卓平原艰难地说着。

五

太阳渐渐地降落在西山，天慢慢灰暗下来。金峰上空炊烟袅袅。陶生踱步在屋里，不断地扶着眼镜，心想，卓平原太黑心了，自己带过来的女人都敢做局，想在肖洁俞身上找本，太不哥们了。陶生越想越不对头，越想越觉得自己是在做一桩没有人性的勾当。自己曾经想从事诗歌生涯，现在怎么走上了男盗女娼之路呢？于是，陶生那淡忘许久的高尚情操在心中又油然而生，于是他在心中构想着另一桩计划。

月亮隐隐约约地在云絮里移动着，陶生跟着月亮走向旅馆，心中不禁有几分怦怦作响，似乎他时刻感觉到月亮在监视着他。当他来到旅馆时，一台阶一台阶地数着踏上三层楼。轻轻地敲响肖洁俞的门房。肖洁俞激动地打开门，见是陶生，有几分不解，问："陶诗人？是你……"

"肖小姐，我有急事相告。"陶生自个儿地钻进了屋里。

"什么事？"肖洁俞的脸上布满了疑云。

陶生将卓平原的阴谋计划全部告诉了肖洁俞，并叫肖洁俞赶快离开金峰。肖洁俞握住陶生的手说："卓平原太黑心了，怎能这样对我？"

"生意场上哪有朋友。"陶生说。

"你就是一个好朋友，不过，卓平原派你来骗取玉麒麟，你放我走，那你怎么办？"肖洁俞说：

"你不要管我，赶快走人吧！这里不是久留之地。"

"我举目无亲……"肖洁俞想继续说下去，突然又停住了，很感激地对陶生说，"我们一起走吧！"

"这……"陶生迟疑着。

"陶生，卓平原他们肯定不会放过你的，和我一起走吧！"肖洁俞用恳求的语气说。

"好吧！"陶生望着多情的肖洁俞，决定与她同行。

半个小时后，他们离开了旅馆，披星戴月地向福州方向取小路徒步走去。一路上，陶生大谈诗歌，说写诗主要是借用文字的韵律，想象的光芒，激情的光耀把赤裸裸的人生加以掩饰。肖洁俞也大谈唱歌和舞蹈的艺术，说她曾是一朵校花，能歌善舞。很快他们成了知己。于是，陶生望着天空说："北斗七星十四点。"肖洁俞接着吟道："南方孤雁一双飞。"接着肖洁俞又说一对："人生难得一知己。"

陶生也答上："千古知己最难寻。"

"可是，我已经找到了。"肖洁俞含情脉脉地说着。一对男女的心中都荡起了无限的遐想，简直忘记了自己是逃难者。

第二天六点天已亮，他们到达了福州，筋疲力尽，身体像散了架似的又饿又困。但他们举目无亲，去哪儿呢？别无选择地先住进了榕城旅馆。第二天，陶生和肖洁俞走在街头，在南门兜的一个广告栏里看到一则广告，福州黑猫歌舞厅举行第一届卡拉 OK 大奖赛，每一个歌手都可以上台献歌，大展歌喉。陶生看后，眉飞色舞地对肖洁俞说："肖洁俞你不妨去参加，说不定会成为歌星。"

"我行吗？"

"重在参与，尝试一下有何不可。"陶生鼓励着。

于是，第二天，陶生陪着肖洁俞来到于山脚下的黑猫歌舞厅报名。然后等候赛期。陶生躲在旅馆里又写起诗来。肖洁俞大练音喉，还跳起三弦舞，两个人一诗一歌，诗歌交辉，一情一意，情意交融。陶生以诗人的浪漫气质，构想着爱情的罗曼蒂克，而肖洁俞对陶生的爱情忧喜参半，喜的是难得有一位这样浪漫的男友，忧的是自己已经没有权力享受爱情。于是，每当她想起这些时，就忧心忡忡起来，有一种说不出的遗憾。

福州的夜晚，霓虹灯闪烁，黑猫歌舞厅里早就金碧辉煌，七彩的灯球不时地转动着，流泻下五颜六色的光芒。肖洁俞和陶生双双步入歌舞厅，肖洁俞今晚穿着是桃红色的连衣裙，尽管外面天空有些凉，但黑猫歌舞厅里气温却有些让人重温夏季，不过陶生的手上拿着一件外套，以防唱歌比赛回家后为肖洁俞添衣保暖。肖洁俞参赛的歌名叫《跟着感觉走》。

舞台上一个个歌手尽情地歌唱，以不同的风格唱出自己的个性。该肖洁俞上台了，肖洁俞迈着轻盈的小步，婀娜多姿地登上了舞台，音乐淡淡地在舞台后面荡漾起来。肖洁俞手拿着话筒："跟着感觉走，紧抓住梦的手，脚步越来越轻，越来越温柔……"歌声伴随着舞步，向评委们营造出一幅优美的诗情画意。顿时，掌声如爆竹一样在黑猫歌舞厅里回荡。陶生激动得也扬起了手掌，用力地拍打着，似乎各种情愫要通过掌声传播给台上的肖洁俞。肖洁俞脸上扬着喜悦的芬芳，在一阵阵掌声里走下舞台。

三天后，肖洁俞接到通知，她荣幸地获得本届卡拉 OK 大奖赛一等奖。肖洁俞手里捧着通知书如同捧着情书一样，激动万分。陶生比她更激动，他抱住肖洁俞，在屋里转了一圈，说："祝贺你，祝贺你。"

"成功是有我的一半，也有你的一半。"肖洁俞幸福地依偎在陶生的怀里，无不感慨地说，"此时此刻我是世界上最幸福的人……"

两个人沉醉在爱河里……

从此，肖洁俞成为黑猫歌舞厅的歌星，她每天晚上都到黑猫歌舞厅唱歌，听她唱歌，点她唱歌的人日益增多。献花者、求爱者也纷纷而至。肖洁俞在每晚都有可观的经济收入，同时，崇拜者的拥有，使她体味到人格的升华。她忘记了家乡，忘记了老王叔叔，忘记了沈见，忘记了叶伦，忘记了卓平原。心中只有陶生，只有黑猫歌舞厅，只有唱歌……

六

一个风和气爽的夜晚，星星爬满天幕，月亮不知跑到哪里去。城市之上，黑猫歌舞厅的音乐萦绕，歌声悠扬。肖洁俞一曲接着一曲。这时，一位西装革履、风流倜傥的男士手捧着一束鲜花登上舞台："肖小姐，请允许我代表听众……"

"谢谢你，请问贵姓？"肖洁俞接过鲜花，不无自豪地走下来。

"鄙人姓欧阳名光，请到我座位上喝杯冷饮。"欧阳光礼貌地说着。

肖洁俞跟着欧阳光来到观众座上，欧阳光说："听口音你不是福州人。"

"对，我是四川妹子。"肖洁俞抿一口冷饮。露出几丝笑容。

欧阳光笑笑，他懂得四川的妹子有"辣妹子"之称，意思是大方而直爽，他赞美地说："你的歌声也是火辣辣的。"然后自诩地介绍着自己开一个店很赚钱，口袋里的钞票很厚等等。讲得眉飞色舞，喜形于色，表情露出得意之色。肖洁俞不断地点头，用很美的语言赞颂一番。于是，两个人闪电般地认识了，话题从歌曲到唱歌，从歌手到听众，从生意到金钱，从金钱到感情，无所不谈，像久违的故友重逢，诉说着各自的心情。肖洁俞每天来黑猫歌舞厅唱歌，有一半时间都在欧阳光身边。欧阳光表现出男人共有的特点，在肖洁俞面前大献殷勤，不惜一切代价来获得肖洁俞的好感。肖洁俞也从未有过像现在这样如同仙鹤一般立在群鸡之中，拥有了帅哥、美酒、掌声、荣誉。但她只要一想起自己的身世，心中就会荡起淡淡的忧伤。然而一个女人不管她经过多少坎坷和风雨，一旦她跨进贵族之门，就不会因自己曾受苦受难而对目前的种种诱惑谨慎行事，反而会大胆享受来弥补曾失去的青春年华。肖洁俞就是这样，她已经总结经验，守口如瓶地不提自己的过去，每个人都有权力保密自己的隐私，每个人都有丑陋的一面，肖洁俞这样想着，心中就坦然多了。

今夜，肖洁俞没有回旅馆，陶生心中生出疑问：她去哪里？他一夜未眠，多次光临肖洁俞的房间，不见人影。陶生发觉，自从肖洁俞唱歌小有名气之后，有些不可一世，整天花枝招展，涂脂抹粉，打扮得娇艳夺人。陶生半喜半忧，怕自己难以征服她，被另外男人夺去，陶生的担心是正确的。肖洁俞同意欧阳光为她重新开一间新旅馆的同时，她早就移情别恋了，她把陶生视为自己救命恩人，她在欧阳光和陶生之间，判断出欧阳光才是真正的男士，风流且潇洒，深沉又狂热，而陶生太文绉绉了。翌日九点三刻，肖洁俞擦着惺忪的眼，回到旅馆，陶生喜出望外，便问："你终于回来了，昨晚去哪了？"

肖洁俞笑笑，对陶生说："陶生，我是一个坏女人吗？"

"谁说的？"陶生扶一扶眼镜说。

"我问你啦……"

"你自己这么认为吗？"

"咳，我自己这么认为。"

"你干了什么坏事？"

"什么坏事？当今世界，用什么标准来区分好与坏？你用五分硬币的圈套净购两万元，邓一修用假银圆去骗换真银圆成了万元户，还有叶伦，卓平原不但是走私分子，还把一个女人玩够后倒来转去，你陶生良心发现救了我，带我逃生，但是你能带我多久？带我多远？哪天你一样抛弃我，或者再送给别的男人，我没有安全感。"肖洁俞的一番话说得有些冲动，却惊呆了陶生。

陶生知道肖洁俞为什么会谈这些。肖洁俞仍处于冲动状态，她接着说："陶生，我认识一个男士……"

"他向你求爱了？"陶生愤愤地说，脸上即刻爬满乌云。

"你说到哪里去了……他……"肖洁俞欲言又止。

"昨晚你和他在一起。"陶生语气有些颤抖。

"陶生，坦率地说，是我配不上你……"

"你这是什么话？找借口？"

"陶生，你别生气，我们确实不般配，你是诗人幻想型的，而我不是一个好女人……"肖洁俞有些语无伦次。

陶生扶一扶眼镜，很失望的样子，嘴唇颤抖着，好像有许多话要说，但又说不出来，他想，肖洁俞不爱我？她又爱上别人了？这么快？昨夜……陶生摘下眼镜，沮丧地说："肖洁俞，你给我说真话，咱们的事有没有希望？你说明白。"

"陶生，我知道你很善良，就因为这样，我才不敢隐瞒你，不能亵渎你，你应该写诗，去找一个比诗还美的人……"肖洁俞难以解释自己的苦衷。

"你就是诗，不，比诗还美。我是打算不搞生意了，准备出版一本诗集，行吗？"陶生的脸上一阵兴奋。

"陶生，你理解错了，我不是诗，我也不是歌手，我想做生活中的女人。"肖洁俞咬着牙说，眼眶里浸出泪水。

"别卖关子了，让我难受，就是要离开我吧。"陶生又戴上眼镜，语气重了。

"陶生，你知道我的身世吗？如果知道了，你是接受不了的，我们做一个普通朋友吧！今晚我好好陪你一夜，行吧！"

"这是什么话？我陶生不是贪一时之欢，我要有一个家，懂吗？"

"可是，我被老王叔叔玩过，和叶伦同居过，与卓平原共欢过……"肖洁俞很认真地说着。

"你说什么？你胡说什么？我不相信。"

正在这时，门外响起了敲门声，肖洁俞和陶生同时收敛一下，能够是谁呢？敲门声很轻，有停顿，似乎出于很礼貌。陶生扶一扶眼镜，示意肖洁俞去开门。肖洁俞挪动脚步，悬着心打开门，站在门口的是欧阳光。"哦，是欧阳光先生，有事吗？"肖洁俞说。

"可以进去吧！有客人？"欧阳光嘴上说着，其实脚已经踏进房间里了。

"哦，介绍一下，他叫欧阳光，是黑猫歌舞厅的常客……"肖洁俞说着准备向欧阳光介绍陶生时，欧阳光抢着说："你就是陶生先生吧！"

"正是。"陶生一边手扶一扶眼镜，一边手伸过去与欧阳光握手，并说，"你好！"

"肖小姐，我请你吃午饭，赏脸吧！"欧阳光很礼貌且大方地又容不得对方拒绝。

肖洁俞感到为难，她看看陶生，心想，在这个时候与欧阳光一起去吃午饭，未免对陶生打击太大，她思维片刻，对陶生说："陶生，我们一起去吧！"

"对了，陶先生也一起去吧！我请客。"欧阳光热情在嘴上，其实心里不欢迎陶生。

"我不去了，你们去吧！"

"那也好，改日我再请陶生先生。"欧阳光趁机拉着肖洁俞走。

肖洁俞在一种很难为情的气氛下走出旅馆，跟着欧阳光上小天鹅西餐厅。陶生自然也退出房间，自个儿六神无主地回到自己房间。他踱步不安，转侧不定。心里不断地揣度着，欧阳光先生确实很潇洒，是属于那种很讨女人喜欢的男人。我陶生太文绉绉了吗？肖洁俞真的有那样的经历吗！从脸色、体型、身段看都不像有过那种事啊！看上去正青春焕发，气色正旺啊！哪里像被人蹂躏过，与人淫荡过？她想骗我好让我自动退避三舍？成全她与欧阳光名正言顺地发展为情侣。我陶生为了你肖洁俞，冒着风险与哥儿们决裂，我陶生算什么？你肖洁俞应该明白……陶生的思维跳跃不定，越想越觉得肖洁俞有负于自己。于是陶生一口咬定不管肖洁俞曾发生过三长两短，自己都会宽宏大量地接纳她，只要她同意，决不会轮到欧阳光。陶生这么一想，心里踏实多了。

其实，肖洁俞的心已被欧阳光勾住了，两个男人摆在肖洁俞的面前，她会毫不犹豫地选择欧阳光，因为欧阳光不但有钱，而且在福州有店铺，有住房，这正是肖洁俞所想要的，可以找到归宿，而陶生是长乐金峰人，在福州城他同样举目无亲，与自己一样都是外地人，他不能让肖洁俞感到安全。如果哪天遇到卓平原那伙人就更糟糕，于是肖洁俞不会选择陶生。肖洁俞午饭回来正遇陶生出去，肖洁俞的脸上像晚霞，这显然喝过酒，她轻柔地叫住陶生说："陶生，你要出去吗？等一等，我找你有事。"

陶生喜出望外，说："我也正想着你呢！"

肖洁俞将陶生带到房间，歉意地说："陶生，我准备搬走……"

"不，肖洁俞，你听我说，不管你发生过什么，我都不会介意，不然我怎么会与你一起逃跑？其实卓平原早就和我说过你的事了。老实地说，我是对你的同情才带你出走……"陶生自己也没想到此时此刻会说出这样的谎话，真是用心良苦。

肖洁俞的脸上掠过一股难以言喻的表情，女人的心毕竟是柔软的，柔软的心是经不起感情的冲击。特别是来自异性的感情世界。肖洁俞露出感激之情，望着陶生，很难向他说出自己的感受，她的心中一下子产生了很难抹平的矛盾。她已经答应欧阳光今晚搬到他那里住。想不到陶生对自己的感情这样执着，这样痴迷。她知道这样的男人很难得，在知道自己的隐私下能够不离不弃，也不动摇爱情。这种难能可贵的精神，让肖洁俞站在了十字路口。她从家里跑出来想的第一件事，就是力争找一个这样有情有义的男人，现在已经找到了却要离开他。这是为什么？肖洁俞很难回答自己，也很难回答陶生。

"肖洁俞，你真的无动于衷吗？我陶生真的不值得你爱？"

"我配不上你，我的污点太多了，有别人造成的，也有自己造成的。"

"你不要用这些来吓唬我，男女的爱情交往不是算计，而是包容。"陶生习惯性地扶一扶眼镜，拂袖而去。

"陶生、陶生……"肖洁俞叫了几声，见没有回头，有些丧气，她整理着行李，准备搬到欧阳光那里去。

陶生直接回长乐金峰镇去见卓平原，并问清肖洁俞的身世，也解释了为什么要与肖洁俞逃跑。他凭着诗人的想象力编造出一套谎言。说那天晚上去偷窃肖洁俞的玉麒麟，不慎被肖洁俞发觉，只好逢场作戏与她一起逃往福州，卓平原信以为真，并将肖洁俞的全部身世告诉给陶生。陶生得知肖洁俞真实经历之后，一个活泼、纯真的姑娘顷刻之间在陶生心目中失去了价值，他为她而悲哀，为她而同情，为她而可惜。陶生很快地把肖洁俞忘记掉，重新又回到卓平原那伙哥们当中去。

肖洁俞与欧阳光感情日渐浓厚，形影不离。肖洁俞沉醉于幸福之中，把欧阳光的胸怀作为安全的港湾，将欧阳光的情感作为归宿的温床。然而，她的可悲之处在于她还不懂欧阳光的来龙去脉，她认为自己的身世是不堪回首的，那么也不苛求欧阳光要向自己坦露过去的一切，欧阳光自我介绍的每一个字都使肖洁俞信之为真。于是，肖洁俞唯一的玉麒麟交给了欧阳光，女人是船，男人是岸，现在船要泊岸了。因为肖洁俞自己觉得太疲倦了。然而，在一个没有月亮的夜晚，欧阳光与玉麒麟一起失踪了。

肖洁俞柔肠寸断，她在等待欧阳光的归来，一天又一天，一月又一月。欧阳光没有踪迹，玉麒麟也没有踪迹。她彻底地失望了，可怜兮兮地茫无目标地走着，八十年代的榕城已经很喧闹，人流来也匆匆，去也匆匆，肖洁俞似乎什么也没看见。这时，她已经站在闽江大桥上，桥下水波荡漾，轮船如梭。几个老翁在桥上垂着长长的鱼钩，好像不是为了钓鱼，而是在消磨时光。然而，水下的钩总是有鱼上钩的，只是大小不一而已。肖洁俞空虚地看着这一切，福州没有一个亲人，也不能再回四川，更无脸再去找陶生。人生的悲怆一瞬间如闽江水一样汹涌起来……

第五章　林芬芳与她的地下钱庄

一

　　在金峰街道上有两家并不算大的银行，一家是建设银行，另一家是农业银行。农民一般没有习惯在银行里存钱，更没有转账之类的业务。在八十年代家庭有万元户的家庭寥若晨星。只有金峰小部分生意人才存钱，还有一些番客（港澳、海外关系）也有存取款和汇款业务。虽然大家都没钱，金峰的两家银行却天天排长队办理存取款业务，不知为什么。

　　农民开荒、春耕、播种、施肥都需要本钱，农民盖房子、子女婚嫁也需要钱，生意人开店、进货需要资金，办厂、养殖也要有钱。他们除了自己的多年积蓄外，不够的一般会向亲朋好友暂借，时间不会很长，金额也不会很大，但还是比较难借到。

　　于是，不知从什么时候开始，长乐流行了一种地下钱庄，做钱庄有多种，有的纯粹放高利贷，有的叫作"做会"。做会分为会头和会脚，会头只一人，由其发起，会脚可以无限，一般三十人到五十人不等。每一个月标会一次，也有半个月标会一次，金额从一百元到五百元、一千元也有，有钱人做会比较大，有三千元到五千元的。第一个月所有会脚要一次性交给会头百分之百金额，比如标准一百元的会，共有三十个会脚，每人一百元，会头一下子就融资到三千元，然后每个月还一百元，三十个月标会结束，会头也还完，会头就像个整取零存一样，获得了无息的资金。会脚需要资金就要去标会，比如一百元的会一般是在八十元左右才能标到，其他会脚只要缴纳八十元，等于赚了二十元，这要比银行的利息高很多。一般想去做会头的都是有资金需求，要么资金周转要么做生意需要本金，或者是盖房子、儿子娶媳妇付礼金的，或者承包田地、鱼塘等做大事的，自家资金不够或急用钱的，都是通过做会形式来获得资金来源。但是会头在当地要有一定信用度，为人做事口碑都要好，才能做得起来。当然，做会头也有风险，谁标会后跑路不交钱了，做会头的要去赔。

在长乐，像做会这种融资形式在民间一直存在，应该在七十年代之前就有了，只是金额越做越大而已。在没有银行贷款年代，这种做会形式也为当地民众解决了资金紧缺的困难，救了人们燃眉之急。但是也有因做会引起资金纠纷，甚至负债累累，倾家荡产，走上不归路。

林芬芳是照相林师傅的独生女，也是他的掌上明珠，在林芬芳三岁那年，妻子意外溺水身亡，林师傅为了照顾林芬芳，不再娶妻，一边经营着照相馆一边照顾女儿，有道是富养女儿穷养子，林师傅给林芬芳最好的生活条件。林师傅照相技术一流，生意也很好，黑白照片年代，林师傅从拍到冲、洗、曝一个人完成。他白天照相，晚上冲洗、曝光，人们习惯叫他林师傅，不知道他真名叫什么，其实他的原名叫林树枝，他从来没有向人介绍过，只有林芬芳知道，林芬芳长大后也叫林师傅不叫爸。

林师傅想不到这么优秀的女儿婚事却没着落，东不成西不就，隔三岔五就有说亲人上门，却难以匹配。他是满意陈百歌这个小伙子的，女儿也喜欢他，可是人家却爱上那个唐诗燕，林师傅最怕女儿受到打击，从此不谈婚嫁。林芬芳对自己婚姻大事的想法被林师傅说中了。尽管她还与陈百歌来往，也与唐诗燕成为好姐妹，但是，她已经打消参与竞争的念头。感情不是靠竞争得来的，婚姻更不是靠竞争建立起来的，她明白这个道理，只是常常伤感而已。

林芬芳想做会头是几个好姐妹怂恿的，她想为林师傅照相馆进一套彩色照相设备，林师傅舍不得花钱，也不懂得今后会时髦彩照，但是林芬芳懂的。在乡村乡镇，姑娘小伙要想自己独立做什么事情，都需要征得父母同意，并向父母要钱做本金，父母一般不会支持，一怕亏本，二怕被骗。所以年轻人经济难以独立，去借钱更借不到，只有成家之后会好借一点。但是，这时候的金峰镇像个小香港，商品多，人流多，生意好，赚钱容易。年轻人看在眼里，焦急在心里，他们也想摆个小摊，贩卖点走私商品，口袋里没钱啊！所谓无本难获利。所以，几个要好的姐妹就动员林芬芳去做会头，然后召集二三十个会脚，靠标会做买卖。

在长乐乡镇、村庄的许多民众已经有很多做会的存在，所以做起来能够轻车熟路，参照他们的流程和模式就能够顺利进行。有的人做好几个会脚，也有的人做好几个会头，这都要看自己对资金的需求量和每月偿还的能力。林芬芳心动做会头倒不是做买卖走私货，而是想买一套彩照设备。她最要好的三个姐妹，也就是所谓的闺密，年龄都比林芬芳略大一点，而且都结过婚，也都是金峰附近的人。平时她们经常到照相馆照相，就这样跟林芬芳认识了，一回生两回熟三回可交朋友，林芬芳为她们照相打折，多冲洗几张照片，还放大一张照片赠送给她们等等。她们感动得视林芬芳为亲姐妹，也时不时从家里带些花生、瓜果之类的农产品送给林芬芳。

林芬芳的闺密分别是池荷艳、李烟茵、潘雨映。她们不是同一村庄的人，都住在金峰镇的郊外，听说她们家境一般，不是很富裕，但有一个共同爱好，一有空就结伴来金峰玩，甚至去长乐城关玩，而且还渴望一起去福州玩，只是至今还没去过。她们早就听过前几年建成的乌龙江大桥非常雄伟壮观，许多人特意去看大桥，一睹大桥的风采。据说人站在桥面上能够迎风飘扬，非常洒脱。桥下，江水滔滔、船只浩荡。过了乌龙江大桥，很快就到城门，离福州市区就近了。她们曾经揣测福州哪里最热闹？她们心里想应该是三叉街，她们认为能够称上街的都很热闹，几条街交叉在一起，那一定非常热闹了，想不到福州的三叉街还属于郊外，原来是东街口最繁华。

池荷艳长得胖，娃娃脸，大眼睛，快言快语，为人热情且厚道，生有一个儿子由婆婆带。她的老公王明星是务农为主，会土工，有人盖小房、建牛棚、造猪圈之类的活都会叫上他。她有时帮忙做些家务，农忙时会煮饭菜往田头送，平时没什么事就会结伴去金峰街玩，玩够了就去照相，认识了林芬芳，然后经过林芬芳介绍又认识了李烟茵和潘雨映。李烟茵的老公是村里的小会计，家里兄弟姐妹多，父母身体不大好，至今还没有分家，所以李烟茵不爱待在家里，总想往外面跑。她喜欢打麻将，不是赌钱，就是几块钱输赢的那种，所以她不在意，她还没有生孩子，她长得好看，主要是皮肤比较白，爱打扮，笑容很甜美，所以很惹人喜欢，她念到初中毕业就不念书了，长乐农村的女孩子基本是这样，很少念上高中去考大学。李烟茵喜欢做生意，也喜欢出国打工，其实她已经出过一次国，只是在途中被遣送回来。在长乐所谓出国，大部分选择的是偷渡，所以风险很大。而潘雨映只有小学毕业，属于贤妻良母的形象，一点都不像农村女孩子，穿着得体，举止大方，对人礼貌，烧水做饭，洗衣照顾孩子，样样精通，公婆都很喜欢她。但是她的老公陆寿福却很花心，有点好吃懒做，游手好闲，有些田地一天打鱼两天晒网，大部分是公婆在帮忙做。潘雨映是经常挑着小菜小柴去金峰买，然后换些盐巴虾油之类回来，偶尔会跑到金峰倩影照相馆照相，去了几次就跟林芬芳认识了，然后也就认识了池荷艳、李烟茵她们。女人在一起聊得最多的话题，要么是老公孩子之事，要么是家长里短的杂事。她们当然也聊了你村庄的什么农产品好吃，我村里生产的农作物有多么营养。当然现在她们聊得更多的是金峰街上的各种走私货，还有邓丽君的歌，聊着聊着就聊到做会的事情。

　　林芬芳内向而腼腆，不敢去张罗叫人做会脚，而池荷艳、李烟茵、潘雨映她们却大张旗鼓地叫上她们的亲朋好友、同学姐妹，没几日就有三十几个人参加做会。林芬芳见状，也不敢怠慢，也叫了几个人，包括陈百歌和唐诗燕。陈百歌贩卖走私货正做得风生水起，是看不上做会的，也不需要靠标会来融资做生意，他自己现在有资本，只是他看在林芬芳的面子做一份。反而唐诗燕喜欢做会，她做会的目的是想积蓄一些钱做嫁妆。林芬芳很高兴，感谢他们的信任和支持。许多人也冲着金峰倩影照相馆来的，林芬芳做会头的信用度和实力大大提升，而且会脚都是亲朋好友，自家兄弟姐妹，大家知根知底，做会的人数达到了五十多个。林芬芳截止到五十五个人，在长乐五十五是个吉利的数字。做会的金额定为二百元，每个月标一次会，地点就设在金峰倩影照相馆，时间每月定在农历十五。

按做会规定，第一个月每个会脚向会头缴纳二百元，从此之后，不管会脚多少标的，会头每个月都要向会脚返还二百元。林芬芳一下子有了一万一千元的收入，她利用这些资金为金峰倩影照相馆购买了一台彩照设备，金峰倩影照相馆一下子推出彩色照相业务，并且开启了上门拍照业务，吸引了众多俊男美女。什么结婚照、毕业照、生日照、全家福照、聚会集体照、参军照等等都找上门，生意非常红火，金峰倩影照相馆天天门庭若市，原本爱照相的陈百歌也隔三岔五地带着唐诗燕来拍彩色照。

黑白照相慢慢被人抛弃，金峰倩影照相馆进入了彩色时代。

二

有人叫了我两声名字："倪水萍，倪水萍。"我回眸一看正是我的发小倪水声。远在四川的江油，意外地遇上老家的发小，真是他乡遇故人，格外地惊喜。我与倪水声是同龄，从小学一年级到五年级都是坐在一起，原来乡村小学课桌椅不是一张坐两个学生，而是一张长条板，根据长条板长短，人数从六个到八个不等，我始终和倪水声坐在一起。由于我们俩书都念得不好，又贪玩，经常结伴爬树摘果子，下河摸鱼虾，要么就是跳绳、弹玻璃珠和打牌，没有时间学功课。倪水声家境比我好，有三个姐姐，他成为家中的"司令"，父母姐姐都疼爱他，书念得好不好无所谓，倪水声的父亲是做咸菜生意，根据季节他会收购大头菜、白萝卜腌制成咸菜，然后批发给商铺。比如大头菜干、萝卜干都非常畅销，属于很好的下饭菜。

所以倪水声不愁书念得好不好，他到了小学毕业就不念初中了，父母也不想让他念初中，倪水声就跟着他父亲做腌菜，也跟着他父亲带着腌菜样品出门去批发、推销。一直到了市场上有很多五花八门的腌制品，而且包装精致，口感上乘，卫生保证。倪水声家的腌制生意渐渐落入低谷，比如他的萝卜干就是被后来的"贝奇"萝卜干打败了。

我上初中时还跟倪水声玩，我们一起去海边捡贝壳，到木麻黄树里捡树枝，逢年过节他都会跑到我家里玩，还带着他家做的�果与我分享，我也会拿出刚炒的花生和蚕豆给他吃。少年时玩得很好的伙伴，于是他父母提议我们两个结为"加亲"。这是长乐农村一种习俗，意思是两个好朋友结为亲戚，有一点结拜兄弟的意思，之后两家有红喜白事都有礼尚往来，一直会延续到下一代子女。

但是，我念高中的时候就不怎么跟倪水声一起玩了，主要是他经常跟他父亲一起出远门，虽然不玩在一起，"加亲"还在，逢年过节他家都会拿一些腌菜送给我，我家也会准备一些糕点回礼给他。

倪水声因为经常出门做推销腌制品，就有了出门的经验，也有了外面世界各种的机遇，也懂得了市场的趋势。他就不喜欢金峰走私货买卖，他认为不长久，一定是昙花一现的买卖。他认为要做像他家腌制品那样的实体。所以他到四川来主要是为了寻找荒废的旧纺织厂房和年代已久的旧钢铁厂，他跑到四川来主要是认为内地没有福建沿海发达，更没有长乐人的胆识和富足。

在八十年代，长乐的民众也懂得了"摸着石头过河"这句话，不知是不是因为长期以来太苦，祖祖辈辈习惯于固守在土生土长的故乡，囿于脚下的家园。但是，郑和七次下西洋是从长乐启航，长乐人的背井离乡闯南洋，都说明了长乐人的血性、英勇、敢拼、会闯。所以，在早些时候，长乐人就有出门闯荡的习惯。长乐人流传的一句话：宁愿出门闯荡，不待家里饿状。他们哪怕借债做本钱也要出去闯一番天下，从开头的买卖麦芽糖到挨家挨户收购鸡毛鸭毛，从买卖尼龙蚊帐到化纤羊毛线，从到处招揽工程到寻找旧厂房办钢铁厂。就是立足本土也不甘愿固守一亩三分地，也要租船出海，借钱搞养殖。哪怕亏了一次又一次，也是越挫越猛，也有破釜沉舟不折不挠的干劲。所以长乐就有一批敢于闯荡的人先富了起来，好在长乐有个特点，他会带动亲朋好友，宗族村庄人等参与其中，按股投钱，按比例分钱。所以长乐人有着一人富全家富，乃至全村富的特点。

倪水声就属于这一类人，他这次来四川是为了看厂房，再顺便收购一些银圆回去，金峰的走私还处于如日中天，银圆正是紧俏品，银圆是兑换走私货的主打交换品，在金峰街头每天都站着许多人吆喝着"收购各种银圆，有没有银圆卖"。也有许多外地人自个儿带着银圆来金峰卖。所以倪水声是带着钱去四川，他听说江油县是一座工业老城区，有许多大小不一的钢铁厂，因各种原因，有的经营不善已停产，有的设备无法更新被废弃，倪水声就是想来谈收购或合作，能不能重新盘活厂子，顺便带一些银圆回去，起码能赚到来回的路费、住宿费和饭钱。我笑着迎上对倪水声说："想不到在这儿见到你？你整天都不在老家，走南闯北的，怎么到江油来了。"

倪水声上下打量着我，也打量着我身边的魏长海和董石和，然后说："你们是来卖蚊帐的吧？"

"是的，他们都是我们附近村庄人。出来近半个月了，也准备回去了。"这时候我们卖完了蚊帐，也收购了银圆，正准备买火车票回去。

倪水声说："你们赶紧把卖蚊帐的钱收购银圆回去，在金峰很好出手。"

我说："卖蚊帐的钱全部都收购了银圆。"

倪水声哈哈大笑起来，说："看来水萍也很有生意经，对了，哪个地方银圆比较多？我到时候也会带一些回去。"

由于我们是加亲，觉得有点亲戚关系，聊了很多事，才得知他主要是来收购厂子的，还说到时候到他厂子里做事。我感谢一番，然后一起吃个晚饭就各忙各的事。

今天是清明节，是中国的传统节日，也是对亡灵的祭拜日。在四川清明节普遍吃清明粑、戴柳叶符、插竹签，与长乐不一样。我和两个伙伴吃着清明粑，淋着蒙蒙细雨，登上了开往福州的列车。

陈百歌算好了火车到达福州的时间，提前在站上等候我们凯旋。此时的福州火车站出口站有民警抽检，我和两个伙伴是把所有银圆绑在腰身上，所以不被发现，容易过关。

我见到陈百歌，格外亲切，他是肝胆之人，每次都会来福州火车站送我们走，接我们回去。魏长海和董石和都看出来我跟陈百歌的关系不一般，很是羡慕。主要是陈百歌的父亲是做纺织的老板，又是提供蚊帐销售的货主，他自己又是在金峰做走私货买卖比较有名，能与杨之为平起平坐。魏长海和董石和都想跟着陈百歌干，这时，陈百歌掏出一块手表，全自动的，帮我戴上手腕上，说："送给你的。"

我很激动，激动得有点热泪盈眶，站在旁边的魏长海和董石和很是羡慕，这是台湾过来的手表，很时髦，也很稀缺，就是在福州，走在街头也没有几个人手腕上有手表戴，因为走私，金峰的街头戴手表的人有点多。这时陈百歌凑近我的耳边，悄悄地问："收了多少块？"我知道他指的是银圆，我说："应该有三百多块吧！反正把卖蚊帐的钱都收购银圆了。"

陈百歌竖着大拇指说："你们这一趟赚双倍的钱，银圆全部卖给我，一块二十八元，全金峰最好的价值。"

"谢谢，谢谢。"我连声道谢，在金峰一块银圆一般在二十五元左右，也有二十二元一块的，最高也就二十八元。我明白陈百歌给我好价格，站在旁边的魏长海和董石和喜上眉头，甜在心头，因为价钱好坏跟他们利益有关系。

陈百歌突然问："水萍，还有一个兄弟呢？就是你那个远亲表哥。"

魏长海想插嘴说什么，在欲言又止之时，我抢先说："他突然家里有急事，我让他提早两天回来。"我不敢跟陈百歌说实情，一方面给自己留点面子，另一方面给卓平原留点后路。于是我们几个坐着去金峰的长途班车回去了。

说起我的远亲表哥卓平原，卷款逃跑之后也是不能如意，他以为身上有三千元钱加上一个美女肖洁俞，还有那一枚无价之宝玉麒麟，回长乐金峰后可以咸鱼翻身了。不但能抱着美人归，还可以将玉麒麟变现，发一笔大财。谁知肖洁俞极为不配合，许多想法不能如愿，只好行此下策给她卖了，保住玉麒麟，放弃肖洁俞。想不到半路杀出一个程咬金，平时不起眼鬼点子又多的陶生施了反间计，出卖了卓平原几个哥们，连夜带着肖洁俞远走高飞。卓平原很受打击，这叫作"赔了夫人又折兵"。他一气之下决定投靠杨之为。

卓平原自己清楚身后背着债务，这种以偷代借的把戏，他之前也干过，只是金额没有这么大，他偷得三千元，日后要还九千元，若偿还不起说明自己这一辈子是一败涂地。在卓平原心里他还是想着有朝一日能够每人还回三千元。所以他必须不择手段地赚钱，现在金峰走私是最赚钱的，而且小打小闹不行，必须玩大的，所以他选择投靠杨之为。

金峰街不算大，卓平原还要躲着，不让我和魏长海、董石和碰到。他在傍晚的时候找到了杨之为。此时的杨之为已是走私大鳄，他有三个仓库，一个仓库专门存放化纤布匹，走的都是批发，三个仓库的门口每天都排着货车，货物进出不断，人流络绎不绝。卓平原在仓库对面的一间房子里找到杨之为，这算是杨之为的办公室，卓平原进去的时候，杨之为正在吃鱼丸，可能当作点心，长乐的鱼丸很好吃，被称作全真鱼丸，鱼味很浓，还可以吃到碎骨翅，弹性好，咬性强。卓平原闻到了鱼味、葱味、醋味和胡椒味，这是鱼丸的汤料。

卓平原叫了一声："杨大哥。"

杨之为说："坐，坐。"然后放下碗，说，"你是踩三轮车的师傅，我坐过你的车。哈哈！"杨之为笑得很开心。

卓平原说："这应该很早的时候，现在我想乘你的船呢。"

杨之为明白卓平原的意思，他始终都缺人手。他问："你想做什么？"

"我身上有三千元钱，出海、接货、贩卖都可以，只要能赚钱都可以，一切听你的吩咐。"卓平原求财心切，表了决心。

"我建议你大胆地搞一单。"杨之为说。

"怎么搞？"卓平原亮起了双眼。

"租船、出海、登岛，直接交易。但是三千元不够。"杨之为说。

卓平原听得明白，想赚大钱就要当船老大，备好一船的银圆和银质的古董、珠宝乃至黄金都可以兑换到走私货。但是能够收集到的大部分是银圆和含银质的物品。卓平原说："没那么多钱。"

杨之为说："借。"

"去哪里借？"

"你找金峰倩影照相馆的林芬芳借，是高利贷哦，但划得来。"杨之为替卓平原指明方向。

"不熟悉能借吗？"卓平原犹豫不决。

"要有人担保或房屋、田地抵押。"杨之为介绍。

"那我试试看。"卓平原说后准备起身。

杨之为说："出海换货回来，所有货物我全部给你收购了。"

卓平原点点头，离开了杨之为的办公室，他此时肚子也感到饿，先到街上吃一碗鱼丸，然后直奔金峰倩影照相馆去。

三

夕阳下沉，南方的春天经常倒春寒，街上刮起了风，好像又起风了，还夹有丝丝的凉意。但是，桃花樱花争鲜夺艳地开放，农田上金黄色的油菜花却在一阵阵清风吹拂下，掀起了涟漪般的波浪，灿烂而茂盛。金峰街上五颜六色的走私货依旧让人目不暇接，穿梭的人流依然擦肩而过，叫卖的吆喝声依然彼起此落。一片乌云从头顶掠过，好像要变天了，卓平原吃完一碗鱼丸，迎着阵阵春风，匆匆地赶往金峰倩影照相馆。

此时的林芬芳正为一位客人拍照，她的老爸林师傅下午都不在馆里，上午由林师傅照看照相馆，下午则由林芬芳掌管。卓平原登上了二楼，见林芬芳正忙着，在旁稍等片刻，林芬芳忙完走近卓平原，问："拍几寸的照片？"

"我不是来拍照的，是借钱来的。"卓平原开门见山地说。

林芬芳"哦"的一声，说："那里边请。"林芬芳将卓平原带进一间小屋，有点像包间，一张长条桌子，几张折叠椅子，这间主要用来标会用的，还有几个好姐妹聚会的场所。林芬芳落座后问："你借多少？做什么用处？谁担保？或用什么抵押？"

　　卓平原说："我自己有三千元，想借三万元，主要走私货买卖，用房屋抵押。"

　　林芬芳点点头，她明白，做走私最安全，基本包赚，借出去的钱也安全。她说："现在做走私最赚钱，你的房屋在哪里？我们明天先看房子，没问题可以签协议，三个月起借。"

　　卓平原求财心切，无本难获利，他知道本钱的重要性，他什么条件都答应，只问了一句："最短要借三个月？是吗？利息多少？"

　　"利息满街都是一样的，有抵押的是二分，没抵押的是二点五分，我不做没抵押没担保的借贷。"林芬芳向卓平原解释着。

　　卓平原不断地点头，然后不断地说："明白，明白。"并约好了明天看房的时间和地点。

　　林芬芳自己也想不到居然开起地下钱庄。这当然基于金峰一带做生意的人多，搞小买卖的人更普及，加上有很多人偷渡出国，村里盖房子，承包田地做耕种，做养殖卖海产品，资金需求量非常大，一般自己的本钱都不够，只有通过民间借贷来盘活资金的来源。林芬芳在这样的情况下，她大胆地将照相馆作为抵押，向陈百歌借贷了十万元人民币，林芬芳就是靠这十万元开起了地下钱庄。她一般以三个月起借，不超过一年的借贷规则，使十万元的利用率最大化。

　　陈百歌当然相信林芬芳的为人，加上也算自己是她的初恋，还有就是自己现金的升值，带息借钱给林芬芳是放心的。他一个月就有额外的一千五百元收入，他把这一千五百元全部给了唐诗燕，所以唐诗燕与林芬芳来往逐渐密切，无所不谈，不管黑白还是彩色照相都是免费的，唐诗燕也给林芬芳送礼物，只是很在乎陈百歌与林芬芳的来往，而且自己必须在现场，不管多忙都要亲手亲为。

　　长乐人好像一夜之间贫富差距被拉开，人们还口口声声念着万元户方圆几公里没有几家的时候，富裕一下子遍地开花。只要敢走出去做生意，只要敢承包田地大面积耕种，只要敢于开店做买卖，哪怕做走私货贩卖，都能够赚钱。所以胆大的民众就是借钱欠债也要谋一个生意做。卓平原就是冲着这样的思想，他敢于将自家的祖宅作抵押，向林芬芳借高利贷，就是稳赚不赔的买卖。于是，他带林芬芳看房、签协议、借钱两天内就搞定。三万元到手，就开始收购银圆，金峰街头两边站着很多买卖银圆的人，也有外地专门从老家带银圆来卖的，很多不内行的人都被调包。由于银圆值钱，能够兑换走私货，街头上出现了假银圆，假银圆是用锡制作而成，防不胜防，很多人被调包，也有很多人买到假银圆。卓平原倒不怕，他在金峰踩过三轮车，等于在自己家门口，人们不敢骗他，他也鬼精得很，找熟人买，跑得了和尚跑不了庙。

卓平原心够大，觉得银圆不够多，又跑回老家找带银质的古董，什么银手镯、银手链、银酒壶、银杯子搜了一遍。他觉得还不够，心生一计，就用锡、铝甚至铁拿来掺假，以这些假货垫底，装着整整一麻袋，相当可观。那天晚上出海是卓平原的货最多，一般是五六个货主租一条船出海，一个货主还有其他亲朋好友搭货，就是自己有少量的银制品寄熟人出海。卓平原可都是自己的货，出海时间是有时辰的，都是深更半夜，必须在天亮之前归岸，所谓的岸边都是海滩。换货地是在一个小岛上，有人说叫大沙岛，也有人说叫小沙岛，对方是台湾同胞，不知道是马祖的还是金门的，他们讲的也是国语，写的字却是繁体字。每天晚上都有船只往返，所以船老大轻车熟路。

卓平原是第一次出海，近海的三阵浪很凶猛，一浪卷着一浪，一浪又高于一浪，苍茫的大海上，银白的月光下，船只像一只低空下的孤雁，有些寂寥。又似一只河塘上的扁舟，相当渺小，只有涛声阵阵。卓平原坐在船上，身旁是他有掺假的兑换走私物品的货物，也是他的全部家当，他有了明显颠簸的感觉，也有情不自禁的担忧和惊吓。船只越过三阵浪，宽阔的大海反而风平浪静了，到达小岛也就是半个小时，小岛上台湾同胞已经等候多时了。

卓平原与几个同伴走出船舱，并没有提着货物，他们先到台湾同胞的船上参观，看着那些物品，然后再来谈兑换条件。船舱里映入卓平原眼帘的是墙上贴着许多黄色图片，有全裸和半裸的男女，以各种的姿势冲击着感官的诱惑。舱内大件的有电视机、三用机、布匹，小的有手表、自动伞、太阳镜、牛仔裤、T恤衫。卓平原看的是三用机和手表。这两样东西在金峰都好出手，不管是三用机还是两用机，乃至收音机，人们都喜欢。手表更不要说了，不管是机械表还是石英表，都是全自动的，人人都想戴，所以不愁没人要。卓平原的选择是正确的，他大概在金峰市场上有做过摸底，才做到胸有成竹，这也是他经常说的要快、准、狠，想不到卓平原就是被这三个字给害了。

　　谈好兑换条件，台湾同胞跟着卓平原上船验货，卓平原当然有些紧张，毕竟麻装下面有假银，台湾同胞不傻，也很精灵，看着白花花的各种银质物件，心生喜欢，眉开眼笑。卓平原松了绷紧的神经，也松了一口气。但是，台湾同胞却发现了麻装里有大量假银，他只是不吭声，将错就错，示意将这一麻装扛到他的船上。卓平原心中暗喜，赶紧封紧麻袋口扛着沉重的麻袋往台湾船上送。

　　台湾同胞给同伴使个眼色，好像有了默契，然后把一箱又一箱的三用机往卓平原的船上装。卓平原欣喜若狂，叫几个同伴尽快兑换结束，迅速离开小岛。经过靠岸、双方看验货、谈兑换条件和交换货品，其实在岛上还不到一个小时，时间虽匆忙也充足，双方为了各方面的安全，都想速战速决。卓平原看着一船的战果与同伴会心地一笑，海天一色的白茫茫一片，卓平原却能看到前方光明而敞亮的彼岸，因为他已满载而归。

　　可是让人意外的是卓平原却栽倒在这光明而敞亮的岸边。当船只到达海滩的时候，就有很多人在这里等候接货，甚至直接交易出货。卓平原单枪匹马，他当然想直接交易出货变现，然后再去收购银圆，伺机再出海。谁知当卓平原打开每一个箱子时，除了上面一层是三用机外，下面全部是空心的砖头，卓平原一下子眼前一片漆黑，瘫倒在海滩上……

四

卓平原几乎血本无归，他的发财梦彻底破碎，他不怪别人，只怪自己鬼迷心窍，一心只想着一夜暴富。现在拿到手的除了几只手表和几台三用机外，全都是砖头。卓平原陷入了深深的人生低谷之中。这也让大家警惕起来，走私风险很大，也见识到了台湾的砖头竟然有这么大，而且中间还是空心的，大陆根本没有这样的砖头。

卓平原只好提着一台三用机和一只手表去找林芬芳。他战战兢兢又可怜兮兮地来到了金峰倩影照相馆。林芬芳还以为卓平原凯旋，谁知他功亏一篑。"林姐，这是三用机和手表。"卓平原说着当着林芬芳的面双腿下跪，而且泪流满面。

能伸能屈乃是大丈夫。卓平原可能也学会了这些古训，他也知道人为钱死、鸟为食亡的古训。他为了钱出卖了肖洁俞，也为了钱卷款而逃辜负了表弟倪水萍，还是为了钱铤而走险假冒真银与台湾同胞过招。此时没有回头路，也没有后悔的药。他本想一走了之，再远走高飞，三思而行之后，他感到不能再这样混蛋，而且祖宅抵押在林芬芳那儿，必须要有所交代。于是他留着一只手表和一台三用机后，把剩下的几只手表和三用机卖了几百元后，决定去找林芬芳，以求她的宽容。

林芬芳见卓平原这副模样，心想卓平原一定出事了。有道是男儿膝下有黄金，卓平原为何下跪？那一定与三万元的借贷有关。林芬芳这么一想柔软的心也受到了惊吓，问："这是唱的哪一出啊！快起来说吧！"

"林姐，被台湾同胞骗了，血本无归了，三万元打水漂了，今天来不是为了赖账，而是请林姐给我宽容一些时日，我想办法赚钱还你，还有祖宅抵押着，我父母不知道，望林姐不要声张。"卓平原说得非常诚恳。

林芬芳呆呆地望着他，半天说不出话来，也不知道说什么好。她嗫嚅自语着："三万元，还有利息呢？怎么被台湾同胞骗了呢？别人为什么不会？"

卓平原不得不向林芬芳讲出了来龙去脉，然后极为自责地说："是我太王八蛋了。"

"你是太王八蛋了，怎么能做这样的事呢？想骗人，结果被人骗，谁还敢跟你做生意。"林芬芳愤愤地说。

"是的，怪我，我一定想办法还你钱，给我一点时间。"卓平原几乎在央求。

此时的林芬芳既恨他又可怜他，自己可是真金白银三万元交给他啊！她无可奈何，不敢告诉唐诗燕，更不敢告诉陈百歌。又投诉无门，只好问卓平原："你怎么还我？你拿什么还我？你要多久时间还我？"

卓平原似乎胸有成竹，又不自信地说："我在金峰是待不下去了，准备去福州做贸易，在福州火车东站有一个朋友贸易做得很好，准备跟他干，先赚钱还你。"

其实卓平原讲的做贸易就是"皮包"公司，也叫投机倒把，起于七十年代中期，终于八十年代末。其特点是临时租一间办公室，一般不会超过三个月，拎着一个小提包，或者夹着一个公文包，靠着一张能说会道的嘴皮，走南闯北。

林芬芳心里想，只能死马当活马医，逼他走死路也没钱还，也不敢将他祖宅拍卖，不威胁他又怕被耍花招。她说："你要想尽办法还我钱，利息可以暂时不计，但是，你若敢赖账，我就找你父母，贱卖你的祖宅。"

"林姐，苍天在上，卓平原不敢戏言，就是身上脱了一层皮，也要赚钱还你。"卓平原信誓旦旦地说着。

"你可不能做犯法的事哦！"

"放心，你放我一马，我一定连本带息还你。"卓平原好话说尽，几乎豁出去了，他留下三用机和手表，一走两回头地向林芬芳点头致谢。

林芬芳看着他下楼，心中涌上无限的苦楚，感觉自己走错了路，好端端的照相馆不好好经营，为何要去做会头，做了会头也没事，偏偏还要去做钱庄。如果说做会头是为了采购一台彩色照相设备，那么，做钱庄又是为了什么？都是这几个好姐妹害的，是她们怂恿说我最有资格和条件，也有市场的需要，又能赚钱。难道仅仅为了赚钱吗？林芬芳一遍又一遍想着。她的眼睛盯桌子上的手表和三用机，心里想要把手表送给陈百歌，那么，三用机呢？她准备给他老爸林师傅。她此时很想跟人诉苦，很想跟陈百歌诉衷肠，也很想跟唐诗燕拉家常，但不能，不能让他们知道自己的苦衷。她只好想起了三个姐妹，池荷艳、李烟茵、潘雨映。林芬芳突然觉得她们已经好些时日没有来照相馆了。

林芬芳心里想，过几天又到了标会日，但是，池荷艳、李烟茵、潘雨映都是"死会"，意思是都标走了，每月是按全额缴纳，还没有标走的叫"活会"。还没有标走的"活会"会脚，每个月是要扣除标底的金额来缴纳。所以"死会"的人每个月标会日都会来缴钱。林芬芳本想等几天姐妹来时再聊天，但是，她现在心里堵得慌，需要有人陪伴和倾诉，只好找姐妹了。这时馆里没什么客人，她交代手下人看馆，自己骑着自行车去找姐妹们了。

她先骑车去潘雨映家，她家离金峰最近。到了潘雨映家门口，见那条黄毛狗摇摆着尾巴，双眼贼亮地盯着林芬芳，没有听到狗叫声，林芬芳知道会叫的狗不咬人，不会叫的狗咬死人，第一次来时很害怕，是潘雨映告诉她不咬人，多来几次果然不会咬人。刚才不断地摇摆着尾巴，应该是认得林芬芳，是表示欢迎的意思。可惜潘雨映没有在家，是她的婆婆从屋里走出来，林芬芳说："婆婆您好，潘雨映不在吗？"

婆婆迟疑一下说："你不知道吗？她去外地打工了。"

林芬芳露出愕然之色，说："我不知道啊！"

"哦，哦，我以为你知道。"

林芬芳说没事没事，心里却忐忑不安起来，她赶紧骑着单车去找李烟茵，到了李烟茵家门口，大门紧锁，听隔壁邻居说，前几天李烟茵背着行李，说出去做生意，没说去哪里做生意。林芬芳见情况不妙，又快马加鞭地骑车去找池荷艳。见池荷艳的老公王明星正低着头糊泥巴，林芬芳叫了一声："王大哥，你在干啥呢？"

王明星抬头一看，不解地问："你没去？"

"去哪啊！"林芬芳也不解。

"去做生意啊！"王明星说。

"谁说的？是你老婆吗？"林芬芳基本知道怎么回事了。王明里站了起来，一边洗着手一边说："原来你没有去，才想你好好的照相馆不做，要出门做什么生意。原来是池荷艳骗了我，我们还吵架，幸好孩子由我妈照看，千说万说都不听，是我轻轻地扇了她一巴掌，她就更决绝地要走了。"

"那她有没有交代你她每月还有缴会的事？"林芬芳问。

"没有啊！我不知道她外面的事，家里有吃有穿都不用她愁，她就嫌弃没有多少零花钱，说要出去做生意赚钱。"王明星是老实人，也是厚道的务农人，还有做土工的手艺，邻里关系都很好，平时夫妻也很和睦，想不到池荷艳在农村待不住，总觉得外面的世界很精彩，王明星就担心池荷艳出事情，再说床边没有了一个人，夜就变长了，就难熬了。这时他有气无力地说着，心里充满着失落。

"你知道她在我这边还有两年的会要缴的吗？"林芬芳只好跟王明星先交个底。

王明星说："我是不知道，她都没跟我说，我想她应该很快会回来，在外面哪里那么容易赚钱，现在还有什么比走私更赚钱的，近在金峰不去做，偏偏要往外跑。"

林芬芳点点头，她没有心思再听王明星讲下去了，她骑着单车摇摇摆摆地往金峰骑去，有些神情不宁，握自行车手把的手都有些颤抖，昏昏沉沉地登上了二楼，一股脑地瘫坐在照相馆里的那张用来拍照道具用的美人靠上。眼前一片漆黑，她口有点渴，胸口有点闷，好像会晕车的人坐上了跑山路的长途汽车，全身感到难受，甚至想呕吐，但又没有东西吐，像孕妇一般想吐吐不出来，只是一阵阵地恶心。

正在此时，我在街头吃了一碗鼎边糊，准备去照一张相片作纪念。自从我去卖蚊帐回来之后还没有来过照相馆，没有来的原因我心里明白，是我对林芬芳的喜欢，使我更明白自己配不上人家。我是农村户口而林芬芳是城镇户口，这是不可逾越的鸿沟，门当户对是联姻的基本背景和条件。只是陈百歌不断地怂恿我去向林芬芳求爱，才让我心中萌芽起对林芬芳有一点朦胧爱的念头，越是这样越想回避她，越回避她就越想见她，其实林芬芳还蒙在鼓里，只是我的单相思而已。

这次卖蚊帐回来，陈百歌又叫我去找林芬芳，还说到时候叫唐诗燕去当说客。唐诗燕倒是很愿意，她始终认为林芬芳是她隐形的情敌，怕陈百歌和林芬芳互相惦记着。只有让林芬芳名花有主了，唐诗燕才放心。

当我登上二楼，走进照相馆的时候，心跳就加剧起来，看到林芬芳躺在美人靠上俨然像一尊完美无瑕的美人，一下子想入非非起来，脸上像被火熏过的通红，有一阵阵烧灼的感觉，我喘气粗糙地叫了一声芬芳，然后走近一看，见她脸色苍白，额头正浸透汗珠，一下子慌了手脚……

五

人与人的关系真的很微妙，从陌生可以到熟悉，也可以从熟悉变成陌路。多少人从相识到相知，甚至成为肝胆相照的弟兄，若是异性还可能成为挚爱。也有多少人因在利益面前难以克服人性的弱点而变成陌路人，甚至是仇人。异性也一样，就是曾经的相爱，也会因现实的种种意外而劳燕分飞，甚至反目为仇。人性的弱点也好，贪婪也罢，都离不开利益和情感，站在这两者之间，情感往往败给利益。倘若利益能让路情感，甚至为了情感而放弃自己的利益，那就是一个值得信任的人。那么，有这样的人吗？陈百歌是这样的人吗？唐诗燕是这样的人吗？林芬芳是这样的人吗？我是这样的人吗？我无法回答这样的问题，只是我万万没有想到，也无法理解，一个如此温润如玉、善解人意的女子，她怎么会落入钱庄的陷阱？一个柔情似水、待人热情的女子，她怎么会做起了"会头"？

自古有"人为钱而死，鸟为食而亡"之说，林芬芳需要钱吗？她应该不缺钱，而且还有一身拍照手艺的老爸，有门庭若市的照相馆。她想更新换代照相设备需要资金，可以向陈百歌借啊！陈百歌不是走私赚了盆满钵满吗？她应该为情所困吧！不轻易向陈百歌借钱吧！我为林芬芳的所作所为而百思不得其解。

林芬芳自己都难以相信，三个有着金兰之交的姐妹会合伙背叛了自己。自古就有防火防贼防闺密之说，看来这句话任何时代都不过时。林芬芳觉得自己对三个姐妹太好了，她们结伴来金峰，都有请她们吃鱼丸、冰饭、扁肉燕，免费为她们拍照，个人照、合影照从来不收钱。她们对自己也很好啊！从村里带过来新鲜的瓜果、番薯、花生。现在怎么不看姐妹之情，这么狠心地抛下还有两年多的"死会"玩失踪呢？林芬芳越想越气愤。

那么，池荷艳、李烟茵、潘雨映都去哪儿了？此时的她们也许内心也是七上八下的，特别在农村，乡里乡亲的，只要有一点什么风吹草动，就会满城风雨。所谓好事不出门，坏事传千里。也正所谓农村人把名誉看得比金钱还重，谁家做了亏心事，哪家欠钱不还债，就难以在本地立足，更无抬头见人之日。特别是妇人之家，最丢脸的两件事莫过于偷人钱财，偷别人家的男人。

池荷艳、李烟茵、潘雨映她们当然明白这些道理，也更加明白自己的名声，她们甚至有些后悔。可是，开弓没有回头箭，她们甚至开始互相埋怨，后悔不应该做这样的事情，现在进退两难，骑虎难下。池荷艳和潘雨映都怪罪李烟茵的头上，因为三个姐妹结伴而逃是李烟茵出的馊主意。喜欢打牌又喜欢做生意的李烟茵也很贪玩，而且想法很多，因还没生孩子自由得很，不喜欢老待在村子里，隔三岔五地往外面跑。早在几个月前，李烟茵就有了自己的想法，她自己把林芬芳那儿的会标走之后，也动员池荷艳和潘雨映尽快把会标下来，准备一起出去做生意。池荷艳和潘雨映认为李烟茵门路广，懂得做生意，就听从了她的意见，连续两个月把会标了下来。她们每个人手上都有了几千元钱，这可是一笔不小的数目，池荷艳还担心若没生意可做，或生意做亏本了就完蛋了。潘雨映也是这么想的，她认为林芬芳那边的"死会"，每个月要死缴二百元。"万一生意做不成就亏大了。"潘雨映担心地说。

李烟茵脑子一动，眼珠子一转，悄悄地说："大不了死会不缴了，反正林芬芳有钱，赔得起。"

池荷艳和潘雨映惊愕地看着李烟茵，有点不认识她似的，嘴上却说不出什么反驳的话，心里只想着李烟茵够狠。她们懂得无毒不丈夫的古话，那是男人的事，我们是娘们，也应了那句最毒妇人心的老话。此时，李烟茵见她们不吭声，就想趁热打铁，问："你们是同意呢还是不敢？"

池荷艳和潘雨映依然沉默不语，也不敢看李烟茵的眼神，低下了头，好像在思考着什么。李烟茵又说："我们又不是不缴死会，是暂时不缴，等我们赚到钱后再补上。林芬芳会理解我们的，我们这么好的姐妹怎么可能害她呢。"

李烟茵的话再次让池荷艳和潘雨映抬起头，似乎是赞同李烟茵的想法。潘雨映问："我们能保证赚钱吗？"

"现在做什么不会赚钱？除非自己懒散又胆小鬼。"李烟茵有些激动地说着。池荷艳和潘雨映也承认现在做什么生意都能赚钱。

三个好姐妹就这样达成了统一口径，跟家人交代说出门打工，与林芬芳采取不告而别的方式离开了金峰。她们也不敢去太远，连福州都不敢去，来到了长乐城关。她们毕竟身上有钱，所以胆子也大些，她们来到长乐县城最大的农贸市场，准备在市场里租一个摊位，专门做干鲜货生意。产品主要包括墨鱼干、鱿鱼干、虾干、蛏干、淡菜干、各种鱼干以及笋干、腐竹干等等，大部分属于中高端产品，也是热销的产品。

她们三人一拍即合准备干起来。她们想不到金峰的林芬芳急得像热锅上的蚂蚁，以至于体力不支，身心虚脱，被抬进了金峰医院。

此时我和陈百歌以及唐诗燕正站在林芬芳病房的床前。林芬芳也恢复了神情，用柔弱的眼神看着他们，陈百歌抢先说："幸好倪水萍发现及时，把你送到医院，要好好感谢倪水萍。"

我不好意思地摇摇头，说："卖蚊帐刚回来想去照相，就发现芬芳出意外了。"

"对了芬芳，你原来有没有发生过这样的事啊？这是什么病啊？"唐诗燕不解地问。

林芬芳垂下眼皮，像很疲惫的样子，露出难言之色，陈百歌看我一眼，我不知道什么意思，唐诗燕见状不再问什么。这时医生走了进来说："没什么大碍，就是有点体弱，多吃点营养，可以出院回家。"

林芬芳坐了起来说："可能这几天太累了，是要休息几天。"她说着心里还想着那三个姐妹的事，还有那个卓平原的事，一下子又闷闷不乐起来，脸上挂着焦虑和不安的神色。

这时我提议等林芬芳休息几天，我们几个一起去长乐县城玩两天，林芬芳带着相机为大家拍照留念。唐诗燕高兴得不得了，欣喜若狂地说："这个提议好，我喜欢去县城，我们一起去看电影。"

陈百歌可能误会了我的意思，认为我开始对林芬芳有意思，四人一起去长乐县城玩，正是很好的机会。陈百歌对林芬芳始终有内疚，她喜欢陈百歌，陈百歌却爱唐诗燕，这种情形之下总感觉欠着一份情在那儿，心里总想着林芬芳能爱上别人，或者谁能爱上她。在陈百歌心目中，我是最适合的人选。此时他见我提议去长乐县城玩，以为我有这个意思了。于是他眉飞色舞地说："我赞同倪水萍的意见。尽快安排，这个周末就去。"他说着面对林芬芳问："芬芳，怎么样？想去吗？"

"我们先回家吧！"林芬芳露出一点微笑，心中涌起友情的可贵和感动。

于是我们四人离开了金峰医院，没有去林芬芳的家，直接去了金峰倩影照相馆，林师傅见女儿回来了，不断地感谢他们几个好朋友，还特意为我们四人拍了一张友谊照。然后我们陆续地离开了照相馆。我正准备走道回家，在路口跟陈百歌道别时，陈百歌说："水萍，我还想找你说些事，到我家吃饭如何？"

"我怕走夜路，吃完晚饭天黑了，今天是农历二十八，没有月光，黑得很呢。"我看着陈百歌，笑着说，"我们就在这儿说一会儿吧！"

陈百歌示意唐诗燕先回家，然后就聊起来，陈百歌单刀直入地问："你对林芬芳有意思了？"

我笑笑说："就知道你想多了，怎么可能呢？第一，林芬芳不会看上我，第二，我也没有这个想法。"

陈百歌有些失望，不解地问："你怎么有这样的判断和想法呢？"

"百歌，我知道你为我好，也为林芬芳好。可是婚姻大事不是当儿戏，也不是一厢情愿。我呢不适合做生意，也没打算在农村当农民，我准备去福州。"我的肺腑之言向陈百歌和盘托出。

陈百歌好像理解我的选择，不断地点头，然后又不解地问："不出去卖蚊帐了？"

我说："不卖了，到时候我把两个伙伴介绍给你爸，重新组合，他们买卖手气还不错，也可以独当一面了。"

陈百歌又问："水萍，是不是发生什么事了？"

"没有啊！我们先安排好这个周末去长乐县城玩，我要先回去了。"我说着看一看头顶上的天空。

陈百歌点点头，有些疑惑不解，然后说："好吧！早点回去。"

我们挥挥手，在金峰的一条路口，各自往不同的方向走去……

六

在农村，玩得好的三五个朋友，在空闲的时候，很少会结伴去长乐县城这么远的地方玩，除非要忙什么重要的事需要去县城，或者谁生了比较重的病才去长乐县城医院。在金峰周边各个村落的民众，能出去玩的最多就是去金峰，而且一趟又一趟，一回又一回，不厌其烦，每一趟都有新鲜感，去完一回还想去。要么就是去海边，看海浪冲击海礁的千姿百态，看渔民撒网收网的捕鱼场面。去金峰玩要花钱，最多吃一两碗锅边，大部分是只看不买东西。若去长乐县城玩，不吃不买东西，来回需要坐车就要花钱。而且去海边玩不用花钱，玩海水，听涛声，但见惯了海景与海滩就不稀罕了。倒是可以捡些小鱼小虾小贝壳，总算有收获，也会得到大人的赞许。我们也有去山上玩的时候，只是杂草丛生，墓地林立，树木葱郁，有些阴森，也很沉静，鸟鸣声特别悦耳，会有些害怕。从小听着鬼故事长大，就怕到处有鬼神出没。所以上山玩都是好几个伙伴一起去，一两个是不敢上山的，山上倒是有很多各种能吃的野果，我们都是现摘现吃，脏的最多在衣服上擦几下就往嘴里送，我们都很喜欢。所以去长乐县城玩，对于靠近海边沙漠的我们来说算是奢侈的事，也算是出远门的游玩。

我自己都不敢相信，敢花钱去长乐县城玩。陈百歌、林芬芳他们更不要说了，都比我有钱。我去卖蚊帐后，也算赚了一些钱，像发了财一样高兴，总想着远走高飞。其实我提议去长乐县城玩，不是喜欢林芬芳而制造机会，而是我想去县城找我的同学刘水利玩。

我要好的同学刘水利一直叫我去长乐县城玩，就是那个我帮他写退婚信的那个同学，他就读于长乐财经职业学院。他说来长乐城关玩可以到他学院食堂里吃饭，我听着嘴馋起来，我喜欢吃大锅饭，各种的饭菜，五味杂陈，飘荡着各种香味。他知道我去卖蚊帐赚到了钱，很是羡慕，说有些后悔考上中专又要念两年的书，还要花家里的钱，不然也去做生意赚钱多爽快的事。我却羡慕他考上中专毕业后分配工作，每个月有固定的工资，这是多么惬意的事。

人其实就是这样奇怪，既互相羡慕，又互相妒忌。既互相攀比，也互相成全。我与刘水利就是互相羡慕，羡慕得有点妒忌。但是我们的同学情纯真又醇厚。就因为这样，我很想去长乐县城玩，我已经跟刘水利约好，这一周末他不回来，在学校等我上去。我说过有四个人，刘水利够义气，他还叫一个同学一起陪我们玩。这些情况我是没有告诉陈百歌他们的。

周末如期而来，太阳暖洋洋的，不冷不热，正是出游的好时光。我穿着一双灰色的拖鞋，背着一个军用包，包里装着一条泛黄的毛巾和一只掉了漆的牙杯。手上戴着一只自动手表特别显眼，一条喇叭裤是当年最时髦的，是台湾那边过来的走私货。陈百歌他们的穿着比我要时髦得多，林芬芳脖子上挂着一台照相机，像一个记者一样，显得很知性，气色也不错，看来她们都喜欢去长乐县城玩的。唐诗燕喜形于色，一直在陈百歌身边，陈百歌背个大包，里面有鸡蛋糕、糖果之类的食品。我们是坐着八元钱的长途班车去长乐县的。

长乐县地处闽江口，与台湾隔海相望。长乐古属福州府长乐县，名取自《诗经》"长安久乐之义"。长乐太平港是郑和七下西洋的发祥地，贡茶方山露芽与贡盐产地；也是中国著名侨乡，侨胞分布世界各地，也是台胞祖地；历史文化经济聚为一身，有着"海滨邹鲁、文献名邦、华侨之乡"之称。长乐建县于唐武德六年（623），相传春秋战国时期吴王夫差和三国时期吴主孙皓都在此地屯兵造船，故长乐别名"吴航"，简称"航"，沿袭至今。长乐第一中学是学子慕名求学的学校，听说自从一九七七年全国恢复高考以来，这几年高考录取率都在全省前十名。听说长乐城关内塔山公园很有名，也叫南山，因为山上有一座古塔，故称塔山，山势回环，有兰茗、香界、石林三峰，蔚为壮观。我们一定要去登山游玩。

当然，我们可能更感兴趣的是长乐县城最大的农贸市场，地处长乐城关内和平街道。听说和平街上商铺林立，名卿累世，许多商贾、文化名人、爱心人士都在和平街开过商场，办过学校、医院，设立办公场所，使和平街成为人们居住、生活、工作、文化交流、生意交易、活动商议、事业合作的聚集地，也使和平街成为长乐县人间烟火味最为浓烈的地方。我们早就知道了，它要比金峰农贸市场热闹得无数倍。长乐第一中学也要去看的，第二中学在金峰，我去过，我就是在长乐第二中学里高考落榜的。还有很多好玩的地方，也有很多好吃的东西，到时候叫我的同学刘水利带路，像流浪者一样走街串巷、登山入寺。

我们上午十点半左右到达长乐县城，一下子人多了，车多了，声音也多了。人流加上车流互相交替，各种声音此起彼落。班车驶入长乐汽车站，我从车窗上看到车站的入口处站着刘水利，身边还站着一个与他年龄相仿的人，大概就是刘水利讲的要好同学。我们四人陆续从车上下来，刘水利也一下子看到了我。他跟同学小跑过来，叫着："水萍、水萍。"

我显得很兴奋，走到刘水利跟前说："我的好朋友陈百歌、唐诗燕、林芬芳。"陈百歌主动上前握着刘水利的手笑着说："你好你好。"旁边的唐诗燕和林芬芳也跟着笑，没有说什么。

刘水利像主人一般招呼着，那双炯炯有神的眼睛带着热情扫射了我们几眼，然后指着旁边的同学说："他是我财经职业学院的同学凌见星，也是我的室友。"凌见星笑着点点头，露出两排洁白的牙齿。

刘水利说我们走吧！然后一起走出汽车站。走在街道上我悄悄对刘水利说："我们要住一个晚上，学校有没有地方住？"

刘水利说没问题，你们跟我们挤一挤，女生找女生宿舍挤一挤。他对旁边的凌见星说："这事交给你处理。"

凌见星说："我找我的同村女同学帮忙，对了，哪个是你的女友？背照相机那个吗？"凌见星对着我问。

我不好意思地解释："不是，人家是开照相馆的，那两个是一对。"我指的是陈百歌和唐诗燕。

凌见星说我们看得出来，他俩的动作亲热程度说明一切。我和刘水利都哈哈大笑起来。我说这两天叫那个林芬芳多给你们拍几张相片。我们一行来到学校，没有去食堂吃饭，在学校门口吃街边的摊点，一个人吃了一碗杠面。吃面的时候，刘水利问："下午准备去哪里玩？"

陈百歌抢先地说："去金刚腿那边玩。"

我们面面相觑，不知道金刚腿是什么？在哪儿？刘水利知道，他说："不在城关，在郊外，挺远，要骑自行车去。"

凌见星说："那我负责去同学那儿借几辆自行车。"

我们几个眉开眼笑，一会儿我们一行六人骑着自行车向金刚腿方向骑去。

金刚腿是一个风景区，位于长乐县闽江岸边，是闽江胜景之一，传说中金刚因在此江边洗脚而得名。也因有一块濒江陡伸的巨石，形似金刚脚穿靴子的模样，濯足江滨，腿下悬空部分长达二十六米，却是闽江的天然航标。岩上有一九二一年福建省省长李厚基所书的"金刚腿"字样和民国时期著名海军宿将萨镇冰题写的"金刚濯足"的刻字。"金刚腿"又适处闽江淡水与海水相遇之处，所以传说更加神奇。陈百歌指的就是这个金刚腿，听说惟妙惟肖。

我们几个到达金刚腿处时看到了金刚腿确实像得很，腿的弯曲处江水流畅，酷似桂林的象鼻岩一样。只是这儿比较荒凉僻静，江上偶尔有船只驶过，岸边偶尔有农民出没。风景很好，但是出生于农村的我们从小看多的乡野景色和江河鱼跃、花草葱郁。对闽江之水，金刚之腿也见怪不怪，特别是唐诗燕和林芬芳感到没有什么好看，林芬芳拍了一张金刚腿的照片，为我们四人男生拍了一张合影，然后就匆匆回程。

我们骑着车路过一个叫琴江村时，凌见星提议我们下车拐到村里逛逛。他说这是满族旗人聚居村。我说我们都是农村长大，各个村不是大同小异吗？凌见星说那不一样。说这个村全称叫琴江满族村。因为闽江口流经有一段的闽江宛如一把古琴，所以叫琴江，那是古代控马江卫省城的重要港口，也因为这个村全是满族人。所以琴江满族村由此而得名至今。听说村里的满族人会三种语言，满族旗下话、福州话、普通话。更重要的是琴江村还是郑和七下西洋船队出太平巷口转舵出海之处，周边还有郑和修建的云门寺和妈祖庙。刘水利好奇地问："你怎么知道的？"

凌见星笑笑说："我喜欢名胜古迹，我们长乐人要对长乐风土人情有所了解。"

我为他竖起大拇指，然后说："我们去看看吧！"

说起凌见星是一个性格很好的人，虽然他念的是财经专业，却喜欢文史，对文庙古寺宝塔有着浓厚兴趣，他在高中时就看过很多长乐的文史资料，也听了很多关于长乐山山水水的传说。他一直研究自己为什么姓凌？因为凌姓在长乐很少，到底祖先从哪里来？起源于何处？他只知道凌姓在《百家姓》中排名第一百五十八位，起源于远古帝王伏羲氏的诞生之地。其他一概不知。

我们进村兜了一圈，除凌见星外，好像兴趣都不大，而且天色将晚，就又匆忙骑车回长乐县城去。

第六章　何长湖与他的偷渡客

一

在山靠山，近水得水。这是我小时候一直听大人讲过的话。意思是一个人谋事要就近取材，立足本土资源，勿舍近求远。远方再美好的诗情画意，灯火璀璨，那也是别人的天，他人的地，这些道理好像是道理。

长乐靠海，所以海鲜很多，长乐又近闽江，水上运输也发达。闽江最终要入海，大海给长乐人宽阔的谋生天地。出深海捕鱼，在近海围网养殖，都是海边民众赖以谋生的资源。从东海长乐之滨遥望，就是台湾岛，这条被称作台湾海峡的流域，有东西岸的渔民在此回望、穿梭、交替。并有彼此渔民在海上互相友好相助到互赠物品的先例。在台胞眼里，大陆百姓生活在水深火热之中，在大陆人民心中，台胞是生活在国民党军阀之下。既有彼此怜惜又互相轻视。但是，海上相遇，在恶浪险峰之上，生命为重，不当儿戏，互相帮忙成为双方共识。他们两岸货品的兑换也是这样诞生，后被称为走私，并在以金峰为中心的市场掀起了长乐走私狂潮。

其实最靠近长乐海滩的是台湾的马祖。长乐的渔民和走私民众也大多跟马祖的民众联系，这个地方居住的民众很多都是大陆这边过去的，有一半民众的祖籍是长乐和连江的，他们都会讲福州话、长乐话。

海上因捕鱼偶尔相遇，因台风遇险相救，因在小岛上避险而认识，形成了民间的来往。海上成为他们来往的通道，但是彼此所说的两岸情况都不真实可靠，直到物品兑换、大量的港台物品通过海上流入大陆，因为有了交易才被称作走私。而猖狂的走私之后又掀起了另一个风潮，那就是偷渡。

任何一个偶然性的事件都不可预测的，一个人只知今天所作，不知明天所为。我和陈百歌、刘水利等几个伙伴从金刚腿那边回长乐县城时天已黑，我们在一个小店吃了饭，很简单，一碗豆腐汤，加了蘑菇，清淡也美味，一盘炒白菜，一盘五花肉，各自一碗大米饭。吃得饱，这是刘水利请我们吃的，明天还要陪我们逛长乐县城。骑了半天的自行车，腿有点软，夜色中的长乐县城好像也不怎么热闹，灯光也不怎么明亮，行人也稀少。街道旁有小摊，大多卖着鱼丸、肉燕和油条、油饼。书店里有人进出，有的人低头在翻书，有的人买了书出来，也有学生模样的少年进来。电影院门口有人在看海报，有的人匆匆入场，我们对电影也感兴趣，为了明天逛街，不敢再去看电影，想早点去刘水利学校宿舍睡觉。

第二天起得早，到了路边吃早餐，有锅边、花生汤和稀饭，油条、芋粿、煎饼、煎包等，内容丰富，都是让人有食欲的食品。我们各吃自己喜欢的，也是各付自己早餐的钱。然后是凌见星提议说先去城关和平街逛。我们都赞同说跟你走。

长乐和平街位于吴航的郑和路与建设路交叉处，和平街原名叫东关街，是南朝时期的集市中心，迄今已有一百五十多年历史，算是长乐最古老的街市。这也是凌见星为什么要带我们到这里来逛，一是他喜欢历史沉淀的东西，二是他喜欢这里不同风格的古朴建筑，虽低矮简陋，但充满着秦砖汉瓦的风情。不管是大院还是小宅，也都渗透着明风清俗的味道，一片又一片的明清时期遗留下来的建筑，众多民国时期的古厝旧宅，在古香古色的氛围中，好像都有一段不为人知的传说。在这里也可以见到长乐当地各类手工物品，种类繁多。殊不知我们几个却喜欢现代时尚的东西，虽然我还穿着一双拖鞋，露出还没有修剪过的趾甲，但是一身的喇叭裤、T恤衫还有闪闪发亮的手表，走在和平街头依然引人注目。

我们跟着凌见星向前走，兜兜转转来到长乐第一中学，学校门口不大，望着层层石阶、红砖建筑的教学楼，令我等羡慕不已。据说长乐一中在全省教学质量和升学率都是能数得上名次的。我们从这里进入和平街，一条不算大的街道，两旁民房，有一层的二层的，店铺就开在自己家里，亦居家亦开店。两边还有狭窄小巷，而且很深，不知通往何处。我们到达了太平桥，桥下河水清澈而流淌着，应该是活水，不知流到何处。通过太平桥进入另一条和平街，没有多长就到了出口。然后又走回头路，林芬芳却在一家叫作妙如轩照相馆前停留了许久，也许是她的同行，而我自个儿走着停在一家叫宝宜楼金银店门口观望，心想店里的金银若拿去换台湾的走私货应该就发财了。唐诗燕和陈百歌在一家叫鼎昌糕店里买了麦芽糖、雪片糕吃。凌见星跟刘水利不知在说什么，双手左右比画着，刘水利不断地点头。

据说长乐"一师两状元"就是出自这条街的故事，并且代代相传足以傲立科场，千古美名。凌见星喜闻乐道地说着，我们只好慕名而去，但是所见到的是小街小巷，木屋连排，灰砖黑瓦，花格窗户，低矮屋檐。街上除了卖小吃的各种当地手工食品，还有家用的各种日用品，街上还有补锅的、箍桶的、磨刀的、剪发的、掏耳的，好像三十六行行行都有。我们基本是走马看花。唐诗燕一直催着去农贸市场逛，我一下子买了六根麦芽糖，每个人分了一根咬着吃。麦芽糖是长乐的特产，在金峰附近几个村庄专门做麦芽糖生意，有的家族是麦芽糖世家，一家三代都在做。麦芽糖分为有馅和无馅的，主要的工艺是煮、凝、摔、拉的过程，并讲究温度、力度、湿度，经过全手工的拉扯到金黄色，发出晶莹的光泽，然后切成正方形或长条形。若要加馅的就更讲究，做到麦芽糖皮不厚不薄，不软不硬，加入烘焙过的碎花生、芝麻、麻油、葱花等。他们做好的麦芽糖拿出去卖，也有出远门，大部分去闽北一带，大家口袋里都没什么钱，大多是用废钢废铁，还有鸡毛鸭毛等来换取麦芽糖，我小时候曾用过一把剪刀去换过麦芽糖吃。我在老家每天几乎都能看到吆喝着卖麦芽糖的声音，长乐的麦芽糖既酥又软，既甜又不腻，可以一口一口地在嘴里拉扯又不黏牙。

我们离开和平街，一路向前，经过了长乐县政府门口，往大院内四处观望，不敢进去，门口有人看守，应该也不能随便进去。凌见星说他有一个堂伯在里面上班，是县委党史办副主任，我们都羡慕得很，问能不能叫你堂伯带我们进去逛，然后吃一顿政府食堂的饭。凌见星说政府又不是菜市场，是不能逛的，大家哈哈大笑起来，其实大家都明白这个道理，只是开个玩笑。于是我们还是向前走，去河下农贸市场逛，我们也不知道这个市场算不算大，但是一眼望去倒是充满着人间烟火气，什么味道都有。香的辣的甜的酸的腥的都有，热的凉的冰的干的湿的都有，摊上鸡鸭鱼肉现杀现卖，锅里煮着鱼丸鱼汤还冒着烟，炉中烤着光饼葱饼咸饼飘着焦灼味。这个农贸市场就是长乐河下农贸市场，凌见星说是长乐城关最大的农贸市场，长乐城里城外有办宴席的，过年过节的，开酒店饭馆的都是到这里买菜，河下农贸市场既零星销售也大量批发。不管办什么酒席，吃什么山珍海味，品什么佳肴美食，在河下农贸市场都可以一站式搞定。凌见星夸夸其谈起来。

唐诗燕说："我们中午不吃饭，去市场把一摊摊的小吃吃遍。"

"这个好主意，可以尝尽千滋百味。"林芬芳喜形于色地说。

陈百歌说我不吃饭不行啊！饭是钢，不吃饭没力气。我的同学刘水利说："她们的意思各自吃自己喜欢的食物当午饭。"然后问我，"水萍，你吃什么？"

我说："先逛街吧！到时候见什么吃什么。"我们心里都有数，六十年代出生的我们正处于饥荒的年代，几乎是饿着肚子长大的，一日三餐，常常是下顿不接上顿，饭点还没到就饥肠辘辘了。只盼望白天短一点夜间长一点，躺在床上时间长一点肚子就不怎么饿，否则太阳老挂在空中，整天想着吃东西，在家里搜箱倒柜都没有吃的。能够解馋的是到供销社买一粒小小的硬糖，含在嘴里慢慢融化，使口腔充满着甜蜜，眼睛也一下子有了亮光，精神开始抖擞，四肢有了点活力。

所以我们从小出门不是为了看什么山水风景，不是为了看什么秦砖汉瓦，也不是为了看红男绿女，更不是为了看五颜六色的商品，而是寻觅能够充饥的，家里吃不到的，便宜的能买得起的食物。温饱才是我们最大的奢望，吃东西才是我们最大的享受。什么鸡蛋糕、猪油糕、雪片糕，什么海蛎饼、虾酥、油条，什么鱼丸、扁肉、燕丸，什么光饼、咸饼、肉饼，都是我们渴望不可求的美味佳肴。我们不懂食品有没有营养，含有什么元素，只要能充饥的都是好吃的。现在口袋里有点小钱，基本上能够想吃什么就买什么吃，当然只能在农贸市场里看来挑去，买最便宜的东西吃。

这时我们几个已经进入了农贸市场，场地之大、人之杂、货之多。几个人兜兜转转，从肉摊转到海鲜摊，从蔬菜摊兜到调味品摊，从大米豆类摊走到饼干糕点摊，从熟食摊徘徊到热气沸腾的小吃摊，我们看着各种长乐特有的小吃，嘴馋得直流口水。陈百歌实在受不了，他要了一碗长乐特有的杠面吃了起来。杠面中有鱿鱼、虾和肉，加以白菜、蒜菜、芹菜，其味道能使人陶醉，让人肚饱了眼还未饱。我似乎对锅边情有独钟，当然也在意锅边便宜，配了一根油条，我也吃起锅边来。然后问："刘水利，你们要不要也来一碗？"

凌见星抢先说："水利，我们吃牛杂汤配肉包如何？"

唐诗燕说："这个好吃，林芬芳我们也吃这个如何？"

林芬芳说："我不吃这个，我喜欢甜食。"

"那就吃冰饭吧！"凌见星建议。

"不要，我要吃八宝饭。"林芬芳说着向右边有八宝饭的摊点走过去。长乐的八宝饭分甜、咸和咸甜三种。其实咸甜八宝饭最好吃，长乐的八宝饭除了共有的配料外，还加入糖制冬瓜片。林芬芳就是吃配有糖制冬瓜片的八宝饭，还喝了一碗花生汤。

填饱了肚子，我们继续逛农贸市场，我正找陈百歌想说说话，发现他正和一个陌生的男子说着话，比陈百歌大几岁，不知道是陈百歌的什么人，头发一边倒，细密且乌黑，上衣穿着一件军装款的中山衣，一条牛仔裤，一双运动鞋，整体很清楚，也很协调，看上去好像有钱人，不是做走私就是做贸易，这两者在当前是最时髦的买卖。他脖子上还挂着一条金项链，不知道是真金还是包金或者是仿金。在金峰一带，有钱人都戴真金，装派头的是戴仿金，给自己添面子的戴包金。此人应该不简单，陈百歌还有这样的朋友或亲戚。我叫了一声："陈百歌。"

他回头望我，招招手说："水萍你过来。"

我向他们走近几步，问："怎么了？"

戴金项链的男子满脸堆笑，很和善的样子，从口袋里掏出一包鹭江牌的香烟，抽出两根给我说："抽一根。"

我摇摇头说我不会抽烟，陈百歌会抽烟，他边抽边说："他叫何长湖，是做介绍出国生意的。"

我心想就是社会上流行的"蛇头"行当，都是有钱人的生意。长乐有"侨乡"之称，自古出国打拼的人就很多。长乐靠海，水上交通很便捷，郑和下西洋就是从长乐出海。长乐人大部分去东南亚国家，去香港澳门就更容易了，现在出国的大部分去了日本和美国，而且是偷渡去的。

我问："陈百歌，都没听你说有出国渠道的朋友？"

"我们刚认识的，何长湖也是金峰人。"陈百歌解释着，正在这时，我们突然听到了林芬芳的尖叫声，都惊慌失措地看着不远处的林芬芳，然后跑过去……

二

出国、偷渡、蛇头、一万八，这是长乐金峰一带社会上时髦的话题。偷渡出国赚钱是长乐人追求的目标，美国遍地是黄金，就是在垃圾场里也能找到完好的洗衣机、电冰箱、微波炉。在日本一天可以打几份工，满街都是中国人。其实长乐早在七十年代就有许多人陆续出国打工，一般是海外关系，有人担保，有地方工作就容易申请护照。偷渡出国费用一般在一万八千美金，相当于人民币十五万元，这么巨大的费用，一般人家都是东借西凑，有的人从地下钱庄借高利贷，有的靠做会标会，长乐一直以来民间借贷都存在，不管是出国打工还是搞养殖，或者办大事资金不够的部分，都是通过民间借贷方式来实现。去美国大部分干的是洗碗刷盘端菜的活，去日本主要干的是建筑土工、木工的活。长乐到了八十年代开始掀起了出国热，大部分是海上偷渡，社会上就出现了以介绍偷渡出国为生意的人，被称作"蛇头"，何长湖就是做"蛇头"的。

我是没想到陈百歌对出国会感兴趣，我更想不到林芬芳不但做"会头"，还开地下钱庄。那天在长乐县城河下农贸市场里，一边陈百歌正与刚认识的何长湖聊得甚欢，一边的林芬芳突然尖叫起来。原来林芬芳和唐诗燕逛到一个货摊前，意外地看到了池荷艳和潘雨映俩人。真是踏破铁鞋无觅处，得来全不费工夫。林芬芳正为被三个好姐妹撒下"死会"不缴纳跑得无影无踪而伤神，想不到在长乐河下农贸市场碰到她们，更想不到她们居然躲在这里做起生意来。

林芬芳的尖叫声不但惊动了我和陈百歌，更让池荷艳、潘雨映惊慌失措，脸色一下子红起来，胸口像跳绳一样七上八下地跳个不停，两个人异口同声地叫着："芳姐芳姐，你听我们解释。"

我们几个都来到了摊前，几乎也异口同声地问："到底怎么回事？"

这时，稍作镇静的林芬芳也不怕陈百歌和我们几个笑话，就一五一十地讲了做会的来龙去脉，说出了地下钱庄借给一个叫卓平原的人要不回来，才使自己陷入了困境。

站在一旁的凌见星快人快语，指着摊位上的两个女子说："你们怎么能干这样丢脸的事呢？你们这样的德行以后都嫁不出去。"

林芬芳插嘴说："她们都结婚了。"

凌见星又说："那算你们老公倒霉，娶了你们这样的女人。"

池荷艳和潘雨映不敢吭声，脸上一阵红一阵青一阵白，无地自容。我见状，心想一直奚落她们不是办法，就向前一步说："在我们长乐农村做会标会很普遍，都是急用钱，标走了会钱，要缴纳死会的钱，这是天经地义的事，你们不缴纳，就破坏了规矩，你们还跑路，躲在这里做生意，行为就更恶劣了，这不但坏了自己的名声，也败了你们家族的名声，以后就难以抬头做人了。"

我的一番话让在场的人点头称道。我又问："现在该怎么办？"

潘雨映拉着林芬芳的手说："芳姐，我们不会不缴纳的，都是李烟茵出的馊主意，说赚到钱后再给你。"

林芬芳说："你们太不讲姐妹情义了，平时对你们那么好，你们还这样对我。"

这时，池荷艳也向前对林芬芳说："芳姐，对不起，我们错了，都是李烟茵害的，这样吧！我们先补交前面两个月的钱，以后每个月按时间缴纳死会好不好？"

林芬芳见找到她们，听着她们承诺，看着她们一摊子的货物，心想应该生意不错，就信了她们的话。再说现在她们生意在手，租了这么大的摊子，进了这么多的货物，而且都是墨鱼干、蛏干、淡菜干、鱼干、虾干、笋干、紫菜等高档货，猜测她们应该很赚钱，更不怕她们不缴纳死会了。这时池荷艳拿出三个人应该补交的两个月死付给林芬芳。林芬芳拿着钱数着，心里踏实多了，就缓和了口气说："也很高兴你们能赚钱，这些死会钱不是我的，是几十个做会人的钱，你们不交我要去赔，这等于你们要逼死我。"

林芬芳的一番话让池荷艳、潘雨映两个人不断点头，不断赔礼道歉。时间已过午后，刘水利说："我在长乐城关念书，有空还会来催你们缴纳该缴纳的会钱。"

潘雨映对林芬芳说："芳姐你放心，我们若再不交钱，你叫人过来把我们的摊子掀了。"话讲到这个分上，我们就不再言论什么了，为了不影响她们的生意，我们陆续离开了农贸市场，临走时池荷艳塞了两包笋干给林芬芳。

外面的太阳有点大，天气开始热起来，但是五月的天气，忽冷忽热，时晴时阴，天气像孩儿的脸，说变就变。我们好不容易来长乐县城玩一趟，没有想象的那么好，本来还计划看一场电影，再去长乐的塔山公园去玩，现在大家兴趣全无。何长湖一直跟着我们，陈百歌似乎跟他挺谈得来，一直询问出国的事。这时何长湖提议请我们吃点心。午后街上的小吃没有上午多。我们都不客气，一起逛到一家简陋的小店，是专门卖甜汤的店，有汤圆、花生汤、白丸子汤等等，我要了一碗白丸子汤，还打了一个鸡蛋进去，加了白砂糖，确实甜嘴开胃舒心。大家都吃得津津有味，全部由何长湖请客买单。自古有道吃人家的嘴软，我们一下子对何长湖热情起来，问长问短的，好话说了一大堆。可见何长湖的手法多么高明，我一下子感到他才是见过世面的人，懂得拉拢人心，他趁机大说特说偷渡出国的事。

刘水利和凌见星见状，就说："你们若不玩了，我们就回学校了。"

我说好的好的，并准备去汽车站坐车回金峰。一路上我想起一个人，就是那个我远亲表哥卓平原。我不明白他为何向林芬芳借钱？他借这么多钱干什么？而且是高利贷，难道又是骗钱后一走了之？林芬芳又怎么会相信他？愿意借钱给他？他们又是怎么认识的？许多问题困扰着我，因为卓平原也拿走我们的三千元，回金峰后我要单独向林芬芳打听。

刘水利执意要送我到汽车站，并对我说："水萍，我老家父母包办的婚姻解除婚约了，我们付出的礼金不要了，对方迫于无奈也只可答应了，听说主要看了你帮我写的那封退婚信礼貌有节，通情达理，使对方无法回绝。双方父母都觉得信写得很有说服力，对未来确实有许多变数，趁早解除婚约，互不耽误，未免不是好事，所以也算友好分手。"

我笑了笑，伸手拍了一下刘水利的肩膀说："以后可以自己谈恋爱了。"

刘水利点点头说："中专文凭太低，我以后还要去考大专。"

我说："我没考上大学就不考了，只有高中毕业怎么办？"

"你做生意以后成为大老板，不需要文凭，我的专业是财经，以后帮你管钱。"我们越说越远，两个人都开心地笑起来。

这时，我们准备上车，我向刘水利挥挥手说："水利，那个凌见星很好玩，我以后再找你们去。"

刘水利站在那里，也挥了挥手说："有空多来信，再见。"

朋友同学之间，亲人恋人之中，通讯的唯一渠道就是互相写信，互寄相片，方知彼此的信息。要么就要千里迢迢，坐车乘船，骑车徒步，亲自找上门。而且通讯不发达，电话电报要到邮电局去打，对方还要有接听的电话机。交通也不方便，远的坐飞机还要介绍信，不是人人都可以坐的，自己掏钱也坐不起。火车倒是可以坐，但慢得让你坐几天几夜，一路上经常临时停车，车厢里人满为患。所以一般人不敢出远门，只有全国跑生意的，做业务的，推销产品的，搞倒爷的才坐车乘船。在自己方圆十八里范围内都徒步行走，若是去长乐县城，也是借一架自行车骑去，一般不会选择坐长途班车，那太奢侈了，也太破费了。所以我们这次班车来班车去是破天荒的事，那种汽油的味道闻着都舒心，像闻着花香一样。那阵阵汽笛声也悦耳，像音乐般让人心动。坐在班车上就像坐上火箭一般充满着自豪。

一路上是数着窗外树木掠过，看着农民低头干活的身影，听着车上那个何长湖一遍又一遍地向我介绍着偷渡出国的事情……

三

何长湖的家庭比较穷，因为穷方可思变，也才能铤而走险。他自己曾经有一次出国的经历。借了钱跟着人偷渡去，一批有几十个人，人多船小，像猪狗一样躺在阴暗的船舱内。当时偷渡便宜，所以条件也差，船只小而旧，遇到海上台风恶浪，风险很大。但是哪里有黄金哪里就有人冒险。哪里有禁令哪里就有走私。结果何长湖出了问题，半路上遇到了风险，逃跑的逃跑，保命的保命，落水溺死的溺死，何长湖是被遣送回来，保了命破了财。

何长湖刚到三十岁，家里穷就花了五百元钱娶了一个四川籍的老婆，二十五岁，人长得胖一点，个儿也矮一些，但眼睛很大，很会做家务事，农忙时还可以下田干农活。对于何长湖来说，找老婆就是为了传宗接代，在农村没有几个孩子就没有劳动力，也会被人欺负。多子多福永远是农村人不变的真理，但是何长湖心里明白，自己不能再延续父辈的思维，一辈子守着一亩三分地，要想发财就要闯荡江湖，江湖虽险恶，也要勇敢斩险除恶，披荆斩棘，杀出一条血路来。就是偷渡失败也不恐惧，虽破了财更要想回本。所以他又整装上阵，但不去偷渡出国了，却做起帮人介绍偷渡出国的生意，被他赚到了钱，不知不觉成了小有名气的"蛇头"。

其实何长湖还有两个同伙的，叫何长河和何长江，都是一个村庄的，而且同姓同族。他们组成金三角，分工明确。何长湖负责拉人头，就是要到处打听想出国的人，何长河负责办理各种有关手续，记录出国人通信地址、偷渡意向、去哪个国家、收取定金等事务，何长江主要负责海外联络。偷渡出国的规矩一般是在国内付一半费用，剩一半到达目的地后由接收人收取费用。若半路被遣送回来就不要付一半的钱，但前面付出一半的钱是要不回来。所以何长湖他们是包赚的，一般情况下偷渡出国的成功率都在百分之九十五以上，所以许多民众都愿意冒险。

何长江的家族早就有海外关系，他一个堂伯在香港，还有一个叔公在印尼。几年前他的几个自家人中就有好几个人去了日本、美国、新加坡、加拿大和澳大利亚，所以他海外门路广，偷渡出国就是一个接着介绍一个。长乐人去美国的居多，福清人大部分去了日本，只要到了海外，不怕找不到工作，身边都是中国人，而且长乐、福清、连江等地的人居多。早些去海外的人就开起了中餐馆、超市，后去的人一般先到他们店里干活、送外卖。除了工资以外还可以收到客人的小费，这让他们欣喜若狂。

何长江还比何长湖小一岁，但看上去比何长湖成熟，胆子也比较大，为人义气，也很守信用，说一不二。因为海外资源在手，何长湖和何长河都要听他的。何长湖第一次偷渡出国就是何长江介绍的，想不到出了意外，幸好保了性命却破了财。何长江过意不去，又是同村同族，就决定收何长湖为合伙人。这让何长湖破涕为笑，感激不尽，何长江让他负责找人员，向人介绍偷渡的安全性，出国的好出路。何长湖干得很卖力，像推销员一样走乡串镇，像走亲戚一般寻亲访友，如演说家一样高谈阔论。短短两三年下来，在他手上介绍偷渡出国的人有上百个，这让何长江感到惊喜，何长湖的加盟不但给自己提供众多的客源，何长湖自己也赚了钱，两全其美，而且名声在外，许多人都是主动找上门来。何长河年纪较小一点，是何长江的堂弟，他初中毕业后就跟着何长江，也卖过蚊帐，做过走私，还一起做过货运。当时是何长江买了一台拖拉机，专门拉运农民的农产品，从各个田间运到金峰、梅花、潭头、营前乃至福州等地。因为各种原因都没有做起来，半途而废。

有需求就有市场，有市场就有买卖。出国一时成为长乐各乡镇的潮流，早些出国淘金的人源源不断地寄回来的美金、日币让还没有出国的人垂涎三尺，蠢蠢欲动。有种千险万难也偷渡，任君行去百般成。何长江抓住机遇，卖掉手中的拖拉机，写信、打国际电话与美国、日本的亲戚朋友联系，准备介绍国内剩余劳动力出国打工。开头何长江做的是正规渠道出国打工，相对保险，但手续烦琐，费用贵、时间缓慢，签证通过率低。何长江做了半年才介绍一个成功。他嫌慢，成功率低影响声誉，他索性走特殊通道，那就是偷渡。

一万八千美金相当于十五万元人民币，先付一半就是七万五千元人民币，就可到达美国纽约唐人街。剩余七万五千元可以国内再付或者在美国打工领到工钱后陆续付清，但要付利息。这种弹性付款方式也算公平公正。若是去日本，价格更低，大约人民币十一万元左右。何长江打通海外关系，并且做到每个偷渡出国者到达美国或日本后包介绍工作。还没出国就能算出一天能够赚多少钱，多少时日就可以还清出国花的费用。所以没有技术含量，不用学历文凭，也不用懂得说英语日语，若有要求可以办假证，马路水泥电线杆上贴着各种办理假证件的广告，稍等立取，方便可靠。想出国的人不仅是男人，女人也争先恐后想去。

于是何长湖、何长江、何长河三人就这样名声在外，号称"蛇头"，他们畅通的海外关系，专业的偷渡流程，可靠的海上通道，扎实的途中护送，赢得人们的信赖。何长湖做事很执着，具有很强的敬业精神。我们从长乐县城回金峰后，何长湖就一直跟着陈百歌。我一直对出国不感兴趣，特别是日本，心里有一种说不出的障碍，不知是历史原因，还是民族情感，都无法让我坦然地踏上日本国土，不管是移民定居，还是偷渡打工，抑或是求学深造、旅游观光，我现在、将来、今后都不会去日本。但是我不反对别人去。甚至我听过很多从日本回来的人说，在日本好找工作好赚钱，日本人很有礼貌很热情。这些我都相信，也仅此而已。我村里几个发小和亲戚也都去日本打工，听说很赚钱，我从此也才知道日币市值很小，一万日元才相当于几百元人民币。

陈百歌约我吃饭，说是何长湖请客，其实请客吃饭就是煮一大锅粉干或杠面，加上牛骨或鸭肉、猪脚，再搭上大白菜、大蒜、大葱、芹菜，也有用海鲜类煮粉干或杠面，如花蛤、黄蛏、鱿鱼，或者泥鳅、带鱼，味道都很鲜美、可口。何长湖也是请吃煮粉干，然后配上油炸花生米、酱腌萝卜干、糖腊泡虾米等，喝的是地瓜烧或青红酒，啤酒是那种散装的，一扎一扎的。何长湖是专门请我们几个，所以唐诗燕和林芬芳都来了，饭吃一半我才知道何长湖是冲林芬芳来的。他跟踪陈百歌几天，主要想了解我们几个情况，他看重的是林芬芳的背景和人气，她有人来人往的照相馆，有资金来往的地下钱庄，有一会之主的"会头"行装。在这些人群中都有潜在的想偷渡出国者。何长湖有独特的目光，他在饭桌上不断地向林芬芳敬酒，她的酒量很好，比我们几个都强，我们都喝不过她。何长湖还不断地帮林芬芳装粉干，长一句芳姐短一句芳姐，其实他比林芬芳大，大几岁不清楚。林芬芳是比较含蓄而内敛的女子，被何长湖一番热情以礼，使她酒后的脸颊更加殷红，显得几分楚楚动人。

何长湖说："芳姐，我饭后到你照相馆照几张照片。"

林芬芳见状高兴地说："好呀好呀！我给你拍几张特写。"

"我相信你的技术，但要给我优惠哦！"何长湖话中有话，意思是不是免费的，是有意光顾她的生意。

林芬芳听得明白，说："一定一定，感谢感谢！"

何长湖又说："芳姐，今后有出国办证件需要照片的，我叫他们统统去金峰倩影照相馆照相，你正常收费就行。"

这下林芬芳激动地站起来了，她拿起酒杯向何长湖敬酒，满脸谢意地说："何老板能关照我照相馆的生意真是感激不尽。"

陈百歌也举起杯子说："兄弟，我要想出国或我哪个朋友亲戚想出国一定找你。"

我也附和地说谁要出国都介绍给何老板。因为我不会喝酒，就以水代酒敬了何长湖。林芬芳见状又倒了酒对大家说："我要敬大家一杯，我要感谢在座的每一位。"

何长湖不断地说感谢，然后声情并茂地说："认识你们是我何某的荣幸，出国，不管是正规渠道还是偷渡，我都有十分的把握。你们知道，我们长乐人，特别靠海边的我们，靠种田致富，靠捕鱼发财，几乎不可能的事。我们的祖辈父辈就可以作证，他们留给我们的还是家徒四壁。只有靠出国打工赚钱，才有机会改变自己和下一代的命运。也只有出国打工赚钱才有能力在老家盖房子找老婆。当然像在座的朋友，你们就不用出国，你们有纺织厂、有照相馆，你们卖蚊帐、做钱庄，在国内前途就一片光明，所以不用出国。"何长湖的一番话得到大家的共鸣。

一直沉默不语的唐诗燕这时突然说："我现在就想出国。"

四

不管以什么样的方式，出国在长乐都算一个时髦而体面的事情。在长乐，尽管出国也不是一件容易的事，但只要有这种想法，就有许多门路可走。当然，你必须具备一万八千美金的能力，若没钱也要具备借钱的能力，不然就无法成行。何长湖从他多年的"蛇头"生涯中知道，在长乐，特别是长乐农村，主要是年轻人群体，不分男女，都有出国打工的欲望。只是家里没钱，也借不到钱，或者有的父母不同意，再者是独生子女，只要家中兄弟姐妹多，就会想尽办法，至少要想尽办法，把兄弟姐妹中的一个送出国打工，然后再带其他兄弟出国。所以在长乐，出国打工是最好的出路，甚至有蝴蝶效应。何长湖的"蛇头"生意也因此做得风生水起。

何长湖算没有白请陈百歌他们几个吃粉干，还喝了酒，结识了这帮朋友，而且也有档次。开照相馆的，做纺织经编的，卖蚊帐的，不但有钱，还有人际关系网。在这些关系网中一定潜伏着众多想出国的人，只是还没找到可靠的"蛇头"。所以何长湖看好陈百歌这几个朋友，他不但答应了林芬芳，凡是今后出国办理证件需要相片的，统统到金峰倩影照相馆拍照。自己还要经常光顾林芬芳的照相馆，也还准备做林芬芳的会脚。何长湖看得出来，陈百歌、唐诗燕、林芬芳，还有我是很要好的朋友，而且还猜测其中有情侣关系，他还准备要经常请我们吃饭。这次饭局还没结束，唐诗燕突然说要出国，这突如其来的想法，让陈百歌措手不及，使何长湖喜出望外，让林芬芳心思百转，使我百思不解。这对陈百歌来说怎么可能让未婚妻独自出国呢？对何长湖来说他想不到生意来得这么快，林芬芳的心思也许希望唐诗燕出国去，这样还有可能改变自己和陈百歌的关系，对我来说只是不明白他们如何对自己未来人生的规划？因为我始终不喜欢出国。

陈百歌大方地说："可以啊！你想出国父母同意吗？我目前是没有这样的想法，倒是以后有这样的计划。"

"那我也以后计划呗。"唐诗燕附和着说。

何长湖笑着说："不急不急，出国是大事，要可靠，还要安全。"

林芬芳说："我倒有个姐妹对出国感兴趣，已去过一次被遣送回来。"林芬芳讲的这个姐妹就是李烟茵。

何长湖喜出望外，说："有关于出国的任何问题随时找我，我毫无保留地做全面介绍。"

大家异口同声地说感谢。我身上出了微汗，额头上似乎有汗珠，那是一碗热腾腾的粉干下肚所产生的热量。我站了起来说："我们差不多了吧！"

陈百歌也站了起来，对何长湖说："感谢何老板的请客，我们有亲朋好友有想出国的一定找你。"

何长湖跟我和陈百歌一一握手，他不敢跟唐诗燕和林芬芳握手，只是对她们致意微笑，然后对林芬芳说："我现在就去照相馆照相。"

林芬芳说好呀好呀。于是何长湖就跟着林芬芳向北而去，我目送着他们，总感觉有点不对劲，是何长湖对林芬芳有意思，还是真的想照相拉关系，抑或是我在吃醋，无从说起。

陈百歌叫住了我："水萍，你有什么打算？是继续卖蚊帐还是干走私？"

我说："百歌，我正想跟你说这事，这两者都不想干了，我想去福州。"

"我知道你早成竹在胸，去福州做什么呢？"陈百歌好奇地问。

"打工。"我只能这么说，其实心里没底，不知道去福州干什么，我只知道自己要远行，不能待在家乡，家乡将会在我生命中成为故乡。而且算命先生说我"任君行去百般成"。所以我要出走才有出路。当然给我底气十足的是口袋里有三千多人民币，这是我一年多卖蚊帐赚的钱。这是八十年代中期，工人或机关工作人员平均月工资也只有三十元至五十元不等的情况下，我就拥有了三千多人民币，虽然也不算大数目，却给了我无限的底气。

我内疚地对陈百歌说："不影响你爸蚊帐的销售，我的两个好伙伴值得信赖，而且推销能力也很强。我倒是对你有几个建议，走私一定是短期行为，而且违法，总有一天会被彻底打击和取缔。所以你要尽早收手，协助你爸把纺织产业做大，尽快将人工编布升级，扩大规模，大量引进先进设备。今后不是靠走南闯北一顶一顶地兜售蚊帐，而是通过一批一批订购。所以产量提升靠的是先进设备，市场销售靠的是大批订购合同。这样才能形成纺织产业化、规模化、机械化。看长乐人谁先走一步谁就是将来的长乐纺织大王。"

我的一番话，让陈百歌和唐诗燕目瞪口呆，他们用惊讶的眼神看我，他们都不相信这些话出自我之口，他们把我这番话视为生意场的先知先觉，看成办厂管理的理论。唐诗燕喃喃地说："人才，我要动员林芬芳去倒追你。"

我脸上一阵通红，我心里知道是喜欢林芬芳的，那只是年轻异性原始的喜欢，或者是情窦初开青春的萌动，还不懂得从思想和情感上有什么共鸣。所以这种喜欢是初级的，肤浅的，可有可无的。再者，自己准备远走高飞，就不会在此谈情说爱，谈婚论嫁。

陈百歌说倪水萍是要到福州找老婆的。我只笑笑，因为我自己都不知道我会不会有老婆，现在老婆在哪里？陈百歌说："水萍，现在我们一起去找我爸，你把刚才说的话重新对我爸说一遍。"

我点点头，表示同意，我也要对陈老板有所交代，并把两个伙伴董石和、魏长海推荐给他。此时唐诗燕觉得没有她什么事，就说："我先回去了。"

太阳早过了头顶，向西移动，金峰的街头热闹依然人来人往，走私的摊摊点点棋子般散落在各个街头巷尾，熙熙攘攘的人群鱼群般穿来穿去。我跟着陈百歌来到他的家，他爸刚午睡起来，他切了一个西瓜叫我们一起吃。

说起陈百歌的老爸陈老板还是蛮有故事的人。他叫陈扬飞，今年已经五十岁，许多同行朋友都叫他飞哥，晚辈的都叫他陈老板，比如我也这么叫他，有时陈百歌也叫他陈老板，陈扬飞好像也挺享受这样的叫法。陈扬飞很早时候就是小老板，他原来是拉扯麦芽糖，然后批发给方圆十几里的散户，这些散户提着麦芽糖挨家挨户地叫卖，当时现金比较少，大部分是兑换鸡毛鸭毛、废钢废铁。在金峰，很早有这样的营生算是很好的家境，可能陈家有生意的渊源，陈扬飞的父亲，也就是陈百歌的爷爷，原来是杀猪批发猪肉的，金峰农贸市场几个肉摊都是陈扬飞父亲供货。但是，到了他父亲五十七岁的时候死于脑炎，从此也中断杀猪卖肉的营生，到了陈扬飞这里就做起了麦芽糖的生意。陈扬飞从小喜欢吃麦芽糖，陈百歌也喜欢吃，我也喜欢吃，麦芽糖是长乐的特产，不管是实心还是有馅的，是长条还是方块的，都是不硬不软，不黏牙有咬劲，甜而不腻，脆而不碎，酥中带绵，甜中带咸，这是长乐麦芽糖独有的风味。也许生意做不大，陈扬飞的拉扯技术也不精湛。随着岁月的流逝，时代的发展，再加上麦芽糖也慢慢不再是人们的主要零食，市场上掀起各种比麦芽糖包装好看又好吃的零食，那些买卖麦芽糖的散户就逐渐地去做其他的生意，陈扬飞也转型做起手工经编的织布家坊。他想不到尼龙蚊帐能时髦于当下，而且流行于全国。他也想不到若干年之后，从尼龙蚊帐起家的长乐，纺织能够成为长乐的拳头产业，他更想不到现在散落在各个乡村家庭里的手工织布机，成就长乐纺织产业的发源地、孵化器、萌芽土壤、成长摇篮。陈扬飞从早期购买八台木质结构的人工织布机，一直做到今天，他是成功的，也是保守的。他没有扩大也没有减少，保持产量，注重市场，不注重质量，培养推销蚊帐业务员，不懂培养织布技术人员。所以他也无法做得更大更强。但他为人低调，言语不多，待人诚恳。唯一的缺点就是喜欢赌钱，听说输了不少钱。

看他午睡这么迟起来可能昨晚又赌钱通宵。陈百歌不敢过问，他吃了一片西瓜后说："爸，倪水萍准备去福州。"

陈老板看一眼我，擦了嘴巴说："好啊！百歌你也一起去吧！多玩几天。"

"陈老板你还没听明白，倪水萍不是去福州玩，他去打工。"陈百歌见老爸没听懂，就提高了音量。

陈老板又看我一眼，问："是真的？"

我点点头说："是的，我的两个伙伴董石和、魏长海继续跟着您干。"

陈老板点点头说："这两个伙伴不错，带队没问题，水萍你去福州打什么工？"

"还没决定做什么，现在中国改革开放已经开始，各个领域将会发生翻天覆地的变化，大城市会有很多机会，生意也会有很多机遇。"我有条不紊地向陈老板解释。

坐在旁边的陈百歌说："水萍，刚才你在街头跟我说的一番话也跟我爸说说。"

我看着陈老板，脸带微笑地说："就是您经编织布厂的事，今后一定要把现有的家庭作坊的织布打造成有一定规模可持续发展的纺织产业，才能更好地走进市场、占领市场。"

陈老板用惊愕的目光看我，问："纺织产业，这话怎讲？"

我慢条斯理地在街头对陈百歌说的话又向陈老板重复了一遍……

五

太阳已落山，炊烟升起。我是傍晚五点的时候离开陈百歌的家，尽管他们一直留我吃晚饭，我还是告辞了。陈百歌送我到路口，他问我什么时候动身去福州，我说就这两天，先回去帮家里种完番薯再去福州。陈百歌说他明天晚上去闽南一带送货，要一周时间才能回来，他说就不能送我去福州了。我不断地感谢，陈百歌确实对我很好，他说要经常回家看他，还说等他和唐诗燕结婚的时候请我喝喜酒，叮嘱我一定要回来参加他们的婚礼。我不断说是的，一定的。我也建议他不要想着出国，要帮助他爸把纺织做大做强。陈百歌点头表示赞同我的意见。

谁能想到，我与陈百歌在这街头一别，从此中断了联系，重逢时已是三十年之后。

我是徒步回到家，晚上几乎没有睡，窗外的月光贼亮，宁静的夜晚能听得见百虫的鸣叫，就是一阵风也会听见沙沙作响。我失眠地翻来覆去，脑海中总是萦绕着林芬芳的形象，对何长湖的热情和光临金峰倩影照相馆总有一股醋意散发而出。我不知道是不是暗恋了林芬芳，对于我来说好像一夜之间情感丰富了，心智成熟了。

在东方吐白之际，我却昏昏沉沉地睡过去。醒来时太阳已经爬到了半空，快晒到我的屁股上，我赶紧起床洗漱吃饭，然后匆匆忙忙赶往田园帮忙种植番薯。番薯苗是一捆一捆的，种植之后要马上浇水，否则就会被晒死。番薯是我家乡的主要粮食，从番薯收成吃起，到番薯削成丝晒干囤起，吃到次年番薯再收成时，一环接一环，一年接一年。因此我吃怕了番薯和干番薯丝，我几乎渴望不可求地想吃大米饭。其实全村人都想吃大米饭，但家家户户都种植番薯，只有部分水田种稻，所以大米有限，只有过年过节才能吃得上大米。我早就知道福州人都是吃大米，这也是我想去福州的原因之一，离开家乡就不用吃番薯，去福州就有大米吃。

我看着田园上到处都是种植番薯的人影，他们低着头，翘着屁股，把手上的番薯苗熟练地插入沙园中，我当然没有那么熟练，速度也慢，因为我只算半个农民，但是我可以挑水浇水。农民的儿子都早熟，十五六岁就要帮忙家里干活，要么下田当助手，挑水挑粪、种植收割、摘果运瓜。要么在家烧火煮饭、扫地洗碗、喂鸡喂鸭、放羊看牛。而我十六岁那年就可以挑一百斤重的担子，扛一百斤重的木头，搬几十斤重的石头。冬天可以赤脚下河，夏天可以头顶烈日，台风天可以挺立旷野之上，洪涝时可以站稳河道之中，暴雨中可以淡定接受洗礼。就因为从小风里去雨里来，冰冻中取暖，炎热里找凉，把自己练就成不怕风雨兼程，寒冬灼日，不怕披星戴月，夜以继日。此时我在沙园上栽番薯算不了苦，怕的只是此时栽下番薯苗，来年还要吃番薯。

午后，我情不自禁地往金峰跑，双腿好像听不了自己的使唤，想着金峰的街头巷口，想着陈百歌和蚊帐，想着三用机和唱片，想着金峰倩影照相馆和林芬芳。一路上胡思乱想，思绪万千。自从看完巴金的《家》《春》《秋》之后，感动了好几个月，现在却很少看书了，之前看张恨水的《啼笑因缘》、秦瘦鸥的《秋海棠》，其故事情节依然在脑海里回荡。图书让我理解了人生，阅读让我懂得了生活，小说让我知道了情感的美好与忧伤。

到了金峰街，我没有去找陈百歌，兜兜转转一圈，看见摊点上剩下的锅边便宜卖，我又坐下吃了两碗。然后直奔金峰倩影照相馆。我登上二楼的走廊就听见何长湖从照相馆里传出的声音，我一下子心凉了半截，感觉自己的满腔热血被泼了冷水，我硬着头皮走进照相馆，林芬芳先看到我，她有些意外地站了起来，热情地招呼着："你今天怎么有空过来啊！陈百歌呢？他来了吗？"

何长湖看了我一眼笑笑说："水萍兄弟好啊！"他旁边还坐着一个女子，正是林芬芳的好姐妹李烟茵。原来他们在谈出国的事情，那一定是林芬芳牵的线，说明何长湖功夫做得足。

我说我是临时来金峰有事，拐照相馆看看，说陈百歌今天要去闽南一带送货，要一个星期才回来。林芬芳不断地"哦哦"。何长湖对我说："水萍兄弟，你村里有没有人想出国？你介绍过来，我给你介绍费。"我说我帮你问。现在出国很热门，大部分选择偷渡，虽然风险大，但价格便宜，手续简单。有的直达美国或日本，有的先经由东南亚岛国，再转到自己想去的国家。尽管美国和日本人人向往的国家，但也有人去了小国，小国更容易，价格也更便宜。

我村里很多人就去了印尼、菲律宾、阿根廷、泰国等。有的人从这些岛国再转到美国、英国、德国、新加坡、澳大利亚等国。在整个八十年代出国的几乎都发了财，国内的父母兄弟都过上好日子，盖新房买家具都不在话下，谈婚论嫁就有门当户对的资本。在农村有出国打工的属于先富起来的那部分人，他们有了真金白银在手，在国内做投资就抢了先机，比如投资养殖，养明虾养鳗鱼、养鲍鱼。投资做纺织做经编。投资建钢厂、炼钢铁、做钢贸。投资做基建、承包建设工程、搞房地产。而我不知为什么对出国不感兴趣，也许从小听太多人讲过，脚踩着别人的土地，脸朝着别人的天空，日子一定艰难和不易。也许是我没有拼搏的精神，没有吃苦耐劳的决心，在大家纷纷出国的大背景下，就是国内都纷纷卖蚊帐赚钱的好时期，我却选择离开家乡，离开长乐。今天看到何长湖跟李烟茵谈出国的事，我不大理解一个小女子为什么要往外跑，难道国外真的是遍地有黄金吗？

我离开了金峰倩影照相馆，有些失落地走回家。

原来李烟茵的表姐表姐夫早些年出国到了阿根廷，夫妻二人在阿根廷不是打工，而是开了一家食杂店，生意很火红，很好赚钱。打了跨国电话回来叫李烟茵来阿根廷开食杂店。李烟茵正苦于出国门路。她三个姐妹合伙在长乐农贸市场做干鲜货买卖赚了钱，又在林芬芳会头标走了会钱，偶然被林芬芳撞上，还了缴纳死会的钱，也赔了礼，道了歉，林芬芳也就原谅了她们，还是好姐妹。林芬芳知道李烟茵一直有出国情结，现在也有了出国的本钱，所以就介绍给了何长湖，李烟茵认识了这位何长湖的"蛇头"，也准备再次出国。她就不相信这次又像上次一样被遣送回来，她有了一次出国失败的经验，向何长湖提了很多要求。何长湖都尽量满足，言下之意经他之手是包成功的，付款方式还是按他的规矩，先付一半，安全到达目的地再付一半，如果有介绍其他人出国还可以打九点五折。

李烟茵早有出国打工的念头，就很快作出决定，她不用跟老公商量，还动员老公等她在阿根廷站住脚跟，到时也来阿根廷。

何长湖很自信自己的目光，认为林芬芳会给他带来好运，她不但亲朋好友多，为人也热情，加上照相馆人来人往，门庭若市。他只要天天来照相馆做出国打工的宣传，就有人询问、报名。何长湖也懂得做人，他懂得人情世故，偶尔买了口红、香水送给林芬芳，林芬芳是不敢收的，她认为口红香水之类的礼物属于情侣之间赠送的。于是何长湖就改为送包包，最贵重的一件礼物是金项链。

在金峰倩影照相馆，不到半年时间，就有十几个人经过何长湖的介绍偷渡到美国、日本等国家。一时金峰倩影照相馆的名声再次扩大了影响，几乎人人皆知金峰倩影照相馆的老板，不单单照相技术好，还做好几个"会头"，还有地下钱庄，现在又是偷渡出国的集中地。由此林芬芳的照相生意比以往好了很多，营业额比以前增加了百分之三十，而且何长湖按规定都付给了一定的介绍费，这也让林芬芳乐开了花。

有一天晚上，何长湖单独约林芬芳吃饭，这时候的林芬芳已对何长湖刮目相看，见他为人干脆，办事利索，诚信老实，觉得像何长湖这样的男人在今后一定有所作为。所以对他印象良好，好感有加，甚至想到如果自己不是想着念着陈百歌，一定要嫁给像何长湖这样的男人。今天何长湖约她吃饭，心里想着他是不是喜欢上自己？在吃饭的时候会不会向自己表白什么？林芬芳虽然不会跟何长湖恋爱、结婚，心里却希望他在自己面前表白一些情意绵绵的话。

金峰没有大酒店，小小的小吃店倒是很多，金峰靠海边，海鲜很多，各家小饭店都是以海鲜为主，吃海鲜也是金峰人的家常便饭。何长湖约林芬芳到一家叫洋中的饭店，据说这家洋中饭店做的是金峰比较正统的菜肴。何长湖先到店里，点了一盘黄螺、一盘虾蛄、两只带红膏的正蟹、一只大墨鱼、一盘炒鱼面、一碗花蛤冬瓜汤。当林芬芳到达时，各盘菜肴已摆上桌，林芬芳一看，说："哇，这么多菜两个人怎么吃了完，要不要再叫两个朋友来一起吃？"

何长湖说："就我们两个，吃得完，黄螺只有七八个，虾蛄都是壳，蟹也是壳。"

"好吧！你请客你做主。"林芬芳说着优雅地入座。然后又问，"是不是介绍偷渡的生意非常红火？"

何长湖笑笑说："托你的福啊！想不到你的资源这么多，人气这么旺，所以要好好感谢你啊！"

"你都有给我介绍费，公平买卖，不用谢了。对了，听说最近政府打击走私和偷渡犯罪力度非常大，你可要注意了，以后不能在照相馆里大张旗鼓地介绍偷渡的事。"林芬芳担忧地说。

"林姐，我正想跟你说这事，现在查得非常严，海上通道都是海警巡逻，码头巷口和岸边都是边防警察巡视。今后越来越难了，而且不能在你那儿设点了，不然会连累你。"何长湖也转入了正题。

林芬芳感激地点点头，然后问："那以后有什么打算？"

这正是今晚请林芬芳吃饭真正要说的话题，他说："林姐，你有没有想过出国？如果有想，我和你一起去，费用由我来出，我们一起去国外发展。"

林芬芳一听，一时回答不上来，久久地看着何长湖，脸上泛起了难得一见的涟漪，心里翻滚着不平常的浪花，然后低下头吃起菜来。

他们这顿饭吃了很久很久……

六

　　天有不测风云，人有悲欢离合。正当何长湖"蛇头"生意做得风生水起之时，也正当他面对日渐紧张的打击非法偷渡活动之际，一则突发事件不胫而走，传到何长湖的耳朵。一艘载近三百人的偷渡船在靠近美国洛克威近海之处意外地沉没了，船上一百多人获救，一百多人客死他乡海域。这艘叫作"黑色探险号"的船是专门以承载非法偷渡客而被人们所熟知，也是何长湖"蛇头"团队偷渡线路走向的一艘较大马力的偷渡船。在这艘出事的船上，有何长湖"蛇头"团队介绍的偷渡客的五十八名。何长湖还不知道这五十八名偷渡客的生死情况，他已惊慌失措，忐忑不安起来。

　　据悉，在长乐地区一带，偷渡到美国，一般通过三条通道到达美国境内。第一条通道为福州至塞尔维亚到达欧洲进入美国。第二条通道是在中国境内沿海进入墨西哥或者先进入中南美洲，经由海路到达美国。第三条通道是在中国口岸进入加拿大再到美国。去美国，是长乐偷渡客的首选，也是"蛇头"们主打的线路。不同的线路价格也不同，时间长短也不同，路上风险也不一样。

　　去美国时间短者一个月到三个月不等，长达六个月甚至一年，一般没有直达美国，日本或其他国家也一样，中途都要转折三到六次，而且是海陆相结合，有时还要徒步爬山翻岭，跨河涉水，像难民一般偷偷摸摸，战战兢兢，生怕被抓。在偷渡途中，有体弱者累死山坡上，也有干粮断尽，饿死在荒漠中，很多偷渡客饥饿难忍，吃了当地毒果，喝了当地毒水而得病，不治身亡。古话有句老话：不看贼吃，要看贼打。意思是不要看那些偷渡客到达美国后风光无比，遍地可以淘金，但是在去美国的路上要经过千难万险，生死难料，比唐僧西天取经还要艰难。能否到达目的地全凭运气，尽管如此，只要有渠道，也能借到出国的费用，仍然有人前赴后继。费用从初期的一万美金涨到一万八美金，再从一万八美金涨到二万八美金，再从二万八美金涨到五万美金，可谓步步高升。长乐去美国的人居多，一般从福州先飞机到达广州或香港，然后再飞往土耳其，再飞厄瓜多尔基多，再坐汽车到达哥伦比亚，进入内科科利海边，坐船到巴拿马，再登入一座山林骑上一匹马进入一个难民营，再坐汽车到哥斯达黎加边境，由汽车到尼加拉瓜，再转车到洪都拉斯，再进入危地马拉，到达墨西哥，然后乘上飞机到达美国。如此挫折的线路，一般人都会出现体力不支，而且冒着野兽出没地带，经过各种险恶部落，能够到达美国的都要去了一层皮，手脚红肿长疮，疾病缠身，需要一段时间治疗养病，恢复体质。

然而，一场"黑色惨案"不但震惊了整个美国，也让在美国的华人惊慌失措。一百多条鲜活的生命漂浮在海边上，令人柔肠寸断，惨不忍睹。不幸消息传入长乐，一片哗然。

那是在一个深夜，这艘"黑色探险号"已经在公海上漂泊了二十多天，等待美国那边的"蛇头"接应。不知为什么迟迟不见接应人，也没有任何通信信号，只好海上等待。造成了船上断水断粮，底舱的偷渡客很多出现了不适状态。此时船上的"蛇头"自己也意识到危险，再等下去，自己和偷渡客都要葬身于海底。于是他们做出冒险行动，将船只驶入美国近海，让偷渡客跳船自行游水上岸。

谁知船上偷渡客大部分不会游水，而且有些水性的人是在自己农村江湖上游泳，没有海浪，大海可不是儿戏，经不起一阵海浪冲来，就已晕头转向了，更何况船上有很多女性和少年。众多偷渡客纷纷跳船向岸边游去时，就意味着生死冒险，能到达海滩就能获救，不懂游泳的人面临生死选择，与其在船上饿死，不如跳船入海去抓住生命的稻草。在如此混乱的黑夜，茫茫大海之中终于发生了偷渡客船抢滩搁浅，偷渡客漂尸海面的大事件。被美国巡逻的海警发现密密麻麻的人头被海水冲击下涌向岸边，有的是尸体，有的半死不活，有的是活人。让海警惊恐不已。眼看幸存者浑身湿透地跟跄来到岸边的偷渡客，他们迅速呼叫警局支援，将偷渡客逮捕，被捕的偷渡客算是幸运的，而那一具具尸体客死他国，更是不幸而惨烈。

这些幸存者有的还不到法定年龄被美国法院监管，有的幸存者却获得政治庇护留在了美国，有的幸存者被保释，也有一部分幸存者获得艺术家签证。那么，那些客死他国的偷渡客呢？他们永远没有了回家的路，也永远没有走进被称作"天堂"的美国大都市，更永远地与亲人海天相隔，阴阳两界……

有了这起震惊中外的"黑色惨案"，中国警方加大力度打击偷渡犯罪，特别对"蛇头"发出抓捕行动。何长湖、何长江、何长河三人在这次打击偷渡犯罪行动中全部被抓。何长湖被判五年有期徒刑，另外两个分别被判四年和六年有期徒刑，并罚款五万元到十万元不等。至此，长乐的偷渡变得更加艰难，渠道变得更加神秘，"蛇头"变得更加隐匿，偷渡费用也变得更加昂贵，高达八万美金，兑换人民币六十多万元。此时，有钱人选择正规渠道，官方签证，合法身份。

林芬芳得知何长湖被抓判了五年，惊出一身冷汗，她惊魂未定地想起那天晚上与何长湖共进晚餐之时，他暗示林芬芳与他一起去美国，言下之意就是向林芬芳示爱、求婚。林芬芳想想就可怕，在长乐人人向往美国，依然也吸引着林芬芳，美国梦不但是穷人们向往淘金的梦想，也是富人向往享受的天堂。幸好林芬芳还来不及思考，正在犹豫不决中，何长湖就出事了。林芬芳反思自己为何不好好守住照相馆，做好会头，做些可靠的借贷。只是可惜了何长湖正是"蛇头"搞得风风火火之时，却锒铛入狱，毁了大好前程，刑满释放后又从事什么？林芬芳为何长湖担心、可惜。因为在林芬芳眼里，何长湖委实是一个为人热情，待人真诚，有情有义，诚信可靠的人。

但是，何长湖终究东窗事发，几年的"蛇头"风光无比却毁于一旦。这对于林芬芳来说很受打击，毕竟合作了一段时间，还担心自己受到牵连，说明何长湖没有供出其他人，更没有供出金峰倩影照相馆曾是偷渡客聚集点。所以林芬芳从心里感激何长湖，认为他够义气，五年出狱后一定要带他一把。可是，当林芬芳得知她的好姐妹李烟茵失踪的消息，一下子陷入了恐慌之中，难道李烟茵也在"黑色探险号"上？那就生死未卜了。李烟茵本来要去阿根廷的，被何长湖说服去了美国，她确实坐上了"黑色探险号"这艘船，但是，她命大，没有死。命运却不佳，第一次偷渡被抓遣送回来，这次是半生不死地被海浪推上海滩得救，被美国警方抓捕。这是她不幸中的万幸，保了命，却再次被遣送回国。一直追求出国的李烟茵终究竹篮打水一场空，从此打消了出国的念头。林芬芳当然很自责，潘雨映和池荷艳也都同情她，叫她继续做农贸市场摊位的生意，李烟茵的惨状也被家人嫌弃，就对好姐妹特别感激，她为了还清出国欠下的债务，批发干鲜果生意之外，又兼职做起了保健品销售买卖。林芬芳觉得对不起李烟茵，因为是她介绍出国的，差点出了人命。这时"蛇头"何长湖毕竟被抓判刑了，没办法怪罪"蛇头"了。林芬芳自然背着这个责任，使她日无食欲，夜无睡意，整天昏昏沉沉，不知不觉得了抑郁症。

第七章　高山远与他的纺织产业

一

我在七月流火的季节离开了家乡，中午从家里徒步走到金峰，虽然有一阵阵季风吹来，依然灼热得汗流浃背。天空没有白云，蓝蓝的天挂着一轮无法直视的太阳。山野上、田园中、江河里，都处于寂静的状态，偶尔见到几只牛羊低头吃草或吸水，也见过数只鸟儿从头顶飞过，还有几条野狗卧在路旁睡觉，这是打狗都不出门的天气啊！这是我们长乐形容天气炎热的一句口头禅。

我在金峰汽车站等候开往福州的长途班车，车站靠近陈百歌的家，我没有向他告别，也没有向林芬芳告别，他们都知道我要去福州，只是不知道具体的时间，去做什么。其实我自己也不知道去做什么，但是我起码知道去一个工地里找一个卖蚊帐时在火车上认识的朋友。他是福建省顺昌县人，有土木工手艺，跟随一个小包工头的亲戚做工程，目前在福州王庄那边做房地产工程，他叫赖瑞声。在火车站上他进站时钱包被偷，身无分文，我坐在他座位的隔壁，大胆地向我借十元钱，当时没有骗子之说，况且我身上有钱，就借了十元给他，他感激之下向我介绍了他在王庄工地干活的情况，叫我去工地找他，到时还我钱还要请我吃饭。现场给我写了一张很长的地址和电话。我始终没有去找他，钱也没还，我只打过一次电话，很麻烦，拨通电话还要转分机号，等人去叫赖瑞声来接电话等了很久，不但费时间，电话费还挺贵。

这次去福州就是去王庄工地找赖瑞声，听说福州王庄盖万人新村，规模很大，要盖好几年，我打算先在工地上打工混口饭吃，主要贪图有地方睡，工地上搭建了很多简易的工棚作为工人的宿舍，我想叫赖瑞声安排一个床位应该没问题，这就是我敢只身闯福州的底气。

炎热的城市好像比农村更闷热，尽管商铺林立，商品琳琅满目，让人赏心悦目，但身上也要有钱买，否则都是过眼云烟。不像农村，可以看到绿水青山，稻田麦浪，而且是免费的。城里的道路四通八达，而且都是水泥路，路口的红绿灯，人来车往，你得懂交通规则，你还得防着被碰被撞。不像农村，虽然只是土路，没有红绿灯，也没有交通警察，摔倒也无大碍，更没有被车撞被人碰之说。农村只有手推的板车，偶尔一辆自行车是有钱人家才拥有的，所以出门没有交通规则，也没有交通事故，倒是经常因发生土地纠纷、房屋侵占而大动干戈，小的骂街，大的头破血流。在城里没有这样的事发生，大家都有单位，人人都有一份工资，各自都有一碗吃不饱饿不死的口粮，生活水平半斤对八两，叫作床铺底下踢毽子，平平高。

我是从福州汽车站走到王庄工地，我是不懂得乘坐公共汽车，而且公交车少而又少，乘坐的人又多，我也不懂得哪一路公交车。我徒步一路问到王庄，也看尽了街头的繁华和热闹，半途中肚子有些饿，在街边店吃了一碗拌面，五角钱，还有一片薄薄的牛肉，花生酱的香味，葱花的青味，高汤的肉骨味，还有面条的面粉味，让我仿佛享受了高级美食，也许是肚子饿的原因，吃什么都是美食。

王庄好像是福州的郊区，一下子安静下来，偏僻得杂乱无章，只看到工地上的脚手架、高高升起的吊车、上下来回的升降机，钢筋水泥的碰撞声、铺钉模板的响声、货车进出的汽笛声、工人师傅的吆喝声，这些响声都淹没在飞尘四起的浑浊里。赖瑞声也一定在其中，工地很大，有好几个出入口，我一个又一个地问，到了第三个出入口，门卫才知道赖瑞声这个人，我舒了一口气。

赖瑞声穿着工装到门口接我，他显得很热情，毕竟借过我钱，而且还没有还。在火车上他始终以为我是读书人，想不到我是卖蚊帐的推销员。赖瑞声比之前微胖了一点，三十岁的年纪显老一些。据他介绍，他很小的时候在顺昌老家就跟着堂哥混，小学还没毕业，十八岁那年去学开拖拉机，帮人家运农作物和建筑用的砖瓦石头等。后来又去打石头学土木工，然后做起了土建工程。赖瑞声是一个见什么时髦就干什么的人，见什么好赚钱就转型去赚钱。思维转得快，胆子大，爱面子，讲究排场。很早的时候老家就盖了两层楼的房子，老婆是远亲的一个表妹，为他生了一男一女，不但他高兴，父母也高兴，老婆在家看孩子，赖瑞声成年累月在外打拼，赚的钱都寄回去。他不嫖不赌也不抽烟，算是全身正能量的男人，唯一的缺点喜欢喝酒，酒一喝多话就多，你得耐心地听他讲天南地北，扯五湖四海，聊人情世故。

"倪水萍啊！难得看得起哥，到我这儿来，我知道你不是来打苦工的。"赖瑞声满脸堆笑地说着，然后从兜里掏出两张十元面额的钱塞给我。说，"火车上一遇，解我一时之困，现在是朋友、兄弟，是不是缘分啊！"

我接过钱，笑着点点头，然后问："到你这儿会不会很麻烦？"

"不会，我把你安排在仓库里上班，仓库里有床铺，晚上可以睡在那里。"赖瑞声得意地说着，他认为为我谋一份很好的差事。

差事是不错，解决了我晚上睡觉的问题，我问："主要做什么工作？"

赖瑞声拉着我说："我们先进去慢慢说，是这样，仓库里还有一个管理员，是建筑公司的员工，女的，她负责登记出入库，仓库里主要放加工好的各形状钢筋和螺丝螺帽以及电器等。你的工作是把这些东西用板车拉到工地现场。"

"是不是叫作搬运工？"我问。

"是叫搬运工，有两个人，你们两个人轮流做，也可以一起做，工场上有需要时会通知仓管员出库，你们负责搬运，每月工资五百五十元，中午免费午餐，免费住宿，一周休息一天。"赖瑞声一五一十地告诉我。

我欣喜若狂，感到非常满意，感激地对赖瑞声说："太好了，我求之不得，一定好好干，不会让你失望。"

我们一路上说着，这个万人新村盖的房子好像有几百幢，有的还被脚手架包围着，有的已经落架，钢筋水泥随处可见，货车吊车随时掠过，建筑工人有男也有女，他们大多戴着安全帽，有的还戴着太阳镜，统一着装，看不出脸上真面目，好像长得都差不多，一个模样，红红黑黑的，埋头苦干，来去匆匆，爬上爬下，工地好像又是一个天地。赖瑞声把我带到了仓库。

仓库很大，也只是简易的工棚而已，分两个区域，一边堆放货物，我看到了各种型号的电线，都是一捆一捆的，另一边是办公区域，两张桌子，一张是那个女仓管员用的，另一张放着各种杂物，没人坐，有两张长条木椅，可以坐好几个人，也可以躺着午睡。在办公区域背后的角落里放着一张床，还挂着蚊帐，可能晚上有蚊子，想必这张床就是我的下榻之处。仓库里有三个吊扇，有阵阵旋风吹着，白天大部分是热风，不会凉快，也不会出汗。

我们进去，仓管员站了起来，赖瑞声说："小郑，这是新来的搬运师傅，晚上住在仓库负责看管仓库。"

女仓管员点点头，看了我一眼问："是福清哥吗？"

赖瑞声说："不是，是长乐人，叫倪水萍。"

女仓管员"哦"一声脱口而出："是长乐鬼，来来，里边坐。"这个姓郑的仓管员向我招呼着。

我见她说我"长乐鬼"，有点不悦，回了一句："你是连江鸡吗？"

赖瑞声见状赶紧解释："不是、不是，小郑是福州本地人。"

其实，长乐鬼、福清哥、连江鸡是有来历典故的，倒没有什么褒贬之说。比如：很早以前，长乐人就声名在外，在福州语系圈内，有人说长乐人是"长乐诡"，就是因为"诡"字不中听，一些长乐人往往要回避，说自己是"长乐我"，不是"长乐诡"，其实大可不必。熟悉长乐历史的人就知道，长乐之所以被说为"诡"，是因为当年福州扩城，要开发台江，又因为福州是福州语系中心，周边说福州话的人纷纷进城，于是展开了一场县与县之间、城里人与乡下人之间为争夺台江地盘的角逐。角逐即竞争，先是不露声色的长乐人，角逐的结果是，长乐人成了最后的赢家，此时对手方知长乐人的厉害，就攻击长乐人为"长乐诡"，也就有了"长乐诡"的说法了。长乐人自己却说："长乐我""长乐伟""长乐王"等等。另一说法：鬼在《说文》鬼俗也。《淮南子》淮南传曰：吴人鬼，越人䰡。长乐先民习于以水为地，以舟为车。史载，春秋和三国时，吴王夫差、东吴孙皓都曾在此屯兵造船、开辟航运，因而得名"吴航头"长乐被称为航城，吴航大地。古代吴航大地遗留下众多的吴越人后代和习俗，在历史变迁中，长乐鬼的说法就逐渐地流传开来。还有一说：三国时，东吴在六平吴航头（今吴航镇）造船，置典船校尉，集结东汉谪徙者（罪犯）在此造船。罪犯们衣冠不整，披头散发，在吴航头造船，辛苦劳作，发出哀号之音，犹如鬼一般。长乐鬼的说法也就逐渐地流传开来。

这是盘古开天地的事，在历史长河中，始终不缺传说和典故。

二

长乐是不生长棉花的地方，却有纺织产业在长乐金峰一带开花结果。纺织前身以家坊式手工经编织布深耕于此地，并逐步发展为以家族为龙头的纺织产业帝国，这确实是一种奇迹。那么，高山远家族却是这奇迹中的佼佼者。

早在七十年代中期，长乐县金峰镇一带就开始家庭作坊式的纺织工业，以家族式、朋友式、亲戚式集资创办纺织工厂。以经编、针织、涤纶为主要的生产、加工澎体内衣、外套、运动衫、运动裤、汗布、尼龙蚊帐等企业。主要生产机器有横机、棉毛机、台机、织布机、经编机。经编机主要是生产尼龙蚊帐，陈百歌的老爸陈老板就有好几台"木兰"款式的经编机，只是他始终没有更新。而高山远比陈扬飞家还早，在经编机之前，家里就以"木兰"机手工编织大量生产尼龙蚊帐。

所谓"木兰"机，意为花木兰在家织布使用的一种木制式手工织布机，一句"唧唧复唧卿，木兰当户织"的诗句反映当时花木兰在家织布的心境。高山远的家里就有十几台"木兰"机，几个兄弟姐妹轮流夜以继日织布，然后聘请左邻右舍女子织布，生产出大量塑料布，再加工成蚊帐，销往全国各地。

其实，高山远是我的一个远亲的舅舅，他还有一个弟弟叫高山近。这两个舅舅都非常有本事，还不到五十岁的年龄，早期他们都是拉扯麦芽糖发家的，方圆几十里的买卖麦芽糖的生意都是到高山远家批发。只不过传统手艺似乎一夜之间被现代文明所代替，包括食品、物件、饮食习惯和娱乐方式都被改变。高山远和他的弟弟高山近及时退出拉扯麦芽糖的行业。

高山远是金峰镇大阳人，两个兄弟在金峰一带比较有名气，因为他们家族里比较早做家族产业，而且很关照左邻右舍，热心带领帮助亲戚朋友加盟他们的行业。他们退出拉扯麦芽糖的行业，就将技术教给村里的一个族亲。不但教他们煮熬麦芽，拉扯麦芽糖，还教他们销售方法，不要扩张做大，守住自己的销售地盘，把产品做好，让人吃出真正麦芽糖的味道，也让外地人吃出长乐的味道，一直这样做下去，就有可能做出口碑，成为我们传统小吃。高山远的一番话让族亲感动不已，受益匪浅。高山远还特意交代弟弟高山近负责教会族亲的拉扯麦芽糖技术，毕竟他们对麦芽糖有感情，自己不做了，总想着有人传承，这是高山远的本意。

高山远长得一副大头大脸的相，眼睛也很大，个头也高大，讲话声音也很大，还有一点立体声，他如果当歌星一定是男高音。他喜欢穿中山装，而且是藏青色的，他不喜欢灰色和黑色。夏天他就穿的确良的衬衫，颜色是天蓝色，他不喜欢白色。高山远记性很好，说过的话，见过的人，做过的事，看过的数字都会记得一清二楚。他烟酒都喜欢，能喝能抽，他经常说烟酒不分家，在利益面前总是照顾自家兄弟、亲朋好友、合伙生意人，看作一家人一样不分彼此。所以周围人对高山远的人品、酒品很是赞扬，对他的诚信、热心很是敬仰，对他的大方、大气很是欣赏。他的弟弟高山近，小高山远两岁，只是高山近看上去好像比高山远还老成一些，许多人以为高山近是高山远的哥哥。高山远也经常听人问他说，你那个哥哥跟你长得像一个模板刻出来的，高山远只能纠正地说：那是我的弟弟，然后哈哈大笑起来。

我小时候去高山远家喝过一次酒，记得走了很远的路，我是跟着大人去的，还带着被子去，因为要在他家过夜。金峰一带的婚宴头尾要做三天吃五餐，婚礼当日的前一晚餐就开始吃婚宴酒，这餐酒宴叫"厨进堂"，意为结婚前的准备酒，婚礼当天早餐也很丰盛，叫作饭菜宴，意为只有饭和菜，没有喝酒。中午就算婚宴大餐了，叫作"伴妁酒"，意为新郎的伴郎、媒婆、伴房嫂（喜娘）都要一起喝的酒，吃完伴妁酒后，伴郎、媒婆、伴房嫂就要跟随新郎挑着礼品去接亲，就是把新娘迎娶回来。迎亲的队伍有十人左右，是抬着轿子徒步走着，一般午后一点出发，都要到晚上六点左右才能把新娘迎接回来，除了途中来回两个小时左右，其他时间是在女方家行之许多礼数之后，新娘在母女哭婚中上了轿。哭婚也是一种风俗，女儿出嫁，母亲不舍，母女互哭，母亲哭中带话："妹啊妹，去了人厝（夫家）要听嘴（听话）"等等劝慰的话。

晚上大酒宴要等迎亲队伍回来，拜了天地响了鞭炮才能开席，晚上的喜宴才算正席。喝酒的亲朋好友按辈分入席，座位按亲疏就座，东西南北中的朝向都有讲究，不能乱坐，有专门懂得辈分礼数的人指挥入座。从入座到开宴都要折腾一个小时，一般到了八点才能上菜，吃完婚宴正餐，新郎新娘就入洞房，开始了闹洞房。我们远亲一般不会去闹洞房，大多是新郎的伴郎和好朋友。第二天早上还有一餐叫作"洗厨早"，意为婚宴厨房清理的早餐，吃过"洗厨早"的饭，结婚的宴席才算全部结束，东家开始送客道别。

这个时候的长乐，喝喜酒还是要随礼的，随礼金额从五十到一百，从三百到五百不等，延续很久。直到九十年代之后开始就不收礼了，不管是喜事还是丧事，喝酒不但不要随礼，还要向客人发钱，不管是红白喜丧事，喝一次酒都会分到三五百或者七八百甚至千元以上。能分多少钱要看东家的财力大小和人丁旺盛情况。在福建境内唯独长乐这个地方盛行喜丧事大办酒席，宴请亲朋好友，不但不收客人的随礼，还向客人发钱的习俗。长乐这种习俗被广为流传，甚至成为佳话被人津津乐道。多少人希望有长乐的亲戚或朋友，并能引以为傲，都想着去长乐喝一次酒，这不仅是为了分多少钱，关键在于体验一次在酒宴上分钱的豪迈和盛况。所以有人评价说这是长乐人独特的待客之道，也有人评价说这是长乐人的富裕象征，更有人赞誉说这是长乐人有豪爽之侠义。

我尽管跟着大人去高山远家喝酒，跟高山远两个兄弟都不熟，他们也不认识我。也许只跟我的父辈那一代算远亲，到我这一代已经不亲了，如果要去找他们，要从我的爷爷讲起，高山远也许会记得有这么一个远亲的存在。但是，我始终记得有这么两个陌生又远亲的舅舅叫高山远和高山近，因为他们不管拉扯麦芽糖还是做纺织产业，在金峰都很有名气，口碑也很好，所以印象深刻，喝酒的事记忆犹新。

高山远的儿子高尚是陈百歌的初中同学，他们早期一起卖过蚊帐，还合伙开一家小型塑料厂，以失败告终。陈百歌从来没跟我讲过这事，可能是没做成功的事，怕我笑话。那是后来我跟高尚偶然认识，谈起以往的事，才知道他是陈百歌的同学，是我远亲舅舅的儿子。

那是在前两年的事，是我第一次出去卖蚊帐回来的时候，半个月时间赚了八百多人民币，尝到甜头，人有点飘起来，父母也对我另眼看待，把我当成小祖宗供着，因为会赚钱了。大人叫我去金峰买走私货，都是时尚的服装，我有了大人的许诺，得意忘形地跑去金峰，买了一条喇叭裤和一件 T 恤衫。这两件服装是在高尚摊子上买的，因为买服装与高尚偶尔认识。

高尚比我小，应该与陈百歌差不多大，长得有点胖，可能家庭生活不错，吃得好。头发长得粗，剪着短发，穿着一套夏天薄款的米黄色运动衫，显得特别精神和阳光，很让我羡慕。凭这，我就到高尚摊上买东西，他的摊位也比较大，特别是物品种类多，好像不仅都是港台走私货，也有国货。我在摊位前徘徊浏览。高尚说："看哪件满意便宜卖你。"

我看完摊上的货后看着他，说："你身上穿的这套运动衫挺好看。"

高尚一听得意起来，神色飞扬地说："这不是走私货，是我们自己家生产的。"然后指着摊位上的货物说，"这些运动衫、澎体内衣都是我们家生产的。"

我问："你是哪里人啊！"

"我是金峰大阳的啊！"高尚回答。

我自作内行地说："大阳村做经编生意很厉害，家族型的，全村人集资办纺织厂，赚了很多钱，我有一个远亲的舅舅也是你们大阳人，金峰一带的纺织产业应该是数一数二。你肯定知道。"

高尚点点头说："是的是的，应该都知道。你的远亲舅舅叫什么？"

"叫高山远。"我说。

"那是我爸。"高尚哈哈大笑起来。

我却惊讶地站在那发呆，接不上话来。

高尚问："你是哪个村的？"

"我是山富村人，叫倪水萍。"我报出家门。

"山富村是有我的远门亲戚，我听奶奶说过，平时没什么来往，只有遇上大的红白喜事才互请喝酒，我奶奶说这是礼数。你看，我们都不认识，我叫高尚，你应该是我的表哥。"高尚喜形于色地说着。

我说着小时候去他家喝酒的情景，高尚说："那应该是我大哥结婚。他二十五岁结的婚，然后就去了美国，我还有两个姐姐，我最小。"

我们好像一见如故，不知道是不是有一点亲戚关系，彼此有了很强的信任感和亲和力。高尚很像一个生意人，虽然年纪尚轻，不像读书人，也不像公子哥。知道他是高山远的儿子，就知道高尚的家境多么地殷实，看样子他更像他的老爸高山远，有经商的头脑，懂得经营之道，敢于投资办厂。但是，我有些不解，高尚家有如此大的纺织产业，他为什么会在金峰摆摊设点？兜售港台货？

我疑惑很久，又不敢问他。这时，高尚问："水萍哥，你满意哪些东西，我按成本价卖给你。"

我点点头表示感谢，然后买了一条喇叭裤和一件天蓝色的T恤衫。

这时候高尚才问我主要做什么事情。我就说高中毕业后就在家帮大人干农活，偶尔跟着朋友出去卖蚊帐，刚从外地回来几天。高尚听后亮起了眼睛，问："你也有去卖蚊帐啊！我也卖过，我家有好几个团队在全国各地推销蚊帐呢。你都跟谁一起去呢，以后到我那边去卖，跟我爸说一声，安排你带队。"

我说："我卖怕了，我不是做生意的料。"

"是东家对你不好吧！东家是谁啊！我老爸都知道金峰一带的老板。"高尚打听我为什么不卖蚊帐的原因。

我说东家对我很好，是金峰的陈老板，他的儿子是我好朋友。高尚激动地说："陈百歌？"

"是陈百歌，你们认识？"我也有些惊讶。

"我们是初中的同班同学，他也不是念书的料，初中毕业后就不上学了，帮家里做点事情后不过瘾，就相约一起开塑料厂，主要生产生活日用品，结果搞得焦头烂额，血本无归。"

我说你们还有这样的经历啊！从来没有听陈百歌说过，也没提起半点信息。高尚说："他爱面子，不好意思说。这有什么嘛，失败是成功之母吧！怕什么？"

高尚倒是很坦率，说得轻描淡写，我想主要家里有钱，亏得起，当作交学费。换了我就倾家荡产了。我说："所以现在改为摆摊卖走私货？"

"不、不，那格局太小了，目光太短浅了。金峰这么热闹，蛮摆个摊练练手，不是为了卖走私货，你看看，摊上的货品有一半是我们家生产的货。运动衫、运动裤、汗布、澎体内衣、尼龙蚊帐等都是自己家的货。"

"哦，我明白了。"我笑着说。

"你明白什么？"高尚有些不解。

我说："你摆摊只为了练手，是为了今后有朝一日开百货公司做准备。"

高尚一下子呆住了，他重复了一句百货公司，然后赞赏地说："水萍，你的想法很新鲜啊！百货公司可以做贸易，也可以做商场，买卖什么物品都可以，你这个想法好，很有价值，"

我也惊讶起来，我说："我只是随口一说，难道你不是这样的想法？"

高尚自嘲地笑着说："我头脑笨，还不懂得这么超前的想法，我要把这个想法告诉我爸。什么时候我要带你去见一下你的远亲舅舅。"

我哈哈大笑起来，我说："我差不多时间要去福州了。"

高尚紧张地说："去福州干什么，以后跟你一起去北京。现在别急，赶紧去找陈百歌过来，我们三个要聚一聚。"

三

我意想不到，在我去福州的前夕，那是高尚组的饭局，想不到又见到陈百歌，他有些激动，问我什么时候去福州，我说就这一两天吧。那今晚就当作为你饯行。高尚也是这个意思，但他心里还是不希望我去福州。那真是一个难忘的夜晚，甚至让我终身难忘。陈百歌对我肝胆义气，是欣赏我更像一个文化人，在我文质彬彬的外表之下能够为他出谋划策。而高尚对我热情有加，除了远门亲戚外，更多的是看重我有了敏锐的洞察力和超前的思维。我虽然只大他们一两岁，他们却认为我的阅历比他们都深，城府也比他们深，他们认为我很适合在生意场上打拼的人。其实他们都判断错了，他们才是见过世面的人，这主要是家族背景决定的，应该比谁都更懂得社会上的各种行情。

我唯一的优势就是看书比他们多，高中毕业后一直坚持阅读，打开一本书，就是打开一个世界，就能够感受各个时代的风云变幻。我还有一个特点，喜欢幻想，幻想是一件非常美好的事情，也是一种非常刺激的体验。你也别说，许多幻想都会变成现实。当然，先有个过程，把幻想的东西先变成自己的理想目标去追求，然后才有可能实现。陈百歌和高尚当然体会不到，也无感。他们总认为我有许多奇思妙想，并让他们感到新鲜，甚至能够点燃他们的心智火花。所以他们很喜欢跟我交往，也说明他们是聪明的，也有很高的情商。

高尚的请客不在金峰，他带我和陈百歌去了一个叫漳港的地方，他说那边有很多刚从海上捕捞上来的海鲜。他叫一个会开边三轮摩托车的朋友一起去漳港。

漳港是长乐县的一个乡村小镇，地处长乐县东部，靠海，所以也可称之为渔村小镇。那儿有大片的沙园地和木麻黄树，有大片的海滩和品种繁多的海鲜，有众多停泊在那里的渔船和忙于撒网的渔民。高尚去漳港请客主要是为了吃海鲜，漳港的海鲜中最有名的有黄螺和海蚌，这是必吃的海鲜，属于贝壳类的极品，甚至胜过象鼻蚌。其次是漳港的鲟蟹，蒸着吃葱油着吃都是美味，也有专门吃鲟脚的，唆着一根根鲟脚，喝着啤酒，有着神仙般的惬意，关于鱼类的品种就更多了。我们来到漳港天已暗下来了，乡镇显得安静，风吹过来有海的味道，咸咸的透着腥味。没有什么路灯，昏暗得很，大大小小的港口泊着渔船，船上倒是有灯光，还有渔民在忙碌。唯一的一条小街坊就是卖吃的，大部分是海产品，有鲜的也有干的，几家菜馆就是小吃店的大小，很简陋，是自家房子隔成的，灶台还是原来自家煮饭的地方。只能排三五张桌椅，客人多了就在店外空地上摆桌椅，每张桌子上放了一盏油灯。

漳港镇政府在不远处，这里只是个小村庄，这个村大部分是渔民，靠海为生，所以海鲜特多。我们三人入座，没有什么菜单，也不看现货，高尚一二三叫着海鲜的名字，看来高尚经常来，跟店老板也熟，店老板不是真正的餐馆老板，他也是渔民，对海鲜熟悉，做海鲜菜没什么技术含量，都是原汁原味，连虾油味精都不放，桌面上倒放着醋、虾油之类的调味品。高尚点完海鲜说："今晚我们要喝酒，来一扎冰镇散啤。"

"好，喝扎啤。"陈百歌赞同。

我知道扎啤是散装的啤酒，装在木桶里，倒在一个大壶里，一壶大约三斤，叫一扎。我说："我也喝一点。"

高尚说:"忘记叫唐诗燕也来。"然后对我说,"你知道唐诗燕吧!是陈百歌的未婚妻。"

陈百歌抢先说:"倪水萍当然知道,我的求爱信还是他代写的呢。"

"哈哈,那也算媒人,到时候你陈百歌结婚要包红包给我的表哥,以后水萍表哥也帮我写情书。"高尚有说有笑。我有些不好意思,不知说什么。高尚突然认真起来。他一本正经地说:"陈百歌,你知道没有?倪水萍来我家喝过酒,管我爸叫舅,然后到我摊上买东西,说是陈百歌的好朋友。你说这是巧合还是天意?不知道的人以为我在讲天书。"

"我相信缘分啊!倪水萍是我好友,也是我大哥。"陈百歌感慨地说。

"关键是倪水萍有水平。"高尚赞赏我。

我说你们都给我戴高帽,还算不算我的朋友?你们年纪轻轻,就有了家业,而且积累了一定的家族资金,这就优于一般人的家庭。你们都是搞纺织产业的,现在只是家庭作坊,也只停留在织布、加工、推销三点一线上。父辈的思维有限于短平快,他们不算创业,而是谋生,所以他们所创办的经编厂房、购置的设备、组织推销产品团队其寿命有多长?延续时间有多长?厂房生存有多长?这些都是未知数。如何做成百年老店?如何打造纺织产业?如何树立企业品牌?就要靠你们这一代,你们才是创业的一代,而不是富二代。我的一番话让他们沉默起来,高尚拿起一只红鲟递给我说:"啃一只。"然后又拿着一只给陈百歌说,"你知道吗?我就喜欢听倪水萍聊这些话题。"

"倪水萍有企业家之才,有企业管理之谋略,有未来市场变革之目光。"陈百歌接过红鲟也啃了起来。

高尚没有去啃红鲟,而是拿起酒杯自个儿地一饮而尽,然后认真地说:"所以,我们三个人一起来干一番纺织事业,在金峰打造一座纺织帝国。你们意下如何?"

"不不不,我即将去福州了。"我说。

"倪水萍,你在我的摊前说过百货商场之事,启发了我。要想发展纺织产业，必须需要我们这代人接过父辈的指挥棒，跟上时代，学习先进，引进现代化设备，扩大生产规模，开拓订货渠道，占领市场份额，才能把产业做大做强。"高尚侃侃而谈，激情澎湃，脸上泛着一片红，看来他酒量一般。但是，他的这番话掷地有声，有长乐人的魄力和胆识，哪怕有几分年少轻狂。

我听后大吃一惊，觉得高尚具备这种激情和能力，我激动又高兴地拍着高尚的肩膀说："佩服佩服，你这一番话说得好，是要有这一番雄心壮志。"然后拿起酒杯敬他一杯。

他说："别佩服，愿不愿意助我一臂之力？我爸，就是你的舅，是一个非常开明的人，他一定会支持我的想法，也会愿意把纺织产业的未来交给我。"

我笑笑，又点点头说："你跟陈百歌合作，两家强强联手，一定会成为金峰纺织第一产业。"

"我们需要你啊！"高尚说。

我叹了一口气，无可奈何地说："山鸡难伴凤凰鸟，野草难插玉花瓶。"

啃完红鲟的陈百歌问："什么意思？"

我笑而不答。反问："你愿不愿意跟高尚一起干？"

"我今晚就找我爸谈，你也知道我爸很固执，还有我几个堂哥，他们一定紧跟我爸。我爸更听堂哥的。"

"我今晚也找我爸谈，这是第一步，我还要告诉我爸，有一个远门的外甥，很厉害，懂得办企业。"高尚信心满满。然后又补充说，"水萍，我知道你的意思，你不是山鸡，我们也不是凤凰，你更不是野草，我们也不是什么玉花瓶，我们是朋友、兄弟、同学，一起创业的年轻人。"

夜色在农村显得很苍白，似乎能听到海浪弄潮的声音，还有偶尔的狗叫，那一定有陌生人经过。乡村的夜晚我很熟悉，大部分人家都养了狗，主人回家摇尾巴，生人经过会吠。大夏天，晚上睡觉都开着门通风凉快，狗会蹲在门前看门。

我们吃完海鲜，都有些微醺，高尚特别开心，陈百歌跟他同学很随意，不怎么大惊小怪，倒是对我更加重视。但是，我去福州的心意已决，他们都不大理解，我当然有我的想法，也有我的计划，更有我对未来的憧憬。我的未来憧憬不是金峰的纺织，也不是长乐的企业家，但是，我相信陈百歌和高尚一定会成为未来的企业家，也许会成好纺织大王。因为他们有雄厚的家族资金，有很强的民间集资能力，而且家坊式经编织布已经起步，规模不断扩大，设备不断更新。我呢？家底薄，没有家族作坊的氛围，不具备创业条件。跟着高尚干，没有钱投资，也就没有股权，就没有分红，靠打工赚钱，我倒不如去福州打工。福州毕竟是省会城市，资源多，人才多，有无限的可能。

我离开长乐去福州时，给陈百歌和高尚留下最后一句：你们一定会成为出色的企业家。而他们也几乎异口同声地说：我们一定会去福州找你。

四

我在工地上的仓库里，熟练了工作的步骤，干活较为轻松，拉着板车，运着建筑材料，一天也没有几趟，就是天气炎热，不断地流汗，不断地喝水，每天都要吃一两根冰棍。打工之余，我开始逛福州城，走路不分东西南北，坐公交车不分几路，后来我买了一辆二手的旧自行车，虽然经常掉链子，但方便，走街闯巷都行得通。仓库里夜间蚊子多，幸好我带着一顶尼龙蚊帐，将仓库里的床铺布置一新，看书就躲在蚊帐里看，反正电不用花钱，有时写点文章，要借用仓管员的桌子，但要点上蚊香。打工、逛街、看书看报、思考、写文章，是我在福州生活的主要内容。

福州有几份报纸，每天街头摊点上都有卖，新鲜新闻、政经要闻、生活趣事、社会热点、域外奇闻、城市特写、文艺欣赏，等等，栏目众多，内容丰富。这些报纸分别是《福州晚报》《榕城晨报》《生活导报》《海峡时报》，这四份报纸基本上涵盖了福州城内外的大小新闻和各类信息，几乎成为人们茶余饭后的主要文化娱乐和精神食粮。我看重这个平台，我想将自己平时胡思乱想、所见所闻所思、身边发生的奇葩逸闻整理成文，向这些报纸投稿，如若发表出来还有稿费收入，还能出名，我想入非非起来。

我去福州之后，高尚和陈百歌多少有些失落，他们又经常聚在一起商讨纺织的事，一起琢磨着我所说的话，高尚悟性很好，是一个企业家的坯子，有办厂的头脑，有经商的思维。而陈百歌就不行了，他不能挂帅，也不敢出征。所以他更适合做投资，喜欢赚热钱，比如走私，比如出国淘金。因为"黑色探险号"惨案的发生，"蛇头"何长湖被抓入狱，才打消了陈百歌和唐诗燕偷渡出国的梦想。所以，陈百歌只能向老同学高尚承诺，他想办法弄资金投资入股。这也让高尚有了信心，更让他破釜沉舟的是他的老爸高山远大力支持，并对高尚所提的远亲外甥倪水萍念念不忘。

高尚在他老爸高山远和叔叔高山近的共同策划下，在金峰成立了长乐金阳纺织厂，同时，高尚还注册了长乐县高尚纺织贸易有限公司，在金峰开业一家金峰家纺用品商场。这是高氏家族走向纺织帝国的起点，也是高尚人生走向丝绸之路的起点。不管是长乐金阳纺织厂，还是长乐县高尚纺织贸易有限公司，抑或是金峰家纺用品商场，其管理人员到普通工人，全部聘用大阳村的村民和高氏家族的族亲、亲朋好友。一时高氏父子一夜间声名鹊起，家财万贯。在不到一年时间里，淘汰了所有"木兰机"手工织布机，长乐金阳纺织厂分别引进和购置了1211型织布机、303型经编机，此机能够生产数十种商标的涤纶蚊帐，通过长乐县高尚纺织贸易有限公司这个业务平台，销往全国各地。

陈百歌在高尚开办的金峰家纺用品商场担任总经理，他喜欢这个职务，他个人拥有了百分之三十的商场股份，生意非常好。在八十年代，金峰还没有像样的商场，一般都是简陋而窄小的店铺，卖着杂乱无章的日用品。而金峰家纺用品商场装修时尚，灯光明亮，场地宽敞，总面积达到八千平方米，商场内还配有男女公厕，具有极好的购物环境。物品也繁多，从床上用品到布料，从蚊帐到雨衣，从鞋帽到服装，从口罩到手套，从塑料盆到塑料桶，聚集了家家户户的必需品，提升了人们购物体验感。金峰镇周边有无数自然村，人们到金峰，金峰家纺用品商场是必去的商店，任何家庭用品也都喜欢去金峰家纺用品商场购买。陈百歌当然喜上眉梢，乐在心里。而高尚看到这场面，他记起了我，记起我曾经说起百货商店的事，使他更加坚信，智慧与胆识是多么珍贵。他也更加大胆地设想，谁敢于吃螃蟹谁就能够先尝到美味。长乐是有很多海鲜，金峰靠近海边，螃蟹品种繁多，长乐人就要敢于做吃螃蟹的第一人。

高尚的变化我一无所知，我只身来福州，确实有不小的压力，我不可能永远在王庄万人新村工场的仓库里睡着，也不可能永远在这里打工。房子会盖好，项目会竣工，我必须在万人新村竣工前蜕变。所以我必须破茧成蝶，涅槃重生。我把目光射向了福州四份报纸，决定向报纸写文章投稿，并且制定自己的写作计划，以写实的手法，关注当下百姓喜怒哀乐，反映当前社会热点冷门，篇幅掌握千字小文，写成纪实文。经过梳理，准备向《海峡时报》提供关于海峡两岸的故事，我的家乡靠海，对岸就是台湾，从小时候见到从台湾那边飘过来的气球，到渔民出海与台湾渔船相遇，从长乐人的海上偷渡，到港台走私货盛行，从邓丽君的歌声，到张帝另类的歌声，整理成一个个故事，写成一篇篇文章，投稿于《海峡时报》。同时向《榕城晨报》投稿有关福州街头巷尾的城市特写，以城市风貌为主题，描写福州的风光、历史的厚重、文化的深远来反映福州城市的文化内涵。在《生活导报》上准备提供社会与生活上热点问题、尖锐矛盾问题、社会不公与生活不易的问题。对《福州晚报》投稿准备以图片加文字说明的载体，我现在还没有照相机，但是，我身后有金峰倩影照相馆，有好朋友林芬芳，向她转让一部旧的照相机应该不难。

我不敢用"倪水萍"署名投稿，我必须取一个艺名，不，应该叫笔名。我经过再三推敲，三思而后行，决定取"刀力"二字作为笔名。寓意为一支笔要像刀一样，切到哪里，那里就有痛处。力字解释为文章要有力度，给人力量。当然，我不曾想到，若干年后，多少人为了解密"刀力"是何许人，费尽心机，也一无所获，为了寻找"刀力"的神秘作者，踏破铁鞋无觅处。

唐诗燕急匆匆去找林芬芳，她穿红色碎花的连衣裙，太阳有些大，她撑着一把太阳伞，是折叠的，从港台那边走私过来，金峰的女性朋友都喜欢撑这款伞，时尚而又小巧玲珑，虽说是太阳伞，下雨天也能撑。金峰倩影照相馆到了夏天生意特别好。但是，林芬芳好像不怎么管事，整天闷闷不乐，照相馆主要有一个小妹和一个小弟在忙碌，两个都是林芬芳的徒弟，林芬芳的爸爸林师傅有来一天没来一天，现在是彩色冲洗，全自动设备，不像以前黑白照片，林师傅要在暗房里待很久。所以现在轻松了，主要的原因是林师傅认识一个从香港回来的女人，他中年丧偶，为了经营照相馆和照顾林芬芳，一直单身至今，此时他想黄昏恋，这是后话。

唐诗燕登上了二楼，找到林芬芳，说："过来过来。"她怕两个小妹小弟听见。林芬芳无精打采地看着唐诗燕，见她神秘兮兮又急躁不安，以为陈百歌跟她分手。就问："怎么了？大热天的走得大汗淋漓的？"

"我怀孕了。"唐诗燕脱口而出。

林芬芳一下子呆住了，未婚先孕，这在金峰是不得了的事，传出去家庭的家风、个人的名声都会受到影响。林芬芳问："陈百歌知道吗？"

"他还不知道。"唐诗燕有些惊慌失措。

"那赶紧叫他过来商量，这是大事。"林芬芳说。

"他现在是金峰家纺用品商场总经理，很忙。"唐诗燕说。

"那我们过去找他。"林芬芳说着也拿了一把太阳伞，牵着唐诗燕下楼。

商场里商品琳琅满目，客人络绎不绝。陈百歌有自己的一间办公室，叫"总经理室"。陈百歌见两个女士突然光临，感到非常的意外，他赶紧倒水，把电风扇朝她们吹，然后问："你们要买东西？"

"不买东西，唐诗燕怀孕了。"林芬芳不拐弯抹角了，直接说。

"啊！诗燕，什么时候的事。"陈百歌也一下子惊住了。

唐诗燕一下子哭了起来，眼泪哗哗往下流。

陈百歌上前抱着唐诗燕，安慰地说："别怕，我会承认的，我会负责任。"

林芬芳拿着毛巾给唐诗燕擦泪，说："你承认什么呀？你负什么责任呀？现在是肚子的孩子怎么办？"

陈百歌摸了几下唐诗燕的肚子，问："几个月了？"

唐诗燕抽泣地说："两个月多了。"

有道是一月二月容易过，三月四月脚手酸，五月六月分男女，七死八败九成人，十月瓜熟蒂断婴儿才呱呱坠地。这是女人十月怀胎的规律。也就是说时间拖越长越难办，现在是大热天，在农村大热天是没有结婚办酒席的习俗，除非两种情况。其一，家里祖辈过世，子女婚事要么赶在百日内办喜事，要么等三年之后，因为有孝在身。其二，就是有意外事发生，如未婚先孕，肚子一天天大起来，纸包不了火，要么马上结婚，不管春夏秋冬，但名声不好听，要么不结婚，孩子生出来就是野种，更是败坏女方家风。

陈百歌左右为难，他灵机一动，拿起桌子上的电话听筒，打通了我在王庄万人新村工地上的电话，找到了我，向我请教这棘手的事。我在电话这边，毫不犹豫地说："打胎流产，别无选择。"

陈百歌几乎重复了我的话："打胎流产，别无选择。去长乐医院，福州也可以，越远越好。"

他抓住林芬芳的手说："芬芳，我们需要你的帮助，你要陪唐诗燕去。如果去长乐医院，找你的农贸市场几个姐妹帮忙，如果去福州就找倪水萍帮忙。"

林芬芳说："越少人知道越好，还找那么多熟人干啥？"

"对、对，听你的。千万不能让唐诗燕的父母知道。"陈百歌看来也忐忑不安起来了。

林芬芳抱着唐诗燕，安慰地说："别担心，我陪你去医院。"

陈百歌点点头，唐诗燕也点点头。

五

高山远见儿子有如此的见识和胆识，他找来弟弟高山近。高山近生了三个女儿，没有儿子，这是他最大的遗憾，他曾和哥哥商量过，准备将大女儿高敏珠招一个上门女婿，以续高家香火和继承高家产业。高山远是支持弟弟的想法，他也认为在农村男丁很重要，不但续香火继承产业，关键在于男人多不会被人欺负，开厂做买卖，开公司做贸易，必有竞争，有竞争就会有对手，有对手就会结下怨恨。

世界上没有公平的事，要想公平就要靠自己努力和奋斗，要想让对手敬而远之，必须要有自己的势力范围，要想让竞争者恐而避之，必须人丁兴旺，兄弟手足团结一起，开口能讲得通理，动手能打得过仗，这是高山远的理论。但是，高尚倒不赞同老爸的观点，他认为做事业不是靠人多拳硬，而是靠产品优品牌硬。高山远也赞同儿子的观点，他甚至预判儿子有卓越的企业管理能力，他不知道是不是与一个叫作"倪水萍"的远亲外甥有关，高山远预测高尚有受之点拨。今天他找弟弟高山近就是商议家族纺织产业的事和高尚今后如何挑起纺织产业的重担。高山远有这种想法，是基于想把高氏纺织产业提早托付给儿子，而自己准备成立"长乐纺织联盟同乡会"，聚集长乐大大小小的纺织企业、家庭作坊，形成联盟关系，在同乡会的这个平台上做到资源共享，互帮互助，共同把长乐的纺织事业推向高潮，把长乐打造成为纺织产业的纺织城。所以他得跟他弟弟高山近商量。

在金峰时，我与陈百歌、高尚在金峰倩影照相馆合影了几张照片作为纪念，这是高尚提议的，也是他出的钱。他回家后拿了一张给他老爸高山远看，并介绍说我们三个人可能会合作一起干一番大事，其实这是高尚向老爸吹牛，八字没一撇，先逼宫高山远，我都已去了福州。高尚着重向高山远介绍了我的情况，陈百歌他们比较熟悉，我呢身份特殊，既有远亲舅甥关系，又隐藏着某种商业的头脑和远大的目光，高山远父子都甚感兴趣。

高山远拿着三人合影，不断地端详着我，揣摩着我，在他思考之下，找到了一种万全之策。他信心满满地对高山近说："弟，时光不留人，人也留不住时光。我们慢慢老了，但不能老成老古董。"

高山近明白哥哥的意思，说："哥，我听你的。"

"我们共同打造的纺织产业永远都是五五对分，长久不变，可以分工不能分家。"大哥一锤定音。

"嗯！"高山近听着，因为他经常听大哥讲这句话。

"你看出高尚长大了吧！"高山远问。

"他将青出于蓝而胜于蓝。"高山近说。

"他也才二十五不到，但他确实有某种的谋略和雄心。他不但胆子大，而且有野心，这是做企业的硬件条件，如果前怕虎后怕狼，只会一事无成。"

"可以考虑让高尚掌舵，但还需要大哥在幕后指挥。"高山近说。

"不、不，我们还想垂帘听政？别、别。我们考虑的是如何为他组建团队，配备左右臂。然后我跟你一起成立一个长乐纺织联盟同乡会，为长乐的纺织产业发展起到保驾护航作用。"高山远意味深长地说。

高山近一听长乐纺织联盟同乡会就知道哥哥有大动作，才考虑把高氏纺织产业交给高尚。他问："有具体的思路了吗？"

"也只有初步的想法，要走访长乐几家大的纺织企业一起共商出谋划策。"高山远略有所思地说着。

"我听大哥的。"高山近还是那句话。

"但是，高尚是否能担当这个重任，我们还要从长计议。"高山远对高尚的能力没有十分把握。

"那我们要为他配备好左右臂？一个好汉也还要三个人帮呢。"高山近觉得哥哥的担忧是有道理的。

"你讲对了。"高山远释怀地笑了起来，然后从衣袋里拿出一张照片递给弟弟说，"你看看。"

高山近看了许久，认得高尚和他的同学陈百歌，现在已是金峰家纺用品商场总经理，然后指着我问："这个是谁？"

"他以前来过我们家喝酒，是山富村人，是我们远亲的外甥，陈百歌的朋友，也是高尚的朋友，听说不但有头脑，还很有思想。"高山远以欣赏的口气说。

"倪水萍，山富村是姓倪的，好像是有亲戚。大哥的意思？"高山近一知半解地说。

"高敏珠不是要招内（上门女婿）吗，倪水萍是很好的子弟，你想想，陈百歌和高尚都了解他，又是朋友，两个人都佩服他，说明他人品没问题，又是有点亲戚关系，高敏珠嫁给他，我们放心，就算半个儿子，纺织产业交给他也值。他可以跟高尚强强联手，将高家的纺织产业做大做强。"高山远向弟弟说出心中的想法。

高山近迟疑一会儿，心中无底地问："人家愿意当上门女婿吗？"

"事在人为，叫高尚和陈百歌去当说客，慢慢来，但我们要有这个计划。"

高山近点点头说："还是从长计议，也要看高敏珠跟他有没有缘分，两个人会不会对眼。"

正在这时，高尚匆匆忙忙地进来，然后火急火燎地说："爸，叔，刚好你们都在，有一件重要的事需要你们支持。"

"别别，你从来都是跟我们说支持，不说商量，我们还不知道你要做什么事，我们还没商量好要不要做，就说支持，你这不是先入为主吗？"高山远虽然相信儿子的战略目光，但不欣赏他过于自信。

高山近说："你要先说清楚是什么事。"

高尚嘻嘻地笑着，然后说："你们都说得对，但我判断你们一定喜欢做，所以省略去商量的环节，直接叫你们支持。"

"你怎么知道我们喜欢？想做？"高山远问。

"当然要懂得判断，不然什么叫战略目光？看人做事都知己知彼，方可游刃有余。"高尚胸有成竹地说。

高山远和高山近互相对视一下，却无言而对。一会儿，高山近问："那是什么好事？你这么有信心？"

"爸，叔，我想盖一座八层高的纺织大厦。"高尚向两位父辈亮出自己的底牌。

高山远一听眼睛发亮，迫不及待地问："你说什么？再说一遍。"

"我要盖一座八层高的纺织大厦。"高尚重复一遍。

在乡下盖房子是一件光宗耀祖的事，每家每户也都是以盖房为荣，有了新房子女婚嫁，家就会被媒婆踏破门槛。农村盖新房有"上梁"的习俗，上梁时要按时辰，要做各种粞果分给左邻右舍，以示庆喜。高山远听说要盖房子当然高兴，而且是八层的纺织大厦，这是多么有面子啊！在金峰一带，住宅一般只有二层三层，政府办公的地方也只有三层左右，很少有超过五层的。高尚野心很大，这让高山远兄弟又惊又喜。他们好像被突如其来的雷电打呆了，半天没有反应过来。

高尚见状，趁热打铁地说："我们现在纺织车间分散五个地方，而且厂房简陋，台风与雨季提心吊胆不说，给车间纺织工人、材料、成品等管理和调配都带来困难。如果有一座纺织大厦，集生产车间、办公、业务洽谈、接待、食堂等于一体，该是如何的方便与气派啊！"

高山近眯着眼睛，微微地笑着起来说："是很好啊！还可以住人。"

"我们大阳村的左侧有块空地，距离马路不到五十米，是一个好地方，这块空地是荒废的，只有八亩，不够，旁边有菜地，再划八亩，就可以盖大厦了。"高尚头头是道地说着。

"这谈何容易？要跟村里商量。"高山远说。

"不，我跟镇上领导说，我们做纺织企业，给当地政府缴纳税金，我们解决了当地剩余劳动力，带动全村人致富，我们有功劳，政府有政策，领导干部会支持。"高尚的一番话是高山远兄弟从来没有想到的，他们觉得自己落伍了，高尚他们年轻一代才是前途一片光明，这是高山远的开明之处，他听懂儿子话中的含义。

高尚继续说："我们以后每年六一节都拿出一点资金给村里小学买书本、书包、教学用品等，关心儿童成长，支持教育事业。同时，到了过年给村里困难户、孤寡老人送年货送温暖，这都会给我们企业带来好处。"

高山远越听越惊讶，高山近也觉侄儿今非昔比。高山远问："你是书上看的还是自己胡思乱想的？"

"是你那个叫倪水萍的外甥说的，他只说到点为止，让我自己去悟。他还说不要做纯粹的商人，要做一个对社会有贡献的企业家。你们知道什么意思吗？"

　　高山远跟高山近面面相觑，不知说什么好。高尚继续说："爸，叔，我们买好土地，盖好大厦，以后会升值的，知道吗？"

　　高山远好像没听进去，他却说："高尚，你什么时候能不能请倪水萍到我们家做客。"

　　"他去了福州，他不喜欢做生意，又好像有生意的头脑，可惜。"高尚说。

　　高山近说："我们想为敏珠说亲。"

　　"敏珠跟倪水萍？这倒是好主意，跟敏珠说过了吗？要征求妹妹的意见啊！"高尚虽听得惊讶，心里倒是想，若真能成，倒是好事。

　　"女孩子的婚事还是大人做主好，你打听一下倪水萍，可以先打听陈百歌，他更了解倪水萍。你是知道的，叔没有男孩，敏珠是要招内，倪水萍到我们家来。"高山远说出心中的想法。

　　"什么？叫倪水萍当上门女婿？你们开什么玩笑？连门都没有。人家根本没考虑在老家找老婆，还当上门女婿？我是不敢去说这门亲事了。"高尚明白倪水萍是一个什么样的人，他觉得荒唐。但有一点他信心满满了，那就是他一定要让一座八层高的纺织大厦拔地而起。

六

　　雄心壮志是高尚特有的激情，也是他能够走向成功的助推器。他与陈百歌有着截然不同的性格，陈百歌偏于柔性，富有感性意识，注重儿女私情。而高尚偏于刚性，非常理智，不问个人私情，对谈恋爱都不感兴趣，经常说企业搞成功了还怕没老婆？反正他答应过父母，三十岁前一定会结婚生子，现在还早呢。

　　高尚一边计划着纺织大厦的建设，他寻找镇政府有关领导汇报自己纺织产业未来的蓝图，自己决心要做纺织龙头企业，带动当地产业规模化，让金峰成为全国纺织生产基地、集散基地、交易基地。镇政府当然眼睛发亮，都认为高山远这个儿子不简单，未来可期。大力支持高尚的理想，从场地划拨出让的审批到大厦层高的备案，都给予大开绿灯，层高竟然审批了十三层。

在改革开放的初期，只要你想大干一场，就能够畅通无阻，八十年代是一个奋斗的年代，是走向繁荣的年代，是实体经济高歌猛进的年代，有着取之不尽，用之不竭的社会资源。只要你有足够的资金，不管投入什么行业，都有极高的回报。因为到处都需要招商引资，而且有极好的优惠政策。只要你走的是正道，敢于投身改革开放浪潮中去，手握项目，袋有银两，都会得到当地政府的欢迎。高尚当然正处于这样的风口浪尖。

高尚对现有的"303"型经编设备计划着向"271"型升级，他认为经编设备的技术含量高低，决定了生产线的产品质量。品种的多样，关系到企业投入产出的寿命周期。于是，高尚明白企业最终要淘汰家族式的粗犷式管理模式，以科技为核心，以创新为目标，学习国外先进经验和技术，引进国外先进设备和人才，才能使纺织企业做大做强。

此时，正值金峰镇委和政府围绕如何提升经编产业集群，依托坚实的经编产业基础，针对强大而充裕的民间资本，准备精心策划组织一批有实力的、有较大规模的纺织企业经营者，由镇政府领导亲自带队到省内外走访、考察、学习。高尚当然也在受邀请之列。这一次的出访使高尚大开眼界，给他日后的纺织企业注入了新的活力。

城市的夏天要比农村热得多，夜生活却比农村丰富多彩了。在农村，晚上只能看天上的星星和月亮，还有星光下的农作物，在一遍遍晚风吹拂下发出的沙沙声。而城市，晚上无人顾及天上的星辰与月光，而是欣赏着夜幕下的灯红酒绿。此时的我，不是正统的城市人，来自乡野的打工者，好像一切都与我格格不入。但是，为了写好文章，我必须去了解这座城市，它的街头风景，它的夜色朦胧处，它的人文地理，它的繁华与混杂，我都要关心，思考、书写。

我炮制了三篇纪实文章，分别是《街头的"风景"》《海边的"水鬼"》《心中的"呐喊"》，并以"刀力"署名分别投稿给《榕城晨报》《海峡时报》和《生活导报》。次日，这三篇文章同时在三份报纸刊登，"刀力"的名字第一次被编辑所认识，也是第一次被读者所关注。

在这个人们还是习惯看报纸的年代，也是人们有阅读兴趣的年代。人们上班闲时，茶余饭后，一份报纸，阅读或浏览，哪怕随便翻阅，都是很惬意的，而且一天的新闻要事、奇闻妙事尽收眼底。就连我这个工地上的打工者，哪怕少吃一根冰棍，也要到街头买几份报纸翻阅，没时间看大标题小提要，有时间认真全文阅读，就连广告也不放过。所以，认真的读者，发现今天的几份报纸同时出现一个"刀力"署名的文章，而且这三篇文章以纪实见长，其风格写实，接地气，似乎有褒贬社会之弊端，揭示生活之真相，拷问人性之误区。于是广大读者对刀力的文章有着别样的期待。报社的编辑不但给我寄来了样报，还随报附一封手写的信。可能报社内部规程或流程大同小异，都是以这种方式与我保持联系。信的内容大意叫我多来稿，赞美我的文章兼容新闻性、叙事性、趣味性，很有可读性。我理解编辑的话，说明报社喜欢这类文章，所以我在很长一段时间里坚持了这样的写作风格。

我第一次收到三家报社的稿费，《海峡时报》最高，八十元；《榕城晨报》最低，五十元；《生活导报》六十元。一百九十元，让我有了某种成就感。我在工地打工一个月也才五百五十元左右，尽管两年前就走南闯北卖蚊帐就赚了几千元，几十元上百块对于我来说也不是那么在意，但是从三家报社汇款给我的稿费却特别珍惜。使我从此将打工的业余时间和精力全部投放在为报社写稿上，乐此不疲。

我正在工地仓库里吃西瓜，这是赖瑞声买来的，他今天特意来看我，问我的一些情况，见我床头有各种书籍、刊物、报纸，认为我是一个读书人，不明白为什么愿意在工地上干粗活。他判断我见多识广，是一个肚子有墨水的人，有几分羡慕。一个长期干工程的人，一般是大老粗，赖瑞声也不喜欢读书，只懂得接工程，由于交际和门路都不够广，接的都是小工程，要么是分包别人总工程里的某一项，大部分是附属工程。王庄万人新村工程是做工程以来最大的项目，工期也最长。这几个月来，赖瑞声常常叫我帮他写一份报告，拟一份协议，总结一份汇报材料，他从中看出我的文字才能。今天他过来找我，还买了一个大西瓜，仓库里人人有份，吃得满嘴西瓜味。然后赖瑞声悄悄对我说："倪水萍，今晚跟我去参加一个饭局。"

"饭局？什么意思？"说心里话，我真的还不知道"饭局"是啥意思。

赖瑞声说："没有什么意思，就是跟我一起去吃饭，有几个客户朋友，都很有文化，我这个做工程的土八路，酒桌上怕丢人现眼。但你有文化，带你去就有面子了，也不怕他们出难题。"赖瑞声讲出心中的苦衷。

我有些难为情，尽管自认为饱览群书，什么唐诗宋词元曲也阅有无数章节，还有一些美学、哲学、心理学也翻阅数页，什么历史、文学、名著、名人也略懂皮毛。但是，毕竟自己身陷工地，职低位卑，无法登堂入室，更不敢高谈阔论。赖瑞声似乎看出我的担忧，对我和颜悦色地说："出去参加饭局，你就是我的助理，不是工地上的搬运工。"

"这叫包装。"我说。

赖瑞声哈哈大笑起来，然后竖起大拇指说："聪明，不然别人看不起我们。"

我点点头。我理解现在社会讲究的是派头和头衔，不管你是做工程还是开公司，不管你是大老板还是跑业务，一看你有没有助手小秘，二看你是老板还是经理，三看你是开车还是骑摩托，四看你屁股后插的是大哥大还是腰间挂着传呼机，你的行装决定你出去办事是否一帆风顺，你的实力决定你在任何场合受人尊重还是被人不屑一顾。我见赖瑞声无可奈何的样子，也考虑到在工地上他一直对我的照顾，我答应了赖瑞声的请求，今晚跟他一起去参加一个饭局。正在这时有人通知我工地门口有人找我。赖瑞声在仓库做主，大家叫我赶快出去见人，下午刚好没什么事。赖瑞声就顺口而出："那就让倪水萍休息半天。"

太阳顶头，我心里咕噜着大热天是谁来找我？我戴着一顶草帽急急匆匆地来到了工地门口，发现在一棵榕树底下站着从长乐老家而来的高尚。

第八章　倪水声与他的炼铁成钢

一

倪水声没有读过《钢铁是怎样炼成的》，他却知道书中是塑造了一个叫保尔·柯察金的男人，他对共产主义理想的无限忠诚和为实现信仰百折不挠的拼搏精神。他记住了一个真理，人不但要吃苦耐劳，还需要有拼搏精神。

倪水声确实是一个吃苦耐劳的人，这是受到他父辈的影响，一个从做咸菜生意发家的家庭，就比普通农民家庭的生活好很多，但是也辛苦了许多。自古就有"有其能便苦其生"之说，倪水声从小就要跟随他父亲做咸菜，什么大头菜、芥蓝球、白萝卜都可以腌制成可口的咸菜，是一种很下饭的小菜。倪水声的两个姐姐书只念小学毕业就不念了，帮忙父亲做咸菜生意，倪水声因为是男儿，书念到初中就不念了。倪水声也许受到我的影响，喜欢看书，我有新书都会借给他看，他也常常向我借书。他在一次看书中被书中的内容所启发，意思是人长期或经常吃腌制的东西是对身体有害的。倪水声惊出一身冷汗，他们家做腌制品生意，咸菜是他们餐桌上的主要菜肴，几乎三餐都有。倪水声把这事告诉他的父亲，据说倪水声看的是一本关于健康与疾病的书，农村人文化不高，见识不多，特别胆小，也特别听话。倪水声建议父亲以后少做腌制品生意，他以后自己要另辟蹊径。

炼铁成钢并不是倪水声的独创，长乐人到处收购废铁到处建钢铁厂，再到各地方做钢材生意，一个带一个，一村连一村，投资、集资办钢铁厂成为长乐人发家致富的首选，就是没有钱投资，去钢铁厂里打工，做废铁收购业务，一年下来也有几万元收入。这对于成年累月靠日出而作、日落而息的农民来说是百年不遇的好时期。所以，每个时代都会造就不同的英雄豪杰和富商巨贾。倪水声自己都想不到，我当然也想不到，倪水声会成为钢铁大王。虽然我跟他还是发小，初中时他就不念书了，我继续念高中，从此跟他不经常玩在一起，也很少联系，但是后来经父母同意，我与倪水声做了"加亲"，本来是无亲无故的，因"加亲"而做起了亲戚，所以这种关系永远存在，逢年过节都会互送礼品，红白喜丧事都会互相宴请，农忙旺季时也都会互帮，这是乡下人的礼数。曾经在四川省江油县与倪水声偶然一遇，他那时就是在全国跑，寻找钢铁厂，一心办钢铁厂。我都不是很理解，一个农民哥，一家子做腌制品生意的，对钢铁一窍不通，倪水声怎么会想办钢铁厂呢？我曾叫他跟我一起去卖蚊帐，他不去，金峰走私正处于风口浪尖，人人都做得风生水起，他也不感兴趣，倒是买了很多走私货。

在农村，不想一辈子当农民，只有两条出路，第一条是好好读书，考上大学，毕业后国家可以分配工作，成为正式的政府工作人员，吃国家口粮，做国家安排的事，可以在城里生活，不用当农民，也不用下地干农活。可是，考上大学谈何容易？每个村庄的孩子念到初中就去帮家里干农活了，能念到高中的就寥寥无几，能考上大学的少之甚少，就像我名落孙山是预料之中的事，所以这条路可望不可即。第二条出路就是去当兵，在部队里锻炼，能够有所作为，当上排长连长的，转业后也可以分配工作，成为国家正式工作人员，不用回农村干农活。如果在部队几年表现一般，退伍复员回来就是在农村继续当农民干农活。

八十年代的农村，除了这两条出路外，还有第三条出路。那是改革开放开辟出来的一条出路，可以出远门做生意，可以去全国各地开工厂办企业，可以承包耕地大规模种植农作物，可以挖地成河发展养殖业。这第三条出路几乎成为农民的致富之路。倪水声的优势是家底雄厚，自己有一定资金做什么事都不怕，他能够全国各地跑，寻找可合作的钢铁厂，不怕路费、住宿费、伙食费，就有可能找到他的理想和致富之路。他兜兜转转，终于在江西省萍乡市的郊区找到了一家停产的钢铁厂。

在长乐有句老话，叫作先下手为强。即使有现成的厂房，炼铁的锅炉等设备都要重新购置，技术人员也要重新聘任，炼铁的材料、废铁的收购，都需要大量技术人员、收购废铁业务员、钢材销售人员、炼钢工人、锅炉工人等等。倪水声好像没有考虑这些问题，也不懂得这些问题，他只懂得如何以最低的价格将这家旧厂房购买过来，需要投入多少资金将钢铁厂办起来，钢铁厂准备分为多少股份，自己的家族要占多少股份，这些问题他很在行。虽然腌制咸菜跟炼钢铁不一样，但生意规则大同小异，办工厂做企业不是每个人一开始就精通的，都是走一步看一步，吃一堑长一智，慢慢做起来的。

大约半年时间，也就是过了今年炎热的夏天，倪水声顶着烈日，奔波于长乐与萍乡之间，他坐的是长途汽车和绿皮火车，车厢内都没有空调，热得像热锅上的蚂蚁。幸好倪水声是农民出身，流惯了汗，晒惯了太阳，虽然也中暑，也发高烧，只拼命喝水，不吃药也自然好了。倪水声经常说这是农民的命硬，其实不是，应该是抵抗力强，免疫力高。

到了中秋节，萍乡的钢铁厂办妥了。这其实只是一个小厂，总投资一千八百万元人民币，倪水声家里没有这么多钱，连一半都没有，但是他敢签下协议，长乐人胆子就是这么大，做事就是有这样的魄力。这也使萍乡那边的有关部门领导另眼相看，觉得隔壁的福建人很牛，就连福建的农民都这样牛，倪水声在他们眼里就是一个农民，只是很有经营头脑而已。他们认为福建前线，有了大海的胸怀，下南洋，海上偷渡，贩卖走私货，都是福建人干的。敢拼、吃苦、胆大是福建人的性格，所以福建人有钱。而且福建的长乐人更是名声在外，不但在全国，还在世界各地。就说美国，有人说世界怕美国，但美国人怕长乐人。

原来钢铁厂的老领导、技术人员见从福建省长乐县来的农民企业家，便对倪水声前拥后簇，把他当作财神爷，也当作投资商，上下都巴结他，为了日后能在厂里谋个位子。倪水声都看得明白，就是不说话，装糊涂，让他们上蹿下跳，其实倪水声并不看重那些老领导老干部，他看重的是那些技术员、工程师，这才是倪水声想要的人才。倪水声回长乐老家过中秋节时，交代了一个原来分管技术人员叫曾大友的处长，这人四十左右，自己也懂技术，话不多人老实，还有几分迂腐，倪水声偏偏看上他，委托他登记厂里的技术人员和擅长专业。

长乐农村是没有过中秋节的习惯，我们习惯叫八月十五，没有什么月饼，也没有什么大鱼大肉。长乐农村是过七月半的节日，那才是大节，家家户户都过，还做一种叫青茉莉的粿果，蒸着吃。该有的鱼肉鸡鸭鱼丸燕丸都有，一桌都要八大盘。到了八月十五中秋节就可以忽略不计了，一般是吃着零食、烤花生、煮蚕豆，晚上几乎每家每户都做鼎边糊吃。虽然中秋节不过节，但孩儿少年乃至青年都喜欢中秋节，因为十五晚上长乐有个习俗，在村口用砖头搭起空心塔，塔内堆放柴火，天一暗，点火烧塔，每家每户的男丁拿着自家制作的火把来到村口，向塔上点火，分成四队，然后向东西南北的方向走去，像四条火龙，又像出征打仗。似万里长城的火墙，浩浩荡荡，走向山坡，奔向田园。当地人称之为"驱野猫"，应该是驱逐牛鬼蛇神的意思，意为驱邪除恶。天空一片火红，盖过天上十五的月亮。火把大部分用破棉絮裹挟成，绑在一根木棍上，然后蘸上煤油，到村口火塔上点火上路，也有用废旧的油纸伞做成，油纸伞上有油，因为是干的可以慢慢燃烧。许多人都备有两个火把，怕半路上燃烧完了可以接着点火。

"驱野猫"不是各家各户的事，而是各个村庄都有这样的盛况，我们从村口到别人村的临界线，别人村也走到他人村的临界线，由此就产生村与村的冲突，小者火把扔来扔去，大者大打出手，引起了宗派械斗。所以一到八月十五"驱野猫"时，各家各户男丁都要去，人多力量大，以防万一。倪水声大老远也要从江西萍乡赶回去，不是为了过中秋节，而是为了"驱野猫"。年轻人为什么喜欢八月十五中秋节，大一点的可以去"驱野猫"，小一点的可以去看热闹，一条条火把像火龙般涌动，看不到头也找不到尾，非常壮观。

我小时候也经历过这习俗，吃饱鼎边糊后，就跑到村口去观看，自己长大后，就参加了"驱野猫"队伍，这才懂得"驱野猫"的含义。我的理解就是把村里的邪气驱走，驱逐到隔壁村去，保护自己的村庄平安。所以各个村庄"驱野猫"，驱来赶去，就会在村与村交界处打起来。我还小的时候看过打架，有人受伤，有人流血。我还知道去"驱野猫"的人，有的在火把的木棍端头装上铁尖，有的还特意带着打架的武器，说是防身，其实就是为了到时发生意外，火把变武器。随着时间的迁移，每到八月十五的时候，最担心头疼的是各村干部，迫于无奈，各村干部提早到达各个村界把守，预防村民因"驱野猫"而起冲突。

倪水声从江西萍乡匆匆忙忙赶回来，当然不是纯粹为了"驱野猫"，而是为了萍乡的钢铁厂集资。在长乐，办厂集资很简单，所谓集资不是借钱，也不是借高利贷，而是入股。村民集资入股不是看项目好不好，他们委实也不懂，哪个事可以做，哪个事不可以做。他们主要看人，看做事的人好不好来决定是否入股。倪水声的口碑当然好，不但他本人为人好，他的整个家庭都不错，长期做咸菜腌制生意，都做得风生水起，自己又有钱，这样的家境人人信任。现在倪水声要办钢铁厂，村民们当然都睁大了眼睛，倪水声把钢铁厂的一千八百万元人民币的投资拆成五个大股东，他自己占五分之一，投资三百六十万元。其他四股也都是他们家族的亲信，他们各自又将三百六十万元拆成十几个或二十几个小股，形成倪水声村里有上百个村民投资了钢铁厂。但是，倪水声只认这四大股东，投资建厂到点火启炉炼钢，都要历经一年半至两年时间，投资款一般分为四期到账，第一期只要百分之十，第二期百分之二十，第三期百分之三十，第四期也就是一年后到账剩余的投资款百分之四十。一般当年投产，第二年就可以分红，一年一般能有三次分红时间，要看市场好不好。但是每年的中秋节和春节是必须分红的时间，这是农村人做生意的规矩，市场好的话每年五一节也能分红，所以长乐人办厂分红是按节日，过年的时候，在小年之前分红款就要全部分配完毕。长乐有句老话，老板厂子办得大不大不算牛，厂子能赚多少钱也不算牛，能够勤快分红的老板才算牛。

据说倪水声回来的第二天，也就是八月十五的前一天，一千八百万元钢铁投资款就被认筹一空，小股东们小则三五万元，大则十几万元。几乎一夜之间被瓜分完毕。

二

秋天是一个浪漫的季节，可惜太短暂，甚至这个季节不明显，天气还热着一下子变冷了，感觉不到秋高气爽的氛围。在福州的街头，有人还穿着短袖，有人却披上了外套，我感觉这是一个乱穿的季节。我的纪实文章经常在各种报纸上刊登，"刀力"这个名字也有了一定的知名度，各种报端上经常出现"刀力"的名字，也必然引起了读者的关注和好奇，引起了广大读者的共鸣。他们打听"刀力"是谁，是不是大学教授？是不是社会学者？是不是什么专家？报社收到很多读者来信，询问"刀力"是谁，表达对"刀力"文章的兴趣和肯定。使报社获得很好的社会效益和经济效益。但是，我跟报社有个约定，任何时候都不能公开我的真实身份。因为我明白，自己连大学都没上过，在人们的惯性思维中，一个在工地上打工的年轻人，怎么可能在报纸上发表文章呢？而且还有独特的见解和水平呢？当广大读者知道"刀力"的真实身份后，还会继续阅读刀力的文章吗？还会喜欢刀力的文章吗？我是持怀疑态度的。有句老话说得好，人靠衣装马靠鞍，我既然没有好的衣衫就不出门，不让人看到我。觉得我的文章好看就行，不要问出处。就像鸡蛋好吃就行，别打听是哪只母鸡生的蛋，是怎么生的。

我不公开自己身份的唯一原因是过于卑微，所谓人微言轻就是这个道理。我必须为自己的身份保密，我需要这些稿费，报社也需要为我保密身份，报社需要发行量。各家报纸还为我开辟了专栏，每周我至少有四篇文章见报，内容大多是家长里短的鸡毛蒜皮之事，还有街头巷尾的奇闻趣事。这些内容大多被人所忽略，却又与我们日常息息相关。人们往往只懂得追求虚无的诗与远方，忽略了眼下柴米油盐。更多的人喜欢高谈阔论，谈国家大事，论世界大事件，评社会大新闻，而我的文章是生活中被人视而不见的草根。

为了写文章，我必须在空闲时间到处闯荡，为的是"捕风捉影"，也可以叫作体验生活，或者叫到处招蜂惹蝶。今天我又登上了五十一路公共电车。福州市唯一一条的电车是从火车站开往台江电影院的，往返于宽敞而繁华的五一路。我在车厢内意外地遇上了我的远亲表哥卓平原。士别三日刮目相看是有道理的，此时的卓平原确实让我刮目看。

是他先看到我，叫了一声"水萍表弟"。我镇神一看，惊讶万分，上下打量一番：油亮的头发一边倒，一件不知什么牌子的长袖T恤衫，是黑白蓝相间花纹的色调，显得稳重而时尚，面料很垂直，一条宝蓝色的便裤显得休闲，腋下还来着一个黑色的公交包。脸上洋溢着微笑，还透出些许的自信。我是善于察言观色的人，卓平原的这一身装束，我判断他发财了。我轻声地叫了一声："卓平原？"

我们几乎同时问："你怎么会在这里？"可能是他卷款逃跑的原因，在他自信的微笑背后总有几分尴尬和内疚。而我也多少有那么一点踏破铁鞋无觅处，得来全不费工夫的得意。他说："我们下车聊，好好聚一下。"我当然要跟他一起下车了，看卓平原怎么解释当年的事，那一封留言信还算不算数。

我们是在八一服务社站下了车，一下车卓平原就用双手握住我的手说："表弟，你就不要怪我当年的事了，当年发生很多事，也亏了很多钱，还欠着高利贷，幸好林芬芳是好人，只要还本金，不算利息。再者，你们三个各要还三千元，我记得。"

卓平原的一番话让我一时不知说什么好，只问了一句："你现在做什么？好像发财了？"

卓平原环视一下四周，好像在找吃的店，说："我请你吃饭，慢慢说给你听。"

我说："在八一服务社边上有一家小饭店。"我们边走边说着，也互相看着。卓平原说，"我们有两年没见面了。"

"是的，自从你从四川偷跑后就杳无音信了。"我说。

"我也回长乐金峰，做走私失败后欠一屁股债才来福州。"卓平原说着从皮包里掏出一张名片递给我。

我端详着名片，多少让我吃了一惊，现在有名片的都有自己的公司，不是老板就是经理。名片上端印着"福州市长峰贸易有限公司"字眼，中间写着"卓平原"三个字，后面括弧里面写着总经理，下面是有两个地址和两个电话号码。我看着名片打量着卓平原，心想比工地上的赖瑞声还牛，我有几分羡慕起他来。

我们来到一个小吃店，煎包、牛杂还有小炒盘，卓平原很快点好菜，还要了两瓶啤酒，他最好一日三餐都喝酒，酒量不行酒瘾大。这时卓平原才说："我在福州火车站东站那边做贸易生意。"

我好奇地问："自己开公司做贸易了？"

卓平原笑一笑又点了点头。我又问："做什么贸易？有几个员工？"

卓平原没有回答我，反而问我："表弟你在福州做什么？"

我如实地说："在王庄工地上拉板车。"

"那个万人新村的工地？"卓平原睁大眼睛，有点吃惊。

我解释："我一个朋友在那儿做小工头，我是贪工地上有免费的工棚住，我住在一个仓库里。"

"我不能理解啊！怎么住在工地上呢？"卓平原有些激动起来。

我说仓库里有办公桌椅，我需要它用来写文章。卓平原喝了一大口啤酒，肝胆相照地说："表弟，搬到我那儿住吧！我们一起做贸易。"

听他这么一说，我有点感动起来，心想卓平原是一个能说会道之人，我怕他只会耍嘴皮，还是务实一点，我大胆地说："你还是把钱先还给我吧。"

"那当然要还，而且是还三千元。"卓平原一本正经地说着。

他那财大气粗的口气让我坚信了卓平原确实赚到了钱。我听人说过很多贸易公司就是皮包公司。是搞倒买倒卖的生意，由于地域经济不同、交通不方便、货物不流通的现状，谁掌握渠道谁就能赚到差价，不知道卓平原是不是做这样的贸易生意。

卓平原从包里掏出三千元递给我，这时我才相信了他的实力。我主动又要了一瓶啤酒，敬他两杯。他很高兴，我便趁热打铁地问："还有另外两个伙伴呢？"我指的是董石和、魏长海。

"他们也要还，不是现在，等以后，你先不跟他们讲。"卓平原的脸开始红了。

我点点头，开始相信他的话，自己的脸也喝红了。

卓平原说："你赶紧从工地上搬出来，跟我一起住。"

"你现在住在哪里？"

"公正新村知道吗？在湖东路。"卓平原说。

我听卓平原这么一说，决定搬出来。我问："房租贵不贵？"

"跟我一起住，不用付房租，一起做生意，等赚到大钱了租更大的房子住，到时一起出租金。"卓平原好像心中有一张事业蓝图，信心满满地说着。

我又问了一句："做什么贸易啊！"

"在火车东站那边做货物车皮生意，到时慢慢说。"卓平原好像用一句两句没办法跟我说清楚。我也一知半解，不再问下去。

时间已过午后，阳光当空，难得的蓝天白云，有了秋高气爽的味道。街上车水马龙，各行其道，去不同的地方。只是公交车上不分时段都是拥挤不堪，站点上，车厢里总有扒手出没，时不时传出钱包被偷，金项链被抢的叫喊声。我跟卓平原离开小饭店，两个人的脸上都通红，卓平原先带我去他住处看一下，争取明天搬过去住，有个伴，共商贸易之事。我表示赞同，身上揣着卓平原给的三千元，心情非常地愉悦，又免费提供住处，喜出望外。登上公交车，我几乎手捂着口袋，保护着钱财，提高警惕，防范扒手入侵。

我们兜兜转转，转了一次公交车，还步行二十分钟，来到了公正新村，这属于福州鼓楼区，这里有很多居民小区，公正新村算比较大的小区，小区前面有一排商住楼，一层是店铺，二层是办公的地方，三层以上是住宅，共有七层。卓平原不是租在三层以上，而是租在一层以下，是地下一层。在地下一层入口处有一个前台，台上放有一部电话，卓平原说名片上的电话号码就是这个机子。一位年轻姑娘坐在里面看报纸，我伸头往里瞧一眼，发现她正在看我的那篇《公共汽车上的奇闻》。我们走过很长通道，拐个弯，卓平原打开门，一间有三十平方米左右的房子，卫生间、厨房、卧室都有，还有一张长桌，吃饭、写字、看报都可以。卓平原说："表弟，地下室租金便宜，每月三百人民币，包水电费。"

我点点头说："便宜是便宜，就是阴暗和潮湿，不能长期住。"

"是的是的，我们都是早去晚归，白天都在火车东站。"卓平原解释着，然后又补充地说，"到时候我们一起在东站附近租房子，那边民房多。"

我又点了点头，心里想，反正表哥的话只能打个折扣，我以为住的是新村单元房，但是总比工地上的仓库好，我还是决定搬过来住。搬过来住之前我还想跟卓平原去东站看看他做的是什么贸易公司。

三

不知是一阵什么风，既不是东南风，也不是西北风，而是一阵出门办钢铁厂的飓风，几乎在一夜之间，在长乐的村镇乡间成为主要创业的项目，大家谈论的话题也都离不开"钢铁"二字。也许猖狂的走私已日薄西山，沉没在时代的洪流之中，而偷渡出国也受到沉重的打击。要么通过正规渠道出国，大多是投资、留学、陪读等形式去不同的国家，这需要一定的财力。于是纺织成为长乐支柱产业，主要在长乐境内开花结果，而钢铁却走向了全国。

倪水声在江西萍乡的钢铁厂，生产出了第一批钢铁却失败了，这让倪水声慌了手脚，这种叫作螺旋钢，不知为什么一折就断。他不知道是设备不行还是技术不行，抑或是材料不行？他不懂技术，问技术人员，技术人员问工程师，大家望着偌大的锅炉一筹莫展。这可是一千八百万元的投资啊！也是村子里一百多户人家集资建起来的钢铁厂啊！如果炼不出钢，炼出来的是一堆废铁，一千八百万元打水漂，如何面对父老乡亲？倪水声一时陷入了困境。

历来都是好事不出门，坏事传千里。倪水声的钢铁厂炼铁不成钢很快传到了老家，有集资做钢铁的人家闻讯而惊恐，那可是自己倾尽所有家底做的投资啊！甚至连棺材板的钱都押上了。这可亏不起啊！传言总会掺杂着许多真假难辨的材料，人们纷纷登门向倪水声父母打听钢铁厂的情况，虽不是兴师问罪，却让全村人知道了倪水声办钢铁厂出事了。然后议论纷纷，各种谣言满天飞，说什么做腌制咸菜的怎么懂得炼钢铁？那可是重工业，是东北人干的事啊！还有人说倪水声炼出来的钢铁还没有竹子硬，一折就断。这钢铁如果用来盖房子，做桥梁会出人命啊！各种负面杂音此起彼落，一直声誉尚好的倪水声家庭一下子名声扫地。

不知内情的倪水声父亲，只能先安慰乡亲们，远在江西萍乡的倪水声得知家门被踩破的消息，更是雪上加霜。他只好临时召集钢铁厂工程师和技术人员开会，并向萍乡县冶金研究所专家请教，找出原因。会上有的技术人员提出看法，说第一批次第二批次乃至第三批次生产出来的钢铁质量不过关属正常情况。也有的技术人员认为材料配制有问题，大家指出了各种问题，也提出了各种建议和方案，然后汇总成报告材料，递交专家把脉会诊。倪水声安排好钢铁厂的事务后，带着几个大股东回家，交代各股东做好自己参股人员的解释工作。后院不能起火，都是乡邻乡亲的，坏事传出去名声一臭，一辈子都香不起来了。

几个大股东回到家，向投资者说明钢铁厂的情况，解释了锅炉才刚刚点火，炼出的钢铁不合格属于正常范围，炼钢铁不像我们摊煎饼、做杠面那么简单，要经过多批次试验之后才能稳定各项指标，生产出合格的钢铁来。本来股东们就不懂技术，只听了技术员片言碎语，自圆其说地向投资者解释，反正对不对谁也不知道，总要有一个说法而已。投资者更不懂这技术了，听得云里雾里的，也无言以对，只好求神拜佛保护钢铁厂能扭转乾坤赚大钱。

钢铁的风波总算平息了，而钢铁厂的技术还没有解决，倪水声仍然忧心忡忡，一时感到钢铁是没有那么好炼的。他处理好家里的事之后，又带着几个大股东匆匆忙忙赶回钢铁厂。

　　倪水声的钢铁厂算是一个小规模的厂子，一千八百万元的投资也所剩无几，连收购废铁的备用金都不够了，而且技术难关还没有攻破。钢铁厂其实很简陋，除了两台高高在上的锅炉烟囱外，从倪水声本人到普通工人住的都是简易工棚房，办公也在简易的工棚里，夏天没有空调冷气，只有电风扇，冬天没有暖气，用炼钢的锅炉来导热。这种艰苦也许就是创业者的艰苦。幸好他们都是农民出身，怎么苦都比农民舒服，只要当过农民，什么活都不怕累。当倪水声到达钢铁厂之时，财务告诉倪水声说厂子没钱了。

　　倪水声在资金上倒是很淡定，厂子没钱不可能再扩资，也不能叫投资者增资。他自己准备向亲戚朋友借高利贷。在长乐金峰一带，一般利息是两分，而且还要有人担保或实体抵押。倪水声去借高利贷应该比较好借，从家庭到他个人口碑都很好，而且农村有房屋，有钢铁厂，还有零星的腌制品生意。倪水声又匆匆从钢铁厂回长乐，他要去借钱。

　　我想不到倪水声会到福州找我，而且能够找到我，真的很厉害。在没有任何联系通信情况下，倪水声兜兜转转，从万人新村王庄工地问到火车东站，最后在公正新村我所居住的人行道上等到我，那是我住处出入的必经之上路，人行道虽然很窄，他靠在人行道上的大榕树下守株待兔，终于在傍晚时分见到我了。他突然叫一声"水萍"，让我大吃一惊，原来是倪水声。

　　"你让我好找啊！"倪水声向前握着我的手，看着我又说，"变白多了，毕竟喝了城里的水，吃了城里的饭。"

　　我浏览一下倪水声，夹着包，另外还提着一个大包，风尘仆仆的样子，又像老板一样。我问："从长乐来吗？"

　　"不是，我从江西回来，我办钢铁厂了。"倪水声说。

　　"啊！不做腌制品了？"我这时才知道倪水声办起了钢铁厂。

　　"我们找个地方坐下来聊。"倪水声说着四周观望着。

我们坐在一个叫天蓝蓝的冰厅里，各自要了一杯冰水，我喝了一口说："我可没钱投资钢铁哦。"

"没有叫你投钢铁，而且风险很大。"倪水声说。

"听说长乐老家很多人都出去办钢铁厂了。"我问。

"是啊！我们长乐人做什么事情都是成群结队的，没办法，我们农村人总要找出路，不像城里人有单位，有工资，有劳保福利，我们就不行，需要去闯。"倪水声感慨地说着。

我听他的口气，好像事情做得不顺。农村与城市的最大区别，城里人有单位有保证，但吃不肥也饿不死。农村人总想冲出去做生意，失败了再回乡种田，成功了可以富三代。从某种意义上说，农民比工人机会更多，更有可能从山鸡蜕变成凤凰。

倪水声把办钢铁厂的事前前后后跟我说了一遍，我才明白他要去借高利贷。虽然他是有能力借高利贷，也赔得起，但风险很大。倪水声说："水萍，找你就是不想让家里知道，不是向你借，你也没有，通过你看看金峰那边有没有亲戚朋友放高利贷的，帮我介绍一下。"

"借多少？"

"二百万元。"

"你胆子真大。"我笑了一下说。

"你有放高利贷的熟人？"倪水声也笑起来。

的确，在长乐金峰一带，不管你做什么生意，纺织也好，钢铁也罢，都是以民间借贷的方式，没有银行贷款一说。不知为何，也不知何时说起，长乐的民间资金非常雄厚，只要你敢借，我就敢贷，不怕你不还，也不怕你跑路，跑得了和尚跑不了庙，父母子女，兄弟姐妹都在当地，知根知底，借钱不还，声誉扫地，寸步难行，影响三代抬不起头，见不了人。所以长乐人投资，项目再好，利润再高，哪怕包赚不赔，也不会自己独自干。一资金不够，二要带动亲朋好友一起赚钱，然后就是同宗同族同村，只要你愿意投，根据自己能力，都会分你五万元十万元的份额。而且全凭熟人熟面，乡亲乡邻，不管投一千万元还是一百万元，或者只投十万元八万元，统统都没有任何入股凭证，全凭信用。人人都想投资，哪怕自己没钱也要去借，由不得你思考，迟一步就没有份额了。所以民间借贷成为香饽饽的行当，人人参与的投资就是共同走向富裕的道路，这也给外界留下长乐人都很有钱的印象，个中的原因便不得而知了。

我想了一会儿说："水声，你知道金峰倩影照相馆吗？"

"我知道啊！怎么了？"倪水声不解地问。

"你去找照相馆的林芬芳，她是我朋友，有做借贷的事，可能要有房屋做抵押。"我向水声推荐了林芬芳。

倪水声喜出望外，高兴得又买了两份蛋糕一起吃起来，然后他才关心起我来。他说："对了，你在福州做什么生意？蚊帐卖得好好的干吗不卖了？"

我没有跟倪水声讲自己具体的情况，只说在王庄工地上干活是为了有地方住，半个月前已经搬出来了，现在就住在这里的地下室，条件不好所以就没带他去。主要写一些文章，不但自己喜欢，还能赚点稿费，然后跟人跑点业务，主要是贸易生意。我只简要地向倪水声介绍自己的情况，他有的听得懂，有的也听不懂，我也没告诉他报纸上的"刀力"就是我。他似乎也不大关心我的现状，但他知道我喜欢写文章，并且在报纸上发表了。也难怪，他现在自己钢铁厂的事都焦头烂额了，一要解决钢铁厂技术问题，二要解决资金问题，现在有了林芬芳的关系让他舒了一口气。他感激地对我说："水萍，现在钢铁厂不赚钱，还有风险，等稳定了能赚钱了再通知你。"

我点点头说："想办法渡过难关，就会成功。"

倪水声在天蓝蓝冰厅跟我告别，他要赶回金峰，去找林芬芳。

四

入秋以后结婚的人就多起来。十一二月是结婚的旺季。长乐年轻人结婚，仪式非常繁杂。结婚的前一天就要请人喝酒，一直吃到结婚的第二天，婚礼当天男方还要挑着几担礼品送女方家。这都是年老一点的人在指点安排，他们有经验。我很意外地接到了陈百歌的结婚请柬。请柬是寄到王庄工地上，是赖瑞声通知我去取的，我以为是报社寄来的稿费单。

看请柬，新郎新娘是陈百歌和唐诗燕，从初中就认识，陈百歌追她千百里，放弃了许多姑娘，就连多愁善感的林芬芳也放弃，非她不娶，现在终于修成正果，走进婚姻殿堂。我离家两年，只回去两次，一次找我的同学刘水利，是他专中毕业的时候请我去长乐玩，他还带着凌见星，可能是他财经学院里最好的同学。第一次见凌见星的时候，我就判断他日后必定有所作为。他不但聪明，而且很有悟性，为人热情，又顾及大局，我是很想与他为友。第二次回去的时候是高尚约我的，后来才知道他是为堂妹做媒的，想撮合我和她堂妹谈恋爱。两次回去都没有见到陈百歌和唐诗燕。他们的婚礼我可能没有准备参加，不知为什么？只两年时间，可能有些陌生了，是客气的那种陌生，是不敢打扰对方的那种陌生，是在彼此心中都感激和尊重对方的那种陌生。时间是如此神奇，可以改变原来的模样，岁月又是让人捉摸不透，无法按自己的想法去改变岁月，而是岁月的风雨改变了我们，朋友更是如此，是否能够接受彼此的改变？包括人生观、价值观。

记得第一次回去的时候，我的"刀力"就已经小有名气，大家喜欢看"刀力"的文章，主要是接地气，实料多。反映普通大众的生活不易和误区，揭示社会的不公和怪现象。所以人人爱看，也就知道了"刀力"的名字。我除了看当地三份报纸外，还订阅了三份报纸，叫作《南方周末》《经济导报》和《工商时报》，里面有很多关于文化、经济、社会、商业等信息，很有裨益。

那年的夏天，是毕业季。刘水利很高兴，终于毕业了，被分配到长乐县郊外的工商所工作，而凌见星分配到农业银行底下的农商所工作。这两个单位都符合他们的专业。九月十日报到，我是八月中旬到了长乐，待了两天，也跟刘水利和凌见星玩了两天，我把报纸上的"刀力"就是我告诉了他们。

两个财经中专毕业，分配工作，正规单位，铁饭碗，一辈子无忧。

对于我来说，羡慕加妒忌，这就是人性的弱点。在他们面前，自己是无业游民的农民哥，多少有些自卑，唯一能在他们面前炫耀的只能搬出"刀力"这个笔名了。我来福州两年后再回长乐，觉得长乐城关很小，我们在长乐汽车站集合，我背着一个军用挎包，里面也没装什么，一本笔记本、一本手写电话通信簿，一支钢笔，还有一份《经济导报》，还没看完。刘水利很远就跑过来，叫着"倪水萍"，凌见星跟在后面，说着："我们三个结拜兄弟怎么样？"

青春真好，虽然也二十几了，还透露着青涩，难能可贵的是充满着天真无邪。我对凌见星说："你看过《三国演义》了吧。"

凌见星说："我上高中时就看过了。你看过了吗？"

我说没看过，我看的是《红楼梦》，刘水利接过话说："我这两本都没有看过，只看过《西游记》。"

我哈哈大笑起来，说："桃园三结义，我们结拜不起来啊！你们两个都是财经中专毕业生，分配有单位，享受国家商品粮的工作人员，而我草根一个，农村户口，靠自己艰苦前行，跟你们结拜兄弟，等于山鸡混在凤凰鸟里啊。"

刘水利捅我一拳说："你说严重了，等你在福州生意做大了，我们找你去。"

凌见星说："我们帮你管钱。"大家哈哈大笑起来。

我说你们肚子都不饿吗？这时才知道到了吃饭的时间。长乐大大小小的饭店也挺多。我们到了一家小饭店，煮了一锅杠面，加了鱿鱼、虾、花蛤、肉骨，非常丰盛，另外要了三个海蛎饼，炒了一盘金豆尾，凌见星又叫老板炒了一盘酒糟鸡，要三瓶啤酒。我们像小老板一样吃起来，惹得周边的食客垂涎三尺。凌见星说这时节海鲜很多，什么各种的蟹啊？巴浪鱼啊！鱼翅马脚鲳啊！我说长乐城关到处都有冰饭，而金峰一带就没有卖冰饭的，我连听都没听过。

凌见星说，我们长乐各乡镇各村庄都有自己的手工美食、菜肴、点心、粿果。不要说外地人不懂我们的特色美食，就连我们长乐人也认不清各村庄的手工食谱。我点头表示赞同。凌见星喜欢文史，对长乐的风土人情有所了解，说起长乐吃喝玩乐的事如数家珍。我提议这两天我们就享受一下吃喝玩乐的乐趣。刘水利说我们三个照张合影，我说去金峰找林芬芳照。

凌见星突然来了兴趣，问："水萍，你是不是对林芬芳有意思？"

"没有啊！只是好朋友而已。"我如实地说。

"真的吗？"凌见星认真地说。

"当然真的，怎么了？"我有些不解。

"水萍，我喜欢她，你帮我牵线。我们去她那儿照相。"凌见星说着看着刘水利，好像要等他的批准。

刘水利却看着我问："水萍，你敢说不喜欢林芬芳吗？"

"是人家不会喜欢我，我们要有自知之明。"我显得自卑，而不是谦虚。

"你试过了？向她表白了？被她拒绝了？"凌见星紧张地问。

"不用试啊！也不用表白，自己要懂得判断，否则连朋友都做不成，多尴尬啊！"我无可奈何地说。

"你不会在福州谈恋爱了吧！"刘水利猜测。

凌见星说："你水萍不表白，那我就不客气了，我追她，我们先去她店里照相，你们两个要成全我，日后必报感激之恩。"

我们三个嘴上有了海鲜味、肉骨的油腻、酒气，离开了饭店。我提议下午先在长乐城关玩，晚上看一场电影，明天去金峰照相，介绍林芬芳给你们认识，然后我直接回福州。他们都赞同我的意见，凌见星说由他带路当导游，我们三人租着三辆横杠自行车，满城关地跑。凌见星说长乐城关很小，骑自行车半小时就兜完了。其实长乐的风景和特色在各个乡镇。长乐共有松下镇、江田镇、罗联乡、古槐镇、玉田镇、首占镇、文武砂镇、营前镇、鹤上镇、漳港镇、金峰镇、湖南镇、文岭镇、梅花镇、潭头镇、猴屿乡、吴航乡、航城乡十八个乡镇组成，每个乡镇都有它的特色和历史遗迹。各种海鲜、手工美食、传统技艺、民间传说、古寺古厝、明清建筑、防沙石厝等都隐藏在各乡镇村庄。

我说那玩不完，就是个大农村，我们就是来自农村，没什么好玩。

我们要玩大城市，看高楼大厦，体验灯红酒绿，品美食佳肴，看花花绿绿的世界。刘水利哈哈大笑起来，说："想不到我的老同学思想这么前卫，毕竟走南闯北，见多识广。"他说着对凌见星提要求，"见星，听见没有，好好带水萍玩，不然不让你见林芬芳。"

我说："先去书店逛逛吧？长乐有几家书店？"

凌见星说有好几家，我们去河下街那边逛，在长乐县政府附近，那边有好几家私人书店。我们骑着车前往，这里称得上合掌街，街道不宽，店面也小，却充满了人间烟火气，我就喜欢这样的气氛。我们走进一家书店，有各种的书、杂志、当天的报纸和各类文具。人很多，买书的只翻阅不买的进进出出。刘水利和凌见星一边在翻报纸，一边在议论什么，然后各买了一份报纸。我在书架上找一本书，书名叫《人论》，刚刚出版的，这里没有，很多人在买《平凡的世界》，路遥写的，我知道最近这套书很火，影响很大，所以我也买了一套。

我走出书店，才知道今天是周末，难怪人这么多，都是学生的模样。整个八九十年代，业余时间唯一休闲好时光就是看书，看书成为一日三餐之后的精神食粮，而看报成为获得外界信息的唯一途径，电影则是最好的娱乐方式。我问："你们两个买什么报纸？"我说着见他们手上拿着分别是《生活导报》和《海峡时报》。

凌见星说："我是冲着刀力的文章，文风淳朴却一针见血，娓娓道来却让人感慨万千，是个好作者。"

"刀力的文章不但犀利，而且接地气，让人读后好像能看得到摸得着，真实存在。"刘水利接着说。

"对刀力的文章评价这么高？"我说着心中有几分得意，因为他们还不知道刀力就是我，我就是刀力。

"凌见星还写信给报社呢，对刀力大加称赞，对刀力的文章评头论足，夸张吧！"刘水利介绍说着，然后中肯地补充，"刀力的文章确实好看，写到了别人没有写到的或者不敢写的禁区。当然报纸敢登，说明报纸很开明。我们读者就有眼福了，不然也去看小说消遣了。"

"我是不喜欢看小说，干吗要看那么多悲欢离合的故事？看些发生在我们身边的新闻、纪事、生活，哪怕是文史的都会增加我们的见识和思考。我就喜欢看报纸，特别喜欢刀力的文章。"凌见星侃侃而谈，好像对刀力特别崇拜。

"水萍，你在福州知道刀力吗？有看过他的文章吗？"刘水利问。

"我每天也都看报纸，刀力还准备在报纸上开专栏，今后还会写一些社会热点问题。"我说。

"你怎么知道？社会热点好啊！人人都关心。看来你认识刀力？要想办法介绍我们认识啊！"凌见星激动地说。

"干吗要认识他，喜欢他的文章看报就行。"我轻描淡写地说着。

"刀力这么厉害，我有事相求啊！"凌见星说。

刘水利好奇地问："水萍，你真的认识刀力？那也要介绍我认识。"他的眼神露出半信半疑的光。

"我就是刀力，刀力就是我，你们信吗？"我一本正经地说着。

刘水利和凌见星几乎异口同声地说："你别逗我们了。"

我说："是真的，没有逗你们。"

他们一时目瞪口呆。

五

我们晚上一起看了一场由路遥同名小说《人生》改编的电影《人生》，这时我知道了周里京这个演员。影片中的男主人公高加林来自农村，我也是来自农村，感同身受，观后让我感动和思考。

第二天我们吃完早餐，在长乐街边吃的，是锅边、海蛎饼，还有虾酥，吃得我可口舒心，都是凌见星买的单。自从他们知道刀力确实是我的笔名之后，惊讶之后是惊喜，惊喜之后百般巴结。让我无所适从，刘水利只是呆呆地看着我，也许他还想不明白，我为什么会变成刀力这样的人？明明从初中到高中书都念得一塌糊涂，不要说考上大学，就连中专也考不上。刘水利好歹也考上中专。刘水利当然想不明白，也想不开。他中专两年，认为两年时间倪水萍怎么突然变成这么厉害？他有点接受不了这个事实。他还抱有怀疑，如果刀力真的是我，那几乎是天方夜谭了。几份报纸上的刀力，那是多么有影响力，几乎看报纸的人都知道刀力，而刀力的文章都能让他们看出一身冷汗。比如刀力的《婚礼进行曲》，讲出结婚礼金的昂贵，婚礼操办的劳民伤财。比如刀力的《生男育女大骚动》，那是抨击重男轻女的陋习，质问计划生育的弊端，写到人们的心坎上，听刘水利说，就连他财经学院里的老师都认为刀力的文章是有民生意识和时代象征意义。刘水利想不到在社会广为流传的刀力文章，却出自己的中学同学之手。这怎么让刘水利接受呢。可是，事实就是这样，人生本来就有无限的可能。

那么，凌见星更是表现出一种前所未有的谦虚和卑微，凌见星从小学到高中都是高才生，他性格外向，也比较好高骛远，尽管从初中开始阅读许多图书，特别对历史有浓厚兴趣，所以对长乐的历史了如指掌。但是，到高中最后学期，是报考文科还是理科纠结到难以决定，最后成绩一落千丈，只好报考中专，进了长乐财经学院，虽然学的是财经专业，他却想当文史专家，甚至也想将自己的文史文章发表报纸上，像刀力一样声名鹊起。今天看到了刀力的真面目，怎不让他激动万分呢？从昨天开始，他不敢再叫我倪水萍了，而是改口叫我倪老师，左一句倪老师右一句倪老师，处处跟我抢着买单，不让我消费一分半毛钱。这让我多少有点受宠若惊了。

吃完早餐，我们乘坐长途班车去金峰，车票也是凌见星购买的，不让我掏钱，让我很难为情。秋后的景色很美丽，乡村的秀丽不亚于城市的繁华，久居乡村时觉得四处荒野很苍凉，向往都市生活。深居都市时却发现红绿灯下的繁华总掺杂着嘈杂声、汽笛声，空气中弥漫着紧张而冷漠的气味。不知道是不是遥远的就是美好的，身边的就是厌烦的。人是容易审美疲劳还是容易见异思迁，这无从考证，应该是人性的弱点。反正从窗外掠过的青山、绿水、田野、湖泊都是那么地生机勃勃，没有秋后的萧条。

车子到达金峰后我们直奔金峰倩影照相馆。当我们三人登上二楼出现在门口时，林芬芳感到非常意外，情不自禁地叫了一声"倪水萍"。她那眼神里折射着久别重逢的喜悦,喜悦中隐藏着某种思念。柔和的声音让凌见星和刘水利突然感觉林芬芳是多么地喜欢我,这让凌见星情以何堪?我见林芬芳这么热情,放松了心态,指着刘水利和凌见星说:"我带他们来拍合影的。"

"我们在长乐见过,认识,欢迎欢迎!"林芬芳迎我们三人进来,倒水泡茶,招呼我们就座。

凌见星没话找话地说:"你的记性真好,还记得我们。"

"记得记得,倪水萍是刘水利的同学,你是刘水利的同学,对吧?"林芬芳对凌见星说。

我们三个人都笑了起来说:"对、对、对。"

林芬芳面对着我,叫我喝水,不断地问我的情况,问我为何这么久才回来?说我变白了,也胖了,把刘水利和凌见星晾在一边。林芬芳问我的情况之后就说她自己的事,说照相馆生意很一般,不如从前的好,照相馆是她的工作点,做会、民间借贷都在这里进行,结识很多朋友,都是大老板,做养殖的,做纺织的,做钢铁,做贸易的,各行各业都有,他们既有钱也需要钱,倩影照相馆都能满足他们。

我不断地点头,感觉林芬芳跟从前不一样了,好像有很多话要对我说。我突然问:"有没有一个叫倪水声的人来过找你借钱?"

林芬芳说:"有啊!你的发小,还是加亲,又做钢铁,当然要借了,二百万元帮他解决了,是你介绍的,我没有要他的抵押物。"

我说倪水声有实力,不用担心,我做担保,万一有意外我来赔。林芬芳听后笑了起来,说:"哇,你很有实力啊!有这么多钱吗?拿什么赔?拿人赔?"

我一时语塞,脸有些泛红,不敢看着林芬芳。她转移了话题,说:"陈百歌也不经常来了,唐诗燕也很少来,听说他们要结婚了,到时候回来一起去喝酒。"

我点了点头。问:"陈百歌不做走私货买卖了吧!"

"他早就不做了,他爸还做经编厂,另外又做一个印染厂听说生意不错。陈百歌自己又投资做钢铁,我也投了二十万元。现在金峰一带的人出去办钢铁厂的很多，都是集资入股，借高利贷做钢铁，所以我的民间地下钱庄生意很好，资金周转也很灵活。我看好钢铁行业，你那个发小倪水声做钢铁有机会入点股，我这里给你想办法，五万元以内，不收你的利息。"

林芬芳的一番话让我感动万分，心中涌起一股说不出的情愫，突然间感到林芬芳是多么的美丽与善良。林芬芳又跟我提起一个人，就是高尚。她说高尚经常来照相馆，每次来都带礼物，他很有钱，有几百万元放我这里放高利贷。我听后说："他为人不错，也很有思想。他还有跟陈百歌合作吗？金峰有家百货他们一起合作的。"

"没有合作了，高尚说跟陈百歌性格合不来，各搞各了，同学还是同学，都很义气。高尚倒是经常提起你，对你很欣赏，说你有才华，有经商的头脑，说你可惜了去福州。"林芬芳好像有说不完的话，想什么话都对我说。

我微微笑了起来，谦虚地说："他过奖，我是给他一些建议，只是纸上谈兵，我是不喜欢做生意的，既没有本钱，也不懂得经营。我想不到长乐的钢铁产业发展这么快，好像一窝蜂地都拥上。"

"可不是吗？在金峰一带，钢铁投资几乎涉及当地民众最多的一个行业，比起走私、偷渡还疯狂，有钱没钱都想做。除了钢铁外，还有什么煤炭厂、焦炭厂、合金厂也有很多人在做，而且布及全国各地，许多青年都出去收购废铁了，听说钢铁厂需要大量的废铁。整天都是钢铁的话题，就连我这个摄影出身的也略懂一二了。"林芬芳说得神采奕奕，看来她对钢铁行业也很感兴趣，一时也让我对钢铁行业重视起来。

林芬芳还悄悄地对我说："中午我请你们三个吃饭，你带同学朋友来，我一定要招待好。"林芬芳的话里话外好像都是冲着我来。我这时才记起旁边还坐着刘水利和凌见星，本来是为凌见星来做局的，想不到自己喧宾夺主，把他们给忽略了。我赶紧说："对了，我们要先拍几张合影。"

凌见星是等焦急了，他站了起来说："是啊！光你们说话，好像久别的恋人有说不完的情话。"

我的脸一片通红，不知说什么好，而林芬芳却"嘻嘻"地笑起来，大方而揶揄地说："我们像恋人吗？我们聊的是钢铁的事，不是情话。"

刘水利半开玩笑地说："你们像一对恋人，一对久别重逢的恋人。"

凌见星黑着脸说："我自己先拍两张个人照，然后再合影。"显然有点不高兴了。

我赶紧接着说："来来，我们照相。"

拍完照，我们跟着林芬芳去吃饭，她请客。路上，凌见星悄悄对我说："倪老师，你什么意思？你是不是对她有意思？"

我说没有啊！凌见星疑惑一会儿说："那她对你有意思？"

我说不会啊！我们原来就是这样说话的呀！凌见星说："等下你最好向她暗示一下，我改日单独约她。"

我点点头说："没问题。"

林芬芳很客气，点了很多我喜欢吃的菜，中午不喝酒，怕喝多了讲酒话。大概吃了一个小时，边吃边聊，林芬芳听凌见星叫我"倪老师"，有些莫名其妙，看着我问："什么时候当老师了？"

刘水利想做解释，被我制止了。

饭毕，我准备直接坐车回福州，没有拐回老家。刘水利和凌见星去长乐城关。

临别时，林芬芳对我说："多回来看我和陈百歌夫妻，还有高尚。"

我点点头说："好的好的。"然后又悄悄地对她说，"你知道吗？凌见星对你有意思。"

林芬芳一听，阴下了脸，没好气地说："去你的，神经病。"然后拂袖而去。

六

长乐的钢铁发展确实突飞猛进。长乐人最大的特点，只要有人做某一件事情，就会有很多人跟进，像蝴蝶效应一样蔓延。钢铁行业就是这样，对于一窍不通的农民，他们敢于投入资金做钢铁，这就是长乐人的魄力。他们都是土生土长的农民，没有上过大学，有的只念过小学，他们不管承包土地搞种植，不是挖地为池搞海鲜养殖，或者在家做经编织布发展纺织产业，再到大炼钢铁，后来都被称为企业家。这些企业家都出身于农民，他们凭着一身胆识，可以冲刺任何行业，他们唯一想办法解决的是一件事情，找资金。所以民间借贷成为他们走向成功的唯一出路。众所周知，社会各界对民间借贷有各种的评论，颇有微词。试问：他们想成就一番事业，需要资金，不去借高利贷，银行能贷款给他们吗？这些想干大事业的农民连银行的大门都不敢进。

成也金融，败也金融。在长乐，每一个白手起家发迹的企业家，靠的是两种手段：集资和借贷。所以一家工厂为什么有上百个乃至几百人拥有股份，股份小的只有三五万元而已。为什么一人办厂全村致富，就是靠大家集资才能把厂子办起来。为什么林芬芳们地下钱庄那么红火，就是因为办厂需要资金，银行不给贷款，只能借高利贷。所以从某种意义上说，是民间集资和借贷成就了长乐各行各业的发展。

八十年代确实是一个特殊的时代，是改革开放先锋时代，是经济发展萌芽时代，也是浑水摸鱼、鱼目混珠的时代。靠民间集资、借高利贷办企业的人都成功了，靠政府支持、银行贷款办企业的人最后都没有成功。所以是时代造就了英雄豪杰，并非英雄豪杰造就了时代。

仅仅几年时间，长乐人在全国各地投资钢铁企业近达两千家，单单长乐人出省做废铁收购生意的就有一万多人。炼钢的品种如螺旋钢、钢坯、冷轧、热轧卷板、中宽带、棒材、高速线材等，几乎涵盖了所有钢材品种，而且技术越来越精湛，规模越来越大，市场长销不衰。这不单给个人乃至长乐带来了财富和经济发展，也给当地政府贡献了巨大的税务收入，长乐人在各个地方建办的钢铁厂都成为当地纳税大户。我的同乡发小倪水声在江西萍乡的钢铁厂，在林芬芳那儿借贷两百万元后，度过了资金困难时期，也突破了技术难题，虽然还没有利润，但已经上了轨道。现在主要组织销售人员队伍，推广钢材市场的业务。同时他又在四川和山东建起了钢铁厂，我都不知道他是怎么做到的，这无疑是倪水声胆大心细的个性。

在高尚请我去金峰玩的时候，我才更加详细地了解了长乐金峰已经彻底告别了走私时代，钢铁成为金峰一带街头巷尾热议的话题，如果你没有参与钢铁行业，你就落后于时代，你若没有投资钢铁行业，你就错过了致富的机会。

那是过完年，正月正是农村人走亲访友的最好时节，散布全国各地办厂创业的人，每年一度的春节都会纷纷回家团圆。一直到了正月初五之后又纷纷出门远行，这是习俗，也是规矩。这时候高尚邀请我去他家做客，他是多么地高看我了。

我坐了长途班车直达金峰汽车站，高尚骑了一部雅马哈摩托车已在那里等候多时，从金峰到高尚家大阳村大约十分钟。我出了车站，高尚迎了过来，笑着叫我的名字："倪水萍，你变胖了。"

我低头审视一番自己，看看胖在哪里，然后说："虚胖。"

高尚说："上车吧！"我坐上摩托车后座，飞尘而去。很快到达了高尚的家，他的家是联排有十户人家，两层楼，其中两间是高尚家的，在他家不远处，靠公路旁边的有一幢十三层高的大厦，叫高氏纺织大厦。这应该是高尚的杰作，他两年前就跟我讲过这一计划，终于落成了。高家的纺织产业应该做得风生水起，方圆几十里是鼎鼎有名的纺织大王，这幢大厦也是压倒周围众多纺织工房的标志性建筑。高尚把我迎进他的家，大声喊着："爸，爸，来客人了。"

他的爸爸高山远从楼上走下来，笑呵呵地向我打招呼："你就是倪水萍，陌生的外甥，哈哈。"

我已认不得高山远，他很胖，个头也大，头发多又乌黑，不知有没有染过，显得很有精神，我很礼貌地看着他，报以笑意，喊了一声："舅舅您好！"心中却有一点难为情。

高尚的妈妈叫着："高尚，一起来吃点心。"高尚把我迎进餐厅，两碗热腾腾的杠面伴着海鲜味扑鼻而来。长乐人家里来客人，不管你肚子饿不饿都要煮点心招待，这是待客之道。不管是煮什么点心，碗里都有一个荷包蛋，寓意为太平。高尚说："我们吃完上二楼，喝茶聊事，等下再去纺织大厦。"

我点点头，然后对他妈妈说："舅母您辛苦了。"他们似乎对我都很客气，虽然他们都知道出生在长乐农村，却把我当成城里人。

高尚和我一起上了二楼，来到一间客厅，高山远已经坐在那儿泡好茶，旁边坐着跟他年龄相仿的男子，我猜应该是他弟，长得像。他弟弟叫高山近，金峰一带都知道高家兄弟山远山近，纺织大王。另外椅上坐着一个年轻女子，正拿着一张报纸在看。高尚打着招呼，还做了介绍。说那个年轻女子是他堂妹，叫高敏珠。她应该比我小，长得小巧玲珑的，像小家碧玉，有点不言笑，清洁的脸上扬着少女的羞涩和腼腆，又渗透着情窦初开的青春诱惑，她时不时地用眼神瞟着我，他的爸爸高山近也一直在看我，我好像是一个奇怪的稀客。我落座之后，说："我小时候来喝酒好像在旧房子。"

高山远说："对、对，这幢房子还没盖。"

高敏珠好像来了兴趣，红着脸问："来过我们家喝过酒，我们是亲戚吗？"

高尚说："算是远门亲戚，应该是爷爷那一辈的亲戚，三代了，所以没有走动来往了。"

高山远给我倒茶，然后问："听高尚说你对文化学术、商业策略、经营管理都很有想法？高尚说他很多在生意场上的判断和决策都来自你的思维。了不起啊！"

我不好意思地说："是高尚抬举我了，我只是有自己的思维方式，不一定都正确。"

高山远问："外甥，你具备这样的才能为何甘愿在一个工地上打工？"

"这，这。我已不在那儿了，当时是为了那儿有免费工棚住。"我没有说具体情况，也不敢说跟卓平原一起跑贸易，住地下室。说这些可能会太没面子。

"高尚很想你加盟我们的纺织产业，他说你能助他一臂之力。"高山远开始切入正题。这时我才明白高尚请我来不是纯粹的玩，而是有目的的，不知道是不是鸿门宴？但是我却无备而来。

"是不是不喜欢农村？还是大城市更适合你发展？"高山远还没等我说又问我的问题，让我无法思考，也不知怎么回答。这时高敏珠也红着脸说："你这么厉害呀！是什么学校毕业的啊！"

高尚替我回答："倪水萍没有上大学，念到高中。"

高敏珠"哦"一声说："跟我一样高中毕业。"那语气好像也觉得学历并不高，跟她半斤对八两，差不多。

这时候，高尚喝了一口茶，说："倪水萍，我爸，我叔都很欣赏你，我呢，是很崇拜你。我想跟你证实一件事，你能不能如实告诉我？"

我突然一头雾水，不知要我证实什么？我没有做什么亏心事，在福州住地下室，是不好听，跟卓平原做贸易，我这个表哥名声不大好，做贸易许多人认为就是皮包公司。高尚是不是知道了这些情况，要当面证实一下。当着他爸的面揭我这个不体面的短，高尚太不够意思了，我心里一下子不舒服起来。

高尚见我沉默不语，又问："怎么了水萍，不想告诉我实情？太不哥们了。"

在座的他爸、他叔，还有他的堂妹高敏珠也都一头雾水，不知高尚要证实什么，心想难道我有什么做对不起高尚的事。我迫于无奈，只好说："没问题啊！你想证实什么？"我为了保持轻松心态，还伸手拍一下他的肩膀。

高尚笑了笑，他顺手拿起刚才高敏珠正在看的报纸翻了起来，这是一份《海峡时报》，高尚找了半天目光停留在一篇文章上，说："今天的报纸还有刀力的文章。"

我一下子明白了高尚想证实什么？不知道他从哪里得到消息，刀力就是我。高山远说："刀力的文章我必看，这个作家文风独特，笔尖锋利，可以说为社会扬正气，为疾苦传呼声，我想做点慈善就受刀力文章的影响。创办长乐纺织联盟同乡会也是受刀力文章的启发。"

高敏珠接着说："刀力的文章我从来没有漏过，每一篇文章我都剪下来。"

我越发紧张起来，脸上一阵红一阵青一阵白。

高尚说："我认识刀力。"

高敏珠说："哥，你吹纺织就够了，这个也吹，你怎么会认识刀力呢？"

高山远和高山近两兄弟也哈哈大笑起来，有点讥笑高尚的口气。

高尚却面对着我说："我的大师，想不到刀力就是你，你就是刀力。"

气氛一下子凝固了，高敏珠激动地站起来，双眼射出不一样的亮光，用颤抖的声音说："你真的就是刀力吗？"然后用多情的语调说，"我喜欢你，也喜欢你的文章。"她说着跑出客厅。

高山远更是难以相信自己的耳朵，他更加相信儿子的目光，他一直对倪水萍有着特殊的判断和理解，今天印证了高尚的识人之术。如果不是高尚当面证实，真是难以相信那些文章出于我之手，这个远亲的外甥就是刀力。此时的高山远用一种关爱和敬重的目光注视着我，一个堂堂的纺织大王此时此刻也显得微不足道，说明文化的力量是多么强大。

我好像做错事的孩子，又像一个被人识破的骗子，愧疚地说："刀力是我的笔名，空余时间写文章，还有稿费呢。"

"了不起了不起。"他们异口同声地说。

我恳求高尚说："我是不想让更多人知道刀力就是倪水萍，希望你能为我保密。我不知道是谁告诉你的？"

"你的同村发小倪水声，他今天也来了，在纺织大厦那边，等下就会见到。"

我"哦"一声才恍然大悟，然后说："等下过去不提刀力的事。"

高尚点点头，然后悄悄对我说："你刚才听见没有？我堂妹高敏珠喜欢你，不好意思地跑了呢。"

我一阵脸红，不知说什么好。高山近却走在我跟前握住我的手说："外甥，敏珠如果有缘跟着你，我非常地放心。"

我心脏七上八下地跳动了……

第九章　黄海浪与他的养殖大户

一

黄海浪是不搞海鲜养殖的，但他与那些养殖大户有着千丝万缕的联系。他知道靠山吃山、靠海吃海的道理。他作为长乐人，从小在金峰长大，寒暑假都跟着父母在金峰农贸市场玩。他父母在农贸市场有一个很大的海鲜摊位，不但卖海产品，也卖淡水鱼。黄海浪从小就认识了海鲜的各种品类，什么带鱼、鲳鱼、马鲛，什么黄瓜鱼、鳗鱼、白刀，什么比目鱼、巴浪鱼、鲈鱼等鱼类几乎都知道。还有各种贝壳类的什么黄螺、海蚌、海虾、扇贝、蛤蜊、蛏子、花甲等都是黄海浪常吃的。淡水鱼就是鲢鱼、泥鳅、鲫鱼、草鱼、罗非鱼、鲤鱼等，黄海浪从小轮换着吃。

黄海浪的父母有了海鲜摊子，他们家就不愁没肉吃，没瓜果蔬菜吃。他们到了傍晚，会把没卖完的一些海鲜跟隔壁或对面的肉摊子换肉吃，瓜果蔬菜摊主也会拎来水果蔬菜换一两条鱼。黄海浪从小在这样的环境熏陶下，吃过山珍海味，也懂得买卖经营，更懂得待人接物。当他接手父母海鲜摊位的时候也才二十五岁。在农村，子承父业也顺理成章，父亲杀猪的，儿子可能就跟买卖猪肉有关，父亲若是当官的，子女也许跟政府机关工作有关。

黄海浪自己做海鲜生意，所以他身边的朋友做海鲜捕捞的、海鲜养殖的朋友就很多。他对纺织和钢铁行业并不了解，也不关心。正所谓鱼找鱼，虾找虾，乌龟找的是一片甲。比如养殖鲍鱼的李永清，人称鲍鱼李，意思是养殖鲍鱼专业户。养殖明虾的池也水，号称明虾大王，意思是养殖明虾做得很成功。养殖鳗鱼的蔡水俤，被誉为鳗鱼俤，意思是年纪尚小，养殖产业搞得很大。在金峰一带，只要说水俤鳗鱼场，人人皆知，金峰农贸市场上的鱼丸百分之七十是用蔡水俤的鳗鱼来制作的，还有种蛏的、养殖海带的，也有养殖螃蟹的、海蜇皮的，各有各的门路，各有各的技术，各有各的市场。黄海浪与这些养殖大户都是好朋友，都有很广泛的业务来往和个人交情。但是，黄海浪知道长乐做钢铁行业的更普及，市场很火，利润很高。他曾经心动想收摊去做钢铁，他父母极力反对，他才不敢轻举妄动。他记住父母的话，要干一行爱一行，深耕一行。黄海浪才深刻体会到去跨行重新来，不如把本行做大做精。但是他还是经不起钢铁行业高利润的诱惑，拿出二十万元分散投资几个做钢铁朋友的名下。

别看年仅二十五岁的黄海浪，看上去很成熟，说话做事像大人一样颇有城府，书也只念到初中，却写一手好字，每年自家和邻居的门上贴着春联都是他写的。他还会画画，虽然画得不怎么样，但画鱼也像鱼，画虾也像虾，只是画鳗鱼却像泥鳅。他是长乐大鹤人，也是靠海边，与我的村庄挨得很近，走路大约半小时，我小时候跟他有点熟，念小学四年级时去木麻黄树林里砍柴经常碰到他，他送了一些贝壳给我玩，我也会带一些瓜果给他吃。我问他你父母起你名字叫海浪，你是不是天天在海浪里打滚？他反问我说你父母起你水萍名字有什么来路？然后我们就一起打闹嬉戏。

据说黄海浪只念到初一就不念了，然后就天天跟着父母去金峰农贸市场，他家有一辆小型拖拉机，声音很大，浓烟也冒得凶。他是坐着拖拉机来回于金峰与大鹤之间，有路过我村庄的马路，我偶然会碰到。后来他跟着父母做海鲜，就渐走渐远，没什么来往了。许多年过去，因为他跟林芬芳有资金来往，曾向林芬芳借过高利贷，也曾把钱放在林芬芳那儿放高利贷。所以黄海浪的名字又在我脑海里熟悉起来。

我从小也不缺吃各种海鲜，却缺吃肉，海鲜平时可以做家常菜，从小鱼到大鱼，从各种螺到各类贝壳随时可以吃得上。而想吃肉就没有那么容易，不管是猪肉牛肉还是鸡肉鸭肉，都要到过年过节时才能吃得上，所以肚子里长期缺油，体内缺脂肪。黄海浪也是吃海鲜长大的，而且做了海鲜的生意。他接手父母的海鲜摊位之后，他从零售突破到批发，又从批发突破到深加工，再从深加工突破养殖一条产业链。黄海浪的人生每一次逆转，没有导师，没有参照物，更没有前车之鉴。他只记住一句话：干一行爱一行，深耕一行。

金峰农贸市场只是一个摊点，再大本事也无用武之地，但是他背后却有众多的养殖大户，还有海上天然的海鲜，单单通过金峰农贸市场一个摊位，消化不了多少的货。他采取走出去的策略。他去了福州海产品市场，还跑去福州马尾、亭江。黄海浪为什么敢于出去，他说算命先生送给他一句话：任君行去百般成。其意思他只要敢于走出去，就会成功。黄海浪当然要践行一下算命先生的吉言。在福州，我与黄海浪相遇。

我在福州生活的日子里，以肉类为主菜，肉比海鲜便宜，而且我爱吃，上馆店点的菜，要么红烧肉、肉丝汤、醉排骨，或者是红烧猪脚、滑肉汤、荔枝肉，无肉不欢。那天我一个人在南门兜一个街边店吃饭，我要了一罐上排炖罐、一盘芹菜炒鸡丁、一碗白米饭，很丰盛。我边吃边看报纸，报纸上有一篇是我的文章。这时，有人问我："这不是水萍吗？"

我抬头一看，陌生，不认识是谁。我笑笑说："不好意思，一时叫不出你的名字。"

"黄海浪记得吗？"黄海浪说着在我对面坐下。

我却站了起来，说："很久没见了，听林芬芳说过你做海鲜生意，你怎么晒得这么黑，一时真的认不出来，我们都胖了。"我说着又点了一份跟我一样的饭菜，我们一起吃。

"你在福州做什么？好像很神秘的样子，曾经碰到你同村的人打听你，都不知道你在干什么？想不到在金峰倩影照相馆里得到你的消息。"黄海浪说得有点激动。

我说:"我在金峰时几个朋友都在林芬芳那儿照相,成了朋友。"

"哥们,林芬芳好像很喜欢你,你们以前有没有谈过恋爱?"黄海浪很好奇地问。

"没有啊!我们很久没联系了,她也还没有结婚吗?"我也好奇起来。

"连男朋友都没有哪来的结婚?对了,陈百歌结婚你怎么没来?"黄海浪问。

我一下子蒙了,问:"你也认识陈百歌?"

"一座小小的金峰小镇,农贸市场里的海浪海鲜谁不知道?陈百歌家办酒席,都是我提供的海鲜。陈百歌平时买海鲜也都在我这儿买,所以我们成为好朋友。"黄海浪说了来龙去脉。

我心里想他们应该都知道我的一点底细了。我"哦"了一声。然后问:"你来福州有何公干?"

"推广海产品,拓展销路,准备做深加工,需要冷冻厂和贸易公司合作。福州市场大嘛!"黄海浪跟我推心置腹地说着。

我很赞同他的想法和做法,我想不到黄海浪这么懂得做生意。我说:"是啊!要想做大做强,必须拓展门路。"

黄海浪问:"在福州你有门路吗?介绍过来我们一起做。"

"哈哈,我不懂生意,但是我建议你要自己建冷冻厂,而且就建在金峰一带,不是在福州找冷冻厂合作。"我的建议引起他的重视。他说:"水萍,你的建议很有价值,让我得到启发,自己建冷冻厂,还可以租给别人使用,做海产品生意的都有需求,这个主意好。"黄海浪喜出望外,用欣赏的目光看着我,诚恳地说:"有空要多找你聊天,多请教你。"

我笑了笑说:"我一个朋友在文武砂那边养殖虾,这几年好像做得不怎么样,虾不好养吧。"

"任何养殖技术含金量都很高,养虾比较容易死,从虾苗开始就要小心呵护,甚至都使用了抗生素。虾苗大都是从外地空运回来,有的刚落地就死了一半，所以有一定风险。”

我"哦"一声说："你不做养殖？"

黄海浪说："目前没有，有准备投资养殖一种叫墨瑞鳕鱼的鱼，比较贵重，很有营养价值，但养殖周期长，有风险，正在请农科院的专家评估。"

"墨瑞鳕鱼？没听过。"

"对了，你那个养虾的朋友叫什么？"黄海浪问，在长乐做养殖的他基本知道，做得怎么样也基本了解，甚至都有业务来往。

我说："叫池也水。"

"哦，池老板啊？他早些年去日本，回来后就做养殖，在文武砂那边挖了十几口池，规模比较大，一年养两季，前两年不行，他学日本的技术，水土不服，失败了。后来调整了技术方案。这两年不错，我有进他的虾。"黄海浪是神通广大，没有不认识的养殖大户。

"你若建冷冻厂可以找他合作，值得信赖的朋友，而且他在日本待过，懂得海产品冷冻技术流程。"既然他们都认识，我就建议他们合作。

"有道理，我一回去就找他商量，到时候你也来一起做，当我们的参谋。"黄海浪信心满满地说，甚至心中有着某种憧憬和想法。

我说："鱼可以做鱼丸，虾为什么不可以做虾丸呢？可以问问池也水，日本人还可以把虾加工成什么美食。"

黄海浪沉思一会儿说："你的话我要好好琢磨琢磨，好像有商机。"

我说："做就要做到别人有而你比别人新，别人新而你比别人独特，这样才能笑傲江湖。"

黄海浪竖起了大拇指，无比敬佩地说："你才是大老板。"

我哈哈大笑起来，黄海浪说："我回去立马找池也水。"

我想不到黄海浪与池也水关系非常好，他们彼此了解比我还深。这是我后来才知道的，黄海浪给我留下了金峰海鲜市场和家里的两个电话号码，然后兴高采烈地回金峰了。

我发现卓平原在福州火车东站搞贸易生意还是他那一套的歪门邪

道。有人说越是上流社会的人，越是做过下流的事情，这话真假无从考证，也不能一概而论，在成功的名流身上，一定有人是通过歪门邪道来获得财富。听说一夜暴富的案例只有在中国发生，一夜成名本来只是黄粱一梦中的一瞬或玄幻小说里的情节，令人费解的是现实生活中却比比皆是。有人把八九十年代比喻成造富的年代，你帮我搭台，我为你唱戏，你方唱罢我登台，为的是共同致富。

资本积累可以不择手段，然后再慢慢洗白，把自己包装成企业家，甚至儒商。为了获得人生第一桶金，也可以明抢暗夺。这是卓平原告诉我的话。当我知道他是如何获得第一桶金的时候，我害怕了。

卓平原是一个有头脑的人，我说他鬼精灵就是这个意思，整天鬼头鬼脑的，只要有机遇他都不会放过，从不择手段做到垂死挣扎，说好听一点叫执着，说难听一点叫纠缠。他在火车东站主要做粮食和饲料，主要以大小麦、玉米为主，都是以车皮为单位从东北运到福州。贸易生意被称为皮包公司是有道理的，几个人合租一间办公室，装一部电话共用，一个人每月分摊一百元左右，基本上是拎着包到处跑业务，不用什么本钱，能说会道就行，油嘴滑舌一点更好，拎着包是皮的好看一点，加上西装革履的就更容易谈成生意。卓平原把目光盯住东北，认为东北人干脆、豪爽、直率。跟他们做贸易容易成交。

东北是粮食大省，饲料也是从东北运往全国，一般贸易规矩是货到付款。也就是谈成价格、数量后，以长期合作的形式，每月至少要消化多少的量，才能按批发价的价格，一般第一次交易双方都不敢订太多的量，卖方怕发多了收不到钱，就亏大了。而买方也怕质量不合格，买多了难以转手，买方靠的是赚差价，说白了就是倒卖。卓平原就是以这种方式做贸易，一般不会赔钱，能赚多少，一看数量，二看进货价格杀到多低，三看出手的价格，四看交易周期。因为货物在东站仓库需要租金，是按天计费。没有及时出货就要增加费用。

卓平原心大，他想赚大钱，也需要赚大钱。他谈的玉米生意，第一次第二次正常交易后，到了第三次交易时，卓平原增加了小麦的品种，数量比第一二次增加了五六倍，东北人以为遇上大客户了，还特意寄来长白山产的人参表示感谢，希望今后能保持长期合作。结果是卓平原收到小麦和玉米后迅速出手，然后玩失踪，将东北的小麦和玉米统统吃掉不付款。据说货物总金额达十五万元。

这是一个下大雨的晚上，雨下得急，也下得久，福州的街头到处积水，看不到路，灯光倒映在积水上，好像城市被泡在汪洋里。我的鞋已经湿了，头发也湿了，衣服半湿，躲进了一家麦当劳餐厅，向门口左望右望地等着卓平原。他姗姗来迟，撑着一把雨伞，还是夹着那个黑色的皮包，包上挂着水珠。他进来后直接走向点餐台，点了两份套餐，一份十九元八角，有汉堡、可乐、辣翅、薯条。我边吃边问："什么事急匆匆的？"

"水萍表弟，不瞒你说，我干了一笔大单。"卓平原神秘兮兮地说。

"能赚多少钱？"我问。

"百分之百地赚，是跑单，把东北几个车皮的小麦、玉米全部吃掉。"卓平原左右观望一下，轻声地说。

我放下手中的辣翅，问："你说什么？"

"把东北的货吃掉。"卓平原眼神里露出贪婪之色。

"这样的事怎能干的？把对方搞破产了会死人的。"我做惊讶状，心里想卓平原这个家伙狗改不了吃屎的。

"没有非常手段发不了财，做事就要讲究短平快和稳准狠。"卓平原说后把一杯冰镇的可乐全部喝掉，也许他心中有一团火。

"那你吃了人家多少钱？"我带几分蔑视的口气，心中却五味杂陈。

"有大十几万元，不能给任何人说，我会分你一万。"卓平原说。

"我不要，这是非法所得，我怕坐牢。但是你要把林芬芳高利贷的钱还了，还有卖蚊帐时答应分别还给我们三千元，魏长海和董石各三千元还没给，这次一定要给他们。"我开始跟卓平原算账，然后与他一刀两断。

卓平原点点头说："按你说的做，长海和石和各三千元钱给你转交他们，欠林芬芳的钱我自己回金峰还给她。"

外面的雨还在下，赶路的人依然在路上，雨幕下依然有车辆穿梭，人影攒动。我望着窗外，说："我不想再住地下室了。"其实我是不想跟卓平原住在一起，以后不想再见到他。

他说："表弟，我今天找你还有一件事就是我也不住地下室了，我已住进福建煤炭招待所。一个单间，长期住，每月五百元含水电费还算合理。"

我点点头，他又说："你若也不住可以退掉。"

我说："那你先搬走吧！地下室的事由我处理。"

卓平原离开麦当劳餐厅的时候雨也停了，我没有和他一起走，还坐在原位一动不动，看着卓平原的背影，他个儿不高却有些驼背。此时的我有些失落，也有几分寒酸。心里想着卓平原还是离不开他那套歪门邪道的把戏，他若不收手总有一天会摔大跟头。卓平原已消失在夜色中，我回到地下室，今晚没有写文章，由于在几大报纸上投稿和设有专栏，养成了每晚写文章的习惯。我想了一晚上，有点后悔从王庄工地仓库里搬出来，自己感觉被卓平原骗了。心想着明天再去找赖瑞声，虽然是个小包工头，但为人义气，虽然也爱虚荣，但讲究诚信。他曾几次约我一起去吃饭，都一一被我拒绝。我经常拒绝别人的吃喝玩乐，许多人都认为我很小气，甚至得罪了一些朋友，认为不给面子，一点情趣都没有。我决定明天去找赖瑞声，不是为了回王庄工地，也不是为了马上离开地下室。

雨说停就停，昨天还是滂沱大雨，今早天空已放晴，阳光已冲破云层，将光芒洒满大街小巷。我整理好衣衫，背着那个已经褪了色的军用挎包，包中有两本笔记本，还有刊登我文章的两份报纸，还有一本电话通讯录，一支跟随我好多年的钢笔，最重要的是有一张农业银行存折和一张建设银行储蓄卡，那是我全部的家当。我走出地下室，准备到对面店铺喝豆浆配油条，这是我常吃的早餐。刚出大门，就有人叫我，不是叫水萍，而是叫刀力，还是一个女孩子的声音。我大吃一惊，是谁知道我是刀力？我走近一看，见一个二十有零的少女亭亭玉立在一棵榕树下，带着些许彷徨来回移步走动。我看了许久，她向我走来，说："刀力你好，我特意上来找你。"

"你是哪一位？从哪里来？是找我吗？你怎么知道我是刀力？"我感到莫名其妙。

面前的少女可能感觉到什么，赶紧抢先自我介绍起来，说："你忘了？你来过我们家啊！我是高尚的堂妹高敏珠啊！"

我一听这名字，一下子紧张起来，在高尚家见过一次面，我竟然没认出来，也没记起来，她当时说了一句是喜欢我也喜欢我的文章后就跑了，当时还没认真看过她的容貌。我心里想，高敏珠突然出现在我住处的附近等我，一定是有备而来，只是我还不知道她的来意。

我四处观望一下，有几分尴尬，不知如何招呼她，显得几分别扭。她可是高尚的堂妹，他们家族是纺织之家，我不敢怠慢她，她既喜欢我又欣赏我的文章，更不敢轻薄她。在我左右为难之际，倒是高敏珠显得落落大方，她说："你还没有吃早餐吧！我们一起先吃早餐。"

"好的好的，我们去对面店铺喝豆浆。"我说着带高敏珠一起走过街。我们面对面坐着，我点了豆浆和油条，这时候高敏珠告诉我说，她从来不吃早餐。就这样她看着我吃早餐，我没话找话："你怎么知道我住这里？"

"是高尚告诉我的。"高敏珠如实地说。

"为什么不一起来福州玩呢？"我问。

"我哥人好，也有头脑，懂得看人，也珍惜朋友，他很佩服你，也很看重你，我大伯很希望你加入我们纺织产业，一定会为高尚猛虎添翼。我爸呢，一心想着招一个上门女婿，而我喜欢你，想成为你的女朋友，但是听高尚说你是不会做上门女婿的，害得我饭不思，夜无眠，所以我就来福州找你了。"高敏珠也许这些话积压在心里很久很久了，她不想矜持和含蓄，她要把心中的困惑告诉我。她说完这些话还没等我反应，眼泪就哗啦啦地流了下来，还带着轻微的抽泣声。

我一下子慌了手脚，额头惊出汗珠来，不知如何是好，我拿起桌面上的餐巾纸递给她，示意她擦眼泪，又拿一张我个儿擦了额头上的汗珠。

高敏珠平静一会儿问："我应该怎么办？"

我无言而对，不知怎么说，此时一心只想尽快先离开餐厅，又不知去哪里？高敏珠看出我的难为情，就问："去你的住处坐坐好吗？"

"那是地下室，条件很差，我只过渡住一段时间，很快就会搬走。"我解释着，感到很没面子。

高敏珠说："我又不介意，我们都是农村人，城里的条件难道还比我们农村差吗？"她的话倒让我平复了紧张的心情，也让我对高敏珠好感起来，她不是一个势利的女孩。

我把高敏珠带到我的住处地下室，阴暗而潮湿，不通风又散不掉的发霉味道，我们只待了半个小时，高敏珠看着我狭窄的桌面上杂乱无章的手稿和报纸，突然又热泪盈眶起来。我不好意思地整理着桌面上的杂物，一篇还没有完成的手稿《一夜暴富》映入高敏珠的眼帘，她哽咽地问："能让我先看一眼吗？刀力就是在这种环境下完成了一篇又一篇充满着人性关怀而又愤世嫉俗的文章吗？"她用怜惜又敬佩的目光看着我。

我轻描淡写地说："这是我过渡的时期，比以前走南闯北推销蚊帐舒服多了。"

"我哥高尚来过这里吗？"高敏珠问。

我摇摇头说："我没让他进来。"

"他知道后一定会很伤心也会很生气，他怎么能看到一个非常肝胆的朋友这么委屈呢？"高敏珠好像自己很委屈的样子，喃喃地说着。

"我不委屈。"我笑了笑说，"我们出去聊吧！带你去冰厅吃冰激凌。"

"刀力，我其实也喜欢写文章，我看了很多琼瑶小说，还摘抄了好词好句两本笔记本呢。"高敏珠边走边说。

我点点头，心想大陆的少男少女基本都看过琼瑶小说，我也看过她的《几度夕阳红》和《窗外》。高敏珠继续说："我有一个同学在《环境报》工作，不知道她做什么，我要找她，把你介绍到《环境报》工作，编辑和记者符合你的身份。"

这倒是我惊喜的消息，我说："我可以向《环境报》投稿。"我们说着来到五四路闽江饭店一楼边上的冰厅，是高敏珠抢着去买冰激凌的，还要了两杯草莓味的饮料和两块巧克力味的小蛋糕，感觉都是那么唯美、雅致。我不知道在这样的环境下适合不适合与一位美女对饮？以刀力的笔者身份应该绰绰有余，如果是倪水萍呢？又有何能何德与纺织大王千金平起平坐？

高敏珠舔着冰激凌，一本正经地说："刀力，我想跟你谈恋爱。"她习惯叫我刀力，眼睛里充满了温柔。

我一阵脸红，又那么地心动，却脱口而出："你爸正为你找上门女婿呢。"

"我知道，我也知道你不会当上门女婿，所以我们只谈恋爱不结婚，你就不用当上门女婿了。"高敏珠的话让我惊呆了，她真的是琼瑶小说看多了。我说："亏你想得出来。"

"这才叫浪漫，高尚哥一定会支持我的。"高敏珠说着伸出一只小手，紧紧地抓住我的手，我条件反射地缩回了自己那只粗糙的手。

二

我终于搬出了地下室，住进环境检测大院的宿舍楼，虽然比较偏僻，属于晋安区，算半郊区，但空气好，通风又明亮，只是骑自行车到屏山那边《环境报》编辑部要四十分钟，有点远。

我准备回长乐老家一趟，然后到金峰玩，顺便找魏长海和董石和，把卓平原的六千元钱分别还给他们。听说魏长海和董石和已经自己出来合伙卖蚊帐了，他们俩还是比较务实的人，彼此信任，不想再让其他人一起组成一个小组去卖蚊帐。自从我离开陈百歌及他的老爸时，魏长海和董石和第二年也离开了，他们两个一起单干，不在金峰一带收购蚊帐，跑到闽侯县江口镇去收购，那边的成品蚊帐会比金峰便宜一二元。江口在湾边对岸，他们要先来福州，坐公交车去湾边，然后再坐船过江到达江口镇。这条江叫乌龙江。所以，我回长乐没有找到他们，他们大部分在江口，收购完蚊帐就出省卖蚊帐，周而复始。我只能暂时替他们保管六千元钱了。

黄海浪真的去找池也水，他总想着把自己的海产品做大做强，他不但想养殖墨瑞鳕鱼，还想建冷冻厂。建冷冻厂的意义在于做海产品的深加工，比如鱼丸、鱼面、鱼饺、鱼片、鱼块、鱼皮、鱼滑等等。做这些不但需要技术，还需要资金。所以黄海浪需要跟人合作，他瞄准了池也水，池也水比黄海浪年长几岁，又有出国经历，有资金，也懂得养殖技术。池也水也许在日本多年，受到了日本礼仪文化影响，见人先点头送上微笑，讲话轻声细语，不管大事小事都要跟人解释清清楚楚。表现出一种既不是卑微又似卑微，既不像低调又像低调，话不多以手脚勤快为先，他个儿不高，剪着平头，眼睛比较小，一身休闲装，认真看几眼，还真的有点像日本人。

池也水就住在文武砂养殖场里面，是简易的活动房，看上去蛮漂亮，只是夏热冬冷。黄海浪是骑着摩托车去找池也水的。他有一年时间没有进池也水的虾，心里有些难为情，池也水也没有主动找黄海浪谈虾买卖的事。一年时间会发生很多事情，不管是亲戚还是朋友，一年不见就生疏多了。

池也水很意外，这么老远，黄海浪能骑摩托车来，肯定有事，应该不是来谈收购虾的事，再说自己也不养虾了。池也水判断不出黄海浪为了何事而来。黄海浪停下摩托车，老远就喊着："池老板啊，还在发财啊！"

池也水好像不激动，向他招招手，然后看着天空说："今天是什么风啊！"然后咯咯地笑起来，用双手作揖，表示欢迎。

黄海浪说："是顺风啊！我们的生意都顺风顺水啊！哈哈。"

池也水拍拍黄海浪的手臂说："最近生意还好吧！"

"好，好，我也想做养殖，所以找你来了。"黄海浪说。

"想抢我的饭碗？给我留口饭吃吧！"池也水揶揄地说。

"你别嘲讽我了，我可不敢养虾，不懂养殖啊！"黄海浪谦虚地说着。

"我也不养虾了。"池也水说。

黄海浪惊呆一下问："为什么？那养什么？"

"鳗鱼。"池也水平静地回答。

"走，我们去看看鳗鱼场。"他们说着一起去了鳗鱼场。

其实黄海浪和池也水做事都很务实，也注重朋友感情，当黄海浪得知池也水养虾失败之后，心里感到特别难过，并鼓励他不要灰心，转型养殖鳗鱼表示大力支持。为此池也水深受感动。池也水将黄海浪带到活动房的二楼，切了一个大西瓜，又泡了明前绿茶。这时，黄海浪才搬出我的大名。

池老哥，这多年来合作都没来过，今天来是因为一个人，所以要亲自拜访。黄海浪真诚地说。

"这个人是谁呢？"池也水好奇地问

"倪水萍。"黄海浪脱口而出。

池也水一听这名字，一下子眉飞色舞起来，他说："水萍啊！这个水萍，做人真的够水平，好人一个。"

黄海浪说："我跟他是隔壁村的，从小在海边沙滩上玩过，捡过贝壳，在木麻黄树林里捉过迷藏，捡过柴。一晃十几年过去了。"

"你们还是发小啊！当时倪水萍本来跟我一起去日本，他年纪小，应该跟你差不多，小我五岁吧！"池也水说起跟我认识的渊源。

"倪水萍还想出国过？"黄海浪问

"他是不喜欢出国打工，是他父母喜欢，叫他去。水萍家的亲戚有人在日本，我是通过水萍家的亲戚这个渠道才有机会去日本的。"池也水说。

"哦，原来这样，才听水萍说你们是要好的朋友。"黄海浪更加信任池也水了。

"是啊！本来去日本的名额是水萍的，他不去让给我，我怎么不记得这份情？在日本时我每个月都向倪水萍打过一次电话聊天，电话大部分是打到那个倩影照相馆的，我回来办养殖场叫他来厂里做事情，他去卖蚊帐正赚着钱呢，后来又去了福州。"池也水的话让黄海浪感到我与池也水有非同一般的关系。

这时黄海浪才把心里话向池也水和盘托出，他说："池大哥，其实我去福州找过倪水萍，倪水萍是一个很有头脑的人，他给了我很多建议，而且这些建议很有价值。"

"是吗？倪水萍有什么好的建议？"池也水也好奇。

"他叫我来找你，他还不知道你养鳗鱼了，我也不知道，本来想来跟你谈虾深加工合作项目，现在你养殖鳗鱼更好合作。"黄海浪把话说开，更来劲了。

池也水说："我养殖鳗鱼主要做出口生意。"

"这不影响合作，出口更需要冷冻厂。"黄海浪说。

池也水睁亮眼睛，问："谁有冷冻厂？"

"我想建一家冷冻厂，是倪水萍的建议。"黄海浪说。

"这个可以做，好项目，冷冻厂对海产品的中下游产业链都非常重要，现在用冰块太落后了，而且影响海产品的新鲜度。"池也水对冷冻厂有极大的兴趣。

"你对冷冻厂这么了解？"黄海浪问。

"我在日本期间先在建筑工地做脚手架和倒水泥模板，然后到冷冻厂干了两年才回国。"池也水对冷冻厂有所了解。

"那我们一起干如何？"黄海浪欣喜若狂起来。

"我们要为所有养殖大户服务。"池也水说。

"所以冷冻厂的规模要大，不能小家子气。"黄海浪信心满满地说。

池也水伸出手紧紧地握住黄海浪的手，他们关于建冷冻厂的事几乎一拍即合。建厂选址、资金投入、购买设备是建冷冻厂的三部曲。池也水和黄海浪虽然强强联手，但资金上还是有缺口，他们都认识金峰倩影照相馆的林芬芳，想从她那儿借高利贷。这时他们又想到我。是黄海浪的建议，他对池也水说："从林芬芳那儿借贷，利息都在两分以上，我想托倪水萍出面，利息降到两分以下。"

"倪水萍有这么大的面子吗？"池也水不解地问。

"偷偷告诉你吧！林芬芳喜欢倪水萍。只要水萍肯开口，林芬芳一定会给面子。"黄海浪胸有成竹地说。

"我们冷冻厂给倪水萍留一点股份，每年分红一点给倪水萍。"池也水的为人总会替别人着想。

黄海浪表示赞同，他说："这是应该的，凭倪水萍的为人值得拥有一点股份，只是他可能没钱投资，这样吧！我们各划拨三万元给倪水萍，他就有六万元的股份了。"

池也水点点头说："就按你说的办，我们一起去找倪水萍。"

"上福州找他还是请倪水萍回来玩几天？我们三个朋友聚一聚喝喝酒，吃吃海鲜，顺便参观你的鳗鱼厂，也汇报一下建冷冻厂的计划，这可是他提议的哦。"黄海浪正纠结着去福州找我还是叫我回来。

池也水当机立断地说："那就叫倪水萍回来，只是用什么方式联系他呢。"

"我有办法，听说他去了一家叫《环境报》的编辑部当记者编辑。我有他报社的电话，这事交给我办。"黄海浪说。

池也水有点不相信自己的耳朵，他问："倪水萍在《环境报》当记者编辑？这是什么时候的事？他怎么突然变得这么厉害？"池也水确实有些惊讶起来。

黄海浪反问："你会经常看报纸吗？"

"我看啊！但我没看《环境报》，也不知道市场上还有一份《环境报》呢。"池也水说。

"是啊！我没看过也没听说过《环境报》，我只看《榕城早报》和《海峡导报》。"黄海浪说。

"我也是，《海峡导报》每期必看。"池也水说。

"那你一定看过刀力的文章了。"

"那当然，刀力的文章都是写社会热点问题和反映生活本质问题。很喜欢这样的文章。"池也水说。

黄海浪又问："你知道刀力是谁吗？"

"是谁？难道你会认识刀力不成？"池也水用迟疑的目光看着黄海浪。

黄海浪得意地笑着说："好了，不跟池老哥卖关子了，偷偷告诉你吧！据可靠消息，刀力就是倪水萍，倪水萍就是刀力，是我们的兄弟朋友啊！"

池也水听后不知说什么，有点语无伦次又像喃喃自语地说："有这样的事，不可想象，记者在我心目中是那么遥远，刀力这个人却近在咫尺，我浑然不知。海浪，你没有搞错了吧！"

"千真万确，倪水萍是有才的人，刀力符合他的身份，他去《环境报》当编辑记者就顺理成章了。"黄海浪从内心感到自豪，身边有这样的朋友感到骄傲。

池也水点点头，见黄海浪说得那么肯定，也就信了。只是他怎么也想不到士别三日，倪水萍怎么突然蜕变成一名记者，一个写文章的高手。他对黄海浪说："那我们要亲自上福州拜访倪水萍，不能劳驾刀力回来呢。"

黄海浪点了点，一合计，准备明天就启程去福州。

三

我跟高敏珠谈起了恋爱，注定是一种无疾而终的恋爱，是不以结婚为目的的恋爱。不知道这是不是一种向农村父母封建思想的挑战，反正我从高敏珠嘴里听出这种语气。我不得不承认她是一个勇敢而又个性独立的女孩，我没有理由不喜欢这样的女孩，我也不忍心拒绝这么多情多义的女孩。

自从高敏珠第一次来福州找我之后，就隔三岔五地往福州跑，她先通过《环境报》的同学叶玫，将我入聘《环境报》当编辑。叶玫是高敏珠的高中同学，也是生活中的好姐妹，是长乐县文岭镇人，家境一般，平时得到高敏珠许多帮助，叶玫考上福州职业学院财会系，毕业后分配福州环境局主办的《环境报》当财务。

高敏珠就是通过叶玫找社长，介绍我到《环境报》当编辑记者，没有编制，只是个临时工，自己也没有大专文凭，又是农村户口，正常情况下连临时工也当不了，纯属走后门。幸好我还有几篇响当当的文章和一个神秘的名字刀力。后来才知道高敏珠请了两次社长、主编等人吃饭，每个人还送了一顶尼龙丝蚊帐，我才顺利地成为《环境报》临时编辑记者，还给了一间集体宿舍，虽然较远，骑自行车能够到达都不算远，总比在农村时出门都要走一两个小时才能到达。

我明白高敏珠真情对我，我却得罪了林芬芳，我是死不承认跟高敏珠有恋爱关系，我当时也对高敏珠的唯一要求，就是我们之间的恋爱关系不能让任何人知道，包括她的堂哥高尚，高敏珠几乎答应了我所有要求。我知道这种恋爱不平等，甚至有了道德的绑架。高敏珠倒能放得开，没有任何顾虑和负担。后来才知道她的心思，她用真情和时间来等待奇迹的发生。第一个奇迹就是让我改变主意，加盟她家族的纺织产业，成为她家的上门女婿。第二个奇迹是希望她老爸改变主意，不再要求找上门女婿。如果这两个奇迹有一个实现，高敏珠就是最大的赢家，这算不算赌博她不知道，有人说感情与婚姻不就是一种赌博吗？其实人生才是一场大赌博，要输得起。

当黄海浪和池也水去福州找我的时候，我已从福州回长乐金峰了，是高尚邀请我去他家玩，请教我一些事情，其实是高敏珠的主意，高敏珠已经偷偷地告诉高尚我跟她的恋爱关系，只是我还蒙在鼓里，装作正人君子，想不到高尚早就知道得一清二楚。他只对堂妹高敏珠说一句："妹妹，想不到你还是一个烈女啊！敢作敢为。"

长乐境内的纺织产业如春笋般破土而出，几乎遍地开花，但是大部分纺织企业还是固守于家族式的经营，囿于传统的思维，半手工的生产模式，不但生产成本高，而且污染严重。长乐的钢铁产业似乎突破了纺织产业的发展势头，而且以倾村而出的方式，全民集资把钢铁厂建到全国各地。那么，海鲜养殖基地也像雨点般散落到长乐沿海的各个地方。使长乐这片神奇的土地上有了神奇的称号，使长乐人的这种创业群体有了敢拼要赢的美誉。

我到金峰汽车站已是中午时间，我上午很早去福州温泉路那边泡个温泉再回金峰，所以中午才到达金峰。福州有很多温泉澡堂，许多外地人来福州第一件事就是泡温泉，我在福州是每周都要泡一次，已成为习惯。

在金峰汽车站是高尚骑着摩托车来接我的，不管他多忙，他每次都要亲自来接，很让我感动。我还以为会是高敏珠来接我，还以为她的保密工作做得挺好，我喜欢，也放心。想不到她是想瞒天过海，主要防着她老爸。而且她要亲自下厨，为我准备丰盛的午餐。我跟高尚一见如故，他说："今天班车怎么到中午？"

我说："早上拐去泡了个温泉迟了，我们先去街上吃碗锅边吧！我饿了。"

高尚说："家里备着午饭呢，是敏珠下厨，她说你是贵客，要亲自炒几盘好吃的菜招待你。"

我们直接去了高尚的家，大阳村好像又盖了许多新房子，也就是两三层高，我觉得很可惜，占用土地，土地是有限资源，不要认为中国地大物博，这是不是误导了人们对土地的浪费。所谓地大，在大西北，在西藏新疆，那里的沙漠、戈壁，甚至还有无人区，一毛不发，无人涉足，再大也没有用。而在发达地区，却寸土寸金，在长乐，农民看天吃饭，看土生存。没有土地，就无法耕种，所以长期以来因土地纠纷大打出手的现象在农村一直存在，再者就是盖房子占地也是寸土必争，你占我一尺，我抢你一丈，争吵不断。他们就是不懂多占一些土地面积，不如多盖一层楼来得合算又实惠。正所谓占天不占地是一个硬道理。

做了一桌好菜，还有一盘刚捞起来的黄螺，我喜欢吃。餐厅里只有高敏珠和高山远在，没有其他人，不知道其他人有事在外还是有意安排被支走。我一踏入客厅就礼貌又诙谐地叫着："高总舅舅您好啊！"

高山远没有什么架子，对我又有些亲戚气，在他心目中又是一表人才，表现着特别关心，比对他儿子高尚还好。他招呼着："饿了吧！我们先吃饭。"

高尚接着说："先吃饭，我们饿了。"

高敏珠都没有说话，我很欣赏，话多必有失，刚落座，高敏珠却开口了："你们要不要喝点小酒？"

我一听心里就有点不舒服，我是怕喝酒的人，肚子正饿着，喝什么酒啊！高山远说："要的要的，喝点啤酒。"

　　高敏珠起身去拿啤酒，高尚拿着四个杯子，对我说："少喝一点。"

　　我说："我是不会喝酒，也怕喝酒。"

　　高山远说："没事，在自己家可以喝，喝醉了也没事。"

　　我说："我一喝醉就会说酒话。"他们都哈哈笑起来，高敏珠接着对我说："我就喜欢听你说酒话。"

　　高敏珠分别倒了酒，我只好拿起酒杯先敬了高山远，说："用舅舅家的酒菜敬舅舅，原谅小辈的不敬，祝您企业发达，身体永康。"高山远说："倪水萍很会说话，把这里当成自己的家，常来。"然后一杯酒一饮而尽。

　　我也连续喝了两杯，也分别跟高尚、高敏珠喝了一杯，一下子脸红起来。高尚说："你会喝吧！"

　　"以前我们在漳港喝酒时差点醉了。对了，陈百歌都没有联系了，他现在在做什么？"我想起了陈百歌。

　　"不是很清楚，我参加他婚礼后都没联系，我们做事风格不一样。"高尚说。

　　我点点头说："很可惜，他爸那么早做纺织，前三年没有改变，后三年再没有突破，可能就会被市场淘汰了。陈百歌没有助他爸一臂之力，可惜了。"

　　高山远睁大眼睛，对我好像有某种的期待，问："你是如何看待我们的企业和企业的发展？"

　　我不知道是不是喝了几杯酒确实有点醉，想说点酒话。我看着高敏珠一眼，又看着高尚一眼，欲言又止。高敏珠怂恿地说："你就说吧！这里又没外人。"

　　他们确实都把我看成自家人，我就趁着几分酒气壮胆说了起来。我对他们说，其实我不懂什么生意，也不懂什么办工厂、搞企业。更不懂怎么赚钱，不懂如何去经营、去管理企业。我用几个不懂让他们听得更不懂了，正当他们迷惑不解之时，我的话锋一转让他们又有了期待。

我说："但是，我看过许多书，农业、工业、科技、文化、哲学、美学都有涉及，只是没有考上大学，这不遗憾。重要的是我要面对自己的人生大考，所以我要练就自己的真才实学。所以我阅读、观察、思考，然后设想、预计、展望。这六大点形成我思想和行动的核心和指南。"他们都点点头，表示赞同，高敏珠继续向我倒酒。

我继续说："所以我对各个领域都有自己的看法。比如你们大阳村口盖了许多新房，就是两层半高，浪费了土地资源，为什么只懂占地不懂去占天呢？"高尚情不自禁地插话："盖得不够高。像我们的纺织大厦有十三层高。"

我又说："已经算矮了，你知道为什么吗？十年后先不说纺织产业发展如何？土地或房屋增值可能就会翻几倍。你们是否有预留生产车间，考虑到十年后纺织产业的规模会有多少生产线？这是战略目光，要有中长期发展规划。不能永远停留在家族式的粗犷型管理模式。"高山远听后也插话了："我们正苦于突破，现在已经落后于一些后来者居上的纺织企业。"

我继续说："这是高尚要去考虑的问题，如果舅舅您是创业一代，那么高尚就是创业二代，如何继承和发扬，需要企业家的胸怀，要具备社会责任感，成为改革大潮中的弄潮儿。不能还停留在农民意识思维里，要用商人的目光去思考企业的发展。比如你们虽有技术人员，是否有商务谈判代表？你们有管理人员，是否有市场分析师？你们是否形成了企业组织机构？你们是否考虑过纺织上下游产业链？你们是否考虑过纺织产业要达到什么样的规模？要占市场的多少份额？你们是否考虑过产品销售只停留在国内？没有想过进军东南亚地区？长乐身居沿海，有得天独厚的地理条件，你们没有考虑海外的生意已经落伍了。"我的几个是否几个考虑让他们无言以对。

我的话好像散发了酒气，我自己都能闻得到，我的声音好像也渗透出酒气。我的话还没说完，继续说："你们是否做到产品多元化？你们是否有绿色节能的思想？设备更替，技术革新是否排上日常？这不单是增加产量，还可以节省人工成本，控制基础成本，同时减少污染，使生产线提高科技含量，它的终极目标应该要实现工业现代化。还有，也是重要的问题，你们是否有可持续发展的理念？除纺织产业外，是否有向第三产业发展的思想？比如土地开发、房地产开发、商业开发等产业？因为我预测房地产会成为一个很大的风口，你们是否敢于站在风口浪尖之上？"

我的一系列问题几乎将高山远、高尚、高敏珠镇住了，使他们一下子回不过神来，而我说得口干舌燥起来，眼花头晕，终于醉倒在桌面上。

四

月亮非常明亮，已经爬上半空中，夜色在月光下变得柔和，我不知昏睡了几个小时，从中午酒醉到现在晚上月亮已挂在窗外，有一种死去活来的感觉。只见高敏珠坐在我旁边，一边手握着我手，另一边手拿着湿毛巾擦我的额头，她已经陪伴我身边整整六个小时。我不好意思地说："我真的醉了，洋相百出吧！"

高敏珠轻轻在我脸上一吻，然后说："酒后吐真言，高尚说你是宰相，我堂伯说你是诸葛亮。"

我爬了起来，问："我都说了什么？"

"你说过的话要堂伯和高尚思考三天三夜。"高敏珠无不崇拜地说着。

我从床上下来，看了房间的布置，心想这应该是高敏珠的卧室，就问："是你的房间吧！"

"是的，今晚你就睡这儿，我爸出差不在家，有多一间房，我睡那边。"高敏珠已把我当成真正的男朋友，一点都不介意睡她的床。

"不，不，我不能睡这里，我要回家。"我说。

"这么迟了你怎么回啊！这里就是你的家啊！也可以看作你的第二个家啊！"高敏珠说着紧紧抱住我。

我摸着她的头说:"我家里有事要回去一趟,你借我一辆自行车,骑半小时就到家。"

"那你问高尚去。"高敏珠不让我走,我执意要回家,还是高尚理解我,给我一辆自行车,我对他们说,我明天一早就过来,在家待不住,然后乘着月色,骑着单车向山富村方向骑去。

第二天我没有直接来大阳村高尚家,而是去了金峰倩影照相馆。很久没有跟林芬芳联系,挺想念她,每次回来都要去看望她,她曾经说过有去做投资,借我五万元,我偶尔也有投资的冲动,比如纺织、钢铁、养殖,都是不错的项目。这次去找林芬芳,主要打听一下她与凌见星的关系进展如何了。就是那个刘水利的财经同学凌见星,他想追林芬芳,不知道成功了没有?凌见星应该是配得上林芬芳,人家毕竟是中专生,有正规工作,条件很好,林芬芳开了十年的照相馆,又做钱庄,长得漂亮,两个人很般配。

我到金峰吃完锅边和芋头糕,已经九点多,然后骑着单车到达照相馆。登上二楼看到的却是黄海浪和池也水,我正惊愕着他们怎么会在林芬芳照相馆之时,池也水先激动起来,喜形于色地说:"黄海浪你真厉害,能神算倪水萍会来这里。"

原来我昨天从福州回来之时,黄海浪和池也水去福州找我,可能听报社的人说我回长乐了,阴差阳错他们空跑了一趟,他们又马不停蹄地赶回金峰,却不知道我在何处?此时我正醉倒在高尚的家中。

黄海浪带着池也水直奔金峰倩影照相馆,正遇林芬芳准备关门回去,他们跟林芬芳都熟,只是借贷关系,不是朋友。林芬芳见状以为他们急用钱是来借钱的。只见黄海浪一开口就问:"林姐,倪水萍来过吗?"

林芬芳迟疑一下,以为我出了什么事情,就关心地说:"他没来啊!怎么了?你们找他有什么事呢?"

"没有没有,我们昨天去福州找他,报社的人说他回长乐了,我们以为会来你这儿。"黄海浪解释说。

林芬芳心里想着,倪水萍从福州回来?为什么没来找我?他什么时候回来？她想了解我的去向。她对黄海浪说："今天没来过，不知道明天会不会来。"

黄海浪说："我们明天再来，倪水萍一定会来的，他曾说过回长乐都会来照相馆玩的。"

林芬芳点点头，心里美滋滋的，笑着说："那你们明天再来吧！"她说着关门下楼。

黄海浪对池也水说："我们明天早点来等倪水萍，不见不散。"

"你这么肯定倪水萍会来照相馆？我们为什么不直接向林芬芳借钱？"池也水不解地问。

"林芬芳最想见的人是倪水萍，而倪水萍回来最想去的地方一定是照相馆。你没看出林芬芳那眼神？那语气？都很在意倪水萍的事。只要倪水萍肯出面，林芬芳一定会给面子。"

池也水信了黄海浪的判断，就听从黄海浪指挥，准备第二天起个大早去照相馆，怕擦肩而过。其实林芬芳起得更早，她得知我回来之后很激动，她也认为我一定会来照相馆，所以她早早地来到照相馆，打开门拖地板，擦窗户，整理茶几上的杂物，等待我的到来。结果先等来黄海浪和池也水，他们大约八点一刻就到了，林芬芳倒两杯水招待之后，一直徘徊在窗户边，通过窗户可以看到一层的街道，有谁上楼都看得清清楚楚。

时间一分钟一分钟地过去，等待一个人的时间总是很漫长，而且还不知道我会不会来，什么时候来，他们都心急如焚。此时我正在路上骑着单车，头还有一点重重的感觉，是昨晚醉酒的后遗症，早餐还没吃，肚子正饿着，心里正恋着金峰街的早餐摊点，什么都有。锅边、扁肉、鱼丸、鱼滑、牛杂、虾酥、海蛎饼、油条、咸饼、马耳等，啥都有，满满的儿时味道。

我吃完早餐已九点，然后才优哉游哉地骑着自行车去照相馆，当我出现在林芬芳的视线里时，她几乎激动得热泪盈眶，她怕被黄海浪他们发现，用手帕擦着，然后走到另外一间房里躲着。所以我进门看到的是黄海浪和池也水，没有看到林芬芳的人影。

我有些惊讶地问："你们怎么会在这里？"

"在等你啊！昨天去福州找你，才知道你回来，我们又从福州赶回来，昨天就来照相馆找你，你没来，所以今天上早又来这里等你。"黄海浪抢先地说着。

我好奇地问："这么火急火燎地找我有什么急事吗？"

黄海浪眼睛在屋里浏览一遍，还没看见林芬芳出来，就悄悄地对我说："我们借一步说话，一起下楼边吃点心边聊。"

我没看见林芬芳人影，就问："林芬芳不在吗？"

这时林芬芳赶紧从房间里走出来，她在屋里听得清清楚楚，知道我已经上楼了，此时听他们说要下楼，心里焦急得很，一听我在问她在不在，林芬芳不矜持了，赶紧冲出来，满面春风地说着："水萍来了，听说是昨天回来的？"

"是的，昨天在高尚家喝醉了酒，很晚才回家，早上从家里直接过来。"我向她介绍了情况。

林芬芳"嗯嗯"地应着，然后说："你坐吧，我给你泡茶，等下帮你拍一张照。"

一直没说话的池也水，此时拉着我的手说："我们先下楼请教你一件事，然后你上楼喝茶。"

我见他们焦急的样子，可能有什么急事，就对林芬芳说："我去一下就上来。"

林芬芳点点头说："去吧！中午在我这一起吃饭。"

我也点点头就跟着黄海浪他们下楼了。他们请我吃一碗花生汤，还配着一块九重糕。然后他们一五一十地向我介绍了一起合作建冷冰厂需要资金的事，我大致明白了他们的意思，想向林芬芳借钱叫我担保还想叫我说情低一点的利息。我这时才知道池也水养虾竟然连连失败，改为养殖鳗鱼，我始终认为养殖鳗鱼要比养虾好。建冷冻厂是向我跟黄海浪建议的，他们合作一起做是好事。我就问："你们要借高利贷吗？刚才干吗不当面跟林芬芳说呢？"

黄海浪不好意思地说："我们面子不够大啊！不要说利息高，能不能借得来还说不定呢？"

"高利贷确实高，金额多的话承受不起，你们需要多少？"我问。

"二百万元。"池也水说出金额，然后问，"能不能跟林芬芳商量一下按一分的利息？"

我摇摇头说："那是不可能的，一般都是两分，就算很大的面子也不会低于一分五厘。"

黄海浪露出泄气之色，池也水说："冷冻厂虽然好，但成本太高了。"

我点点头说："如果从民间借贷就是这么高利息，长期以来都这样。"

他们点点头表示赞同，我向他们提议说："看看能不能通过银行贷款，能贷得来利息很低，不会超过八厘。"

他们眼睛一亮，异口同声地问："有这样的好事？找哪家银行？"

我说："具体我也不清楚，不知道有没有这样的政策，需要什么样的条件？要提供哪些资料。"

池也水说："是啊！没有那么容易啊！"

我突然想起我的同学刘水利，他们学财经的，他的同学凌见星分配到长乐郊区农商所工作，就是做贷款业务的。我对他们说："你们两个去一趟长乐郊区农商所，找凌见星，他是我同学的同学，也是我的朋友，报我的名字，咨询他一下能不能贷款，需要什么条件。"

他们听我这么一说，几乎跳了起来，兴高采烈地说："水萍你的门路太广了。"

我笑笑说："别吹捧我，先找凌见星试试。"

他们说："我们马上去长乐县郊区找他。"然后起身扬尘而去。

五

上午的时间很快被消磨光了，太阳已爬上头顶，午餐的时间到了，但我的肚子一点都不饿。此时的高敏珠心急如焚，左等右等，没等到我的人影。她还煮了一桌好菜，在没有任何通信的情况下，根本联系不到我。只好干等干着急。高敏珠实在等得无法忍耐，跑去找高尚，见高尚还聚精会神地低头看什么报表，就急匆匆地问："哥，你肚子不饿，一大早叫我买这么多菜等倪水萍来吃，他人呢？"

高尚昨晚一夜没睡，我酒后的话依然回荡在他的脑海里，他无法理解我是如何修炼成这般模样，讲起企业的发展、管理、市场有如此的目光？就连打拼几十年的老爸也惊叹倪水萍的独特思维与战略目光。高尚知道我看了很多不同的书，他也知道看书的重要性。但是，高尚不明白我是如何看问题的，而且总是与众不同，他理解堂妹高敏珠为什么那么爱我，宁愿不结婚也要谈一辈子恋爱。

高尚被堂妹这么一问，一看墙壁上的挂钟，都快十二点了，他站了起来，说："水萍跑哪儿去？他不会待在家里啊！"

"我还买了他爱吃的黄螺呢。"高敏珠有几分委屈。

高尚皱一下眉头，自言自语地问："会不会拐到照相馆林芬芳那儿去？"

高敏珠是听过金峰倩影照相馆，只是没去过，也知道有林芬芳这个人，就是不熟。听说过原来几个都是有来往的朋友，包括倪水萍，更让高敏珠放心不下的是曾经听堂哥说过，林芬芳对倪水萍有点意思。高敏珠怕节外生枝，赶紧对高尚说："我们过去找吧！"

高尚知道堂妹焦急，二话没说，就去发动摩托车，然后载着高敏珠向金峰方向驶去。

我在金峰倩影照相馆与林芬芳谈得正欢，她几次叫我一起去吃饭，我早餐吃得晚，中间又吃了花生汤和九重糕，现在没有一点食欲。林芬芳还是关心地问我在福州的生活情况，还问我为什么不经常联系她，还说了陈百歌的情况，说他们生了个儿子，只是不提自己的感情。

我都是点点头，说在《环境报》工作有工资，还有报社的稿费收入，一个人生活绰绰有余。

林芬芳笑了笑说："难道你一直一个人生活吗？福州也都是自由恋爱吧！"

"我们农村人，又是农村户口，干着临时工，去哪谈恋爱嘛！"我无可奈何地说。

"那就回来找老婆。"林芬芳建议。

"父母叫我回去相亲，我都没去。"我说。

"相什么亲？要自由恋爱，知道吗？"林芬芳话中有话地说着。

我点点头说："你知道高尚吧！"

"当然知道，还熟得很，怎么了？"林芬芳说。

"就是他的堂妹喜欢我，想跟我谈恋爱。"我如实地说。

林芬芳一下子激动起来，脸上飘过一片阴霾，一下子阴云密布，她阴着脸说："你说什么？你再说一遍？"

我突然有一种大祸临头的感觉，不知道为何得罪了她。正在这时，高尚和高敏珠走了进来，高敏珠高兴地说："果然在这里。"

高尚跟林芬芳打招呼，并向她介绍堂妹。林芬芳这时才知道，原来倪水萍跟眼前这个女子谈恋爱，她很受打击，表面故作淡定，心中却五味杂陈。

高敏珠还走近我，摸了一下我的肚子说："你肚子不饿吗？"

我很难为情。高尚说。"水萍，你还有事吗？没有的话我们先走吧！"

还没有等我反应过来，林芬芳先主动送客了，她说:"你们走吧！"然后连多看我一眼都不看。

我心中有数，从此可能不敢再来金峰倩影照相馆了。也从此断了跟林芬芳、陈百歌等人的联系。我到了高尚家时，就说吃完饭准备回福州。高敏珠一直挽留，我说明天要到报社上班。这时，高尚从柜子里取出两个盒子说："我要送你们一个礼物。"然后打开拿了出来，原来是两部 BP 机，也叫传呼机，不管你人在何处，都能呼到你。是经过无线寻呼系统中的被叫用户接收机，由超外差接收机、解码器、控制、显示等组成。我知道，这是整个九十年代最时尚、流行，甚至象征着身份的通信设备。

高尚笑了笑说："以后你们就不用担心找不到彼此了。"

"哥，不是还有一件什么事要告诉倪水萍吗？是堂伯说的。"高敏珠可能知道一些内情，但不知道送 BP 机的事。

高尚说："是的，我们决定聘请倪水萍为高氏纺织产业文化顾问。"

高敏珠的双眼充满着爱意，多情地看着我拍着双手。我一头雾水，有点蒙圈，文化顾问？怎么傍上文化顾问美誉呢？我有些惊慌失措起来，说："高尚，你们别开我的玩笑了，也别让我出洋相好不好。"

"没有开玩笑，我们是认真的，你跟我们聊企业、谈商业都很有价值，你把我定义为创业第二代很准确，我需要你的帮助，虽然是好朋友，但在生意场上不能占你便宜，所以我们聘你当企业顾问，因为你很有文化，所以加上文化两字。我们每个月给你顾问费一千元，也算是工资。你呢，每个季度为我们写一份总结，每半年给我们提供一份市场分析，每年年终给我们出一份明年的工作计划。给你一部 BP 机就是为了便于联系，具体的事情全部由高敏珠跟你对接和沟通。"高尚的一番话让我一下子沉默了。

我思索片刻，心想，高尚的话有一定道理，他们毕竟是生意人，尽管我希望他们成为有社会责任感的企业家，但是，还是要先做大做强。在商言商，朋友归朋友，恋爱归恋爱，这也讲得通。正当高敏珠为我捏把汗、怕我不干的时候，我点了点头说："既然你们这么抬举我，那我就试试吧！"

高敏珠激动地扑过来，紧紧地抱住我……

我回到福州《环境报》编辑部的第三天，接到了黄海浪的电话。编辑部有两部电话，一部是读者与作者来电的电话，主要用来作稿件沟通和读者反映报纸的情况，另一部电话是社长和主编专用电话，社长大部分时间都不在，他是环保局里的一个处长兼任社长，所以这部电话基本是主编在用。我很少把编辑部的电话告诉别人，这次回金峰时也才告诉黄海浪的，高尚、高敏珠、林芬芳早就知道我的电话了。毕竟他们家里、店里都安装了电话，我的同学刘水利和凌见星还没有告诉他们，福州的朋友只告诉在万人新村王庄工地的小包工头赖瑞声，他经常叫我出去吃饭，人很讲义气，也守信用，比较爱面子，爱讲场面，得知我在报社工作后，觉得工作挺体面，又写一手好文章，加上在各报纸上发表文章，他甚为自豪，常常叫我去吃饭作陪，还向人炫耀自己也有这样有文化的朋友，让他交朋友，走上层，拿工程都有加分的效果。这个社会确实很势利，也很现实，不单看你做什么。还要看你身边都有谁，所以社会上狐假虎威的大有人在，附庸风雅的也比比皆是，攀龙附凤的也处处可见。尽管看上去令人不舒服，却很管用。

黄海浪的电话是报喜来的，他激动万分，说我是他们的贵人，说我不但有独特的眼光，还有正确的判断。言语中充满着激动和感激。

我说："海浪，别激动，是不是可以贷款的？"

"是啊！你那个朋友凌见星很讲义气，一听说你介绍的就客气起来，他叫你倪老师呢！"黄海浪怕我听不清楚，声音特别大。

我说："那你要按他说的去办。"

"是啊！他说拿冷冻厂和池也水的鳗鱼厂做抵押。"黄海浪说。

我说："反正听他的安排。"

"他还说非常看好建冷冻厂这个项目，他也想入股，我们当然欢迎了，而且特别高兴，银行有人，银行里的钱就是我们的啦！"

我不禁笑了起来，说："你想得美。"

黄海浪还说："水萍，你帮这么多忙，我和池也水商量好了，我们两人各拿三万元的股份给你做。"

"你们别开玩笑，我哪有钱做啊！等我有钱的时候再找你们投资。"我说。

"你不用出钱，是我们送给你的，是报答你的，你不要就不是朋友，答应了才看得起我们。"黄海浪说得很诚恳，没有给我拒绝的余地。

我在电话这边也激动起来，心想长乐人做人做事确实有气魄又讲义气，我迟疑片刻说："这不是我占你们的便宜吗？"

"你这话见外了，你就等着分红吧。对了水萍，我把你编辑部电话告诉凌见星了，他会打电话给你，还会去福州找你呢。"

我"嗯嗯"两声后把电话听筒缓缓放下，心中有着某种说不清的愉悦感。

第十章 凌见星与他的金融梦

一

成也金融，败也金融，这是凌见星经常讲过的话。长乐人很容易理解这句话，而且有一句口头禅说得好，叫作"无母难获利"，意思是没有本钱难以获得利润，作为财经专业毕业的凌见星，他更懂得金融的重要性。他是土生土长的长乐人，从小见证了种田要钱买种子，出海撒网捕鱼也要有一定的本钱，更不要说做生意买卖，办厂子开公司了。所以长乐民间一直以来都有"做会""高利贷""集资"等习惯，哪怕"做会"会倒，会跑路，"高利贷"会连母带息都无归，"集资"也会石落大海，颗粒无收。但是，人们照样前赴后继，铤而走险。因为他们为了有事做、赚钱、生存和出路，别无选择。

凌见星有了财经知识之后，目光就不一样了，思维也开阔了。他仿佛看到了商机，他思想里不但有强烈的金融概念，而且还懂得资本的运作。他心里想，长乐人不管做什么事都需要钱，自己没钱或钱不够，就靠借。他们如果赚到钱，就要存起来，他们不会把现金存家里，不安全，一般都存银行，但银行利息低，胆大一点的就放高利贷，他们认为，去银行借钱，银行不借个人或个人经营者，但个人的钱放在银行，却很受银行欢迎，而且多多益善，银行只欢迎存款，不给个人贷款，农民需要钱做生意，几乎求钱无门，这给人们造成很大的心理落差。

没有人去考虑这样的问题，其实这不但是一种不公平，而且是歧视。就像银行柜台上始终放着一个牌子，上面写着："钱票离柜，概不负责。"但是，如果银行工作人员钱多给了顾客，哪怕离柜多时了，也要想方设法追回来，如果顾客不还，还要扣上侵占国家财产的罪名。如果钱少付给顾客了，却死不承认，就搬出"钱票离柜，概不负责"的牌子来。这不是霸王条款是什么？凌见星看懂了这些歪理，他甚至预测，银行只做锦上添花的事，不做雪中送炭的事，终究有一天银行会倒闭，或者说银行最终会被百姓所抛弃。所以他产生了一个大胆的想法，会不会有一天有一家私人的银行出现？如果政策允许，凌见星一定要开一家私人银行，让所有长乐人把钱都存于他的银行，他的私人银行也把钱专门贷给长乐人。

这也许就是凌见星的金融梦，他想成为金融大鳄，助长乐企业家一臂之力。

当我的同学刘水利和他的同学凌见星一起匆匆忙忙地来到福州，光临《环境报》编辑部时，让我格外地惊愕。他们还是第一波擅自来报社找我的人，编辑部历来都很安静，大家要么在编稿，要么在写稿。刘水利和凌见星的突然光临，打破了编辑部的宁静。原来凌见星两个肩膀上各扛着一袋龙眼。

大家可能还不知道，长乐本洋龙眼赫赫有名，又叫青山龙眼，早在宋代时就被宋光宗钦定为贡品，并被赐"黄龙"匾额，堪称果中珍品。它产于长乐董奉山下，属于长乐古槐镇青山村境内。凌见星出手大方，把两袋青山龙眼倒在桌面上，分给大家吃，然后操着长乐腔，大讲特讲长乐青山龙眼的特色和渊源。我的几个男女同事一下子对凌见星和刘水利热情起来，还赞扬我有这么好的哥们，让我的脸上也有了光彩。我问："这么热的天气你们怎么突然来福州找我？有什么事吗？"

"我们专门送龙眼上来给你还有你的同事尝尝啊！"凌见星很会说话，说得我几个同事感动不已。

我是不相信他们说的话，不是专门来送龙眼的，我看了看墙壁上的挂钟，现在也快十一点了，为了说话方便，我说："走吧！中午请你们吃饭。"然后对着同事们说，"我们先走一步，龙眼吃不完，每个人都带点回去。"

同事们笑着说："水萍你去吧！"然后对着凌见星和刘水萍说，"谢谢你们清甜的龙眼，有空常来。"

我带着他们来到一家经常光临的餐厅，我对他们说："你们有什么事？"

凌见星嘻嘻地笑起来。然后开门见山地说："帮我写一篇文章。"

"什么文章？"我问。

还没等凌见星回答，一直沉默不语的刘水利开口说话了。他说："水萍，是这样的，这次你的朋友黄海浪来找凌见星贷款，而且批给了他。如果在其他银行是贷不到的。主题是凌见星和他的领导有着金融和资本的宏观思想，通过这次贷款引发他们的思考，面对长乐有建厂办企业的特点，民间流动资金非常频繁，民间集资、借贷也很频繁，而且都是高利贷，资金需求量巨大。对此，凌见星的领导想组建一家专门为长乐企业和个人服务的银行。"

我听得疑惑不解，这和我写文章有什么关系？我问："私人还可以办银行？那不就是地下钱庄吗？"

"不是的，我们是以股份制形式，组建一家叫农商信用社，具体名称还没定。由我担任合作社主任。叫你写文章，是写关于金融与高利贷的关系，为我的信用社开业推波助澜。"凌见星向我做了解释，并说明了情况。

我好像有点明白了，所谓股份制银行是不是比一般银行更灵活？存款利率是不是比一般银行利率更高？贷款手续审批是不是比一般银行更便捷？如果具备这三个条件，那凌见星想办农商信用社就能够成立，而且还具有独特的优势。有了这些背景材料和前沿式的思考，我要炮制一篇这样的文章似乎也不在话下，题目就叫《成也金融，败也金融》。

但是，我没有马上答应他们写文章，转移了话题，也是为了套出凌见星更多的金融话题，毕竟坐在我面前的刘水利和凌见星都是财经学校毕业的，他们不管在金融知识上，还是在财政政策上都非常熟悉和内行。于是，我就问："黄海浪他们向你们贷款还不起怎么办？"

凌见星笑了笑说："银行是不做亏本买卖，贷款的评估、放款的审核，不管做到什么样的万全之策，都会有风险，不想承担风险的银行是没有前途的，只把钱贷给有财产甚至有钱人而不贷给真正需要资金急需生产或投产的企业或个人，这样的银行总有一天会被时代所抛弃，如果银行对有资金需求的企业，甚至因资金链面临断裂而将破产的企业，银行不救人一命，为企业输血简直就是银行家的耻辱和罪过，最终会被市场所淘汰。"

凌见星的一番话让我很震撼，我理解了他为什么能够为黄海浪的冷冻厂争取贷款额度。由此可见，凌见星是一个有情怀的人，他甚至深谙了金融的内涵，他如果有这样的思想，日后不但会成为银行家，还会成为金融家。我钦佩地说："所以你不怕黄海浪还不起钱。"

"他还要做海产品的深加工，冷冻厂是不可或缺的中转站，我是看好这个项目，又是你推荐的朋友，又让我入两成的股份，你说不给贷款行吗？"凌见星讲出了实话。

我说黄海浪和池也水人都不错，也很踏实，待人接物都很守信用，他们为了感激我，个人各自拿出三万元的额度送给我，叫我等着分红。凌见星听后点点头说："应该的，还算黄海浪他们有良心，懂得感恩。"

我对刘水利说："既然凌见星都看好冷冻厂项目，你为什么不投一点呢？"

刘水利说："项目是不错，但是我没钱啊！"

"你没钱？怕我向你借吧。"我调侃地说。

凌见星说："他是没钱了，钱还不够。"

"什么意思？"我不大理解。

刘水利这时才说真话："是这样，我准备办理停薪留职。"

我一听打断他的话："准备下海经商？"我知道现在时髦停薪留职，

下海经商，几乎成为一种潮流。特别在上海、浙江、福建、广东等沿海城市，许多企事业单位的干部职工，有条件和渠道的都纷纷停薪留职，下海经商。从此很多在职的人都身兼多职，有的成为商人，有的变为企业家。

刘水利说："我不是下海经商，我准备出国，去日本留学打工。"

我"哦"一声说："干吗去日本？很多人都选择去美国。"其实我始终不喜欢日本的。

刘水利说："那边有亲戚，他们在日本好几年了。"

我说："池也水就是从日本回来，对了，你钱不够，我也没什么钱，给你凑一万元怎么样？"

刘水利哈哈笑起来说："谢谢，谢谢，你还是留着自己应急用，我基本上凑齐了，银行家在这里还怕没钱。"

我看着凌见星，感到他们都是很好的朋友，我都很羡慕他们，凌见星想成为金融家，而刘水利有正式的工作还不过瘾，还要去出国。我关心地问凌见星："刘水利一去日本，你缺一个同学加伙伴了。"

"是啊！我是反对他出国的，出国有什么好，虽然遍地有黄金，也是干体力活。"凌见星说。

我问："那你跟林芬芳的关系发展如何啊！"

凌见星一听林芬芳脸一下子阴下来，不客气地说："你一提这事，我还没找你算账。"

"怎么了？"我真的不知道什么情况。

凌见星说："你这个倪老师还装？不够意思。"

我更莫名其妙了，问："装什么？"

凌见星急了，说："人家喜欢的是你。"

"乱讲。"我否定。

刘水利插话："是真的。"

凌见星又说："人家亲口告诉我的，我约她几次被拒绝几次，最后一次我带着纪念币去找她，她不但没收礼物，还拒绝我说，她有男朋友了。我当然不相信，我知道她是借口叫我知难而退。"

我说：“是啊！肯定是借口，你要执着一点，追女朋友哪有那么容易。”

“是啊！我就是很执着的人，我追问她男朋友是谁？”

她不假思索地脱口而出“倪水萍”。

我一听凌见星这么说，一下子脸红起来。

二

中秋节快要到了，福州的街头人来人往的，他们手上好像时不时地拎着月饼，要么送人，要么别人送的。福州人很重视中秋佳节，农历八月十五月亮最圆，寓意团圆。所以中秋节成为团圆节，合家团聚，围炉欢乐是中国传统节日的气氛。人们也趁这个节日寻亲访友，顺便捎去月饼、茶叶、酒等礼品，这也是中国传统文化沿袭下来的礼仪。而长乐似乎并不很重视中秋节，从我懂得记事起，好像没有过中秋节的习俗，倒是中秋节前的七月份有个大节，叫作七月半，长乐人家家户户都要过这个节，比福州人过中秋节还隆重，长乐人在七月半节时家家户户以手工做了一种粿果，叫作“青饭粿”，还有一种说法叫“青茉莉”甚是好吃，也是长乐传统糕点小吃之一。到长大之时才知道，其实七月半就是中元节，也有说是祭祖节，是中国传统文化中的一个重要节日，不亚于中秋佳节。

我是想不到赖瑞声拎着一盒很精致的月饼来报社找我。我们已经好几个月没有联系，他告诉我王庄万人新村工程竣工了。我见报社里人多，就带赖瑞声到一楼一家小咖啡馆喝咖啡。我说：“工程结束了能赚多少钱？”

赖瑞声说：“还有十几万元尾款还未结，要拖欠一年左右，做工程的都是这样，有时尾款都拿不回来，也有的还要垫资，像王庄新村工地还不错，还是按工程进度付款的。”

我不是很懂这些，总觉得每行都有每行的规则。我问：“做完王庄工地，准备去哪里做？”

"今天过来找你就是谈这事。"赖瑞声喝一口咖啡说。

"跟我谈做工程的事？我又不是房地产开发商，也不是土地局长，更不是建筑公司老总。"我自嘲地说着。

赖瑞声见我没明白他的意思，就问我："你知道长乐要建机场了吗？"

我摇摇头说："不知道，你听谁说的？"

"你长乐人都不知道这么大的事？"赖瑞声不解地说。

"真的有这事？我大部分时间在福州，对长乐的事了解甚少，你知道在长乐哪里建吗？"我好奇地说。

"听说靠近海边而建。"赖瑞声说。

我问："你想去建机场？"

赖瑞声哈哈笑起来，说："我们想多了，但是建机场要先修高速公路，我想办法拿一个路段工程。"

我"哦"一声终于明白了。赖瑞声说："明天你有空吗？跟我们一起去长乐。"

我问："去长乐干什么？还有谁去？"

"我的一个老乡，在省委监察室工作，业余搞美学空间设计的。"赖瑞声介绍说。

"我明天可能没时间，报社的一篇稿子要完成。"我算一下时间，明天确实走不开。

"那就是后天去。"赖瑞声改时间，他认为我跟他一起去很重要，对他是否能拿到工程很重要。

而我也很愿意去，顺便回去看看朋友，心里想着高敏珠，她好几天没有传呼给我了。当然，关键是我想认识赖瑞声那个在监察室工作的老乡，而且还是一个设计师。所以我就一口答应了赖瑞声。并问他："我们去长乐哪里？"

"先去长乐县委办公室，然后再去一家建筑公司，中午吃完饭就回福州。"赖瑞声早有安排，并且胸有成竹。

我心里想着，原来赖瑞声还挺有能耐的，长乐县委有关系。赖瑞声见我没意见就说:"没事我就先走了,记住后天上午八点半我们开车到你报社接你一起走。"他说着起身离开咖啡馆。而我还坐着,心里想还挺有档次的,还专车开去。这时,我的BP机响了起来,我一看小小的屏幕,显示着是高尚办公室的电话,我赶紧起身跑到食杂店里的公共电话回了过去。

"喂,是高尚吗?"我拨通了高尚的电话。

高尚一听我的声音就高兴起来,他在电话那边说:"你忙吗?有时间回来一趟,有事跟你商量。"

我说:"刚好后天有事去长乐县里一下,下午回金峰去你那儿。"我心里想,答应给他的企业当文化顾问,也要花时间光顾过问。

高尚说:"那太好了,刚好明天高敏珠也出院了。"

我吓了一跳问:"你说什么?高敏珠出院?她什么时候住院了?怎么了啊!"

高尚也蒙了,他说:"敏珠没告诉你吗?"高尚怪自己话多,心想穿帮了,敏珠住院没有告诉倪水萍,大概是怕他担心。高尚赶紧对我补充说:"没什么大碍,住院一周调理,明天就回来了,刚好你后天来,她一定高兴。"

我一下子有气无力了,毕竟心上人生病住院了,还不敢告诉我,心里既感动又难受,我喃喃地对高尚说:"好吧!我们后天见。"我说后放下电话听筒,还站在食杂店门口久久没有离去,想了一会儿,又拿起了电话听筒,拨通了高敏珠的BP机,然后放下听筒等对方回音。

等了许久,高敏珠没有回复,我焦急了,又拨了一次,后面还加了"119",意思是像火警一样的焦急。

又过了一会儿,电话铃声终于响了,我迫不及待地拿起听筒问:"喂,是敏珠吗?"

高敏珠是借住院部里的电话回的,她装作匆忙的样子,说:"是我,刚才在忙事情,没有及时回你,不好意思。"

"没事啊!你在家吗?"我没有明说,看她会不会说实话。

"我在外面忙事情,这几天事情特别多,所以没有时间联系,过两天去福州找你，我们一起过中秋节。"高敏珠不慌不忙地说着。

我心里想，她还真会编。同时，心里也明白，她怕我担心，总是把最好的一面展示给我，把那些不堪藏在心里，我深为感动。如果不是高尚说实话，我还蒙在鼓里。高敏珠一直身体都很好，人也长得漂亮，形体高挑而亭亭玉立，属于整体苗条、局部丰满的诱人身材。这样一个健美姑娘有什么大病？也看不出来有什么大碍。据高尚说是什么神经官能症，偶尔头痛失眠，偶尔精神紧张而焦虑。我不是很懂医学，到时候要好好问问她怎么回事，带她去福州找医生问诊。

赖瑞声准时到达我的住处，我见一部黑色的桑塔纳轿车停在路边，赖瑞声坐在副驾座位上伸出头和手，招呼着我。我早就看到了，向他走去，见驾驶员是一个四十岁左右的中年男子，他向我点头微笑。我打开车门钻进后排。赖瑞声指着司机说："这是汪师傅。"然后转头介绍我："我的好朋友倪水萍，《环境报》记者。"

我们互相礼貌地说着："你好！"然后赖瑞声对司机说："汪师傅，我们出发吧！"

小轿车离开福州城市，行驶在乌龙江大桥上。在没有堵车的情况下，福州到长乐大约四十分钟路程，如果坐长途班车都要一个小时以上，因为一路上要停靠好几个站点。从福州长途汽车站出发到白湖亭就要停靠几分钟，然后分别在城门、峡南、营前停靠，然后才到达长乐县城。一路上有乘客上上下下，车厢内都比较繁杂，有买卖补品假药的，有变着魔术赌钱的，还有扒手出没。有的人坐了一趟长途班车，无故买了假药，输了钱，还丢了钱包。

能有小轿车坐当然是高级享受，而且还是直达的专车，这是我第一次坐这么高级的小车。这部桑塔纳小车应该是什么单位的，街上很少有私家车，除非是做大生意的大老板，《环境报》编辑部有一部日本生产的马自达面包车，是比较旧的，据说是环保局公务车退下去的给编辑部用。我到时要问问赖瑞声这部桑塔纳小车是哪个单位的，是借的还是租的。

在乌龙江大桥上才感觉天空的辽阔，江水的激荡，秋风的肆意。

一直待在城里，整天车水马龙，红绿灯，斑马线，喇叭声，然后再文山会海，行色匆匆，使城里人处于焦虑紧张之中，而郊外却能排挤某种忧虑与惆怅。就我而言，不是正统的福州人，在城里待久了，也开始想念长乐的家乡，那里的一山一水，一草一木，儿时是感到多么荒野和凄凉，而现在想想却是那么美好与诗意。就像儿时来福州，兜兜转转都要大半天，而现在一个多小时就可以到达。我在想，离开家乡，距离多远才有故乡的情结，距离慢慢拉近了还有没有乡愁。

三

不管福州到长乐，还是长乐来福州，往返的时间缩短了，并不是路变短了，而是路修直了，交通工具便捷了，往返车辆密集了，可以做到当天去当天回。以前都要住一个晚上才能回，那是因为交通工具少，早上六点后才有发车，晚上七点后就停运了，而现在几乎通宵达旦。这也仅仅过了十年时间，十年时间里，长乐确实发生了巨变，纺织产业几乎成为长乐的名片，长乐人在全国各地办钢铁厂人人皆知。现在国际机场要建在长乐，作为长乐人是意想不到的，这确实让人感到长乐的美好未来可期。

天空有了秋高气爽的感觉，树叶泛黄，落叶满天飞，大地有一种金黄的景色，丰收与荒芜交替，凉爽与凄厉并存。车子终于到达了长乐县城关，穿过狭窄的街道，在电影院的门前小广场上停下，我们下车。师傅说车子不能开进县委大院，我们得步行十分钟才能到达县委大院。长乐县委这条街很热闹，摊摊点点很多，就是没有大商场。我们到达县委大院门口，有保安拦着不让进。赖瑞声熟练地报出县委办公室副主任的名字："我找办公室张主任。"

保安点点头，然后到保安室挂了电话，应该是挂给办公室确认。一会儿他招招手同意我们进去，并说："前面右拐上二楼。"

赖瑞声说："谢谢！我知道。"他已经来过好几趟了。

我跟着他上二楼，张主任已经站在门口，年龄大约四十，有点发胖，笑容可掬，和善有余，眼光深邃，声音洪亮。他招呼着："快进来坐。"

办公室并不大，各种材料堆在桌面上，我和赖瑞声坐在张主任对面。赖瑞声向张主任介绍了我，他很会吹捧，说："我的好朋友，倪水萍，在《环境报》当编辑记者，也是你们长乐人。"

张主任身子向前倾斜一下，热情地跟我握手，说："欢迎，欢迎回长乐。我叫张仁凡。"

"张主任好，多次听赖总说起你，说你帮他很多忙，一直心怀感激。"我的话让赖瑞声得意扬扬，心里对我赞赏有加。

张主任说："赖总很敬业，事业也有成，一路走来也不容易，现在有了自己的工程队，任何一项工程都是百年大业，人命关天，所以质量第一、安全第一、生命第一。"

赖瑞声点点头，我说："张主任的话很经典，你概括的三个第一是适合任何工程领域。"

张主任笑了笑问："倪记者是长乐哪个乡镇的？"

我答："湖南镇山富村。"

张主任看了一眼赖瑞声说："机场的选址就是在那个方向。"

赖瑞声来长乐找张主任就是为了机场工程的事情。赖瑞声不是为了承接机场建设工程，他既没这个能力，也没这个资质，他只能做附属工程，只能做分包工程队，需要与建筑公司对接。今天来就是为了这事，张主任跟长乐一家建筑公司老板是同学，赖瑞声就是冲着这家建筑公司来的。

据说国际机场选址于长乐海边有战略意义，其一，位置重要，长乐处于福州的东南部，地理位置优越，便于连接市中心和港口。其二，城市总体规划和土地利用，长乐境内土地宽广，规划起来可以大手笔，不受有限土地制约，能够预留后期扩大建设。其三，飞行安全，机场需要足够的空间来确保飞机的安全，在紧急状态下有足够的跑道滑行和安全区，能够最大限度地保证飞行安全。

这就是机场选址长乐的理由。

这也预见了长乐将要发生翻天覆地的变化。百姓可能还不是很清楚，大部分人还不知道长乐要建机场，坊间在传说，大家都是半信半疑，民间历来都是谣言满天飞。因为这涉及土地征用，房屋拆迁等等问题，大家更多的是想着是不是在自己的村子上或耕地里建机场。

虽然时间到了九十年代初，但是长乐人还是热衷于出国打工，办钢铁厂做纺织，挖池养殖，包地种植。此时，国家对农村不断推出好政策，取消了"三经"，农民可以大面积承包耕地，养殖户大片大片地养虾、养鳗鱼、养青蛙。于是农村的民间资本依然活跃，民间借贷、高利息依然盛行。因为办钢铁厂，纺织产业，出国打工，乃至承包耕地，养殖，做贸易都需要大量本金。

凌见星就是看到这市场，看到农民的资金需求量，看到了长乐人经商的思维，看到了长乐人敢于冒险，敢于拼搏，他就下定了决心，要在金峰开一家股份制的银行。

我这次回长乐也要见一见凌见星，他给黄海浪和池也水的贷款，我是心怀感激的，因为这个养殖场跟我有关系，养殖一年给我的意外收入，加上高尚的纺织产业分红，超过了我的一年工资总额和所有的稿费，让我能够体面地在福州生活下去。

我们还在长乐县委办公室，喝着茶，抽着烟，我不但不会抽烟，还会对烟敏感，我咳了几声不断地喝茶。

赖瑞声突然问张主任："您知道刀力吗？"

"当然知道，他的文章每期必看，有的文章还是写长乐的，这个刀力了不得，笔锋有刀一样的犀利，文风有狂风一样的力量。"张主任谈起刀力及刀力的文章神采奕奕起来。

我的脸上有了灼热的感觉，瞟一眼赖瑞声，心想为什么多嘴。赖瑞声接着说："张主任，您这么欣赏的这个刀力就坐在您面前。"

张主任迟疑一下，一头雾水，他听不明白赖瑞声的话，他也根本想不到坐在他面前的我就是刀力，刀力就是我。张主任只好看了看我，又看了看赖瑞声，然后小心翼翼地问："你说谁就是刀力？"

赖瑞声带几分自豪地说："我的朋友倪水萍就是，是不是就坐在你的面前？刀力是他的笔名。"

"大名鼎鼎的刀力居然在我办公室跟我一起喝茶，哈哈。"张主任有些不可思议地说着，然后面对赖瑞声说，"你一个干工程的怎么有这样的朋友，可见你确实神通广大啊！"

　　我这时才知道赖瑞声把我当作一张名片，当作交际的挡箭牌，我不知道该感到自豪还是感到委屈？是被人利用还是成人之美，我五味杂陈。赖瑞声显得更加有面子，有一种因我而荣的感觉。

　　张主任一下子对我刮目相看，几乎站了起来，倾斜的身子重新跟我握手，然后激动地说："真是想不到啊！我们长乐人就是厉害。"

　　我红着脸，谦虚地说："见笑了。"

　　张主任拿起办公桌上那台黑色电话的听筒，拨通了一组数字说："小周，你来一趟我的办公室。"

　　一会儿，一个三十有余的男子走了进来，他长得眉清目秀，显得斯文温和，他见办公室两个陌生客人，彬彬有礼地示意点头："你们好！"

　　张主任叫小周坐下，然后向我们介绍："周小天，宣传部副部长，年轻有为。"

　　我几乎与赖瑞声同时说："周部长你好。"

　　周部长端详着我们，正准备打招呼，张主任指着赖瑞声说："我的好朋友赖瑞声，做工程的。"

　　周部长点点头，向赖瑞声致意微笑。张主任又指着我说："小周，你猜他是谁。"

　　周部长看着我，笑了笑说："也是张主任的朋友，请问贵姓？"

　　还没等我回答，张主任抢先说："他也是我们长乐人。"我听得出来，张主任开始卖关子，可见他与周小天关系不一般。

　　周部长说："老乡，幸会。"

　　张主任说："这个老乡叫倪水萍，笔名叫刀力。"

　　周小天吃了一惊，笑了对张主任说："这个笔名好，刀力，好像跟报纸上写文章的那个刀力一样的名字？"

　　张主任哈哈大笑起来，激动地说："你说巧不巧，他就是报纸上写文章的刀力。"

周小天有些惊慌失措起来，他激动地说："刀力真的是你吗？你真的是长乐人？你在哪个单位上班？"周部长几乎红着脸说，他感觉自己问了太多。

赖瑞声替我回答："他在《环境报》当编辑记者。"

我补充说："是临时工。"我心里想，刀力已名声在外，但知道倪水萍就是刀力的人甚少，这是我要的效果。我明白了人怕出名猪怕壮的道理。我对他们说，"写文章是我业余爱好，不希望被别人知道，所以用了刀力的笔名，外界基本不知道，就连有经常来往的亲戚朋友也不知道，这样很舒服。但是近几个月来还是意外地暴露了，感到一些压力，希望张主任和周部长不要再张罗了。"

张主任说："谦虚谦虚。"然后对周部长说，"小周，你打电话给吴航饭店订个小包间，我叫建筑公司的同学过来，中午一起吃饭。"

赖瑞声见状说："不是约好了等下去他办公室找他吗？"

张主任说，"中午我来做东，我们老乡刀力回来，我要亲自宴请接待。对了，是倪水萍，我们还是叫原名，哈哈。"张主任说着走到办公桌前打电话给他的同学。

赖瑞声暗喜在心，张主任出面叫建筑老板来酒店吃饭，事情更好谈，也显得重视。赖瑞声说："中午还是我来请客。"

张主任说："我请的是老乡倪水萍，你要请以后去请我的同学，就这么定了。"

我犹豫一下说："我还要赶回金峰见几个朋友呢。"

"没事，一顿饭的工夫，不会耽误你见朋友，我叫人开车送你去金峰。"张主任的热情与诚恳写在脸上，我就不好拒绝了。

我们过一片刻，一起下楼，走出长乐县委大院，往吴航饭店走去。

四

要想致富先修路。这是赖瑞声来长乐的目的，他早已闻悉国际机场要选址长乐境内，而且是靠海边方向。赖瑞声曾三次带团队来长乐，沿着海边兜了一圈，那是东海之滨，要么是一片片茂密的木麻黄，要么是一片片海滩，要么是一片片沙园田地。河塘、湖泊、江水还有小山丘如星罗棋布。村庄、渔镇、野渡、渔船、小港口像水墨画，这些散落在长乐海边的景象与海浪声相呼应，与海风共舞。而且从东到西，从南到北没有一条像样的马路，靠双腿行走，徒步是这里主要交通工具，肩膀挑担子、扛麻袋、拖板车是这里运输的常态，偶尔出现一辆自行车在蜿蜒土路上骑一段推一段，遇上坑坑洼洼的还要扛起自行车走过去。

赖瑞声的团队实地考察之后，总结了一个道理，国际机场不管落地长乐何处，首先要修建许多大大小小的公路。赖瑞声工程队没有承建机场的本事，建这些大大小小的公路还是绰绰有余的。于是他开始关注承建公路的项目，开始做公关，打听长乐国际机场建设的政策文件、审批流程、进展、开工时间等等信息。张仁凡是一个很厚道的人，他在长乐县委办公室当了很多年副主任，为人正派，经验丰富，善于提携年轻人，他的口头禅是：多给人台阶，少设障碍。赖瑞声认识张主任好多年，张主任来福州都是赖瑞声请客吃饭，没有什么利益关系，纯属友情。

赖瑞声想不到日后会找张主任帮忙引见一家建筑公司的老板，更想不到的是这家建筑公司的老板正是张主任的同学。而张主任中午要亲自做东请客却是冲着我来，确切地说是冲着"刀力"来。可见赖瑞声的公关手段非常了得。对于经验老到的张主任来说，他把赖瑞声推荐给建筑公司老板的同学，不存在走后门问题，也不存在为赖瑞声开绿灯的问题，把赖瑞声引荐给老同学只作为工程分包施工队而已，因为张主任知道老同学拿了许多公路建设的工程，拿一个路段给赖瑞声工程队施工不在话下。张主任能够推荐就会成功，赖瑞声非常自信，而且他引以为自豪的是我这个"刀力"，给他加分不少。张主任叫上的周小天是负责宣传工作的副部长，他曾经是张主任的手下，去年刚提拔到宣传部当副部长。所以张主任一定要把我引荐给周小天，对周小天日后宣传工作有帮助。

我们一行到达吴航饭店，走进三〇六房间时，包间里有人激动地冲我叫了一声："刀力老师。"这人不是别人，正是我同学的同学、对金融情有独钟的凌见星。赖瑞声、张主任、周小天，还有那个建筑公司的老板也惊讶起来，他还轻声地咕噜一声："谁是刀力？"

我也不禁叫了一声："凌见星。"

"长乐这地方就这么大，在哪儿都会遇到老乡或朋友。"张主任端详着凌见星，他心里想，这位凌见星能叫上刀力，一定跟我很熟，又是他同学的朋友，对他热情起来。张主任随后向我介绍他的同学："我的好同学陈宝山，也是土生土长的长乐人，现在是长乐山水建筑工程公司经理。"然后转身开始介绍我，"今天刚刚认识的老乡，是湖南镇那边的人，叫倪水萍，关键他的笔名叫刀力，就是不断被民间传说的那个刀力。"他特别把"刀力"二字的语气加重了许多分贝。

陈宝山伸出手说："幸会幸会。"

我说："陈经理你好。"然后又对凌见星说，"好久不见啊！我下午去金峰，这次回来也正准备找你呢。"

凌见星说："下午我跟你一起去金峰。"

这时我突然感到赖瑞声被冷落在一旁，见他显得几分尴尬，我赶紧向凌见星介绍："我这次是陪我的朋友回长乐。"我说着把赖瑞声拉过来，对凌见星说，"我的朋友赖瑞声，做工程的，我曾经在他工程队做过事，很是照顾我。"

赖瑞声感激地冲我笑了笑，笑容中突然间有着对我无限友好和尊重。他对凌见星说，"倪水萍是我尊敬的朋友，认识他是我最大的财富。"

凌见星又做了自我介绍："学财经的，现在长乐县郊区农商所工作，需要资金的找我贷款。"

张主任突然意识到今天的主角应该是赖瑞声和他的同学陈宝山。他赶紧把陈宝山拉到赖瑞声身边，隆重地介绍了彼此，并讲了些工程上分包合作的事。此时的赖瑞声眉开眼笑，有了几分存在感。陈宝山握着赖瑞声的手说："都是自己人，又是老乡，又是朋友。"

赖瑞声不断点头表示感谢，然后认真地表态："我的工程队执行力很强，把质量放在第一位，把安全放在第一位，把责任放在第一位，只有第一，没有第二，以后多多关照和指导。"

陈宝山一直笑着点头，那个周小天副部长已经点好了菜，然后说："大家上桌边吃边聊吧！"

陈宝山似乎跟周小天很熟，他半开玩笑地说："今天辛苦周部长了，先说好这顿饭由我请客买单。"

张主任淡定地说："今天是我请老乡刀力吃饭，你们都享口福吧。"

我心里有几分惶恐，感到何能何德受此殊荣？心里好像又明白，张主任是冲着刀力而不是倪水萍。我心里明白这顿饭应该由赖瑞声来请，他才是今天的主角，却是靠边站，但他明白他与建筑公司合作的事没问题了，包几个路段施工更不在话下。他心里更清楚这一切都因我而尘埃落定。

饭桌上我才知道凌见星的农商所里有贷款给陈宝山的山水建筑公司，也才知道陈宝山为凌见里做媒，把公司里最漂亮的女出纳介绍给凌见星，都已经定了亲。这是坐在我旁边的凌见星悄悄地告诉我的。

他们都喝了酒，只有我和那个宣传部部长周小天没有喝酒，他悄悄地递给我一张名片，对我说："回长乐来找我。"

我点点头，我没有名片，从包里拿出纸和笔写下《环境报》的电话号码和地址，交给周小天说："我们多联系。"

我见时间已过一点，他们酒正喝得起劲，我只好站起来说："各位抱歉，我可能要先告辞回金峰了。"

凌见星见状说："好好，我跟你一起走。"

张主任要叫周小天派车送我，陈宝山执意要用他公司的车送我们回金峰。我其实是喜欢坐班车回去，凌见星好像坐陈宝山公司的车是理所当然的事，他催着陈宝山说："那赶紧叫驾驶员把车开到饭店门口。"

一会儿，我和凌见星先离开了吴航饭店，赖瑞声送我到门口说：

"我们福州见。"

我点点头，跟凌见星一起下楼，上了一辆黑色的小轿车，往金峰方向驶去。

在车上，凌见星告诉我，他有一个金融梦。他说自八十年代以来，我国就开始步入改革开放的时代，许多意想不到的新生事物将会出现，社会上也会逐渐打破许多框框条条。邓小平同志早就讲过不管白猫黑猫的故事，今天的改革开放，印证了这位总工程师的高明。不管白猫黑猫，能抓住老鼠都是好猫这句话意味着经济发展的重要性。我琢磨着凌见星对当前政治见解和经济发展判断，对他有些刮目相看了。他继续对我说：反正我记住了三句话，第一句是：不管白猫黑猫能抓老鼠都是好猫。第二句是：摸着石头过河，第三句话是：让一部分人先富起来。凌见星有些激动，他抓住我的手说："水萍，我们不要定位自己是什么身份，只要能抓到老鼠就算成功了。大家都是摸着石头过河，心中都没底，勇者胜。我们一定要做让一部分人先富起来的那一部分人。所以我决心要在金峰开一家股份式的农商合作社，为长乐人的创业解决资金困难和为长乐经济发展发挥金融作用。"

凌见星的一番话委实让我大吃一惊，我甚至赞赏他的思路，判断他的想法是正确的，并能够成功。我想写一篇关于改革开放以来的社会变革与市场变化的文章，并引入凌见星对计划经济和市场经济的想法，国有银行与民间集资的看法。

车子到达了金峰镇。金峰，我又回来了。我推开车门呼了一口气……

五

秋风拂过我的衣衫，凉爽中带一些凉意。白云在天空中飘着，像棉絮一般偶尔遮住已经有些脆弱的太阳。金峰的风会比福州大一些。现在已经下午两点多，镇上没有了上午的热闹，一些还没有清摊的生意人，还在吆喝着贱卖摊上的余货。我犹豫片刻，不想现在去找高尚，正在这时，我的传呼机响了起来，我一看号码的尾数代号是 999，知道是高敏珠呼我，心中有些紧张，正想着要不要告诉她，人已到金峰。凌见星见状问："是谁呼你呀？"

我没有正面回答凌见星，跑去一家食杂店的公共电话，给高敏珠回了过去。高敏珠在电话那边叫了一声："水萍，你在哪儿呢？"

我不敢说假话，下午又没打算去大阳村找她，只好借口说："我刚到金峰，下午还有很重要的事情，要等明天上午去你那里。"

"那我晚些时候去金峰找你。"高敏珠的语气带着一种恳求，她希望马上见到我。

我为难之际，说："晚上我要先回家看望一下父母，在家住一个晚上，明天一早就去找你。"

"我们晚上在金峰一起吃完饭后再回去吧！"高敏珠执着地说。

我灵机一动，给她将了一军，问："你出院了吗？"

一下子电话那边没有了声音，大约有几十秒后高敏珠还不知道怎么回答我。我又问："你不会还在医院吧！我包里还带着两盒营养品呢！我巴不得马上飞到你的身边。"

高敏珠竟然哭泣起来，喃喃地说："你偷偷地这么关心我，你是怎么知道的？一定是堂哥高尚说的。"

我没有回答她，说："我尽快忙完事，明天去看望你，你好好在家里休息。"

高敏珠无话可说，只好答应不来金峰找我了，她补充地说："那明天要好好抱我。"

我说："不但要抱你，还要吻你。"

高敏珠咯咯地笑了起来，说了一声："好甜蜜。"

我见凌见星已经站在我的身边，赶紧把电话挂了，他帮我付了电话费。

"我想去金峰倩影照相馆。"凌见星提议，也正合我的意，我不用去大阳村找高敏珠，晚上回山富村，现在时间尚早。凌见星曾经是林芬芳的追求者，现在他有了女朋友，心里淡定了许多，林芬芳不再是他的梦中情人。他想去照相馆找林芬芳，一定是农商合作社的事，林芬芳长期做民间借贷的生意，手上有庞大的资金，名下有众多的客户。是凌见星合作农商行的最佳人选。我是非常看好未来的银行业和金融业，任何行业都需要资本运作，中国的改革开放一定离不开资本市场，高效的经济发展更离不开资本的驱动。我想到了高尚，心里盘算着如何说服高尚以纺织为产业，进入资本市场，想不到凌见星先想到了林芬芳。

我们向金峰倩影照相馆方向走去，午后的阳光折射着斑斓的光芒，被一阵阵西北风吹拂过后，显得更加脆弱无力，没有了夏日时的猖狂与灼热。

我虽然心里也想见林芬芳，但多了几分压力，曾经对她有几分向往和爱慕，那时的她倾心于陈百歌，而陈百歌却爱着梦中情人唐诗燕。上帝总是很会捉弄人，人间多少人与事、爱与恨阴错阳差。时至今日，陈百歌已经结婚生子，从此销声匿迹。而林芬芳至今尚未婚嫁，却把凌见星的爱意拒于千里之外。当我和高敏珠碰撞出爱的火花之时，林芬芳却向我抛来爱的橄榄枝。这对于林芬芳来说算不算打击？她对我是否恨之入骨？不管怎样，我都要坦诚地面对她，将友好和善意献给她，她毕竟给了我许多帮助，包括无息借款和对我朋友低息放贷，这些都让我感激在心。

我们在照相馆的楼下遇上正准备上楼的林芬芳，她穿着一套暗红色的连衣裙，手里拎着一袋装有照片的袋子。她见到我们有些意外，对着我微笑："水萍，你们什么时候来金峰啊！"

凌见星却抢先说："我们一下汽车就来找你了。"

"我们上楼吧！"林芬芳说着走在前面，我没有吭声，跟着上楼。

凌见星还没落座，就问："现在民间借贷还红火吗？"

林芬芳说："办企业的人多了，生意好做了，本钱无非从两个渠道来源，要么民间集资，要么借高利贷。"

凌见星喜上眉梢，对她说："我可以填补这个空白。"

林芬芳不是听得很明白，招呼着："你们坐吧！"然后找茶杯给我们倒水。

我看着影楼，见有一对情侣正在拍婚纱里，就问："照相馆生意好吗？"

"主要拍婚纱的多，现在也做婚礼现场跟拍的生意。"林芬芳说着，又看我一眼说，"你好像又胖了点。"

凌见星调侃地说："他头脑轻松精神舒畅自然就会发胖，有道是千吃不如一畅。"

林芬芳嘻嘻地笑起来，然后说："那要归功于那个叫高敏珠的姑娘。"

我一阵脸红，不知说什么好，感觉自己是又胖了。

林芬芳问我："黄海浪那边的鳗鱼场收成还不错吧！每年都有分红吧！"

还没等回答，凌见星又开口了："是不错呢！一年分红两次呢。"

我说："凌见星投资多，我是黄海浪和池也水各拿三万元的份额给我，总共也才六万元，今年已分了一万元。凌见星分得多。"

凌见星显得几分得意的样子，他成竹在胸的样子充满了自信，然后对林芬芳说："投资、集资、民间借贷都属于资本范畴，但是民间集资和高利贷严格地说是非法的，总有一天会被打击和取缔，投资当然也有风险。如何将这些合法化？去风险？就是银行。银行是国家的，百姓存钱有保证，有资金需求的人通过银行贷款利息也低。所以我就想做这样的事，这事也是今后最好的风口。"

"所以你如愿以偿了，分配在银行工作。"林芬芳说。

"那是国有银行，长乐的农商银行是带有地方政府的特色，就是支持地方企业和个体服务的，但是框框条条还是很多，没办法满足广大客户的需求，我就想创办一家农商合作社，以长乐农商银行作为大股东，招募两三个社会资本，成立一家农商合作社，就开在金峰。"凌见星的一番话引起了林芬芳的重视和兴趣。

我突然插话："现在很多有钱人都在做股票。"

凌见星点点头说："股市也是风口，第一波第二波的投资者都发财了，他们属于先富起来的那一群人。"

林芬芳问："你要在金峰开银行，那我的民间借贷，包括会头都做不成了吗？"

"从某种意义上说是这样，肯定会受到影响。没事啊！你可以转型升级啊！"凌见星心里就是想着让林芬芳加盟进来，因为她手上有众多的资金和客户，这两者都是银行的王牌。

"怎么转型升级呢？叫我开银行？开国际玩笑了。"林芬芳说后自己先笑起来，在她心里确实是天方夜谭。

凌见星却一本正经地问："林姐，感不感兴趣？加盟我的金峰农商合作社，做一个股东。"

林芬芳不知怎么回答，我说："可以考虑。"

夕阳落山了，窗外的余晖依然璀璨，这是秋天的景色，远处还有炊烟萦绕。凌见星突然记起什么，站了起来说："我要回长乐城关了，今晚还有一个饭局。"

"在这里吃饭吧！"林芬芳说。

"不了，晚上约好了，水萍在这里吃饭。记好了，到时候写一篇关于金融方面的文章。"凌见星对我说着，然后从包里掏出两个精致的纪念信封，信封里有一张刚发行的十元面额纸币，分别送给我和林芬芳。然后急急忙忙地下楼。

我要送凌见星到车站，他说不用，边走边说："叫林姐好好考虑考虑，机不可失，时不再来。"他的话好像在楼道里回旋，人影已消失在我的视线里。

林芬芳站在我身边，问："凌见星真的要开银行吗？"

我回过头，又坐了下来对她说："这是他的梦想，也有可能会开起来。简单地说，银行就是存钱取钱，用你低息的存钱，贷给他人高息的款，银行赚差价，跟你一样。你是个人，是民间不合法，银行是国家公办的，所以合法。凌见星所说的农商合作社，就是公私相结合，"

林芬芳听得很认真，然后说："我可没有这样的本事，最后两个会头明年就到期了，也不打算做了，金峰已出现许多标完会跑路的事件，我可赔不起。民间高利贷倒是经手得多，听你和凌见星这么一说，民间借贷会受到影响，我也准备不做了。还是经营好这家照相馆。"

林芬芳说得有些消极，让我很意外。我突然问："你还一个人吗？为什么不找一个？"

她眼眶里有些湿润，喃喃地说："去哪里找？东不成西不就。我那么钟情于陈百歌，却败给了唐诗燕，当我看到你的品质与为人之时，却被高敏珠捷足先登了。天意不可违，我只好认命。"

我心中掠过丝丝的忧虑，她的话带着忧伤与无奈，我说："我跟高敏珠是没有结果的。"

"明知没有结果为何还要走在一起？她家可是要招亲当上门女婿的。"林芬芳的嘴角荡开一种难以言喻的讥讽。

我点点头说："我明白，所以没有结果。"

"那为什么不能接纳我？"林芬芳追问。

"我们错过了最好的机会。是我感觉配不上你。在个人情感上，我是被动的，是性格使然。"我愧疚地说着。

林芬芳亮着眼睛，晶莹的泪花里滚动着扯不断的情愫。她说："我对你的好感还在。"

"让你失望了。"我不知道说什么，语气显得苍白。

"是我傻，不敢表白，我以为爱情应该在心灵深处，靠两颗心的碰撞和感应，谁知错过了姻缘。你一个大男人都不懂得走近我，靠近我。"林芬芳不知是在表白，还是在解剖自己，抑或在责怪我。

我用几分辩解的口气说："你的心中是陈百歌。"

林芬芳一听沉默了一会儿，心中也被我说痛了。她说："如果当年他能接受我，也许有另一番结局。"

我听出话中有话，不知道是什么结局？就问："好多年没见到陈百歌了，他跟你有联系吗？高尚都不知道他的消息，我更没有他的音信。"

"他在最困难的时候，我在他身边，他最无助的时候，我给了他安慰和力量。"

我的心咯噔一下，紧张地问："陈百歌怎么了？发生了什么事？"

林芬芳欲言又止，没有跟我说什么。

六

我心里一下子沉重起来，不知发生了什么？林芬芳留我吃饭，我没有食欲，脑子里总想着陈百歌，曾经那么熟悉，我居然没有参加他的婚礼。时间如此之快，不知道他人在何处？

没有月亮的夜晚，农村是漆黑的，天空中的星星显得特别耀眼，好像在飘移，其实是云朵在飘。我从金峰倩影照相馆出来时已经天黑了，我抄了儿时经常走的小路徒步回去。饿着肚子却没有食欲，经过一个部队驻地门口时，看见一个小卖部，我发狠地买了一包鸡蛋糕吃，填一下肚子。

这一夜我失眠了，想着陈百歌和他的妻子唐诗燕，还有他们的儿子。想着林芬芳，还有她至今未嫁的婚事。想着凌见星，还有他创办农商合作社的金融梦。想着赖瑞声，还有他在长乐修公路的工程。想着高敏珠，还有她明天正翘首以盼地等我的到来。在胡思乱想中听到了窗外的公鸡打鸣声，天亮了。

我检查包里两盒从同仁堂买来的包装精美的西洋参片完好无缺后就出门了。我习惯地去金峰街边吃鼎边糊，配上一块芋头糕和咸饼。然后坐着载人摩托车去了大阳村。我没有去找高敏珠，而是先去高尚的家，在高尚家的客厅里却发现高敏珠坐在发沙上，不见高尚的人影。我叫了一声："敏珠。"

她站了起来，深情地望着我说："我知道你会先来找高尚。"

我说："知我者，敏珠也。"然后问，"那高尚人呢？"

高敏珠挥手向上比画着说："他在楼上。"然后顺势抱住我。

我吻了一下她的额头，捧起她那张秀气的脸庞，不断地端详着，然后关爱地问："你怎么了？我看看有没有瘦了？"

"不知道为什么突然晕倒，可能是想你引起的。"高敏珠抿着嘴做出调皮相。

我刮一下她的鼻子，又捏一下她的脸蛋，问："医生怎么说？"

"可能是贫血吧！又说是神经衰弱。"高敏珠说着靠在我肩上，又悄悄地对我说，"你要给我力量哦！要永远做我的靠山哦！"

"我给你带来了能量呢。"我说后从包里掏出那两盒西洋参片。

高敏珠却不喜欢，说："你干吗买这么贵的东西，我又不吃。"

"贫血就要补充营养品。"我说。

"你就是我的营养品，你能经常来，我就不贫血了。"高敏珠含情脉脉地又搂住我的腰，小鸟依人一般依偎在我身旁，对我买的西洋参一点也不感兴趣。

我不敢接高敏珠的话，看着楼上叫了声："高尚。"

高敏珠赶紧松了手，说："他在看厂里一份报表，我们一起上去吧！"

我们一起上了楼，那是高尚的房间，里间是卧室，朝南，有窗户没有阳台，朝北的有阳台，光线好。左边放着一张办公桌，台灯下是杂乱无章的资料，可见高尚是一个随性的人，常常找不到资料就是没有及时归类。办公桌对面是一张小茶几，是高尚自个泡茶休闲的地方。茶几上有袋装的茶，有白晒花生，还有可乐饮料。他见我和高敏珠上来，抬头叫了一声："水萍。"

高尚站了起来，说："敏珠下楼提一壶开水上来，我们就在这里泡茶。"

高敏珠照办不误，高尚问："昨晚回山富村了。"

我点点头"嗯"了一声，然后问："长乐要建国际机场你知道吗？"

高尚摇摇头说："不知道。"

我又问："你知道陈百歌的去向吗？"

高尚依然摇摇头说："不知道。"

我再问："你知道凌见星要在金峰开一家农商合作社吗？"

高尚还是摇摇头说："不知道。"

高尚几乎被我问蒙了，高敏珠把开水壶提上来了，高尚说："我来泡，龙井茶怎么样？"

我坐下说："好呀！口渴了。"

高敏珠说："我们中午去店里吃饭？"

高尚说："我中午跟几个同学一起吃饭，一个从美国回来的同学，他请客，你跟倪水萍一起出去吃，我不陪你们了。"然后边泡茶边问我，"水萍，三个问题，一个个说你听。"

我先喝了一杯龙井茶，清香绕唇，沁入心田。我将陪赖瑞声去长乐的事一五一十地讲给高尚听，才知道国际机场选址在长乐海边。

高尚说："这是好事，对长乐的发展有利，但是我们不做工程，也不修马路，不过以后交通发达了，对我们纺织原材料和纺织成品进出运输有利。"

我笑了笑说："你的思维太单一了，跳不出你的纺织王国。"

"这话怎讲？"高尚是疑惑起来。

"你想想，国际机场建长乐，机场周边的土地将升值，如果高氏纺织为了扩大生产规模，向政府划拨征地建厂，若干年以后，这个纺织厂房会怎样？"

高尚一下子开窍起来，说他悟性高一点没错，一点就通。就连高敏珠都听得出来。

高敏珠说："以后土地很值钱，厂房更会一间难求。"

我哈哈笑了起来。

高尚也笑了起来，然后说："我明白了。"

我给他泼了个冷水说："你还不明白。"

高尚不解地看着我。我说："高氏纺织真正要做大要强，今后要走资本道路，要让高氏纺织产业包装上市。股票知道吗？"

高敏珠说："我知道，有买几个。"

我说："扩大厂房不但是土地增值，也是为了日后上市。让高氏纺织产业成为股份制的上市公司，这样才能走向世界。"

我的话震惊了高尚，他风趣地问："你还有多少让人意想不到的想法？你才是真正的企业家。"

"我建议你跟高董事长商量，要好好召开董事会，谋划高氏纺织未来的战略发展思路。"我若有所思地说。

"我爸一定会赞同你的意见，但是他决定离开高氏纺织产业，跟我叔一起筹建成立一家长乐纺织联盟同乡会。当然他们会参加我们的会议，把脉高氏纺织产业的大事。"

高敏珠补充说："堂伯和我爸虽然不管高氏纺织产业了，但一定赞同你的战略规划。"

"那现在的高氏纺织产业是你们两个当家了？"我问。

"主要是堂哥高尚。"高敏珠说。

高尚说："所以你要帮帮敏珠。"

我看一眼敏珠说："凌见星在金峰创办股份式农商合作社，就是资本市场化，金融产品化。这是一个机会，可以考虑入场，但要请财务专家评估，我不大懂。"

"水萍，你给我带来全新的课题，这个董事会是要开的，而且要邀请你参加。等我爸回来，你再回金峰，我们三个先互动，听取你对高氏纺织产业的布局和发展战略。"高尚历来对我都尊重有加，我的思路都能激发他的潜能，所以他特别重视我的话。坐在旁边的高敏珠，用不一样的目光注视着我，不断地散发出异彩。仿佛在询问：你为什么有这样深刻而又令人振奋的想法，你的头脑里还装了哪些尖端又前沿的东西？我的爱人。

高尚看一下手表，他可能要走了，时间已经十一点多了。高敏珠说："哥，你走吧！我再坐一会儿，等下跟水萍出去吃饭。"

高尚点点头说："那我先走了，我建议你们去那家叫金峰人的饭店吃青红酒炖猪蹄或青红酒炖羊肉，清香又醇厚，美味又爽口，是秋季的美味佳肴。"高尚说着下楼，他到一楼时突然叫住我，"水萍，你下来一下。"

我见状起身下楼，在门口，高尚深深握住我手说："水萍，如果我是一个女的也一定想嫁给你。"

我抖掉高尚的手说："你疯了。"

"我没疯，你知道吗？高氏纺织不能没有你，高敏珠不能没有你，我们都需要你。"高尚动情地说。

"我不是已经把高氏纺织的事当作自己的事指手画脚了吗？我不是隔三岔五地跑来谈论纺织产业发展的事了吗？还可以看望敏珠呢。"我确实关心高氏纺织，不单是高尚付给我顾问费，还有一点点的股份，况且也是高敏珠的纺织。

高尚突然说："你知道敏珠为什么生病了吗？"

"为什么呢？她说贫血？"我有些疑惑。

"贫什么血啊！跟父母吵闹。我婶婶给她相个亲，对方愿意做上门女婿，我堂叔高兴得不得了。可是高敏珠死活不肯啊！你也知道敏珠的脾气，宁愿玉碎，不为瓦全。她一气之下，想服毒自尽。幸好被我及时发现，被我打翻装毒的杯子，只喝了一点，送医院洗肠，折腾了一晚上，住院一星期。"

高尚的一番话，让我眼花头晕，惊出我的虚汗，我的双腿有点疲软起来，好像需要东西支撑，一时不知说什么？只轻轻地对高尚说：你走吧！

高尚离开了我的视线，听见楼上高敏珠正叫着我的名字，我回头向二楼快步走去，高敏珠站在楼梯口，像一个无助的孩子，可怜兮兮地等待着亲人。我走近她，热烈而怜惜地将她揽入怀中，紧紧地抱着，抚摸着她的头发，揉捏着她的肩膀，亲吻着她的脸颊。而高敏珠如同茫茫大海中抓到一根稻草，紧紧地抓住不放。我如同是她生命之舟可以载她驶向远方。她一时控制不住自己的情绪，依偎在我怀里，委屈而伤感地哗啦啦地哭了起来。

第十一章　赖瑞声与他的工程队

一

　　我回到福州后，接到了赖瑞声打来的电话。他在电话那边用富有感染力的语言对我表达了感激。同时还说我是他生命中重要的朋友，也将是他一生中事业发达的贵人，更是他这一辈子改变命运的导师。他给我戴了这么多顶的高帽，都基于我跟他去长乐，去见了长乐县委办公室副主任张仁凡，见了那个建筑公司的老板陈宝山。我想，当我与凌见星先走一步离开吴航饭店回金峰之后，他们在饭店里一定议论了我什么，一定谈论了"刀力"的影响力和关于我的种种猜测，还一定就公路建设工程达成了合作协议。在赖瑞声眼里能够承包到一定的路段工程，全因为我。

　　我是否被他利用？有人说过一个人若能够经常被人利用，说明你这个人有价值，也很有能耐。不知道这样的逻辑是否成立，也有人说这个社会本来就是互相利用，才能共同提高。我不知道这种观念对不对。我想，互相利用总比互相拆台好。我觉得多给人一些台阶，扶人一把，总比给人设障碍要好得多。善意是美德，赠人玫瑰更是一种美好的浪漫。不管在官场上，还是生意场里，或者名利场中都应该如此，否则就破坏了人际的生态，违背了为官的清明，生意的公平，名利的合法性。

我听了赖瑞声许多的恭维话，其实我不以为然，我承认赖瑞声情商之高，作为一个小包工头，从小县城来，没有背景，也没有雄厚资金，优质工程项目竞争不过建筑公司，垫资工程没有能力承接，只能做分包工程或附属工程，靠的是他有强大的劳动力，有了严格的施工质量保证，有了按时或提前完成工程任务的能力。使得许多建筑公司都愿意跟他合作，把部分工程分包给赖瑞声的工程队。

赖瑞声虽然没有什么文化，但是他执行力很强，在他眼里没有实施不了的工程，不管难度多大，他都要想办法攻克。其次，他待人接物讲究诚信，使那些跟他交往的人都认可他的人品。想想，他曾经在火车上向我借十元钱，我们都是火车上匆匆的过客，他可以玩失踪，不还我钱。但是他日后想方设法找到我，而最终成为朋友。他还让我去他工地上做事，住他工地上的仓库，让我渡过了难关。这是他做人的圆滑还是为人热忱，我想自有公论。

然而，此时我没有心思听他的赞美，我心里想着高敏珠泪水汪汪地对我说的每句话，惦记着她每日对我的思念，感动着她烈女般地对我海誓山盟。但是，我能给予她什么？我的爱人。

高敏珠虽出生农村，却有着城里女子无法比拟的爱情追求和情感生活。她读至高中虽没有考上大学，但也没有自卑，为她家的纺织产业贡献她的智慧。虽然她家境殷实，却从来没有沉醉在她优越的家世里。她喜欢读时尚杂志的文章，更喜欢看情感类的专栏文章，她钟情于每天报纸的时事报道，关心国家大事和社会各种动态，更喜欢看针砭时弊的杂文、纪实文章。所以"刀力"早就印在她脑海里，还不断地追问"刀力"是何许人，她想不到"刀力"的真人在她面前出现，所以她相信了缘分。她认为这是上帝给她送来生命中的白马王子，她怎会被父母所阻挠呢？她又怎么会被父母所谓招上门女婿的家规所击倒呢？如此热爱生活、追求美好爱情的女子怎么舍得去死呢？其实服毒自尽只是高敏珠自导自演的一场把戏，她不但瞒过父母，也瞒过了堂哥高尚，而她却告诉了我。这是高敏珠的高明还是愚蠢？不过她的招数奏效了，父母不但都怕了，而且还被堂伯高山远呵斥一番。

我喜欢这样的女子，她真诚而勇敢，她多情而不矫情。高敏珠说她要来福州跟我一起过中秋节。现在距离中秋节只有十多天，我正计划着如何跟高敏珠过一个浪漫而温馨的中秋节。高敏珠说一起吃月饼一起赏月。其实长乐农村不盛行过中秋节，过的是七月半，那是大节。但是农村的月亮好像比城里的月亮要大而且明亮，也许是农村的旷野空灵，四周较黑，天空显得特别宽广，让人一览无余。似乎都能看到月亮上的嫦娥，而且能数清天上的星星，能辨别出哪颗是北斗星，哪几颗是七仙女星？而城里高楼林立，烟囱高耸，灯火闪烁，霓虹萦绕，使天空的景色暗淡无光，赏不到月圆佳景，能够跟高敏珠一起上福州鼓岭赏月，那是够浪漫的。

我为一篇《成也金融，败也金融》的文章伏案写作，那是答应凌见星而写的。赖瑞声急匆匆地找上门来，他对《环境报》的编辑部都很熟了，每次来都会带些小点心，编辑部里的同事都叫他工程师。我停下手中的笔，看着赖瑞声，问："你怎么来了？"

"借一步说话。"他说着拉住我的手下楼，然后向我的同事招招手。

我跟着他到了楼下街头冷饮店要了两杯饮料。赖瑞声迫不及待地对我说："水萍，不要做编辑了，到我工程队来上班。"

赖瑞声的话一下子打蒙了我，心里想，赖瑞声哪来的底气叫我辞去编辑部的工作？我一时不明白赖瑞声葫芦里卖的是什么药。

"水萍，有了你，最近都是好事连连。你应该了解我，我是一个连钢筋都能折断的人。"赖瑞声无不夸张地说。

他的话吓我一跳，问："你还学有这么厉害的武功？力气这么大？多粗的钢筋都能被你折断吗？"

赖瑞声哈哈大笑起来，解释道："你理解错了，误会了，我的意思是我这人非常干脆。"

我也被他给逗乐了，呵呵地说："原来是钢筋很脆，经不起折。不过我们长乐人生产出来的钢筋可没有这么脆哦。"

赖瑞声自嘲地说:"一个比喻、一个比喻。"

我说:"瑞声,感谢你的好意,我知道你是一个懂得感恩的人。但是我一没有力气下工地干活,二没有技术做现场施工监督,三更不懂建筑工程管理。我去你那儿吃干饭啊!"

"这些都不需要你干,我准备成立一家建筑公司,这是长乐张主任的同学陈宝山建议的,他们说国际机场选址长乐,将会给长乐经济发展带来机遇。那么,首当其冲的是基础建设,修路、架桥、下水道、水电、厂房、住宅、商业等等都需要开发、建设,建筑公司、工程队是不是成为热门行业?"

我赞同赖瑞声的说法,也坚信长乐的未来可期,长乐的发展不可估量。但是,我有自知之明,我不是企业家,也不会成为企业家,如果我有发展前途,可能是往文化方面的发展。因为有些文化,会有一些思考,这种思考是方方面面的,可能涉及面比较广,比如生活、社会、人文、企业、经济、政治、人性、情感等等。所以我对纺织产业、企业文化、市场前景、资本运作等都能谈出自己的看法,也只是皮毛之见,对于那些粗犷式企业、家族式企业、个体式小作坊来说,我的观点很管用,也够用。但是要投身做建筑工程,我没这个能耐。

赖瑞声说:"我准备把公司注册在长乐,公司名称由你帮我起一个,你做我的助理,不用坐班,每个月工资核定一千五百元,加工程抽成。"他好像不容我的思考,先入为主,没有商量的余地。

我沉默一会儿,想不到自己还这么吃香。赖瑞声见我不吭声,又说了起来:"水萍,你不帮我,我这个公司就开不起来,我看好长乐的建设和发展,至少有三十年的发展期,我就想立足于长乐,把施工队的重点转移到长乐。你是长乐人,刀力又有一定的影响力,你在长乐的资源很多,张主任对你评价很高,他的同学陈宝山想与你为友,他一定会通过那个做金融的凌见星为你们牵桥搭线,还有那个宣传部副部长周小天一定会去找你。你知道吗?你从饭店走后,他们都在谈论你,谈论刀力笔下的文章。我脸上非常有光,而且光得发亮。在这种背景下,我们不联手大干一番事业,更待何时?"

我再一次被赖瑞声的话惊呆了。我承认他的话很有说服力，想不到他还这么能说会道，而且条条有理，句句核心，让我无以反驳。我只是无奈地说："我是喜欢报社的工作，不喜欢你那些工程的事。再说我住的还是环境单位的宿舍，不能说走就走。"

赖瑞声见我的思想有些动摇，心中暗喜，趁热打铁地说："这些都不是问题，当然不能说走就走，一定会过渡一段时间，住宿的问题我来解决，等我们赚到钱了，自己买房子住。还有，你不用去工地，也不用爬脚手架，你就是跟我一起跟人打交道，你有文化，有社会身份，有思想，有报纸上的文章，这些就是你的金牌。"

我被吹得有点飘飘然起来，他的一句话倒是我心中的梦想，我想在福州自己买房子住，哪怕面积少，装修简陋也能提升自己的幸福指数，毕竟是一种置业，是一个家。我想，靠现在的编辑工作工资、发表文章稿费、养殖场的分红、高尚纺织厂的顾问费，还是没有买房子的能力。如果在工程上有所作为，那买一套房子应该没问题，而且介绍一单工程就有百分之二十的业务抽成，这是市场的行情，也是工程的行规。我对赖瑞声说："让我好好想想吧！"

"这事就这样定了，不用想了，你集中精力想想公司的名称叫什么好。"赖瑞声的话很霸气，容不得我多想。

我笑着看着他，竟然点了点头，默认了他的说法。

二

中秋节说到就到。高尚叫我去他家过中秋节，顺便与高山远交谈纺织产业的走向，并商议如何创建长乐纺织联盟同乡会，同乡会的章程和理事会的功能和作用征求我意见。而高敏珠说要来福州跟我单独过中秋节，还要去鼓岭看流星雨。我无法答应高尚，左右为难，不知如何是好，其实我很怕过年过节，在节日的气氛中，反而有一种孤独的感觉，不像小时候那么兴高采烈。

我跟高敏珠说，十五月亮十六圆，我们十六晚上一起赏月看流星雨。我也跟高尚讲，中秋佳节不易谈生意，我十四回长乐，是跟赖瑞声一起拜访几个领导，晚上跟高尚父子、高敏珠父母一起聊一下我对高氏的想法以及成立长乐纺织联盟同乡会的有关细节，然后回福州，十五我要参加一场重要的活动，十六晚上与高敏珠共度良宵。

我将赖瑞声的公司起名为"长乐名声建筑工程建设有限公司"，赖瑞声非常满意，以前没有公司，也不具备资质，他只好带着工程队到处打游击，分包一点附属工程。而现在筹备成立公司，可以名正言顺地承接各类建设项目，还要做得有声有色，名扬天下。取名"名声"既有此寓意，也蕴含着赖瑞声的名字一个"声"字在其中。这是我为他公司取名的考虑因素。但是，他要把公司注册长乐，必须要有场地和办公地点，这还得由我帮他去落实。我只能找高尚，他的场地多，随便提供一个地址就能顺利通过。等到拿到营业执照，才能宣告长乐名声建筑工程建设有限公司成立。我想叫高尚帮忙提供场地注册公司不是我的目的，而是向他透露今后的长乐发展趋势，启发他对高氏纺织产业的日后布局如何多元化。

福州的街头有了节日的气氛，悬灯结彩，花灯闪烁，花团锦簇。这并不全是为了中秋节，而是为了迎接国庆，中秋国庆只差五天，双节同喜同庆，所以气氛显得特别热闹。月饼是中秋节的必备食品，而茶叶乃是福州人的最爱。于是在街头看到的要么手上拎着一盒月饼，要么手上提着一盒茶叶，礼尚往来，你来我往，月饼和茶叶成为交情的工具，是亲戚之间的纽带，是朋友之间的语言，是上下级之间的尊重。茶饮与月饼是情侣般的绝配，喝着武夷山的岩茶，配着福州美味的月饼，惬意。

我是提着两盒月饼和一盒茶叶回长乐的，月饼和茶叶都是赖瑞声为我准备的。我答应过赖瑞声，国庆之后带他去长乐见高尚和凌见星。他想在长乐立足，必须有长乐的朋友，这就是赖瑞声要拉我入他的建筑公司的原因。

十四这天我起了个早，到达了福州南公园汽车站，这里有直达金峰的班车，高敏珠会在金峰汽车站等我，她是骑着那辆红色的摩托车。我登上班车才八点钟，九点五十分到达了金峰汽车站，从车窗就看到高敏珠站在摩托车旁，她穿着一件黑色的紧身皮夹克，里面是一件白色的 T 恤，与红色的摩托车形成强烈的对比，显得特别出众与耀眼。我下车走向她，她依然站在那里，眼神流淌出无限的爱意与情调。我走近她，看着她说："让你久等了吧！"

"等你千年都甘愿。"高敏珠见到我，满脸的喜悦与开心。

"我今天可起个大早，八点就上车了，还有你爱吃的月饼。"我说着摆弄几下手中的两盒月饼，还有那盒包装精美的武夷山岩茶，对她说，"高尚也喜欢喝茶。"

"你还没吃早餐吗？"高敏珠问。

"我就想到金峰吃鼎边糊。"我回金峰必吃鼎边糊，它与福州的锅边糊不一样，福州的锅边糊汤与米片分开，显得清淡，稀稀的，荡荡的，漂漂的。而金峰的鼎边糊汤水与米片溶在一起，浓浓的，稠稠的，糊糊的，这才是鼎边糊，以糊为正宗。

高敏珠载着我驶向金峰街头去吃鼎边糊，她发动摩托车起步时还回头对我说："抱住我的腰。"

在半路上，高敏珠问我："为什么叫我十六去福州？明天是中秋节，为什么不是明天？"

我跟她解释："明天有个重要的活动，等十六时再告诉你。"

"真的是十五月亮十六圆吗？"高敏珠问。

我说："你明天看看长乐的月亮，后天再看福州的月亮，比画一下哪个更圆哪个更亮。"

高敏珠嘻嘻地笑起来，说："你的梦更圆，你的眼更亮。"

我们吃完鼎边糊就直往大阳村，我松开了高敏珠的腰，一起走进高尚家的客厅。客厅里已泡好了茶，不但高尚在，高山远和高山近兄弟也都在，我向他们叫了声："舅。"虽然是远亲，现在却经常来往。我笑着说："给你们带月饼和茶叶来了。"

高山远说："在这里过中秋节吧！"

"明天有一场很重要的活动，我傍晚要回福州。"我说后坐了下来，高尚给我倒茶水，高敏珠跑去楼上拿笔记本和笔，每次开会、谈事，她都在旁边记录。

我笑了笑，说："我们来谈一下高氏纺织产业吧！"

高山远说："我们从家族企业做起，把纺织产业做到方圆几十里数一数二的龙头企业，随着时代发展，技术进步，人才竞争，市场竞争，我们的高氏纺织也面临了巨大的压力。现在长乐涌现出许多年轻有为的纺织产业新秀，他们注重技术革新，引进高端设备，培养人才。这是我们高氏纺织所缺乏的。这也是我为什么要成立长乐纺织联盟同乡会的原因，将长乐大大小小的纺织企业和个体，通过同乡会的平台集中起来，资金上互相扶持，技术上互相借鉴，人才上互相培养，形成长乐纺织产业的综合发展能力。如果能够多一些像水萍这样的人才来高氏纺织，不但会让高氏纺织突飞猛进，还会带动今后长乐纺织联盟同乡会的影响力。"

我没有吭声，先听他们的意见。高尚说："我们确实没有人才储备，这个短板一时难以突破，造成了引进哪一种设备无法做到判断，产品的质量和产量，无法更进一步突破，这都需要通过技术革新来实现。我们就是缺乏工程师级的人才，当然高层管理也不具备宏观远见和战略目光，水萍提出的一些战略战术没办法做到彻底落实，这就是目前高氏纺织存在的问题。"

我点了点头。高山远说："水萍，按你的观点，高氏纺织如何定位未来？"

我被他们的问题难住了，我既不是企业家，也不是纺织行业的专家，更不是市场分析师。不过，我是一个理想主义者，又充满着幻想，对长乐从家庭小作坊发展起来的纺织产业非常熟悉，家庭小作坊应该只是短平快的买卖，要想成为百年大业就需要走向集团化管理，形成股份制企业。高氏纺织产业就面临这样的问题，这要看高氏家族愿意不愿意把高氏纺织产业推向市场，引进资金，转让股权，导入先进技术，成立研发团队，执行职业经理制，进行资本运作。

高尚看着我，他知道我有许多想法，他说："水萍，我们都是自己人，你可以大胆地提出你的想法，我们都非常重视你的想法。再说你也是高氏纺织产业的顾问，有责任帮我们把脉开出药方。"

我知道高尚用激将法，被他一刺激，不得不说了，我面对他们说："今天来的目的就是为了谈一些我的肤浅想法，包括成立长乐纺织联盟同乡会的作用。"

他们都点点头，高敏珠手里拿着笔，看着我，等着记录。

我开始亮出自己的观点，说："高氏纺织产业确实需要变革。第一，引进资金，转让股权，进行生产重组，以生产车间为单位，划小核算。投入资金。第二，职业经理化管理，设立财务总监，梳理管理流程，走资本化运作，包装上市。第三，以高氏纺织产业为总部，以集团公司的义名，成立若干个子公司，拆解各个市场业务链，制定业务抽成，商务费用，争取更大的市场占有率。第四，改变集团组织架构，设立市场部、技术部、生产部、财务部、人才部、后勤部等若干部门，各负其责。第五，发展第三产业，为高氏纺织产业的可持续发展做准备。第六，成立长乐纺织联盟同乡会要通过长乐民政局注册为合法的社团组织。制定各家纺织企业每年缴纳会费标准，每年组织会员企业出省或出国考察，学习同行的先进技术，成立技术研发中心，为各个纺织企业排忧解难。"

我的六点想法听得高氏兄弟和高氏父子面面相觑，一时不知如何回应我。从他们的目光中可以了解到其内心世界，他们一定在揣摩我为什么会有这么前沿的想法？为什么对企业的发展有如此的见解？为什么对产业与资本的关系有如此清晰的思维。为什么对成立长乐纺织联盟同乡会有如此崭新的解读和建议？我知道他们的疑惑，我解释着说："我喜欢看书，喜欢看各种的书，我也喜欢观察，观察各种现象，我还喜欢思考，思考各种问题，所以有了我对事物的独立判断。长乐是我的故乡，我当然关心长乐，关心长乐人的创业。纺织是长乐的拳头产品，我当然也关心纺织的未来走向，高氏纺织产业是我关心的重点，因为我是顾问，我当然要履行我的职责。"

我的一番话，让在座的所有人都轻松地笑了起来，高山远高兴地说："这才算自家人说的话嘛，长乐纺织联盟同乡会还要邀请你当顾问。"

我笑着说："这个可以有，我还可以邀请一些社会名流来当顾问。"

高山远高兴地说："一言为定。"

坐在旁边的高敏珠将激动的目光投向我，目光中燃烧着崇拜、钦佩和爱意。

高尚抓住我的手，崇拜地仰望着我，然后说："你不能将自己的才华埋没，你在报社当编辑是大材小用。"高尚的话外之音是想让我全身投入高氏纺织产业。

我说："我春节前会辞去《环境报》编辑部的工作。"

"那太好了。"高尚欣喜若狂。

"不是来高氏纺织产业，但跟高氏纺织产业有关系，我们这里能不能提供一个场地，注册一家叫名'长乐名声建筑工程建设有限公司'，是我帮一个朋友注册的公司，他要在长乐发展。"我没有具体讲这个公司的来龙去脉。

高山远非常信任我，马上接着说："没问题，我们这里很多场地都可以注册。最好也过来办公。"

我一听，心里非常感谢，然后说："我的朋友要立足于长乐开发，他有政府的项目，先修路，今后也可以盖厂房，还可以开发房地产。高氏纺织产业的第三产业就要往这方面靠拢。因为长乐是一块待开发的处女地。向海而生是长乐的地理优势，连绵不断的平原是长乐开发的舞台。"

他们听得有点云里雾里的，不甚理解，但是他们信任我，相信我的目光与设想。我又提起了凌见星在金峰成立农商合作社的事。我说："今后的银行也会引进社会资本，成为股份制银行。这是凌见星说的，也就是说今后私人可以开银行，凌见星就是做这样的事，他是敢于吃螃蟹的人，这是金融家的思维，我建议高氏纺织产业可以持股农商合作社，这与日后高氏纺织产业的上市都息息相关。"

我的每一句话几乎都是一颗炸弹，在他们心中炸开了锅。高山远兄弟不得不考虑我的想法，他是跑市场的，应该对市场非常了解，高尚是负责生产的，他应该清楚高氏纺织生产情况，高山远将会导入我的理念来筹办长乐纺织联盟同乡会。

他们不得不慎重考虑如何突破自己的思维瓶颈。对他们来说我才是一个举足轻重的人物。而我自己呢？依然心虚，因为自己明白有几斤几两。那为了啥？为赖瑞声还是为了凌见星？是为了高氏纺织产业还是为了心上人高敏珠？还是纯粹为了我自己？我也说不清楚。

三

八月十五我是没有心思过中秋节的，一个人也无节可过，街上的繁华只是一种热闹，但是，街头巷尾确实弥漫着一种人间烟火味，让人感到一种快乐和幸福。我今天为什么这么神秘，没有告诉高尚和高敏珠十五去参加一个重要的活动，为什么不能跟她一起过中秋节。

今天是有生以来第一次受《榕城晨报》邀请，参加新闻工作者中秋茶话会。我是如此荣幸，以往在电视上才能看到的场面，我将会亲临其境。这一天我当然要拒绝所有的应酬和杂事，保证按时赴会，参加由《榕城晨报》举办的茶话会。

时间是下午三点开始，地点在于山半坡上的一棵大榕树下。我是穿着白衬衫和藏青色裤子去的，手上拿着一个小文件包，里面有钢笔、笔记本和一份当天的《榕城晨报》报纸。今天是多云天气，许多人判断晚上看不到月亮。我到达于山时，看到各路英雄也陆续到达，我几乎都不认识他们，他们也不认识我，虽然有些孤单，但也有好处，不用打招呼，不用说客套话，自个儿可以自由地走动。榕树下摆了十几张小圆桌，每张桌都有四张椅子，桌面上摆放了月饼、花生、瓜子、橄榄和水果。桌面上还有四个空杯子，只要有人入座，礼仪小姐就会过来给倒一杯茉莉花茶。靠墙的方向有个小舞台，墙壁上挂着红色长条布，用白色的正楷写了两行大字，上行书为：金秋榕城，笔墨留香；下行书：榕城新闻工作者中秋茶话会。

我兜兜圈圈几下，找一个靠边的桌子旁坐下，即刻礼仪小姐就过来倒茶水，茉莉花香扑鼻而来，我喝了一口，有一种贵宾的感觉，一下子心情就愉悦起来，也自信起来。人越来越多，有的入座，有的站在旁边围观，应该是路过的游客。有一个比我略大一些微胖的男子入座我旁边，他向我笑笑，然后喝了茶，并拿起一根香蕉剥皮吃了起来。我也向他笑笑，然后也拿几颗花生吃了起来。

　　这时，又有一个女子也坐我的这张桌子旁，她竟然认识这个微胖男子，她轻轻叫了一声："方老师。"

　　微胖的男子笑了一下直接叫她的名字："陈若啊！好久不见。"

　　这个叫陈若的女子用眼神瞟我一下，问微胖的男子："这位先生是你的朋友吗？"

　　我主动先开口说："不是，我叫倪水萍，我们还不认识。"

　　微胖的男子说："我们现在认识了，我叫方树，是福州市党校的，主要写报告文学。"他自我介绍后指着旁边的女子介绍，"她叫陈若，是福州的才女，也是美女，福州电视台《夜话》栏目编导。"

　　我点了点头说："方老师好，陈美女幸会。我是《环境报》的临时编辑。"我虽然不是以《环境报》的名义参加茶话会，但报出这个编辑部也很体面。

　　"我们留个联系方式吧！"陈若说着递给我一张名片，也顺便给了一张方树。

　　方树也掏出名片，递给我一张，也给了一张陈若说："我的地址没变，还是住在党校。"

　　我没有名片，赶紧从包里掏出笔记本，撕下两张，写上联系地址和电话号码，包括传呼机号。

　　茶话会主持人走向舞台，她穿着富有福州元素的传统旗袍，手拿着话筒，做一些茶话会开场白的串词，台下照样在交头接耳，因为是茶话会的形式，允许大家喝着、吃着、聊着，轻松而随性。有几个领导模样的上台致辞，都是讲一些吉祥而美好的话，当主持人介绍《榕城晨报》主编上台致辞时，我关注倾听着。他说："今天是中国传统佳节，借这美好的月圆来临之际，我们在这里举行茶话会，你们在一年里风雨兼程，义无反顾，笔耕不辍，触摸时代脉搏，感知现场事件，书写生活，使《榕城晨报》有了丰富的内容和新闻的事。为此，我代表报社，致敬每一个同仁，中秋快乐！一如既往地记录时代风云，守望公平正义。谢谢大家。"

现场有掌声响起，我听后感到主编的话很有水平，我也拍了手掌。掌声过后，大家照样喝着茶，吃着点心，聊着天。陈若问我："倪水萍老师，你主要是写什么类型的文章？"

我说："我业余写一些纪实性的文章，还有街头巷尾所见所闻的小文。"

"哦，以后有散文、小说之类的文学作品可以推荐给我，可以在我台的《夜读》频道上朗读。"陈若热情地向我约稿。

她称我老师是一种礼貌，好像大家都这么叫着，要么就叫职务，什么主编、主任、社长之类的，大部分有头衔的人都比较体面与尊贵。方树老师说他手上正在创作的一部长篇报告文学，主要写福州洪山乡在改革开放中的成就。他说着重描写乡长如何带领洪山乡干部群众开拓进取、全民致富的故事。陈若听后说："方老师写好后先给我在《夜读》上朗读，然后再出版，这样更有影响力。"

方树答应陈若的要求，我也附和着，说着客套话和恭维的话。这时又有一些人陆续上台亮相，有的人好像还领着什么奖，有奖杯和奖牌伺候。大家边听边看边喝茶，都不是很认真，倒是很关注自己这一桌身边的人，看上去都很老油条，由此可想，应该每一年都有举办这样的茶话会。果然如此，方树问我："倪老师你是第一次参加茶话会吗？去年在乌山上举办有没有来？"

我说："我是第一次来参加的，所以请你们多多关照。"

陈若说："一回生，二回熟，三回四回热炕头。"她说后做调皮状，自个儿地笑了起来。

我和方树也笑了起来。这时候，台上的主持美女又开始说话，她的声音甜美而悦耳。她手上拿着几张卡片，应该是讲话的提示内容。

她说："先生们、女士们，现在向大家隆重介绍一个报纸作者，他始终低调又神秘地存在着，他的文章犀利而不失委婉，他怀揣着梦想，带着微光去观照现实，他以柔性的文风针砭时弊，以朴实的情感去关怀人性。他的每一篇文章都充满着深度、力度和温度。他总是站在现场，洞察社会百态，他总是深入生活，隐见人间万象。今天我们要把最尊贵的奖杯献给他，把最高的奖牌授予他。他的名字叫刀力。"

正当人们翘首听着主持美女的每句话时，台下就一阵骚动，猜测着是谁得如此殊荣，每一句评语都是最高的肯定，每一个措辞都是最高的评价。当主持美女念出"刀力"二字时，台下一片哗然，而我却一阵脸红，心脏脉搏跳动加剧，紧张而惊悸。大家开始议论纷纷，有人说出许多刀力的文章题目，有人议论起刀力文章的内容和社会效应。坐在旁边的陈若说："我几乎看过刀力的每一篇文章，我还关注他的专栏。"

方树说："我也是，他近期在《海峡导报》上发表的《成也金融，败也金融》已经引起社会的热议，我们党校的一名财经教授还专门写了一篇评论，发表在内参上。这个奖杯与奖牌应该属于刀力。"

我不知说什么，不敢看大家，像做贼一样无处可逃，不断地拿水杯喝茶，其实茶杯里已经没有茶水了。此时。台上的主持美女用温和而深情地说："现在我们用最热情的掌声邀请刀力先生上台。"

我没有任何准备，报社邀请我参加茶话会，也没说给我发奖杯和奖牌，更没有要求我上台亮相。他们只告诉我务必要参加今年的茶话会，我想不到报社给我玩阴的，让我措手不及，这一上台可能会洋相百出了。我在大家目光交替穿梭中站了起来，我力争做到站稳，走稳，徐徐地向舞台走去。方树和陈若见我向舞台走去，情不自禁地互换一下眼神，都做出惊讶状，异口同声地说："倪水萍就是刀力？没有一点迹象啊！"

陈若说："刀力是他的笔名，他没有说啊！"

"我们也没有问啊！我们以为刀力离我们很远，原来就坐在我们旁边。哈哈，茶话会上卧虎藏龙啊！"方树惊叹不已。他说着从包里掏出刚才我写给他的纸条，重新浏览一下纸条上的地址和电话号码。

陈若也惯性地掏出纸条看了一眼，生怕纸条丢失了。我站在舞台中间，有人在不断地拍照。我一边手拿着奖杯，另一边手拿着奖牌开始讲话了："感谢各大媒体，感谢茶话会上各位同仁。给报纸写稿是我的业余爱好。我主要是围绕平民百姓关切的问题，以真实的文字记录真实的事件，以真相告白真面目，以同情心之锤敲响生活警钟，以真实故事警示人们思考，这是我写文章的意义所在。谢谢大家。"我匆匆说完简短的获奖感言之后，在阵阵掌声中走下舞台。我已满头大汗，慌张得好像找不到自己的座位，只见有人不断向我招手，那是方树和陈若的手。

四

十五的月亮被乌云遮住了，天空中暗淡无光，街头的灯光，门前的花灯，树上的满星灯各自闪烁着不一样的光彩，照亮着不一样的光芒。

我几乎一夜无眠，回忆了今天下午在茶话会上出尽了风头，使刀力的名声更加闪亮，我明白人怕出名猪怕壮的古训，我担心会不会引来不必要的麻烦，我还是保持原来的做人风格，更加坚定地要离开《环境报》编辑部，加盟到由赖瑞声成立的建筑工程公司。我从深夜想到天亮，没有一点睡意，也没有倦意。我依然躺在床上，回顾着昨天站在舞台上引人注目，讲了那些还算过得去的话，回味着主持美女对我及文章的评价，回忆着方树和陈若对我的钦佩和友好，陈若说要请我吃饭，方树要邀请我到他家做客。还有其他桌上的人陆续来到我面前，向我祝贺，向我问好，并递给我名片。他们都习惯叫我刀力。这一切的一切，都让我既兴奋又惶恐，既自豪又不够自信。

时间已经过了九点，我肚子不饿，也不想起床，在一遍遍遐想中又睡了过去。不知过了多久，我被一阵又一阵的敲门声吵醒，我睁开惺忪的眼睛，心想是谁呢？不会是陈若吧！也不应该是方树吧！我懒得起床去开门。这时我的传呼机响了起来，一看才知道是高敏珠的电话，我赶紧起床去开门，却不见门外有人，我正准备下楼去食杂店里回她的电话，正看见高敏珠匆匆地往上走，我叫了一声："高敏珠。"

"我还以为你这么早就出去了。"高敏珠说。

"我还在睡呢，你这么早就到福州了。"我说着接过她手中的包，拉着她的手进屋。

高敏珠抱着我说，"人家想你嘛，一夜都没睡，等着天亮，坐了早班的车来福州。"

"我也一夜没睡，现在还困着。"我说着揉了揉眼睛。

高敏珠兴奋地搂紧我说："你是在想我是吧！"

我笑了笑说："不是，昨天参加新闻工作者茶话会，出尽了风头，兴奋得失眠了。"

高敏珠虽有点不悦，听说什么茶话会，好奇地问："什么茶话会？"

我指了指桌面上的奖杯和奖牌，将昨天下午参加茶话会的事向她说了一遍。高敏珠聚精会神地听着，听得沉迷而陶醉，还不断地吻我抚摸我，喃喃地对我说："你真的厉害，我为你骄傲为你自豪，你成功了，我们今天要好好庆祝一下。"

我说："我现在很困，想睡。"

高敏珠说："我也很困，我陪你一起睡吧！"

于是，我们一起上床，我搂着她，她躺在我怀里，进入了梦乡。我们一起做梦，有美梦，也有春梦……

十六的晚上明月当空，清风恣意，夜色迷人。我们没有去鼓岭赏月，也没有流星雨。高敏珠见我精神有些恍惚，怕我太累，就取消了登鼓山的念头，我们一起去了闽江边，随着江边的堤坝，从青年会弯弯转转向西走去，不但可以赏到天上的月圆，还可以欣赏到泱泱的闽江水中的一轮明月，湿漉漉地荡漾着。十六的月亮好像真的比十五还圆。

我与高敏珠度过了不眠之夜，她的热烈而真情，我的赤诚而爱恋，使我们从灵与肉中得到凤凰涅槃的升华，旗帜鲜明地将爱的誓言书写在彼此的心灵深处。恋人的约会总是短暂的，也应验了美好的东西都是瞬间的，平淡才是日常，繁忙才是生活，奋斗才是人生。

我送走了高敏珠，她依依不舍，流连忘返。我说一周后又是国庆节，有七天的假期，到时候我去金峰找你。她欣喜若狂，点了点头，眼眶里闪烁着泪花登上了开往金峰的长途班车。当我回头离开汽车站时，传呼机响了起来，是赖瑞声的电话。我找个公共电话回了过去，才得知他在长乐拿到了六公里长的公路建设标段。赖瑞声说得无比激动，我听得非常惊讶。可见长乐真的要开始建机场了。要建机场先要修路，赖瑞声能拿到六公里的路段建设，全靠张主任的面子，他是挂靠在张主任的同学陈宝山建筑公司。陈宝山是土生土长的长乐人，他的建筑公司叫福建山海建筑工程有限公司，注册于八十年代初期，在长乐算比较有实力、时间也比较久的公司。陈宝山能对赖瑞声那么友好，不单是张主任的关系，还有凌见星的关系，凌见星不但是银行的人，还有一个叫刀力的朋友，这么多综合的关系，他带领赖瑞声进入长乐建筑界，背后有这么多人的加持，日后可以强强联手，拿到更大更多的项目。这是陈宝山的考量。赖瑞声都看得一清二楚，他自己知道几斤几两，他甚至知道凌见星和我比张主任更重要，所以他为什么当机立断叫我辞去报社的工作，要注册一家建筑公司就可想而知了。

　　赖瑞声认为这是百年不遇的机会，他必然要抓住这个机遇，而且要紧紧地抓住我不放。赖瑞声提高了音量对我说："你现在哪里？中午一起吃饭。"

　　"我在南公园汽车站，就不要吃饭了，我困得很，想睡觉。"我无精打采地说着。

　　"你这是从哪儿回来还是要去哪儿？这么早跑到汽车站干吗？"赖瑞声问。

　　我没有告诉他原因，就说："没什么事就改日吧！"

　　"是有事啊！那个陈宝山想要见你，请我们吃饭。"赖瑞声说出实话。

　　我犹豫一下说："他请我们吃饭？应该我们请他吃饭才对啊！"

　　"按常理应该这样，我想他应该有事求你。"赖瑞声做出自己的判断。

我问："什么时候？"

赖瑞声说："时间由我们定，他来福州请我们。"

我又犹豫一下说："等周末好不好？"

赖瑞声说："那就定星期六上午十点。"

我说："可以啊！我要先回去睡觉，下午再去报社。"

我与赖瑞声挂断电话后就直接回家，刚打开家门，传呼机又响了，我又急匆匆跑下楼去回电话，原来陈若打来的电话，她要约我喝咖啡。我知道喝咖啡很有品位，虽然我很少喝，但我喜欢那样的气氛。毕竟是电视台的编导，很有文艺风，也很时尚。我答应了今晚一起喝咖啡。她告诉我今晚上八点在白马河边上一个叫"三杯咖啡"店里见。

我今晚稍微要打扮一下，毕竟陈若是电视台的编导，时尚、知性、文艺、前沿是她的标签，我在她面前不能太寒酸，要有几分风度，我明白，风度不是靠衣衫的打扮，应该是自然地流露。特别是一个男人，成熟而稳重、礼貌而谦让是基本的素养，绅士而热情、大气而低调是一种格调。我好像很难做到这些，也达不到这些标准。于是，我还是穿上高敏珠给我买的一件米黄色的夹克衫，穿起来有几分时尚感，看起来干练又不失活泼。

白马路是靠西湖方向，一条白马河从南到北，沿河边的那条路就叫白马路，河边大部分是花圃小公园，偶尔有一些建筑物，三杯咖啡就处在这些建筑物中，有二层半，屋顶露台撑着太阳伞，伞下摆着几张圆桌和椅子。一楼是大厅，吧台煮咖啡的地方，还有收银台，剩下的空间是落座的地方，有两人座、三人座、四人座，有屏风隔离，既敞开又独立。灯光柔和，有轻音乐飘逸着，醇厚的咖啡香味随音乐而散发开来。我来到二楼，二楼是包间，也叫贵宾楼，原来陈若那么讲究，贵宾楼、包间，给人尊贵而神秘的感觉。包间有分小中大，二〇六包间是小包间，服务小姐把我带到包间里，为我倒了一杯温开水，然后退出把门关上。陈若还没有到，我喝着水，浏览着包间的装修风格和布置的理念，总感觉这种情调比较合适情侣约会的场所。心中不禁产生美好又浪漫的感觉，让我想到了高敏珠，日后要带她来这里约会。

十分钟后包间的门被推开，服务小姐的背后站着陈若，服务小姐招呼陈若进去后把门轻轻关上。我站了起来向她微笑着说："这里的环境很美。"

　　陈若在我对面落座，然后说："文艺界和媒体界朋友都是来三杯咖咖休闲、聚会、聊天、谈事，边品尝咖啡边海阔天空。"

　　"哦哦，我不但没来过，也没听过还有个三杯咖啡，孤陋寡闻了。"我自嘲地说着。

　　陈若熟练地点了咖啡，还点了一盘水果拼盘和两块蛋糕。然后说："看不出来，你这样温文尔雅的人却写出那么犀利的文章，看上去你好像与世无争，却关注社会动态，针砭时弊，了不起。"

　　我笑了说："我比较写实，现实生活中的人和事总是残酷的，赤裸裸的，血淋淋的。是美与丑的交替，善与恶的穿梭，是与非的混杂。所以我们力争去还原真相。"

　　"这需要勇气与担当，需要对生活的洞察，对人性的挖掘，敢于向阴暗面挑战，你做到了，刀力老师。"陈若的话充满了羡慕和敬仰。

　　"你过奖了，我倒没有想那么多，就是业余时间喜欢写文章。"我说。

　　"因为你没有功利心，所以文章写得真实，而且都是反映社会上旮旯的事，生活中杂乱无章的事，百姓麻烦的事。这些看上去没人关心的事，恰恰是被人们忽略的日常，你把这些人和事写成故事，似真又假，似假又真，真中有假，假中有真，在真真假假中给人警示和启迪。这就是文章的价值，所以能得到大众的共鸣。"陈若的一番话体现了她一个新闻工作者的思考，她毕竟是做编导的，概括得很到位，而且有水平。

　　我第一次被人夸奖着，虽然有些自信，面上还是不好意思。我说："你是第一个夸我的人。"

　　陈若笑了起来，她接着说："我不但是第一个夸你的人，我还是第一个懂你的人，而且还会是第一个能走进你心灵深处的人。"

　　我迟疑许久，不懂得怎么接她的话，她用很深情又很淡定的眼神看我说:"你不相信?"

我脱口而出:"你有这么厉害?"

"不是我厉害,而是我们有同频率的脉搏,这种磁场能够产生共振。"陈若说得让我一知半解。

她见我无语,端起了咖啡说:"来,尝一尝咖啡。"

我喝着咖啡,苦涩中回味着甘甜。陈若又说:"刀力老师,我喜欢刀力,也喜欢你的文章,更喜欢你这个人,所以我想做一期关于你的《夜读》节目。"

我一听,更是一片茫然,不知如何回答。

五

福州要建一座专用的民用机场,以取代现有军民两用的义序机场已在坊间流传多时,选址落在长乐海边却知者甚少。但长乐人是最早知道消息的,我在这个时候才知道长乐国际机场坐落于长乐海边,地处漳港境内,从机场到海边徒步二十分钟可以达到,你可以看到茫茫大海和蓝天白云,以后还可以看到蓝天下,飞机在大海上飞翔。而从我的老家湖南镇山富村徒行到机场也不过四十分钟,骑自行车二十五分钟,开车十五分钟。我没有想到从小在这里长大,看到的沙丘、木麻黄、农作物,将被改造成一座国际机场。据悉,这座机场要建成4E级民用国际机场、区域枢纽机场、海上丝绸之路门户枢纽机场。这一消息还是赖瑞声告诉我的。是他约我安排时间,他要带陈宝山来福州见我时告诉我的,他还告诉我,他所承建的公路段已经开始动工,他的工程队第一批三十多人已经到达现场。是地处长乐县漳港镇仙岐村,建一条由长乐城区通往长乐国际机场的公路,他负责的六公里道路都处于漳港境内,那是陈宝山的老家。

周末赖瑞声叫我中午到台江码头的闽江边上一家叫闽江一号的餐馆吃饭,陈宝山等人会在第八包厢等候。我如约而至,十一点多就到达闽江一号,餐馆面对闽江,江景宽阔而秀丽,一座中洲岛浮现在江面上，如不沉的航母。左边是闽江大桥，右边是解放大桥，桥头的北端有一座青年会教堂。坐落在这里的闽江一号不管从地理还是风水来说都属最佳的位置，从长乐、福清方向来的人，请客吃饭大都会选择闽江一号。

我推开第八包厢的门，陈宝山等人都已经到了，让我吃惊的是包厢里的人我都认识，陈宝山、赖瑞声，还有凌见星和长乐县委宣传部的周小天。我不禁问："这么齐啊！一定有什么喜事啊！"

陈宝山热情地招呼我入座，凌见星说："没有什么喜事，是我想给你一个惊喜。"

我呵呵地笑着，然后冲着赖瑞声说："你没有告诉我凌见星来啊？"

"我真的不知道。"赖瑞声委屈地解释着。

陈宝山说："这不怪瑞声，是我没告诉他。"

我点了点头，转身向周小天问好："周部长你好啊！"

周小天伸手跟我握手。这时陈宝山向我介绍："倪老师，告诉你实情，小天还是我的小舅子呢，上次没来得及向你解释。"周小天附和着对我说："他是我姐夫。"

"哦，这么亲的关系。"我说着跟陈宝山握手。这是我第二次见到陈宝山，对他并没有多少了解，四十多岁的他看上去热情、友好，在善意中不失生意人的精明。我握着他手说："赖瑞声非常感谢你，你这么大的建筑公司无私地提携他刚注册的小公司，而且给了一单六公里长的道路建设项目，可见陈老板的为人。我都很感动，今天应该由赖瑞声来请客。"

赖瑞声赶紧接着我的话说："是啊！今天我来买单。"

陈宝山谦虚地说："别别，我们都是自己人，更何况赖瑞声有强大的工程队伍，我们也正需要这样的工程队。你知道我们长乐人做生意的居多，办工厂，做养殖，出门做贸易比比皆是。要么出海捕鱼当渔民，要么干农田，就是缺乏建筑工人，赖瑞声恰恰有这个优势，从顺昌、政和方向招来的工人，个个好身手。这次修路第一批一下子到位三十六个工人，让我放心了赖瑞声施工的能力。"

陈宝山的一番话说得很在理，也解释得很有情商，他避开了自己的功劳，夸奖了赖瑞声的能力。给我印象深刻，这样的人不会坏到哪儿去，不但可以合作，还可以为友。陈宝山接着说："今天是我专程来福州请倪老师的，当然不能叫赖瑞声买单了。"

　　"这么客气啊！"我笑容里透出谢意。

　　"老哥有事请教倪老师啊！"陈宝山面露无奈之色。

　　"是什么事呢？"我问。

　　"我们先吃菜吧！边吃边聊。"陈宝山说着举起酒杯说，"来，我们先敬倪老师一杯。"

　　我说："大家一起喝吧。"

　　陈宝山终于说出他心中的郁闷。原来是他老家的事，他村庄的一大片农田边上有一家印染厂，污水直接排放在乡亲们的农田上，造成了水土污染，作物不长。农民三番五次找印染厂、当地政府，几次协调后是有所好转，过几天又旧病复发，污水依然排放不绝。乡亲人来长乐县城找陈宝山，陈宝山上一次听说我是《环境报》的编辑记者，正暗喜在心。《环境报》主管正是环保局，环保局既有执法能力，《环境报》又有舆论监督功能，而刀力又是一个敢写敢说的有影响力的知名人士。于是，陈宝山委托赖瑞声组一个饭局，拉上我的好友凌见星和当宣传部副部长的小舅子周小天来福州找我。

　　我了解具体情况后没有表态，陈宝山有点紧张，生怕我不帮忙，他趁热打铁地说："倪老师，拜托了。"

　　我说："我们长乐有很多纺织厂、印染厂、钢铁厂都属于污染企业。这确实牵涉方方面面。污染企业易地搬迁不现实，土地也无法长期受污染，这个矛盾的根源在于经济问题。现在其实空气污染很严重，环保部门已经开始重视，我们如何在保经济发展的同时，保蓝天白云，山清水秀。"

　　大家看着我，还不一定明白我的意思，我挑明一点说："这是很复杂的现实问题，我是想过写一篇这方面的文章，又怕刺激太多人的神经，包括当地政府。"

陈宝山接我的话说："就写我老家农田受污染的事。"

我笑了笑说："陈老板，这样吧！我叫《环境报》记者一起去现场看看，先不叫环保局的人去，怕事情弄大了不好收场。"

陈宝山见我愿意帮忙，赶紧说："一切都听倪老师的安排。"

周副部长接着说："到时候我也派一个宣传干事一起去现场。"

"这样就可以了，到时候我再叫上电视台的朋友扛一台摄像机一起去。"我为了能起到舆论监督的效果，准备求助陈若，她应该愿意帮忙。

"那太好了。"陈宝山激动地站起来，拿起酒杯对我说，"倪老师，我敬你，你随意，我干了。"他说后一饮而尽。

其实我也一口喝光了，然后说："为了几个人能同时到达现场，最好在福州备一部车，电视台的记者和《环境报》的记者一起走。"

"没问题，车我来准备。"陈宝山说。

赖瑞声对陈宝山说："不用从长乐开上来，我在福州安排一部面包车。"

我说："好，就这样定，等我通知具体时间。"

陈宝山抱双拳豪气地向我表示感谢。还说了一些我们长乐人的义气与肝胆的话，把我这个长乐老乡吹上天。赖瑞声在一旁洋洋得意，他心里想：他和他的工程队在长乐的根基牢固了，有我这个名声在外的好朋友，有多年的朋友领导张主任，有豪爽重感情的陈宝山，还有我的银行好朋友凌见星，赖瑞声感到无比荣幸，也感受到一人做事多人帮的重要性。他更加珍惜我，认为我有"刀力"这个名声，一手犀利而又有温情的文笔，还有身处《环境报》编辑记者的身份，许多事情就能够迎刃而解了。此时他意识到还不能叫我辞去《环境报》编辑部的工作，这是身份的象征，社会地位的体现，上层建筑的标志。一直没有说话的凌见星站起来说："等事情办妥之后，也是在这个闽江一号，也是我们这些人，我来做东请大家吃饭。"

我半开玩笑地对凌见星说："我再叫上电视台记者和《环境报》记者朋友可以吗？"

陈宝山赶紧接着我的话说："我们热烈欢迎啊！记者朋友能够赏光是我们的荣幸啊！"

凌见星知道我开玩笑，他知道我的性格，不会轻易去应酬吃饭，也不会轻易请人吃饭。的确，请人或被请都是一件很麻烦的事。时间到了午后一点多钟，窗外好像没有了太阳，乌云不知从哪里纷纷扬扬地聚集在空中，好像要下雨了。我说："好像要下雨了，我们到此结束吧！"

大家离开了闽江一号，我自个儿刚到家的时候，天上下起了倾盆大雨。

六

让我意想不到的是，这场大雨连续下了好多天，现在还没有停下来的迹象。福州城到处闹洪涝，马路被淹，低洼处积水，内河排水受阻，各路人马迅速出动防洪排涝，交通几乎瘫痪，出行受阻。我也被困在家中不能上班，组织记者去长乐解决污染的事也被搁浅。一切都被打乱了。

据说这是二十多年来最大的一次暴雨造成的洪涝灾害，房屋被淹、倒塌比比皆是，道路冲垮、汽车被淹随处可见，山头滑坡、农田被淹一片汪洋。雨停放晴之后，一片狼藉，恢复生活生产成为当务之急，发放救济物资在有序不乱中进行，清理污泥、修建道路、疏通河道、重建家园成为全力以赴的重中之重的任务。此时，赖瑞声急匆匆地打来电话，这是恢复生活生产后的第一天，也是几天后我来到《环境报》编辑部，因为《环境报》要出一期关于抗洪灾内容的专刊。

我听是赖瑞声的电话，还没等他开口说话，我先说："刚来上班啊！带记者去长乐采访污染的事还要推一推，现在去长乐的道路中断了还没有修复，至少要一周后的事情了，你跟陈老板解释一下。"

赖瑞声静静听我把话说完，然后才说："我明白，我打电话给你不是说这事。"

我吃了一惊，感觉自己的话讲快了，不好意思地问："那是什么事？"

赖瑞声激动地说："我的工程队在挖地修路时，发现了一座地下宫殿。"

我一听紧张起来，有点不大相信自己的耳朵，再次问他："你说什么？再说一遍。"

赖瑞声再说一遍："我们的工程队发现地下宫殿。"

我还没有对赖瑞声说什么，先跟编辑部的同事说长乐境内发现一座宫殿。他们一下围到我身旁，问这问那。我对着话筒说："具体在什么地方？要马上通知当地政府，保护好现场，不能再开挖，以免破坏文物，通知考古专家来现场，我争取叫《环境报》记者去采写文章，很有价值的新闻。"

"现场施工经理已经保护了现场，地点在漳港镇仙岐村。我们已经通知了有关部门，明天考古专家就会来现场。"赖瑞声说。

"去长乐的道路能通吗？"我问。

"要绕道多走几公里再步行十五分钟就可以到达。"赖瑞声说。

"那行，我们编辑部的人也去，你去不去？可以带路。"我说。

"你去我必须去啊！我安排一部工具车负责接送。"赖瑞声自告奋勇地说。

"那太好了，我们明天九点出发。"我说着转身告诉编辑部同事，"我们去几个？谁去？"

大家争先恐后地都想去。最后商定去三个人，一个负责摄影，一个负责采写，一个负责搜集材料，一切安排就绪。

当我傍晚回家的路上时，接到了凌见星的传呼，我到路边的食杂店公共电话回了过去："是不是污染采访的事啊！这场暴雨打乱了一切正常计划。"

凌见星有点有气无力地说："该死的暴雨，不是污染采访的事，那是小事。"

"还有什么大事？"我有点忐忑不安起来。

"黄海浪的鳗鱼场被洪水冲走了，冷冻厂也被淹，损失惨重。"凌见星的声音有点悲怆。

"你说什么？"我一下子心情变得阴暗起来。

凌见星没有再回答我，我凝固似的呆呆地拿着电话听筒一动不动。店主叫了一声"喂"，我才回过神，缓缓地将电话听筒放下。

据考古专家实地挖掘勘察，位于长乐市漳港镇仙岐村的地下宫殿叫作显应宫，又称大王宫、妈祖庙。它始建于宋绍兴八年即公元一一三八年，距今已有八百六十多年历史。几百年间，显应宫数度重修。据出土的碑文记载，最后一次重修是在清道光二十一年即公元一八四一年。大约在清光绪年间也就是一百多年前，由于一场风暴海啸之类的特大天灾袭击，显应宫随同邻近的村舍，一夜之间被风沙掩埋在地下了。

显应宫地下宫面积约有一千余平方米。考古挖掘证实，湮没之前的显应宫为一处四面土墙围护、前后二进的宫庙建筑，前后二进的主座均为四扇三开间、进深五柱、明间抬梁式建筑。是因为突发的灾害而被掩埋的。

出土的文物有陶瓷器皿、古币二十一件，木匾、石碑各一方，其中，清道光廿一年的重修碑，是显应宫湮没前的最后文字记载。碑上可见简化的汉字，具有汉字研究的史料价值。最重要的是五组五十余尊泥彩塑像，这批泥塑像在原址按原样、原序列复原，真实反映出当时显应宫的宫庙历史氛围。泥塑像保存基本完好，塑像形态各异，色泽鲜艳，神情毕肖，且分组摆放，数量众多。其制作年代可以较明显地分为明代和清代二类，少量可早至元代，具有很高的文物价值。

地下宫为二进结构，四周为土筑和石砌围墙，宽十三点二米，深二十六点四米。宫内共有五个神台，分别供奉不同的群塑神像。二进殿内共有三个神台。正中神台供奉的群塑主像为本地的当家神"大王"。西侧神台上供奉的主像是福州民间普遍尊崇的一位妇女、儿童的保护神——临水夫人陈靖姑。东侧神台出土时并无神像，但在外墙和前殿西侧神台的地面却又多出几尊。于是人们就把这几尊塑像放在了这个神台上，前殿东侧神台上供奉的主像是妈祖天妃。最引人注目的要算是前殿西侧神台上的"巡海大臣"群塑了，七个神像中除一人为"番人"外,其他六个均着太监服饰。从塑像形成时间、雕塑手法、人物特征、服饰特征,以及当地历史、庙内供奉诸神特点等各方面因素综合分析、考证,这组塑像大约形成于明万历年间,比东侧妈祖塑像略晚一些形成。居中者塑像头戴嵌金三山帽,身着簇新蟒龙袍,腰系玲珑白玉带,脚穿文武皂朝靴,完全是明代宦官特有服饰,就是统率舟师七下西洋的三宝太监郑和。而郑和身边的"番人",有人认为可能是从第四次开始协助郑和下西洋的西安清净寺掌教哈三(哈桑)。哈三是西亚北非人,由于他在"危险海峡"为郑和船队安全引航功勋卓著,所以他与郑和一道被后来的行船走海人奉为"巡海大神"。

更为神奇的是,当地下宫殿重见天日之时,有数百只美丽的大彩蝶不知从何处翔集于此,不约而同地驻足在神像之上。接着几只青蛙和几百只蚱蜢也出现了,也是硕大肥壮得连这一带最年长的老人都不曾见过。谁也不知道它们是从哪里来,为什么而来,来了之后为什么不肯离去。这些不解的谜团给显应宫增添了神秘的色彩,有人把显应宫又称作蝴蝶洞。

当地各大报纸开始纷纷报道这个消息,人们也纷纷前往观看。赖瑞声的工程队也由此沾光出名了,工程队施工人员不但接受了采访,报纸上也赫然写着长乐名声建筑工程建设公司在施工挖地时发现了一座地下神秘宫殿——显应宫。

我至今还没有去显应宫现场,接到赖瑞声电话后,原本与《环境报》同事一起前往现场。恰恰这个时候得知黄海浪的鳗鱼场被这次大暴雨冲走,黄海浪与池也水多年经营养殖鳗鱼场产业一夜之间破产。我可是也有六万元的投资,尽管这六万元是黄海浪和池也水为了答谢给我垫付的本金,现在也才刚刚赚回成本,准备收益的时候却遇到了天灾,断了日后的财路。而凌见星更惨,他应该投资二十万元,一下子打了水漂。那么黄海浪呢?他从金峰农贸市场海鲜摊位做起,做到海鲜批发、养殖、冷冻仓库,却在鳗鱼场上摔跟头。而池也水更是命运多舛,自从日本归国,做什么都不顺,养殖鳗鱼是他最喜欢的事,这是他在日本鳗鱼场打工经历有关系,而且学有养殖技术,他以为与黄海浪强强联手，做成鳗鱼一条龙产业链，从养殖、冷冻、深加工到出口销售国内外，想不到梦碎洪水之中。

他们也没有联系过我，我也不敢打电话问他们，对他们来说，我这个区区六万元又算了什么？他们应该有大几百万元的投资，一部分资金还是从林芬芳那儿借贷来的。我一下子想到林芬芳，她借出去的钱怎么办？黄海浪和池也水破产了，欠林芬芳的钱怎么还上？一想到这些，我身体一下子瘫软了，这千头万绪的关系将我牢牢套住，我哪里还有心事去观摩显应宫？我哪里还有心事组织记者前往陈宝山的老家解决污染的事情？

在这焦虑不堪的日子，是我该去安慰凌见星，还是去安慰林芬芳？或者是凌见星该去安慰黄海浪和池也水？那么，由谁来安慰我呢？正当我独自一人关在屋里不见任何人的时候，正想着高氏纺织产业的车间有没有被洪水淹没？仓库有没有进水？我在心里祈祷着高氏纺织不能出问题，他们的车间、加工厂、仓库都不在低洼地带，但愿没有问题。我不敢打电话问高尚，但我想知道真相，我思念高敏珠，在我万般痛心之时，如果高敏珠告诉我，高氏纺织产业在这场凶猛的洪水中安然无恙，会像一剂强有力的补药提振我虚弱的精神。正在这时，我听见有人在敲我的门，我踱步到门前，打开门，站在门口的竟然是高敏珠。

第十二章　李烟茵与她的闺密们

一

　　三个女人一台戏，谈天说地不回去。有人认为长乐女子时尚，喜欢以非主流装束打扮而著称。她们大多追求时尚潮流，既大气也会撒娇，而且美女众多。

　　不管在长乐城关街头，还是在金峰镇街头，抑或在其他乡镇，街头巷尾都能看到美女帅哥的影子，他们大多骑着各式品牌的摩托车，主要以雅马哈品牌为主，他们手提着来自港台的三用机，有8080型的，也有4500型的，音质细腻，扩音效果有余音绕梁之美妙，立体声效果浑圆淳厚。他们热衷于卡拉OK，迪斯科是他们的最爱。他们下穿着喇叭裤，上穿梦得娇T恤。这些红男绿女们能够如此潇洒、时尚，应该追溯到八十年代初的金峰走私历史，这不但让长乐人淘到了人生第一桶金，或者说家族里第一桶金。同时见识了港台货，从服装到化妆品，从三用机到录音带，从邓丽君的歌声到张帝的说唱，时尚潮流由此而掀起，最为关键的是他们有强大的经济支撑着。在长乐人当中，大部分人都有或多或少地做了投资，从几万元到几十万元到几百万元不等。投资钢铁的人居多，也有投资纺织、养殖、贸易、建筑工程等，他们不用上班、打工，坐等收成。一般一年能够分红三四次，大部分在端午节、中秋节、春节这三个节点，每次分红都在百分之十至百分之三十，甚至更多。一些男人还可以去自己投资的工厂里上班，女人们顾家理财之余，就是吃喝玩乐。喜欢麻将的就去打麻将，喜欢音乐的就去卡拉 OK，喜欢美食的就经常下馆子，喜欢旅游的天天往旅行社跑，三日游的、七天游的都能接受，省内省外游，哪怕出国游也喜欢。

　　当然，也有喜欢做生意的。比如李烟茵就是这样的女子，她几次出国都以失败告终，最后一次发生沉船事件差点丢了性命，才彻底地打消了出国的念头。尽管几个好闺密同情她，叫她再去长乐农贸市场做干鲜货摊点生意，她也只好暂时再摆摊做干鲜货买卖，后来才喜欢上了保健品买卖。意想不到的是李烟茵把保健品做得风生水起，从营养品到护肤品，从保健品到日用品都做得有声有色，并发展培养了一支营销队伍，人数达二十余人，他们又发展了许多下线。她整天忙于送货、讲课，忙得充实而快乐，仅两年时间把之前出国欠下的债务都还清了。在金峰一带，人们非常迷信保健品的销售模式，主要魅力在于人们不但使用它，而且还做直销，也就是说你一旦进入销售团队，不但自己保健加美容，还能赚钱。李烟茵因为喜欢做生意，也喜欢打麻将，所以朋友众多。她天生长得好看，又喜欢美容，保健品是她最好的选择。她是渴望出国，每次都有惊无险，虽不能成行，也练就了胆大心细的本领。平时就不爱待在家里，整天喜欢往外面跑，这个姐妹长，那个姐妹短地帮助，人缘很好，这是她做销售的优势。她的老公虽然只是村里小会计，但投资了三家钢铁厂，每家都有十几万元投资，每年都能分十万元左右，生活过得很是滋润，这也给了李烟茵的底气，让她在外显得大方、好客、重情，给她保健品销售事业带来无限的资源。

　　李烟茵最要好的两个闺密池荷艳和潘雨映却没有跟她一起做保健品。娃娃脸的池荷艳后来也做起了保险的行当。只有潘雨映继续在长乐县河下农贸市场摆摊位做干鲜货买卖，合作多时的闺密最后分道扬镳。

　　在别人眼里保险是不好做的，说做保险的人都是骗亲戚再骗好朋友。其实不然，池荷艳却将保险做成了人民服务式的。寿险和意外险是很受农村人欢迎的，在农村大家没有工作就意味老了没有退休金，买一份保险养老成为人们安全的保证，加上大小病去医院都要自己承担医疗费，特别是发生意外的事件住院动手术，会被高昂的医疗费难倒，如果有买一份保险，就有了一份保证，解决了后顾之忧。所以买保险成为人们时尚生活的保障。

李烟茵跟池荷艳、潘雨映她们三个好姐妹一路走来也是好事多磨，走了许多弯路，起起落落，也算不容易。她们原本要跟林芬芳一起做会头，甚至也想做民间借贷的中间人，因为自己财力不够而放弃。又一时糊涂先后在林芬芳那儿标走会钱后玩失踪，三个闺密心想利用这些会钱做本钱，出去做生意。生意不是你想做就能做，这时三人才有了不同想法，李烟茵一心想出国，她被何长湖说服掏钱偷渡去美国，却因"黑色惨案"的发生，自己差点葬身于他国异乡的海域，被遣送回国后从此死了出国念头。国内也掀起了打击偷渡的飓风，何长湖也因做"蛇头"被抓，最后经人介绍才加盟了保健品销售团队。

李烟茵特别感激林芬芳大人有大量，不计前嫌，不但原谅了她们，还继续做姐妹闺密来往。李烟茵有回到金峰都会带些礼品去照相馆找林芬芳玩。李烟茵就是在林芬芳的照相馆认识了一个做保健品销售的女子，她叫曹佳真，是长乐县潭头人，她比李烟茵小三岁，今年刚刚结婚，她的老公叫叶小杉，夫妻俩都是做保健品销售的，叶小杉还是保健品销售团队里的讲师、培训师。曹佳真就是在保健品销售团队里认识叶小杉的，然后谈恋爱，直到今年结婚。曹佳真为人热情，不知道做销售的人是不是都这样，她初次认识李烟茵姐姐长姐姐短的。让李烟茵感到曹佳真是一个容易相处的朋友，加上又是林芬芳的好姐妹，增加了好感度。李烟茵这时候才知道林芬芳在吃保健品。她是听过吃保健品有许多好处，也知道价格不便宜。她更知道一些化妆品是多么地神奇，能够深层地滋养皮肤。但是，李烟茵还不懂得怎么保养，怎么化妆，因为她天生长得漂亮，而且肤白皮润。

曹佳真的漂亮不亚于李烟茵，她的披肩长发给人飘逸如仙的感觉，传神的眼眸下有一对明显的酒窝，声音柔和中透出清脆，苗条的身材上体现局部的丰满，具备了一个年轻女人的诱人魅力。是林芬芳向李烟茵推荐了曹佳真，并且谈起了保健品和护肤品的事情。保健品和护肤品本来就是女人感兴趣的话题，李烟茵好像特别喜欢，所以就有说不完的话。曹佳真看着李烟茵说："姐姐你这么细嫩的皮肤，又这么美白，都不需要什么保养，别人不知道还以为你长期在用护肤品呢。"

曹佳真的话让李烟茵心里痒痒的，又是暖暖的，她不觉得曹佳真是讲恭维的话，她自己明白皮肤很好，又白又嫩，这是她天生丽质，只是她生在农村，长在农村，如果在城里就有机会做电影明星，当时尚模特儿。她笑眯眯地说："谢谢夸奖啊！但是女人的皮肤不管多好都需要保养啊！特别我们长乐靠海边风沙大，再好的皮肤也经不起风吹日晒，更何况人老珠会黄呢。"

曹佳真点点头说："姐姐很懂得女人保养的道理嘛。来，我给你试一款新的护肤品。"曹佳真说着打开她的那个乳白色的包，掏出各种护肤品，热心地为李烟茵的脸部、手部涂上各种护肤品，最后为她护发梳理，一点不比美容院差。曹佳真边做边介绍产品，让李烟茵感动又着迷。曹佳真说："我们无法留住青春，但通过保养可以延缓衰老，让我们的容颜保持健康状态。"

李烟茵点点头，认为她的话说得很实在，人不能返老还童，但起码要做到延长衰退的时间，保持皮肤的细嫩。所以，一周以后，李烟茵成了曹佳真的销售下线。

金峰倩影照相馆一别，李烟茵更加坚定了退出长乐农贸市场干鲜货摊位买卖的决心。这是她在春节前就有了这种想法，三个姐妹合作做干鲜货买卖，虽然每年都能赚点，三人一分，三七二十一，所剩无几，加上摊位每天都要两个人守着，起早摸黑。池荷艳已经开始做保险有半年时间，李烟茵和潘雨映为了池荷艳的生意，各自都买了保险，池荷艳感谢之余提出了将摊位转给李烟茵和潘雨映来做，她退出来专心卖保险。是李烟茵不同意，潘雨映是赞同的。这下李烟茵有了主意，干脆自己也退出来去专心做保健品系列销售，把摊位全部盘给潘雨映一个人来做，这样她的收入就可观了。

三个合作多年生意的闺密最终分家，按潘雨映的话说："这是好兆头，说明你们奔向另一个生意大舞台，我守着我们一起创业的根基，每一年的年货我给你们供应。"潘雨映是喜欢自己一个人做的，她在摊位上是负责财务，知道有多少利润，只是三人一分就不多，如果是一个人经营，营利就可观了。而且是李烟茵和池荷艳主动提出来退出，好聚好散，没有脸红，姐妹感情依旧，闺密情深。她开玩笑地说："烟茵，什么保健品还有什么护肤品要告诉我哦，我的手粗得很，脚后跟一到冬天就开裂，有没有什么神药？"

李烟茵嘻嘻地笑起来，说："我们不卖药，是卖保健、营养品、护肤品呢。"

池荷艳扮个鬼脸，轻声地问："有没有卖思春品呢？"

李烟茵一本正经地说："还真是有呢。男用的叫壮阳素，女用的叫口服发春剂。"

她们说着眉来眼去地大笑起来，而且脸不改色，心中也荡漾着一泓春水。

二

李烟茵、池荷艳、潘雨艳三个姐妹约好上午十点在金峰集中，一起去看望林芬芳。

她们都没有想到，林芬芳得了乳腺癌，幸好发现得早，做了切除手术，现在已经出院一段时间，她依然每天都来金峰倩影照相馆。大部分亲戚朋友都不知道这个消息，也许是林芬芳自己有意封锁这个病情，不希望让人知道自己得了乳腺癌。就连我也蒙在鼓里，记得最后见到她是一年前的事，就是去年闹洪水之后，我去了一趟金峰，找了林芬芳，当时黄海浪的鳗鱼厂被洪水冲走，虽然是天灾，几个大股东因财务问题闹了矛盾，甚至争吵起来。他们向林芬芳借贷了三百多万元，虽然陆续还了近二百多万元，还有一百多万元无力偿还，给林芬芳造成沉重打击，从此她闷闷不乐，得了抑郁症，想不到乳腺癌会降临到这位善良又多情的女人身上，而且还没结婚，今后将如何面对自己的婚姻？

　　我自从那次从金峰回福州后，很少有再回长乐的机会了，一方面都是高敏珠来福州找我，另一方面高尚没有按我的思路对高氏纺织产业进行战略布局，我也很少再插手高氏纺织产业的事，所以就渐走渐远，甚至都影响了我跟高敏珠的感情。幸好高敏珠对我死心塌地，总是主动地来福州找我，每次来都带着长乐的鱼丸、鱼面，还有青饭糍。她知道我爱吃家乡的东西，喜欢儿时的味道。所以林芬芳的事一概不知，加上我在福州与党校的方树来往频繁，几乎每周都去他家玩。

　　自从参加那次中秋节新闻工作者茶话会之后，我和党校的方树、电视台的陈若都成了好朋友。方树是一个多才多艺的老师，他在党校是教社会主义政治经济学的，却写了文学作品，报告文学是他最拿手的，所以他认为我在报纸上刊发的纪实性文章，就是报告文学最好的素材，跟我很谈得来。他也写小说和散文，还会篆刻，刻了很多寿山石雕。总之比我厉害多了，我在他面前简直是小巫见大巫。方树的老婆也是党校老师，教什么不是很清楚，戴着眼镜，很文静的样子，他们家是两房两厅，是党校的房子，就在党校大院内。我听方树说，他们家是丁克家庭，夫妻俩各忙各自的事业，怕生了孩子后没法照顾好，既害了孩子，又荒废了自己的事业。反正国家提倡计划生育，他们不生不育也算对国家作贡献。方树还教我如何从纪实文章过渡到报告文学的创作，说今后有机会一起合作写一部长篇的报告文学。我听得心里痒痒的，问他多长的文章才算长篇？他说十几万字到几十万字，我一听吓了一跳，头都大起来，心想这怎么可能做得到？

　　陈若是一个很讲义气的人，虽然是一个女子，做事风格轰轰烈烈，她不是福州人，具体哪里人，她没说，我也没问。她跟我一起去过方树的家，然后都是单独约我喝咖啡，从来没请我吃过饭，也不让我请吃饭。她说吃饭俗，喝咖啡才雅。她比我大一岁，看上去比我年轻，夏天穿低领的时候，我发现她的胸前有一颗痣，不知道代表了什么？也不知道算不算美人痣。她亲自带着记者去了长乐陈宝山老家解决了农田污染的问题，让我很有面子，陈宝山买了一副高级太阳镜送给陈若，她却转送了给我。我最终没有上她的夜读节目，我说我只是一个无名小卒，怕出名，会惹来许多麻烦。想不到她很理解我，不勉强我，说喜欢我这样的性格，也喜欢我这个无名小卒。

我说以后是叫你陈导好还是叫若姐好？她说两个都不好。我问那叫什么？她好像早已准备好地脱口而出："就叫草右。"我问为什么是草右？她说用你的刀割我的草。我们都开心地笑了起来。

其实，草右就是若字拆解开来。从此我习惯叫陈若为"草右"，而她也习惯叫我"刀力"。

陈若经常约我去白马河畔的一家由仓库改成的咖啡馆，里面也有茉莉花茶和糕点，光临此处的大部分是福州的媒体人，就是报社记者和电视台记者居多，也有广告界的朋友，还有就是文艺界的朋友，诗人、画家、书法家等，也会有一些音乐界的朋友光临。我去这个地方是有点土，虽然有《环境报》记者头衔，那也只是行业报而已，行内都知道几斤几两，况且自己还是一个临时工，心里就没有了底气。幸好有陈若在侧，把我衬托得闪闪发亮，当陈若向人说起我就是"刀力"，"刀力"就是我之时，我这个无名小卒才让人刮目相看。

其实方树也常来这里，有人喝着咖啡，朗读着自己写的诗，也有放着音乐，唱着歌，咖啡馆里也有书画拍卖，一些画家、书法家会带着自己的作品在这里拍卖，价钱都不算贵，比外面市场上会便宜一半，特别是水彩水墨画作品很好卖。陈若买过，方树也买过，方树每次来手上都拿着一块寿山石的把件玩着。也有诗人将自己的诗集送给在座的文人墨客，那是没有人买的，只能送人。许多人都以为我是陈若的男朋友，陈若似乎有点默认，只有方树知道我与陈若不是情侣关系，也不相信我们有男女关系。但是，我突然间感觉到陈若对我有意思。

我拒绝了两次高敏珠来福州找我见面，她有些不高兴，不是陈若的原因我想移情别恋，我对高敏珠的感情坚如磐石。但是，此时我有一个机遇，我必须做出选择，那是前天晚上，方树通知我去他家喝茶，我七点五十分到党校大院，天上还下着零星小雨，我小跑到了方树所住的九号楼，登上了三层，按响了门铃，开门的并不是方树，而是一个陌生的男子，我以为走错了楼层，重新看一下门牌号，没错，才迟疑地问："是方树的家吧！"

"是，是，他在卫生间，你是刀力老师吧！快请进来。"陌生男子像主人一样热情地招呼着。

我笑了笑点点头表示谢意，然后脱了鞋进屋。茶几上有升起氤氲的茶水热气，想必他们已泡好茶在等我，一会儿方树从卫生间出来，边系着皮带边对我说："刀力来了，请坐。"

我们三个落座，泡茶。然后方树对我说："我的同学周白金，个体书商，做图书出版的。"

方树介绍之后，周白金伸手跟我握手说："幸会，方树老师跟我介绍过你的情况，刀力老师年轻有为，大作在各个报端锋芒毕露，社会影响力非凡，敬佩，今天见你风度翩翩，一表人才，甚是羡慕。"

周白金的一番赞誉让我鸡皮疙瘩起来，赶紧说："周老板过奖了。"然后问，"你是出版社的？"

在旁的方树替他解释："他是个体书商，一个文化公司老板，出版各种图书，跟各个出版社都有合作。你在各个报纸上发表的各种文章，今后可以汇总起来，周老板帮你结集出版一本书。"

我惊喜地问："有这么好的事？"

周白金说："很正常啊！说明你的文章有价值啊！"

我似乎明白了一些道理。我们三个聊了一个多小时，最后才知道原来方树推荐我帮他的同学编书，主要以社科类图书为主，编一本五千元人民币，每本书的字数在三十万字左右。这倒是一个不错的活，据周白金介绍，编一本新书，需要七八本不同类型的图书材料，从各本图书上取之精华，重新汇编一本图书。我心里想，这不是天下文章一大抄吗？

我问："这不涉及版权问题吗？"

周白金说："不会，我们署名编著，不是著。反正天下文章一大抄。"

我似乎也明白了其中的奥妙，半开玩笑地说："反正大家都是为了赚钱。"

"正确。"方树说。

周白金从包里拿出一本叫《卡耐基成功之道》的书对我说："像这本书大概有二十多种版本，非常畅销。我现在准备出版一本《卡耐基成功秘籍》，想叫你来编，刀力老师你看如何？"

我不敢回答，看着方树，方树对我说："你若有时间可以编一些，收入还算可观。"

周白金说："你编好先付百分之五十的稿费，图书出版后再付百分之五十，一般出版周期是三个月。"

我心里盘算着，编一本五千元，三个月一本，一年四本能赚两万元，也感觉可观。然后说："我试试吧！"

周白金说："这本书能尽快编好，还有三本，分别叫《现代饭店管理全书》《现代经济管理全书》《现代商务管理全书》。"

我听得有点后怕，心想这应该是专家做的事情吧！我却有了这重要的编书任务。这也是我为什么没有时间见高敏珠的原因，我毕竟接了人家编书的任务，怕编不好，心里有压力，也担心着编好书能不能拿到稿费的问题，所以既没心思回长乐，也没心思见高敏珠。偏偏就在这个时候，高敏珠突然来福州找我，她也许对我有某些怀疑，也许对我关心，她心里总感觉我有什么事瞒着她，所以她突然袭击，敲响了我的门。

那是周日下午，我没有上班，我正在屋内编《卡耐基成功秘籍》，电视台的陈若约我喝下午茶，我想再跑去白马河畔还挺远，来回要一个多小时，耽误我的编书时间，就拒绝了陈若的邀请，想不到陈若外买了两杯咖啡直奔我的家，我只好放下手中的活，坐下来一起品尝咖啡，还没喝两口，突然停电，屋内一时暗了下来。陈若还激动地说赶紧点蜡烛，这样还挺浪漫的，这时听到了敲门声。打开门一看是高敏珠站在门口，我害怕得后背发凉，叫了一声"高敏珠"。

高敏珠看着我，再看着昏暗的屋内还有一个女性，她似乎明白了什么，一下子两眼滚出泪珠，变了语调地说："猜想为什么都不见我，原来你有了新女朋友。"

我赶紧解释："敏珠，不要误会，不是新女朋友，她是电视台记者。陈若，你快出来解释一下。"我显得惊慌失措又语无伦次。

此时的陈若却不动声色，站在那儿一动不动，是意想不到的茫然还是有意为之？我不清楚，只知道此时跳进黄河也洗不清。高敏珠哭着转身，嘴里说着："我把你想得那么好，我那么地钟情于你。"然后一步一步地下楼。我想拉她的手，被她拒绝，我想揽她进屋听我解释，被她无视。就这样我眼睁睁地看她离去，心如刀割地被她误会，直到她的身影消失在我的视线。当我回头时，陈若以难看的表情打量着我，带着轻蔑的语气说："原来你有女朋友了，为什么没有告诉我？"她说后静悄悄地从我身边走过，连再见都没说，离开了我的住处。

三

长乐撤县设市给长乐人带来无比的喜悦和自豪，好像自己的身份提升了一个档次。撤县设市是为了长乐更好地发展经济，也意味着长乐今后蓬勃发展的态势将会突飞猛进，更是为了打造一座大有作为的滨海城市，所以归入了福州大都市的整体规划。对于长乐的企业和长乐的企业家来说是喜事，特别对民营企业更是有诸多的利好政策。高尚当然高兴，他的高氏纺织产业虽然遇到发展瓶颈，但他已调整了总体战略，更加注重高质量发展，并且有了创新理念，淘汰了一批产能低、污染严重的设备。同时新盖了一个具有现代化的清洁车间，成为长乐较为先进的无人流水线车间。而赖瑞声更是喜上眉梢，他与陈宝山强强联手，共同注册成立一家叫作"长乐山声建筑设计有限公司"，公司业务从建筑勘察、设计、晒图、预算到施工、监理、验收等一条龙服务。

赖瑞声能够在长乐如鱼得水一般做得顺风顺水，除了自己独特的目光看好长乐发展外，他认为遇到许多贵人相助，这也让他觉得一个人在社会上不但要与人为善，还要去帮助那些需要帮助的人，正所谓赠人玫瑰，手留余香。他永远不会忘记我、张主任、陈宝山，还有凌见星这些贵人，凌见星第一次给赖瑞声贷款八十万元，解决了他初期资金紧张的问题。赖瑞声还迷信于他的施工队发现了显应宫，各尊神明显灵助他一臂之力。因为是他的工程队让这座被埋没八百多年的地下宫殿重见天日，所以那些大神们保佑着他的事业发展。还有他的一个项目经理在显应宫现场发现无数纷飞的蝴蝶，他用尼龙网网住了几十只色彩各异的蝴蝶，然后制作成蝴蝶标本，赠送给显应宫展出，让游客观赏。赖瑞声认为这些功德让他的建筑事业一帆风顺。到底他的成功与这些是否有关联，无从考证，反正赖瑞声每逢初一和十五，都要亲自到显应宫烧香拜佛。

我为了编书，都不知道赖瑞声的这些情况，他的施工项目在长乐，大部分时间游走于漳港、金峰一带。他经凌见星介绍认识了林芬芳，当他知道我是林芬芳的好朋友，更是对林芬芳表示尊重和友好，他把工程队所有需要照片上墙的都让林芬芳来拍摄和制作，还有他的工人所有证照都在倩影照相馆拍摄。赖瑞声也经常拐到林芬芳那儿喝茶聊天，才知道林芬芳是金峰的大姐大，有众多的闺密朋友。他在照相馆认识了做保健品的李烟茵，做保险的池荷艳。

那天午后下了一阵雷阵雨，赖瑞声在照相馆待的时间比较长，与李烟茵、池荷艳聊得甚欢，为了给林芬芳面子，也许也有我的面子在，赖瑞声慷慨地买了保健品又买保险。这让林芬芳非常意外，李烟茵和池荷艳也觉得赖瑞声财大气粗，毕竟是包工头，做工程的，搞建筑的在社会上统称为包工头，是有钱的土老板。所以李烟茵和池荷艳长一句赖大哥、短一句赖老板，热情中渗透着几分暧昧，让赖瑞声不好意思。他一时兴趣而起，就问："我要为朋友买一份保险。"

池荷艳高兴地问："为朋友买？你出钱？"

"是啊！"赖瑞声淡定地说。

"赖老板真是好人。"李烟茵也钦佩赖瑞声的为人。

一直坐在一旁不说话的林芬芳也不禁问："什么样的朋友能让你这么对人家呀？"

"他是我的贵人。"他说着然后对池荷艳说，"不是人寿保险，是商业保险。"

"哇，那挺贵的，哪天带朋友一起来咱们这里选一款收益比较好的产品。"池荷艳喜上眉梢，这可是一个大单呢。

"不用叫我朋友，也不能让他知道。"赖瑞声说。

"为什么？"她们异口同声地问。

"他知道了就买不成了。"赖瑞声说。

"哦哦，我们不说，不说，直接报你朋友的名字和身份证号就行。"池荷艳怕这个大单黄了，赶紧答应保密。

赖瑞声对林芬芳说："你知道他，是倪水萍。"

林芬芳还没反应过来，李烟茵就激动地对林芬芳说："姐，就是那个刀力倪水萍吗？"

"你们都知道刀力？"赖瑞声不禁好奇地问。

"他是我们长乐人啊，我们都崇拜他呢。他还是我们林姐的相好呢。"快人快语的池荷艳嘴巴控制不住。

林芬芳一阵脸红，好像陷入某种沉思中，有点悲欣交集，她轻视一眼池荷艳说："胡说八道，倪水萍是我的好朋友，已经很久没联系了。"

赖瑞声不敢多问，他不知道之前我跟这几个女子有什么感情瓜葛，说多了怕得罪她们。就快刀斩乱麻地说："我回去找一下倪水萍的身份证号，然后就可以办理。"

池荷艳说："如果是倪水萍，赖老板就不要找了，林芬芳这里都有倪水萍的个人资料。"她说后问林芬芳，"姐，你这里有吧！"

林芬芳没有吭声地点点头。

让人意想不到的是，三个月后林芬芳被查出乳腺癌，这不但吓坏了林芬芳本人，也吓坏了她的亲朋好友，第二天她就住进了长乐医院，经过多方会诊，长乐医院建议去福州，到福建肿瘤医院动手术。她扔下金峰倩影照相馆交给两个摄影师去经营。

此时，远在美国的陈百歌得到林芬芳得了乳腺癌的消息后，惊恐万状，想到自己失子那时，在黑暗的万丈深渊时刻，幸好有林芬芳陪伴左右，当自己准备上吊自尽之时，是林芬芳及时赶到，捡了一条命。现在林芬芳是最无助的时候，更需要亲朋好友鼓励和帮助。陈百歌决定马上动身回国。

出国十年之久的陈百歌突然出现在林芬芳的病床前时，林芬芳泪如泉涌，哭成了泪人。陈百歌握住林芬芳的手，看着她因化疗掉光的头发，心如刀割，双眼湿润，强作镇静地说："芬芳，我知道你是一个勇敢而坚强的人，我们一起顽强面对，战胜病魔。"

陈百歌的话确实给了林芬芳力量，她平静下来，可怜兮兮地望着陈百歌，虚弱地问："百歌，你们都好吗？"

陈百歌点点头说："都好，我会一直陪你身边，等你一切都好了再去美国。"

林芬芳感动得闭上眼睛，眼泪依然从眼眶里滚出来。陈百歌坐在病床旁，怜惜地望着林芬芳，为她擦去泪水，跟她讲在美国十年来的点点滴滴，讲在店里跟入室打劫的劫匪搏斗，一枪打死对方成为纽约州的英雄，讲他的女儿上小学六年级了，讲唐诗燕在店里当服务员，跟店老板有点暧昧关系，讲美国的唐人街是长乐人的天下，满街都是中国人，都讲国语。陈百歌一遍又一遍地说着，直到林芬芳甜美地睡过去。

林芬芳的手术做得很成功，在医院化疗了一周时间，半个月后终于可以出院了。陈百歌为她买了一款逼真的假发，还买了一顶宽松的羊毛帽子，林芬芳深受感动，她一下子感到从青春少女到现在对陈百歌的爱没有白费，为了他不婚也值得。她明白陈百歌这次回国纯粹是为了自己，他没有见任何亲朋好友，他几乎悄悄地回来，又悄悄地远行。但是，林芬芳想不到陈百歌和唐诗燕已经处于离婚的边缘。

陈百歌的老婆唐诗燕知道她的老公这次回国是为了林芬芳，她甚至知道陈百歌与林芬芳长期以来的藕断丝连，特别在儿子丢失那年，陈百歌似乎对林芬芳更加依赖。唐诗燕非常清楚丈夫的个性，武断又慷慨，任性而飞扬。陈百歌这次回国的确为了林芬芳，他觉得自己对林芬芳有愧疚感，同时又是自己生命中重要的女人，是她让自己走出人生的阴霾。所以，在陈百歌出国前，与林芬芳有了肌肤之亲，这只属于他们之间的秘密。

林芬芳感谢陈百歌给她爱的弥补，哪怕唐诗燕也是她的朋友，那不是防火防盗防闺密的概念，而是陈百歌本来就是自己少女时代追求的男人，不知道为什么陈百歌鬼迷心窍地选择了唐诗燕。感情的事谁能说得清楚呢？又有谁能处理得清楚呢？林芬芳庆幸的是身边许多亲如姐妹的闺密，她们是友谊的升华，是亲情的补充，是生命中的营养，是生活里的花香。

李烟茵、池荷艳和潘雨映相约去看望林芬芳，她们提着大包小包，有营养品、保健品，还有护肤品。有红枣、桂圆，都是潘雨映摊位上拿来的。有衣服、围巾、手套，都是池荷艳到省城福州买的。

今天金峰的上空阳光灿烂，是个好日子。李烟茵带着两个姐妹往金峰倩影照相馆走去，路上李烟茵问："我们要不要准备点钱给林姐？"

池荷艳接着说："按习俗是要的。"

潘雨映说："那就要给，我幸好有带存折，给多少？我去银行取。"

"我们每个三千元吧！"李烟茵说。

"那就取一万元，一起给，一个人三千三百元。"潘雨映建议。

"好啊！我三千四百元。"池荷艳说。

于是，她们取了钱，拎着东西，直奔金峰倩影照相馆。

四

人也许要经过一些挫折才能成熟，同样，人要经历了生死关口，才懂得珍惜生命，才能看淡了一切。此时的林芬芳就有这样的心境。她现在处于康复阶段，而且康复得很好。她坚持每天来倩影照相馆，但已经不管照相馆的事了，她做了一个重大决定，把照相馆的百分之五十股权无偿转让给跟随她多年的手下员工。这两个员工是一男一女，都是摄像师，男的叫朱乐东，女的叫王青梅，他们是在林芬芳父亲离开照相馆之后到倩影照相馆的，他们三个有了信任感，也有了深厚的感情。这时候，陈百歌见林芬芳恢复了往日的快乐，病情也得到控制，他决定回美国跟唐诗燕办理离婚手续。这一切林芬芳并不知情。

　　一场重病，足够让人改变人生观念，健康才是快乐，活着才是美好。林芬芳留有倩影照相馆一半的股权，足够她后半生衣食无忧。照相馆里也留有一间她单独的房间，接待闺密朋友，泡茶、煮咖啡、读书、看报、查阅照片，乐在其中。毕竟一个人在家闷得慌，只有朝九晚五地从家到倩影照相馆，再从倩影照相馆回到家，保持了生物钟。几个闺密也是隔三岔五地来照相馆找她玩，一些朋友也渐走渐远，毕竟从查出癌症到动手术、化疗、出院用了大半年时间，这些都不影响她的生活，她没有想到的是来了一位不速之客。

　　这位不速之客一早就来了，比李烟茵她们来早了一个半小时。这位不速之客正是高敏珠。林芬芳得知她是高尚的堂妹时，就热情地接待她。以为她代表高尚来看望她，毕竟她与高尚是很好的朋友，这也有我和陈百歌都是好朋友的原因，在我还没来福州之前，曾经与陈百歌、高尚在一起玩。高敏珠在福州看到我跟一个女人在屋里，认定了我移情别恋，我呼了无数次传呼机，她都不回我的电话。今天她来找林芬芳，是为了打听我的过去，了解我的人品。

　　高敏珠到照相馆才知道林芬芳生了一场病，具体不知道得了乳腺癌。所以她不敢过于刺激林芬芳，她知道林芬芳曾经对我有着超过朋友的特殊情感，她能够无息地借我五万元，我对林芬芳的关爱，高敏珠早有耳闻。

　　高敏珠开门见山地说："芬芳姐，你真正了解倪水萍吗？"

　　"怎么了？"林芬芳惊讶，她知道我是高敏珠的男朋友。

　　高敏珠将把在福州去我家看到的一切告诉了林芬芳，说："倪水萍变心了，这个刀力。"

　　林芬芳问："你不相信他？"

　　"我不是途说道听的，是亲眼所见。"高敏珠说。

　　"倪水萍怎么解释？"林芬芳又问。

　　"我没有给他解释的机会。"高敏珠任性地说。

林芬芳淡定地说："倪水萍曾经是我心仪的男子，我曾经暗示过他，向他抛出爱的橄榄枝，他都不失礼貌地回避，没有让我难堪。可见他的情商有多高，毕竟是刀力，这笔名不是白叫的，后来才得知他的心中有了你，我才放弃了。据我对倪水萍了解，他在感情上是排他性的，你可能误会了他，也有可能你还不够懂他。"

林芬芳的一番话给高敏珠当头一击，给说蒙了，她不知道该相信自己的眼睛，还是相信林芬芳的话。难道真的误会了倪水萍？高敏珠一下子紧张起来。正在这时，李烟茵、池荷艳、潘雨映陆续来到了照相馆。

林芬芳很感动，有这样的好姐妹也是人生的幸事，她收下了李烟茵的礼品，绝不收她们的一万元钱。李烟茵她们拽不过林芬芳也就作罢。嘘寒问暖之后，林芬芳把身边的高敏珠介绍给李烟茵。她把高敏珠拉过来对几个闺密说："给你们介绍一个朋友，金峰高氏纺织产业的千金，高敏珠。"

李烟茵几个姐妹一听都"哇"一声，高氏纺织产业在金峰几乎家喻户晓，李烟茵她们当然知道，今天有幸在照相馆认识，也钦佩林芬芳神通广大，认识的都是有钱人家。不管是做保险的池荷艳，还是做保健品的李烟茵，哪怕做摊位干鲜货生意的潘雨映，都需要像高敏珠这样的姐妹朋友。于是她们个个热情有加，甚至献殷勤，都做了自我介绍。高敏珠心有杂事，而且杂乱无章，被情所困，忧伤无比，对李烟茵她们的热情没有报以回应。林芬芳知道高敏珠的心结，她对李烟茵她们几个说："你们知道高敏珠的男朋友是谁吗？"

池荷艳好奇地问："是谁？"

"这还要问，不是做纺织的就是做钢铁的，或者做海鲜养殖的。"李烟茵心里判断着，嘴上脱口而出。

的确，在金峰一带，纺织、钢铁、养殖是最赚钱的三大行业，也是最时髦的行业，在这三大行业里的不管是大老板，还是二老板，抑或是小老板，身价少则几百万元，大则几千万元。

林芬芳笑呵呵地说："高敏珠的男朋友在福州，叫倪水萍。"

三个姐妹面面相觑做惊讶状，李烟茵惊喜地问："就是那个刀力老师吗？"

林芬芳点点头，然后转身问高敏珠："没错吧！"

此时的高敏珠脸上露出笑容，点了点头承认自己是倪水萍的女朋友，李烟茵等三个姐妹欣喜若狂，都握住高敏珠的手说："妹妹，我们都崇拜刀力老师。"

高敏珠似乎脸上有了光，感到很自豪，有点以刀力为荣的感觉。这正是林芬芳要的效果，她不但情商高，而且心地善良，她相信我的人品，也相信我对感情的专一。与其说她为高敏珠点拨伤感迷雾，不如说是在为我解围。

李烟茵提议说："敏珠妹妹，我们请你吃饭，叫刀力也来。"

池荷艳接着说："我们好多年前在长乐农贸市场都见过刀力，只是当时有眼不识泰山。"

李烟茵又接着开玩笑地说"敏珠妹妹，请你放心，我们都是有夫之妇，不会抢着你男朋友的。"

高敏珠听后哈哈大笑起来，大家也跟着哈哈大笑起来。高敏珠是从心底里发出开心的笑，她说："倪水萍还在福州，今天的饭就免了，等我明天上福州转达给他，等他回金峰时我们一起请你们吃饭。"

池荷艳说："到时候叫刀力帮你买一份保险。"

高敏珠说："那不要，我帮他买一份。"

"刀力老师有人帮他买了。"池荷艳说。

高敏珠吃了一惊，一下子脸阴了下来，林芬芳见状，赶紧说："是那个做工程的赖瑞声，你认识他吗？"

高敏珠松了一口气，她以为是哪个女子为刀力买的保险。她说："听倪水萍说过，但不熟。"

池荷艳解释道："买保险这事，刀力老师是不知道的，你千万不能告诉刀力老师，不然会被赖老板骂死。"

"为什么？"高敏珠也不解地问。

李烟茵说："赖老板说刀力老师是他的恩人、贵人。"

"可见刀力老师的人品与声望,刀力老师一定帮过赖老板很多忙,赖老板懂得感恩。"一直不说话的潘雨映也激动地说着。

林芬芳:"做人就应该这样,知恩图报。"

高敏珠听了这番话,心中无比强烈地想念我,她决定明天来福州找我。她对林芬芳说:"我明天去福州不会告诉刀力买保险的事,会一直保密下去。"

池荷艳不断地说谢谢,林芬芳为了证实高敏珠确实会去福州找我,她从抽屉里拿出几张风景照片,对高敏珠说:"这几张图片帮我转交给倪水萍,可能对他写文章有帮助。"

高敏珠接过图片说:"我替水萍谢谢你。"

林芬芳用心良苦,她有一种如释重负的轻松之感。她见李烟茵她们拎了这么多的礼品来看望自己,作为回礼,她想请几个闺密好姐妹到对面"洁白如玉"美容店做美容。林芬芳走到临街的窗户前,指着对面的美容店说:"我请大家一起去做面膜。"

高敏珠说:"这家美容店很好,我也经常去做面膜。"

李烟茵几个姐妹都没有做过面膜,听得心里痒痒的,又怕林芬芳请客破费,不好意思吭声。林芬芳见状说:"美容院的老板人很好,也是我的好闺密,她说如果早点懂得做保养,可能就不会有乳腺增生,也不会得乳腺癌。我现在每周都去做一次保养。"

大家一听更感兴趣了,李烟茵说:"我们几个姐妹都去体验一下,我来买单。"

林芬芳拿出一张卡片给大家看,然后说:"我有美容院的会员卡,我们走吧!"

几个姐妹一起跟着林芬芳去了洁白如玉美容院。

洁白如玉美容院是三年前开业的,选址是在金峰最繁华街道旁,正对着金峰倩影照相馆。美容院的老板不是别人,正是命运多舛、苦去甘来的肖洁俞。她被几个渣男骗来骗去之后,人生进入至暗时刻,独自一人在福州闯荡几个月,曾想从福州解放大桥一跃跳入闽江,一死了之又心不甘,回四川又无脸见亲友。于是她在福州当过餐饮迎宾,在夜总会做过酒水推销员，在发廊当过洗发妹，在美容院当过按摩师。她觉得美容院生意很好，产生了自己开美容院的想法。但是，在福州开一家美容院谈何容易，她觉得做美容院主要在于房租和装修的投入，所以要在福州以外的小县城做美容，房租便宜，但消费水平比大城市差。肖洁俞决定去长乐金峰开美容院，就是冲着金峰经济发达，富婆很多，留守女士也多，应该有强大的消费群体。她狠下心自己七拼八凑，加上这两年在福州打工攒下的钱来到金峰。

肖洁俞想不到在金峰会遇上卓平原，此时的卓平原正经营着房产租赁买卖中介，两个人多年之后相见，都念旧情，消除前嫌。肖洁俞说出来意，是卓平原帮她选址租了店面做美容院，而且免收了肖洁俞的中介费，并帮她找装修施工队，完成了八十平方米的简洁而温馨的效果，让每个客人的到来都有家的感觉，宁静而温馨。在元旦开业那天，肖洁俞是请对面的倩影照相馆来拍照的，从此肖洁俞与林芬芳相识，并成为好朋友。因为两个人都是单身，说起彼此的经历，都感慨万千。林芬芳比肖洁俞大几岁，非常同情这个四川的妹子，她不但自己办了会员卡，也介绍了许多亲朋好友来美容院消费，很会照顾肖洁俞的生意。今天林芬芳又把几个闺密带到洁白如玉美容院，自己请李烟茵几个做面膜，也是为了让肖洁俞多认识几个闺密，李烟茵她们几个做保险、保健品也需要结识新朋友，林芬芳觉得是两全其美。

肖洁俞见林芬芳带着这么多姐妹来，长一句好姐姐短一句我的林姐。年近四十的肖洁俞已经不像少女时代的天真和幼稚，十几年的岁月洗礼使她变得坦然而自信，不再想着飘摇不定的事情，她不但原谅了自己，也原谅了过往的人和事，但她已不再相信男人，所以她更注重姐妹情。肖洁俞为几个姐妹安排了房间，挑选最好的美容师，亲自为李烟茵做面膜。在林芬芳去买单之时，肖洁俞却要为几个姐妹第一次的到来免单。大家深受感动，林芬芳坚持要刷卡买单，因为她知道卡里应该还有两千多元的余额。在肖洁俞与林芬芳客气推让之时，李烟茵提出要办一张会员卡，池荷艳、潘雨映也跟着说办卡，大家各自都充了三千元，林芬芳又往卡里充了两千元，高敏珠已经有卡，一下子也充了五千元。肖洁俞望着几个姐妹离开洁白如玉美容院的背影，不禁热泪盈眶起来。

高敏珠回到家后想了一个晚上，决定明天一早就去福州找我，她此时感到是真的误会了我，她认为我不会做对不起她的事。遗憾的是当她来福州找我的时候，我已经离开福州去了北京。

人生有多少阴差阳错？又有多少擦肩而过？

那是一次偶然的机会，也是我人生中重要的一次选择。我为文化公司老板、就是个体书商周白金编了三本书，他非常满意，并付了百分之五十的稿费。他建议我去北京发展，那才是做文化的城市，满街都是文化公司，作家、写手、书商、出版商多如牛毛。说我既能编书，又能写文章是很吃香的，有发展前途。

我是从来没有想过离开福州去北京，多少人北上漂在大街上，漂在地下室里，漂在雪天中，漂在烈日下。我想我这个水平，怎么可能混在北京的文化圈呢？周白金不这么认为，他说北京有很多福建人，做文化传媒的、图书出版的、发行的、批发销售的都有，而且北京每年举办大大小小的图书展销会有好几场，有主渠道的（政府举办）、二渠道的（个体举办），机会很多，信息量很大，稿费很高。最关键的是周白金在北京有一家文化公司，是和朋友合伙开的，他负责福建市场，朋友守在北京。

我终于明白了周白金的意思，他想让我去北京的文化公司上班，这倒让我认真考虑起来。周白金开出的条件是每月工资三千五百元，九十年代福州平均工资不到两千元。一个月有三本编书稿费的收入，还可以帮我把以往发表在各报纸上的文章结集出版，并付给稿费，每千字两百元。还可能认识许多文化界高端朋友，比如作家、记者、编辑、出版商、文化公司老板。

这些信息和待遇对于我来说都是崭新的，诱人的。我问周白金："那住在哪里？"

他说会提供一个单间，每个月租金一千五百元，不含水电费。他还补充说公司补贴住房费百分之五十。

我掐指一算，加上吃喝玩乐，工资所剩无几了，主要在于每个月有三本编书的稿费一万五千元，这个收入是可观的，最吸引我的是他们为我的文章结集出版，这是一件多么伟大的事，而且很有成就感。我当机立断，答应了周白金，愿意北上。

　　我先辞掉《环境报》的工作，如实地告知编辑部同事去北京做文化，并交代今后有文化方面的事可以一起合作。同事们祝贺一番还请我吃一餐饭，算是饯行。我立马又找赖瑞声告别，他接我的电话之后，匆匆从长乐赶回福州。

　　赖瑞声现在忙得很，自从福州长乐国际机场开工典礼之后，他跟陈宝山就奔波于金峰、漳港一带，拿到了国际机场前期的围挡项目，主要是消耗物料和人工成本，没有什么风险，而且利润可观。他从漳港带了两斤鱼丸给我，我分别转送党校的方树和电视台的陈若。

　　赖瑞声见我这么焦急的样子以为发生了什么？我亮出底牌他才恍然大悟。他说："虽然舍不得你走，但是如果有更好的发展，我都支持你。"

　　我跟他讲内心话："瑞声，你知道我没有正规工作，工资也有限，稿费收入也不高，鳗鱼场被一场洪水搞破产了，没有了分红，高氏纺织产业这一年来一直在扩大，都没分红。福州又没房子，就不敢找老婆，跟高敏珠只恋爱不结婚，最近感情也出现了裂痕。"

　　赖瑞声静静地听着，然后问："需要我做什么？你直接说。"

　　赖瑞声聪明，他知道我有事交代，我说："第一不要跟任何人说我去北京了，第二这两年内在福州帮我买一套八十平方米的房子，总价在三十万元以内，不要在市中心，买不起，在二环外。你找高尚将我的高氏纺织产业一点股权折价变现，还有你这边能不能一次性套现一点，我自己身上有六万元的积蓄，不够的话你先借我。就这两件事。"

　　赖瑞声听后赞同我的意见，他对房地产熟悉，他说二环外的房子，八十平方米的就要二十万元左右，花不了三十万元。他说："你放心，我来办，你这六万元先别拿，去北京稳定后再说。"

　　我说："我去北京一个月有一万元以上收入，所以不担心。因为几年后还要回福州，所以福州的房子很重要。"

赖瑞声说先拿四万元，留两万元带去北京安顿生活。我说就这么定。于是，我三天后与赖瑞声道别，然后说："福州的传呼机不能用了，到北京后告诉你北京的电话号码。"

高敏珠来福州找我扑了一场空，我的住处已经易主入住，传呼机中断没了信号，一下子让她六神无主起来。

五

凌见星终于在金峰挂牌成立一家股份制农商合作信用社，有人称它是民间银行，也有人说它是公私联营银行。据说金融界不再是国有四大银行的独大行业，许多地方政府也注册挂牌了地方性银行，比如深圳银行、稠州商业银行等都有私人的成分。金峰农商合作信用社则以凌见星所在的长乐郊区农商银行的单位为主体，作为第一大股东，也是控股第一责任人，融合市场三大资本组成的"金峰农商合作信用社"，凌见星出任信用社主任，相当于行长的职务。而出任信贷部部长的则是凌见星中专同学刘水利，也是我高中的同学。

说起刘水利，他是一个很会折腾的人，像我一样至今还没有结婚。自从他辞去工作后，许多人都不理解，好不容易考上中专，毕业后分配工商管理所工作，那可是铁饭碗啊！虽然他的家境不错，但是在农村有个正式的政府工作人员是多么令人羡慕，刘水利在工商管理所工作还不到两年就不安心工作。当时有政策鼓励有志之士，有想创业下海者，可以办理停薪留职。刘水利赶了个时髦，办理了停薪留职手续，先去一家私人企业当会计，工资比原单位翻了一倍。半年后刘水利为这家企业做了投资管理金融风险把控，向私人企业老板要股份，这个老板没有答应刘水利的条件，他一气之下辞职不干了。他离开私人企业后准备出国打工，经一番考虑之后打算去日本。

五年之后的刘水利从日本满载而归。当时只要有想出国，不管是偷渡当黑户，还是正规移民，不管去美国，还是日本，几年之后可以掐指一算能赚多少钱。所以不管偷渡风声多紧，还是正规渠道价格昂贵，都有人前赴后继。刘水利回国之后第一个找的人是我，可惜我去了北京一年多，只有赖瑞声和高敏珠知道我的去向，没有第三人知道我去了北京，在北京干什么。

刘水利没有找到我之后才找了他的同学凌见星，这时的凌见星正筹备农商合作信用社的事，跟刘水利一说，一拍即合，刘水利成了农商合作信用社的第三股东，并出任信贷部部长。当然，刘水利个人资金还不够，他找了在日本一起打工的朋友，一个是福清人，一个也是长乐人，他们一起从日本回国，三人合资以刘水利为代表进入金峰农商合作信用社股份。此时，刘水利的亲朋好友才佩服刘水利，认为刘水利不是爱折腾的人，原来是他的目光独特，眼光高远，思想前卫，想法超前，虽然年近四十了也还没结婚，现在却成为钻石王老五。

金峰农商合作信用社比四大行的优势是存款利息更高，贷款利息更低。存款贷款手续更便捷，贷款门槛更低，征信条件也低，而且还做各种理财产品。凌见星是把农商合作信用社经营成金融综合体。金峰农商合作信用社还跟保险公司合作，推出商业保险产品。所以凌见星和刘水利跟林芬芳、李烟茵、池荷艳、潘雨映几个打得火热。因为商业保险产品就是池荷艳穿针引线的。

高敏珠从福州回金峰后彻底地失望了。她不理解我为什么不告而别，不知道为什么要离开福州？为什么只身闯荡京城？那天中午，她在我的家门口整整等了三个小时，等来的是新的住客，这才明白我搬家了，高敏珠不知道我搬到哪儿去，她跑到《环境报》编辑部找我，编辑部同事只告诉她两点，一是我辞职了；二是去北京了。高敏珠这时才彻底相信我跟那个电视台的陈若没有关系，可是现在一切都晚了，都不可挽回了。她怪我为什么这么小气，不给她机会。她也怪自己太任性，我呼了无数次传呼给她，高敏珠都不回电话，她现在后悔了，她到了晚上六点才坐私人的出租车回金峰，饿着肚子也没有食欲，心里想着，曾经的刀力为什么这么无情？曾经的倪水萍为什么这么小气？

高敏珠把这些痛楚和愁苦埋在心底，不敢跟任何人讲，也不敢跟高尚和林芬芳诉苦，让人感觉她跟我还保持着联系，两个人还幸福地恋爱着。

金峰有了一家农商合作信用社，存贷款的人络绎不断，理财买金融产品的人接踵而至，柜台前门庭若市，贵宾室内高朋满座。李烟茵、池荷艳等几个闺密也成了座上客，经常光临贵宾室，刘水利不但跟她们讲贷款，也讲理财产品，还讲日本人是怎么理财消费的。一日，李烟茵带着高敏珠来到农商合作信用社，认识了刘水利，彼此一介绍，刘水利才知道高敏珠是高氏纺织产业的千金，对她起敬三分，见高敏珠长得水灵圆润，姿色诱人，作为目前自己还单身的刘水利来说，心中未免想入非非。但他又马上恢复镇静，心想这样的家境和美人儿一个，应该早名花有主了。于是他只好把话题转到业务上来说："农商合作信用社非常欢迎和看重像高氏纺织产业的优质客户，贷款和存款都是没有门槛的，而且走绿色通道。如果把企业开户行转到农商合作信用社，把职工的工资放在信用社发放，我们会有更优惠的政策。"

刘水利连珠炮一样地说了一大串，高敏珠没有任何反应，李烟茵见状打断了刘水利的话，她好像记起什么，觉得刘水利也应该知道我，但还不知道我们是高中同学。李烟茵说："刘部长，你知道高小姐是谁的女朋友吗？"

刘水利好奇地问："是谁啊？哪个男人这么有艳福？"

"你应该认识，当年我记得你和他还有凌见星、林芬芳一起在长乐农贸市场见过？"李烟茵还没有说出我的名字。坐在一旁的高敏珠还听不懂他们到底葫芦里卖的是什么药。

刘水利好像没什么印象，他怎么也不会把高敏珠跟我联系在一起。李烟茵见刘水利这么迟钝，就介绍起来："高小姐的男朋友是倪水萍，那个叫刀力的倪水萍。"

刘水利一听差点吓掉了他那副近视眼镜，大惊失色地又不敢直视高敏珠，为自己刚才的胡思乱想感到脸红。他假装镇静又惊喜万分说："是吗？有这么巧的吗，倪水萍是我的高中同学啊！我在乡下订婚的一门亲事退婚信还是他帮我写的啊。我从日本回来找的第一个人就是倪水萍啊？谁知他突然销声匿迹，没有人知道他的去向。想不到今天遇上高小姐，倪水萍的女朋友。哈哈，这是天意，现在倪水萍在哪里呢？快叫他过来，或者你带我去找他，我还有从日本带回来的礼物送给他呢。"

这下轮到高敏珠惊讶万状了，她想不到倪水萍无所不在，还是金峰镇就是这么小的地方，加上倪水萍的刀力名声在外，人们要么知道倪水萍这个人，要么知道刀力这个名字，只是许多人没有把名字和人对上号而已。此时，高敏珠不知道怎么回答刘水利，是该说真话还是说假话，她一时拿不定主意。

刘水利接着说："听凌见星说，倪水萍现在非常了得，他的笔名刀力满天飞，写了许多人不敢写的人和事，登了社会上不敢提及的文章，他现在忙什么？有联系电话吗？"

几个问题问得高敏珠哑口无声，她心里非常难受，她无法承受这样的煎熬，情感是美好的，也是耗人心智的，很容易滑入忧愁，甚至痛苦。此时的高敏珠五味杂陈，一肚子苦水，她不得不如实地说："倪水萍去了北京，我也没他的电话，我们分手了。"高敏珠说完夺门而出，然后骑着摩托车飞快驰去。

她回家后躲在自己卧室里大哭一场，哭得撕心裂肺，她后悔擅自跑去福州，后悔撞见倪水萍与另外一个女子在阴暗的屋里，没有看见这一切，就不会醋意大发，就不会怀疑倪水萍移情别恋，也不会有今天的结局。现在倪水萍一走了之，而留下的是那些旧朋新友，高敏珠无法面对，也无法说清倪水萍的去向，更说不清自己与倪水萍的关系。

高敏珠心灰意冷之后，她心里想，你倪水萍可以一走了之，我也可以远走高飞。她下定了决心，准备出国。于是她找到了堂哥高尚，把自己跟倪水萍发生的事一五一十地告诉了堂哥。

高尚听后批评了高敏珠："你呀，这么聪明的头脑怎么犯了这么低级的糊涂？倪水萍是那样的人吗？他怎么可能移情别恋？他曾经跟我说过，等他有朝一日有出人头地之时，就正式向你爸提亲，要娶你为妻，要想方设法恳求你爸放过你们的爱情一条生路。如果一定要做上门女婿，他自己也要腰缠万贯，不继承高家一分钱的财产。你说倪水萍是一个多么情深意切的男人，他又是一个多么有情商的人，他这分明是以柔克刚，逼你爸妥协，成全你们的姻缘。"

高尚的一番话刺痛了高敏珠，她像一只无助的羔羊，泪水汪汪地叫着："哥，我该怎么办？我错怪了倪水萍，我对不起他。"

高尚说："才想起倪水萍为什么委托那个做工程的赖瑞声找我，说要将高氏纺织产业的一点股份一次性折价变现给他，原来你们出现了问题。"

"哥，我要怎么办？你要帮我。"高敏珠依然边哭边说。

"你知道，倪水萍是很固执的人，包括他对我们高氏纺织产业的战略布局，非常固执，或者说执着，很难改变他，事实证明他是对的。我们只能冷处理。"高尚面露难色，他认为这不但是高敏珠失去一个好男人，而是高氏纺织产业失去一个高参。

"什么叫冷处理？哥。"高敏珠可怜兮兮地看着高尚。

"等倪水萍从北京回来吧！或者等他跟我联系吧！"高尚无可奈何地说。

高敏珠一听"等"字，她泄了气一般，从哭转为抽泣，然后说："哥，那我想出国，不管去打工还是游学，哪怕移民也行，我不想再待在金峰了。"

高尚问："你爸会同意吗？要去哪里？"

"去美国，那儿有很多同学和朋友，我们村就有好几个在美国，父母那边我有办法。"高敏珠去意已决，出国不是她的目的，躲避才是她的真相，有钱家的孩子就是这么任性。

于是，高尚为堂妹高敏珠忙碌着办理去美国的相关手续，三个月后高敏珠踏上了他乡的土地……

六

当林芬芳得知远在美国的陈百歌跟他的妻子唐诗燕办理了离婚手

续，心中有说不出的滋味，不知道是该高兴还是惋惜？一时说不上。她不知道是什么原因造成他们劳燕分飞？林芬芳决定打电话叫陈百歌即刻回国疗伤，她将以最亲密的朋友身份，送出自己二十多年积蓄下来的热情和爱恋献给这位曾经的少年白马。陈百歌与唐诗燕办理离婚之后，也心灰意冷。并听从了林芬芳的意见，此时他也厌烦了美国的生活，虽然他拿到了绿卡，却想念着家乡的风土人情，惦记着少年时的玩伴和发小。也得知长乐发生了翻天覆地的变化，由县变市，提高了长乐的档次和品质，国际机场正在热火朝天中建设，纺织产业的蓬勃发展，钢铁产业全国遍地开花，养殖产业随处可见，这些都使陈百歌找到回国的理由。最关键的是他不再想在餐馆里起早摸黑地管理着日常，不想再花大把时间消耗在工作上，老婆离婚了，女儿长大了，他也自由了。他决定回国不单为了林芬芳，但林芬芳的情义苍天可鉴，他的回国想乘着长乐的生机勃勃做一点投资，投一点钢铁，也投一点纺织，再投一点养殖，每年等着分红，自己可以游山玩水，寻亲访友，吃香喝辣，过悠哉人生。陈百歌万万没有想到前妻唐诗燕五年后带着女儿回国要求复婚。

人间就是人来人往，你从东到西，我却要从西去东，而他要由南向北，还有愿意由北南下。这也意味着人生旅途，途中有不同的际遇与偶遇，有风花雪月，有江湖险恶。就在此时，养殖失败的黄海浪和池也水在万般无奈之下，一起又举债去了阿根廷，两个人再次在阿根廷合伙开超市。而出狱多年的何长湖参与倪水声的钢铁产业，这才是他真正的造富人生的开始，仅投资八十万元的钢铁，仅仅三年时间就翻了十二倍，让何长湖翻了身，他以为做偷渡的"蛇头"，赚到盆满钵满之后再移民美国，谁知梦还没开始就锒铛入狱。也许陈百歌听到了国内投资的盛况，就连林芬芳这两年也东几万元西几万元地投资，每年分红也都有十来万元的收入，她的几个闺密李烟茵、池荷艳、潘雨映，还有潭头镇的那个曹佳真她们做保健品、保险赚的钱，都投入钢铁行业，每年坐等分红，生活过得很红火。

陈百歌得知这样的消息后，当然归心似箭。他第二次回国就决定在国内发展,他先去大阳村找高尚,这位昔日的同学,虽然有一点过节,都是因为合伙做商场时的分歧,而且是自己理亏,时隔十多年,要上门言和,毕竟高氏纺织产业在长乐也是响当当的,陈百歌想通过高尚介绍一些投资项目,他认准目标,决定带着美国的礼物登门造访高尚。

陈百歌选择晚上去大阳村,他不想惊动别人,好像也怕碰到熟人,他知道那幢标志性建筑,高氏纺织大厦。他听说高尚晚上大部分时间都在办公室。陈百歌提了一包东西,见三楼的灯亮着,就直奔上去,敲响了高尚办公室的门。门被打开,高尚一眼就认出来,喜出望外地叫着:"陈百歌。"

陈百歌见高尚如此热情,没有不悦的隔阂,心中释怀了许多,爽快地喊着:"纺织大王,我的老同学。"

两个人握着手进屋,高尚说:"你怎么搞突然袭击呢!"

"我怕你不见我啊!我必须捷足先登啊!"陈百歌不客气地说着,然后从包里掏出几件 T 恤和夹克,都是汤米牌的,对高尚比画着说:"有长袖的,也有短袖的。不懂得带什么礼物,知道你跟我一样爱臭美,所以就带衣服。"

高尚哈哈大笑起来,连连说:"喜欢喜欢。"

他们叙旧了一个小时,窗外有一轮明月,陈百歌在美国时也经常看到这样的明月,但是总感觉没有家乡的明亮而亲切,他无法判断是不是同样的这轮明亮,在美国看时好像很遥远,在家乡看时好像就在窗外。他想起了在美国的前妻和养女,想起了自己在美国时的点点滴滴。他对高尚说:"我想念家乡,想念朋友。现在有跟倪水萍联系吗?"

高尚说:"好多年没有联系了,就连我结婚时他也没有来喝酒。"

陈百歌"哦"了一声,没有再说什么,转换话题说:"我现在大部分时间会在国内,所以想做些小投资,纺织怎么样?"

"长乐这些年发展很快,机场正在建设,听说明年就会通航,高速公路四通八达,港口建设,松下口岸、漳港口岸、集装箱散货码头等运输便捷高效,钢铁产业主要分布全国各地,纺织产业立足于本土,养殖产业也很红火。现在基础建设是在一个风口,高速公路、厂房建设、拆迁安置、土地征用、地产开发正如日中天。"高尚简约地向陈百歌介绍长乐的情况。

"你觉得投哪些项目比较好？我想做分散投资，不要在一棵树上吊死，做到东方不亮西边亮。"陈百歌说。

"你准备拿多少钱投资吧！一般好的项目也不会让你多投。"高尚说。

"我也只准备二百万元。想以钢铁、纺织为主。"陈百歌说。

高尚点点头说："现在有一家印染厂正在筹备，你若想投，我可以拿点份额。"

"可以啊！投五十万元吧！你有参股吗？"陈百歌问。

"我没有投，是我一个好朋友在做，总投资不大。"高尚说着，然后停顿一会儿，对陈百歌说，"你如果资金可以，我建议你做厂房开发或地产开发，这个有前途。倪水萍多年前就告诉我了，他很有预判性，我这一两年才意识到。"

陈百歌亮起了眼睛问："需要多少钱？"

"至少五百万元，土地、厂房还可以做抵押贷款，如果你感兴趣，我们一起合作。"

"好啊！我听你的。"陈百歌决定跟着高尚干。他高兴地乘着夜色回去，感觉家乡的夜也比美国温柔而宁静。

第二天陈百歌就去了倩影照相馆找林芬芳，林芬芳一见陈百歌就泪水汪汪起来，还用责备的口气问："都多大年纪了为什么还要跟唐诗燕离婚？"

"哎，是她提出来的，一言难尽啊！"陈百歌无奈地叹气。

林芬芳见照相馆人来人往，轻声地对陈百歌说，"我们出去聊吧！"

陈百歌不解地问："去哪儿？"

林芬芳说："这儿不方便嘛！请你到我家做客，去吗？"

"去，去啊！"陈百歌巴不得，他说后就站起来准备下楼。

林芬芳向两个伙计交代了什么事之后，也跟着陈百歌下楼。他们先去了农贸市场买了菜，步行十几分钟就到达林芬芳的家。这是陈百歌有生以来第一次到林芬芳的家，年轻时林芬芳多次邀请，陈百歌都没去，那时他恋着唐诗燕。而今，他想不到时隔二十年之后踏进了林芬芳的家门，而且还待了很久很久……

有一天，林芬芳突然在金峰街头看到一家新开业的房产中介门店，名称叫作"平原房产中介所"，经营房屋租赁、买卖，店面出租、买卖，代办房产过户、继承等手续。兼营职业介绍、招工，代办出国留学、移民、旅游、签证。林芬芳觉得店面名字有些眼熟，就进店一看，原来店老板正是她要找的人，他就是卓平原。他正是我的远亲表哥。

林芬芳喜出望外，踏破铁鞋无觅处，得来全不费工夫。卓平原正是曾经在林芬芳那儿借了高利贷，只还了一半就走为上策的人，已失踪多年不见。今天卓平原能重现江湖，应该混得不错，听说现在开中介很赚钱，不需要什么本钱，租一间店面，雇佣一个小妹，或者自己坐镇，就可以开业做生意。林芬芳见店里还有一个二十多岁的姑娘，在她热情招呼之时，林芬芳大声叫着："卓平原，你出现了？还当了老板。"

卓平原听有人叫他名字，一眼就认出是林芬芳，赶紧走近轻声地说："是林姐啊！我知道余款还没还清，这几年波折不断，现在稳定了。这样林姐，晚上去照相馆找你，上门还钱。"

林芬芳心想，现在看卓平原有模有样，跑得了和尚跑不了庙，况且陈百歌想在金峰一带买一套房子，以后可以通过卓平原物色选房，所以和气了许多，就说："那晚上在照相馆等你。"

卓平原这几年确实赚了钱，也走了正道，主要是开店为主，三年前就在长乐城关开中介公司，做房子买卖和租赁，兼做职业介绍、上门保姆服务等业务，生意很好。今年在金峰又开一店，他看好金峰的市场。当天晚上卓平原没有食言，带着现金如约而赴。他还向林芬芳打听那个曾经在金峰做走私货的杨之为的下落。一直生活在金峰的林芬芳，好像对金峰的人和事都了如指掌。她一听杨之为，就知道是那个不可一世的走私狂人，金峰人几乎都买过他的走私货，听说他后来染上了赌博，输了很多钱，同时也喜好嫖娼，在一次扫黄中被抓，劳改半年出来后，老婆跟他离婚。后来交了一个外地的相好女人，一起去了台湾定居，至今未归。

卓平原知道后"嘘嘘"地叹气，感叹着："真是一手好牌被打烂了，可惜。"

林芬芳说："说不定人家在台湾生活过得很滋润呢。"

陈百歌为了买房子经常光临卓平原的中介店，因为他们也很熟，一起卖过蚊帐，说起卖蚊帐，他们想起了我，想起了董石和、魏长海，一晃二十多年过去，陈百歌打听我，因为他知道我和卓平原是表兄弟关系，他们却对我一无所知，卓平原倒提起了董石和、魏长海，因为他们之间没有了债务纠纷，所以偶尔有来往，卓平原喜欢喝酒，经常找他们喝酒去。

陈百歌一听来了兴趣，就说："哪天喝酒叫上我，我请客。"

卓平原说："董石和魏长海都比我混得好，有好几处钢铁厂，叫他们请客，为你接风洗尘。"

陈百歌哈哈大笑起来。不日，卓平原为陈百歌选了一套房子，在金峰新农贸市场楼上，八十八平方米，还是错层的，陈百歌很满意，林芬芳也很满意，一套不到三十万元。这样一来，陈百歌更加坚定地要留在国内生活了。但是，让他意想不到的是，还没等他搬入新房子，远在美国的前妻唐诗燕突然回国，要死要活地要求跟陈百歌复婚。

第十三章　程家安与他的西江月

一

　　长乐国际机场的通航，使长乐能够依托临空的优势，促进了长乐的产业发展，唱响了"蓝天白云"之歌，奏响了高质量发展的强音。

　　长乐人怎么也想不到，一天有多少飞机从头顶飞过，出航、进港，有人坐在自己的家门口，数着头顶上从机场起飞的飞机穿云而过。以往在这一片天空，农民只看到海鸥、海燕、大雁和无数的雀鸟的唧唧声，而今是一架架飞机的轰鸣声，曾经的连片木麻黄树，起伏的小沙丘，杂草丛生的荒野地，如今变成了航站楼、飞机的跑道、酒店、商住楼。一条金色的海岸线从机场不远处延绵伸长，沿着那条宽敞的海滨大道延伸向西南方，形成了一条靠海而行的交通风景线，也是长乐独特的海洋地理版图。

　　在东海之滨，这座刚撤县设市不久的城市，像刚刚脱壳的珍珠，显得格外耀眼，又像一片处女地，将要孕育着怎样的硕果，多少人翘首以待。从长乐的湖南镇境内一直到漳港镇境内，再通往福州城，这是一条由海通商接驳的重要通道，也是一条由航空出港接壤到四面八方的经贸要道。重要的是长乐人从今往后出门经商访友，不要再跑到福州坐飞机，而是在自己家门口就可以坐上飞机了，哪怕出国也可以在自己长乐境内起飞。长乐成了全国各地乃至世界各地经商、考察、访问、旅游的着陆地、中转站、小憩园、后花园、会客厅、集中营，使长乐的农特产品、地方小吃、风土人情、传统文化被传播出去。长乐成为引人注目的海上明珠，也成为游子思乡的故土。

原来只有渔民光临的海边，看到的是出海的渔船、撒向大海的渔网、挑着鱼篓的渔民，还有汹涌的海浪、搏击的涛声、潮湿的海滩、米黄色的贝壳、被搁浅的鱼虾。而今海边成为城里人旅游观光的目的地，他们穿着救生衣走进大海，与海水亲密接触，让海浪盖上头顶。他们看海上日落日出，他们欣赏潮起潮落，他们倾听海燕的歌唱，他们品尝海鲜美味。一时海边成为人们假期自然风光的体验。春天的赶海乐趣、夏日的天然盐水浴场、秋天的漫步海滩的惬意、冬日的暖阳霞光。

一直平静而荒凉的海边有了人气，有了人间烟火味，处处散发了繁忙的空港吞吐气息，处处留下了火热的生活痕迹。同时也出现了各种垃圾漂向大海，成为白色的污染弊端，各类的生活残迹让米黄色的海滩有了斑斑点点，给静如处子的沙滩掀起了喧嚣，与大海的浪声混杂在一起，回荡起空旷的声音。于是渔民开始搭草棚卖刚上岸的海鲜，当地农民开始叫卖着农村小吃，有人看到了商机在海边不远处盖起了石厝，给游客歇脚。自从机场通航之后，长乐的海边游乐场所有了空港的衬托，交通的便利，临海商业的开发，高楼大厦的建设，使漳港的海滩成为人们向往的热土。

那么，有一个叫西江月的地方引起了投资者的兴趣。这个地方处于金黄色海岸边上，位于滨海大道旁，距离福州城区大约三十五公里，到新通航的国际机场路程有二十公里。左有已规划完毕正在动工的滨海新城，右有荒废多年的下沙海滩有待重新改造，前方是礁石林立、海浪翻滚的大海滩，一座王母礁在那儿屹立不动，还有一座情人岛引无数红男绿女登岛一睹惟妙惟肖的礁石。背后有沙土掺杂的田园、有杂草丛生的沼泽地、有大小不一的江河湖泊。还有一条叫西江月的江从北贯穿到南，连接着那个与海水相隔开来的七门闸，这个有七个孔七扇门的闸门是海水与淡水汇集的地方，是西江水与东海水汇集的地方，这是近海之水通过礁石的夹缝、低洼的滩涂流向七门闸，与西江水接触，而西江水流较急，由北向南倾斜而流，遇到暴雨或洪涝，七门闸根据雨量大小、洪水急缓来决定要开几个门闸泄洪，然后引水直奔大海。然而，遇有台风，大海呼啸，浪涛激荡，海水都无法冲入七门闸，就是开闸，海水到此也戛然而止，即使涨潮时，海水也冲不进西江，却被海水冲进来了许多鱼虾、海蟹、贝类等。于是，在西江月之水与东海水之处总有鱼虾、螃蟹出没，听说在这里捞上来的海鲜特别鲜美可口且富有营养。

在这荒凉之处，为什么会叫西江月这么唯美的名字？许多人都慕名而来，驾车几十公里，还有步行一个多小时，看到的西江月是一片荒野之地，只看到一条较为清澈的西江奔流着，传递着自然生命的回音。那些杂草丛生、大小不一的水流坑坑洼洼，一片荒凉，远远的七门闸像是大海的屏障，只听涛声，不见大海，让人扫兴而归。但是每当夜幕降临，月光升起之时，不管是半月弯还是圆月，从大海远处慢慢移近西江水源头时，再跳过七门闸，落入西江水上。如果打开七门闸，月亮会穿过七门闸，浮现在西江水面之上，然后随江水向前移动。西江月由此而得名。

这里有农民的稻田和番薯地，还有被承包作为养殖的江湖，这里也会看到放养的牛羊低头吃草，还会看到有人在钓鱼捡鱼，一个成年累月看管七门闸的老头。就是这么一个地方，静如处子，荒如野渡，名似美景，实为荒漠，却被一个人看好。

这个人叫程家安，他自己也想不到会和西江月结缘，他更想不到的是自己的梦想会依托在西江月之上，实现了自己的夙愿。程家安是土生土长的长乐人，他二十五岁那年毕业于福州大学设计学专业，第二年就去了日本留学，在日本整整待了十年，三十五岁那年他带着日本的老婆和两岁半的女儿回国。这时的福州今非昔比，十年前后发生了翻天覆地的变化，而长乐已撤市设区，拉近与福州的距离，投入了福州的怀抱，有了静待开发的处女地，这是程家安从日本回国的理由。

程家安虽然毕业于福州大学设计学专业，其实他从小书都念得不好，就是喜欢涂涂画画，画了各种各样的图案，他曾想长大后当一个画家，结果学了设计专业。在大家眼里，画家是艺术，设计是技术，当然艺术里有技巧，也叫技术，而技术里也有艺术含量，那叫设计上的美学。程家安在设计上下了美学的功夫。但是，程家安一点都不像一个设计师，长得粗犷，身板倒很硬朗，可能在日本打工练就的身材。个儿不到一米七，剪的短发，发丝硬得竖起来，眼睛较小，笑起来会眯成一条缝，腮帮上的毛连着胡子，牙齿却很洁白，两个耳朵挺大，看上去挺有福相，只是脖子有点短，上半身整个看上去有点不协调，整天穿着西装，这在日本养成的习惯，不到四十的他看上去有四十开外的年龄。整体素质看不出是打工者或白领，更不像设计师，倒有点像私企老板或者当地的地头蛇，这样一个人出口却轻声细语，语音丝滑，语气温和，而且心地善良。这才明白了为什么日本的姑娘会爱上他，他没有告诉别人去日本十年赚多少钱回来，为什么会对那一片荒凉的西江月感兴趣，其实他有一个哥哥很厉害，既有钢铁厂，又做钢贸生意，国内批发，出口国外，而且有一家海运公司，以东南亚为主要销售港口，涉及多种钢材种类，身价高达十亿之多。

　　程家安的哥哥叫程家全，比程家安大六岁，中间还有一个是程家安的姐姐，叫程家妹。程家全与程家安性格完全不一样，他长得一米八，人偏瘦，显得高挑而儒雅，为人低调，做事大气，单他老家村里盖祠堂就捐了三百万元，被朋友借一千多万元要不回来也是一笑而过。他办事干脆利索，胆大心细，他早些年结一次婚因性格不合而离婚，那时他还没发迹，发达后他前妻后悔得死去活来，但程家全为前妻盖了房子，连带装修，还给了前妻一百万元。别人说程家全是好人，也有人说是因为他有钱，他至今还单身，也没有孩子，别人怀疑他外面有女人，到底有没有？连他的弟弟程家安也不知道。

　　程家全没有上过大学，从小书念得比程家安好，他就是不安心读书，却一心想做生意，所以很早就跟着妹夫去上海做钢贸生意，后来在江苏、浙江等地开钢铁厂，徐州、盐城等都有他的钢铁厂，海运公司主要运输各种板材。程家安在他哥哥的几个钢铁厂和公司里都有股份，日本打工赚的钱，投入国内钢铁厂、钢贸、海运，使他的财富迅速递增。他们的父母虽然都健在，但都是务农，早些年家里困难，干农活劳累落下一身病，年纪大了吃不了大鱼大肉，享不了大富大贵，习惯待在农家小院养鸡养鸭。而程家全成年累月在全国各地跑，甚至东南亚地区，上午人在金峰，下午已在上海的外滩，也有可能晚上就到了新加坡，在程家全的行程里已经习以为常了。

程家安回国还不到一年，他就坐不住了。他原先想以他的理想为自己的那个村庄构建一个蓝图，改造现有的面貌，设计出以青山为背景，以错层单元式住宅贯穿一条水流，水上可以泛舟，水岸边可以休闲，像水镇，又似水乡。田园划区以种植，分为粮食农作物和经济农作物两个板块，空旷地域挖地成塘，塘里养鱼，堤上种花果，让陈旧的农村成为时尚的水流之镇，鱼米之乡，打造出一个美丽的乡村样本图景。可是他的理想没有实现，有人说他是日本人的思维，也有人说他异想天开，更有人说这会破坏村庄的风水。

直到有一天，程家安急匆匆地给他的哥哥打电话，叫他尽快回来，有重要事情商量。程家全不知道弟弟的葫芦里卖的什么药，他了解程家安的心思，受到日本文化的影响，又是做设计出身，心中总有各种各样的千里江山万里蓝图。所以他答应几日后回长乐，程家安知道后就带着老婆孩子开车去长乐国际机场边上的佰翔海景假日酒店度假去了。

二

我是不认识程家兄弟，他们在金峰一带的低调，使很多人也都不了解他们的财富。由于程家安是做设计的，他和美术界和媒体界的朋友有一些交往，他在一次聚会中认识了电视台陈若，他们就是在福州白马河畔的那个仓库改造成的咖啡馆，现在又重新改造，并拓展周边区域，成为福州有名的创意园，名字叫勺园一号。改为勺园一号之后我都没有去过，我已在北京多年，陈若知道我和高敏珠分手之后，经常跟我联系，还两次专程来北京找我，去北京出差三次也都来看望我，一直跟我保持着那种说不清道不明的暧昧关系，我似乎也享受这样的关系。

我在北京收入还算不错，几年下来编了几十本图书，大部分是社科类和心理学以及励志与情感类的图书，比如《男人的汗水》《女人的泪水》《请你看清自己》《别埋怨这个世界》《成功与失败》等都是出自我之手，但是，这些图书都是编著，不是我的原创，真正能称得上是我作品的，是两年前出版的作品集《刀力与笔力》，这是我多年来在各报纸上发表的文章，周白金没有食言，真的为我出版了一本作品集，让我名扬千里，经过周白金的市场运作和发行，使《刀力与笔力》在全国各地书店书摊上独占鳌头，而且还付给我二万二千元的稿费。

陈若把我介绍给了程家安，她向程家安详细地讲述了我的故事，使程家安对我产生好奇，而且还是长乐老乡，从湖南镇走到金峰，又从金峰到福州，从福州去了北京，没有本领是做不到的。陈若听说要在长乐一个叫作西江月的地方开发风景区，作为电视台媒体人的陈若非常感兴趣，向程家安提出了许多建议，却都不被程家安看好和采用。后来陈若得知程家安是学设计专业的，才感到程家安不是等闲之辈，开头以为他只是日本打工回来的农民哥，看外表又像一个财大气粗的土老板，接触几次才发现程家安才是上层建筑之流。他留学日本十年深受日本文化影响，自己学设计专业，有美学概念，意味着他的审美目光、商业文化、投资理念都有自己的独特见解。并且已经有投资过钢铁、钢贸、海运、外贸等企业，说明投资经验丰富，而且还有一个企业家的哥哥。这才让陈若刮目相看，感到自己的力量无法左右程家安的想法。于是陈若三思之后决定把我搬出来。

陈若在没有跟我沟通的情况下，就约了程家安。陈若毕竟貌美人温柔，优雅知性，加上电视台编导职业，她与程家安认识之后每次都是程家安主动约陈若喝咖啡或吃日本料理。而今晚陈若迫不及待地约了程家安，让程家安有些意外，他如约而赴，在勺园一号看到陈若穿得很休闲，乳白的圆领 T 恤，外穿一条橘红色的背带裤子，活泼中透着青春，妩媚中散发着大方，随性里隐藏着性感。陈若跟程家安打个招呼之后，一起落座，点了拿铁咖啡，陈若从包里拿出《刀力与笔力》的书递给程家安。

程家安接过书习惯地翻着，不知道陈若什么意思，为什么拿一本书给他。程家安看着书的封面说："书名挺有意思，刀力与笔力。"

陈若几乎不作铺垫，开门见山地说："我男朋友写的，也是你们长乐人。"

程家安一听书的作者是陈若的男朋友，而且是长乐人，他眼睛一亮，来了精神，有了好奇心，翻开书的某一页看了起来。陈若说："这本送给你，回去有空再看。"

程家安合上书本，心中知道陈若想说什么，他望着陈若说："你说。"

这时服务小姐端来了两杯拿铁，陈若喝了两口，开始向程家安讲述关于我的故事。

故事虽然很一般，但充满着悬念，程家安听得很认真，他听完我的故事后问陈若："现在你的男朋友还在北京吗？我明天刚好去北京出差，能不能去拜访他？"

陈若看了看手表，现在才晚上九点多，还早着，判断我还没睡，她对程家安说："我跟他打个电话。"

程家安点了点头，陈若拿出手机，向我挂电话。我前两年也配了一部手机，很贵，入网费就要三千元，是北京的号，我买的是西门子手机，一部三千六百元。我问："这么晚打电话是什么事？"我一般喜欢白天上班时间打电话，单位的电话不要钱，手机是双向收费，而且每分钟四角。

陈若说："我在勺园一号，跟你一个长乐老乡朋友喝咖啡。"

"哦哦，我认识吗？"我问。

"叫程家安，他不认识你，人家去日本十年。"陈若说。

"我也没听过，你怎么认识的？"我问道。

陈若："程先生准备在你长乐老家开发一个风景区，你认为在哪里开发好？"

"这我怎么知道，现在我们长乐国际机场都通航了，可见变化多大，我来北京时是在福州义序机场坐飞机的，现在回福州却降落在我们长乐家门口。哈哈！"我说着笑起来。

陈若说："是啊！对了刀力，你知道长乐的西江月吗？"她习惯叫我刀力。

"西江月？不就是前几年叫你去那儿处理污染源问题的那个地方吗？怎么了？"我记得是那个搞建筑陈宝山的老家。

陈若好像记不起来了，不知道是不是那个地方，她说："刀力，程先生明天去北京出差，我想一起去看望你。"

"现在北京很冷了，高温只有零度呢。"我没有反对，也不支持她来。

"这样，我让程先生跟你说。"陈若说着将手机递给程家安。

程家安一接过手机就说："我手上还拿着你的大作呢，原来你的笔名叫刀力，才想叫《刀力与笔力》，长乐人为你自豪啊！"

我笑着说："惭愧惭愧，你过奖了。"也许都是长乐人，讲起话来比较随便。

程家安说："听你女朋友说，你不但喜欢文化，对企业管理、商业运作、发展趋势都很有见解？"

我一听觉得不对，他听谁说的？我不禁脱口而出："哪个女朋友？"

程家安哈哈大笑起来了，他问："刀力你有几个女朋友啊！"

我知道口误，说："口误口误。"我心里想他难道认识高敏珠，我只有这么个女朋友啊！而且还处于分手阶段呢。

坐在一旁的陈若脸一下子红起来，幸好程家安没有在意。他只顾跟我约明天到北京后天晚上去哪儿找我。我告诉他七点在文化公司等他。因为周白金的文化公司距离我住的地方步行二十分钟就到，住处太小不好待客，文化公司楼下有咖啡馆、奶茶店、麦当劳，还有大大小小的餐馆。其实周白金的文化公司就是纯粹做各种图书出版和发行，跟各个出版社关系都非常密切，签订图书出版合作关系。周白金的北京文化公司有三十多台电脑，有三十多个女孩子负责录入，像我这样编书人员有七八个。编书是以同类型的图书为脚本，截取十来本图书上的精华，汇编一本新的图书，基本是用剪贴的方式，将书上有用的内容剪下来，再用胶水粘贴在稿纸上，重新分章节，起标题，再起一个新的书名，然后交给小妹录入，算一本书的编排工作大功告成。我就是为文化公司做这样的编书工作，一本书从头到尾的编排周期十天左右。后面就是向出版社申报选题，提交文稿审核，审批书号，这是周白金他们的事情。

我的编书工作算比较轻松，时间也不紧张，业余还写一些纪实性文章寄给福州当地的报纸，也有写一些北京的事情寄给北京当地的报纸，可惜一篇都没有刊登出来，后来就不再投稿了。所以程家安要来北京找我，我有的是时间，我们确定了时间和地点。陈若第二天一早就跟我打电话，本来计划今天也要来北京，突然电视台里有重要任务不能脱身，就无法去北京了。她特意告诉我，程家安前两年日本回来，学设计的，很有钱，他哥哥更厉害，企业家，想在长乐开发项目，陈若的意思说能促成他的投资，要有好的理念和新的想法，还说我的头脑里不缺这些东西，所以介绍了我。最后陈若还带有歉意地对我说："刀力呀！我向程家安介绍你的时候，说你是我的男朋友。"

"怪不得程家安电话里说我的女朋友怎样怎样，我以为他认识高敏珠呢，原来说的是你，我什么时候成为你男朋友了？"我虽然有些不悦，但也没怪她的意思，其实心里仍然对高敏珠念念不忘。

陈若咯咯地笑着说："你随时都可以成为我的男朋友呀！我等着呢。那个高敏珠不是出国了吗？她只是你的前女友好不好？你还惦记着？"

"不说这些了，我今晚见到程家安再说。"我说着正准备出门。

陈若说："反正你在程家安面前要承认你是我的男朋友，别穿帮了。"

"我就说你是被我甩掉的曾经女朋友。"我调侃了她。

陈若说:"你敢这样说,我就说我怀孕了,是刀力的。"

我哈哈大笑起来,认真地问:"你真的怀孕了?说实话是哪个的?"

陈若一听觉得被我套上,没好气地说:"去去,你这个刀力。"然后挂断了电话。

我摇了摇头,心中无端地想起了高敏珠,她现在是否在美国?为什么不告而别?为什么不跟我联系?难道她真的不爱我了?我每想到这些,就会陷入痛苦,因为我还爱着她,我还坚信她会来找我,重新回到我身边。可是好多年过去了,没有高敏珠的任何音信,因为她的存在,我不敢谈恋爱,不敢结婚。陈若各种暗示,都在我的冷漠中自然消失,我不给陈若机会不是不喜欢她,而是高敏珠的影子依然在我心中无法抹掉。

我到达文化公司之后开始想起长乐的一切。我出生在长乐,长乐是我的故土与家乡,虽然还未目睹长乐这几年翻天覆地的变化,但耳闻了长乐正日新月异地朝着更高的层次发展。我儿时的发小、同学、朋友、亲戚,因为钢铁或纺织都发了财,经过二十多年的奋斗,创造了几代人的财富。这二十多年来又是长乐民营企业崛起的时代,那些偷渡、走私早已没落,成为历史。对于长乐来说,这是特殊的年代,因处在东海之滨,给了海上走私与偷渡的水上通道,他们几乎用生命淘来了人生中第一桶金,他们就用这些灰色经济做资本不断地拓展各个领域,才有了今天有模有样的产业,而且这些产业几乎成为长乐的骄傲。

我思考着程家安找我时该跟他讲些什么?但是,此时我想起高敏珠还有高尚,想起林芬芳还有陈百歌,想起凌见星还有刘水利,想起黄海浪还有池也水,想起董石和还有魏长海,想起赖瑞声还有陈宝山,等等。我想着那么多人和事,其实,我想的是故乡长乐。所以我有了想回去的心情和期盼。

三

程家安跟我打电话的时候已经是晚上八点多,我在文化公司已经等待多时，以为他不来了。我问他在北京什么位置，想不到他已经在文化公司楼下了。我赶紧蹬蹬地下楼，见一个五大三粗的男子站在那儿，不高的个儿偏偏穿了一件风衣，显得更矮，想必应该就是程家安。我用长乐话喊着："程总。"

他回头一望，也喊着："是刀力吧！"

我点点头走近他，然后一起走进一家咖啡馆，虽然是第一次见面，由于同是长乐人，一见如故，没有了那么多的客套，也没有那么生疏。我们点了咖啡就开始聊起来。他说："你算是文化人。"

我说："哪里是，我连大学都没有上过。"

他说："这不重要，你有公开发表的文章，有出版的作品，这才是你的文凭。"

我笑着说："那也是一个穷书生，我们长乐人出国的出国，做钢铁的做钢铁，搞纺织的搞纺织，都发财致富了。"

他说："我在日本待了十年，说是留学，其实都在打工。因为自己喜欢设计，才有机会认识日本女孩子，赚个日本老婆回来。"

我说："这才是无价之宝。听说回来准备在家乡长乐搞建设？"

他说："正是，我是没什么钱，但我哥有钱。"程家安介绍了他哥哥程家全的情况。

我这时才知道他的哥哥这么厉害，金峰镇乃至长乐都应该知道程家兄弟，只是他哥弟俩比较低调，也很谦卑，不然他也不会大老远跑来北京找一个名不见经传的老乡。我说："你们想在长乐投资做建设不可能再做钢铁纺织海运吧！你做设计的难道想做地产开发？现在房地产倒是非常火，起码有十几年的发展期，听说全国主要城市都在拆迁，旧城改造，开发新区。我们福州不是做一个金山出来吗？我们的长乐滨海新城也应该将是下一个新区了。"

程家安听着摇摇头说："这些都不做，我看中的是长乐临空临海的地理位置，那一片已经画了红线，要建一个新区。我们想在那儿建一个风景区。"

"做文旅项目？"我脑海里一闪而过。

他说："差不多，也不全是，还没想明白，所以找你这个文化人谋划谋划。"

我说："我是门外汉，但喜欢异想天开，我最近在写玄幻小说，哈哈。"

他说："这么厉害？想当作家？"

我说："不是，是网络小说，都是天马行空、穿越、武打、魔幻那样的故事，现在网络上盛行这种故事，许多网络写手天天更新内容，月月分成进账，收入可观。对了是网络写手，比作家还厉害。"

他说："我们长乐人就是有雄心壮志，你在北京这么多年，见多识广，想听听你的意见。"

我说："你在日本待十年，还不比我见多识广？"

他说："我想盖榻榻米啊！我觉得比高楼大厦好呢。"

我说："这个可以考虑，你不是看中了我们长乐那个叫西江月的地方吗？"

程家安一听西江月，激动地从公文包里掏出两张纸铺展在桌面上说："就是这个地方。"

原来是西江月的图纸，占地面积达十二万平方米，一条江、一片田园、几处草地、一座小山丘、几个湖泊，还有零星的小工厂，不远处一家较大的有污染的印染厂，组成了西江月的整体片区，像一个待开发的处女地，可以随意勾勒想要的蓝图。

我说："是个好地方，一个海水与淡水汇集的地方，一座七门闸，隔开了海与江的距离，你们准备投资多少来做这个项目？"

他说："一个亿够不够？"

我说："不知道啊！你们很有钱啊！"

他说："钱不够可以集资嘛！众筹啊！这不就是我们长乐人的强项吗？"

我说："是、是，民间集资。"

他说："怎么样老乡？我们一起来玩。"

我说："我玩不起，我倒是有想法。"

他说："我就是想听你的想法，我知道你给长乐的朋友和企业提过建议，做过战略规划。"

我心里想，程家安可能打听过我，了解过我的背景，我说："这样吧！明天晚上八点还是在这个地方，我跟你谈我心中的未来西江月的远景。"

程家安高兴地握住我的手说："一言为定。"

北京的夜很冷，但街头依然灯火通明，人潮涌动。车水马龙中，弥漫着大都市的繁荣与发达，时不时有外国友人经过，亚洲、非洲、欧洲、北美洲都有，黄皮肤、黑皮肤、白皮肤也随处可见。我开始思考西江月的事情，力求以北京的思维来打造长乐的文旅项目，我深知，要想项目的成功，必须以奇制胜，不可按常规思考问题，也不能按常理出牌，才能脱颖而出。如何融入现代与未来的元素？传统与时尚相结合？科技与非遗交替？形成具有人间烟火的繁华世界，男女老少皆宜的不夜城。于是，我的脑海里涌出一个词：清明上河图。对，要把西江月打造成现代清明上河图式的风景区。

这一夜我没怎么睡，北京的夜又是很短，夜生活常常是从十点才开始，结束的时间都在凌晨三点，我用一夜零半天的时间，在头脑里构想着西江月的未来，长乐的重头戏，人间的著名旅游胜地。我在心里认为自己是天才，想出了普通人想不出的事，想出了专家不敢想的事，想出了别人暂时还没有想出的事。我在心里认为自己可以当策划师，可以策划出千年一叹的创举，我可以当作家，可以写出让人意料之外的故事。我在心里做了种种幻想，不免也为自己不知天高地厚的狂妄而脸红。

程家安如约而至，时间过得这么快，一眨眼工夫一天又过去了。这算不了什么，我在北京的时间一眨眼过了十二年，这十二年虽然发生了很多事，各方面的变化也今非昔比，但是这四千三百八十天的日子是如何跨过去的？四千三百八十个夜是如何度过的？仿佛是跳过去的，是虚度了十二年，这么快过了十二年，我从小伙子到青年，从青年到大叔，现在已经步入知天命之年。我不知为什么突然感慨起来，是矫情还是臭美？抑或是感觉自己真的老了？

程家安比我先到，他已经点好了咖啡，还点了两块提拉米苏蛋糕，还有一盘水果拼盘。我落座后就说："西江月可能成为你人生的后花园，是不是。"

"是啊！我后半生想与西江月为伴，所以我想把西江月打造成能让人愿意待的地方，让人愿意一次又一次想来玩的地方。"程家安激动地说着。还没等我说，他又接着说，"希望西江月会成为我人生的江山，晚年的根据地。哪怕我倾尽所囊。"

我听得有点感动，据说国人一旦出国，不管是欧洲还是北美，抑或是东南亚，在国外待久了，思想都会潜移默化地受当地文化影响，回来时所说的事所做的事，在别人眼里好像特别有情怀，程家安就是这样，起码他对自己的财富和财富的分配跟别人不一样，他已不像哥哥一样还在追求利益最大化，而他不想投资目前最热门的房地产行业，也不想投资商业做物业，更不想投资正处于风口的联网生意。他想在一片土地上升起一座丰碑，这座丰碑可以是时代的标志，是历史的象征，是一个地方的文化符号。

我与程家安聊天中，读懂了他话语背后的含义，这样的人有了社会责任感，有了自己人生的追求，有了一种与生俱来的情怀。我欣赏这样的人，我敬佩这样的人，不然再多的财富有什么用？国家的财富，就是国富民强，安居乐业，那么个人的财富，最终要造福一方，惠及民众。这才是拥有财富的意义，成为财富的上帝，否则就是财富的奴隶。于是，在华灯之下，咖啡飘香的氛围里，我开始向程家安讲述我对西江月的憧憬，程家安拿出厚厚的笔记本和水笔，做好记录的准备，看来他是有备而来。正在这时，我的手机铃声却响了起来。

我一看显示的号码，是远在长乐的赖瑞声的电话，我向程家安露出歉意的表情，他示意我先接电话。我接通了赖瑞声的电话，轻声地说："瑞声你好，什么事？"

赖瑞声见我声音小就问："你这么早睡觉了？"

"还没呢，我还在咖啡馆跟朋友谈事情呢。"我说。

赖瑞声说："那就长话短说，我在福州金山帮你看一套房子，八十八平方米，两房两厅，总价二十二万元。"

我说："可以呀！叫什么小区？"

赖瑞声说："叫金山绿水，明年五月份交房，你没有正式工作，不能做贷款按揭，要全款购房。"

"哦哦！我身上只有三万元，你那边帮我变现的有多少钱？"我问。

赖瑞声说："高氏纺织变现八万元，我这儿一次性也给你八万元，包括你自己三万元，还差三万元，明年收房装修预算可能还要六万元。"

我紧张一下说："那还有好几万元的缺口。"

赖瑞声安慰地说："没事，你不用紧张，我来想办法，房子先订下来。"

我"嗯嗯"两声说："你先不要订，我明天打电话给你再说。"我怕钱不够闹笑话，我是很早就想在福州买房子，哪怕偏一点也行，金山是属于二环以外，所以房价在两千元到三千元之间，还要看区域和楼层。

我与赖瑞声的对话，程家安静静地听，当我把手机通话按钮关上之时，程家安突然说："刀力，我帮你垫八万元，你明天大胆地把房子定下来。"

我一阵脸红，不知道是感动还是羞愧，一种说不出的情愫涌上心头。

四

窗外的夜色苍茫，五颜六色的灯光混杂交错，霓虹灯像闪电般使夜空充满了动感，而且色彩斑斓。咖啡馆内柔和的灯光，伴随着轻音乐，在阵阵咖啡飘香的空气里回旋。时针正指着十点，我说："夜生活才刚刚开始呢，你不会太迟了吧！"

程家安手上还是拿着笔，随时落笔记录，他说："不迟，我要听完你对西江月的想法，哪怕通宵达旦，只要咖啡馆不打烊。"

我点了点头，把手机关机，免得受电话干扰，端起桌面上的咖啡杯子，喝了一口咖啡，用牙签扎一块水果送到嘴里，然后徐徐地将我对西江月的规划和展望向程家安和盘托出。

西江月，一条由北而南的江，流入大海。一座七门闸隔开了江与海的接触。利用这条江，从东而西，越过西江，形成一条历史古街。将福州的三坊七巷、上下杭、烟台山三座不同历史风貌的古建筑复制到西江月来，也就是将传统文化、经贸商埠、教堂领事馆移植在西江月大地之上。在复制与移植中进行改良，复制重要的建筑物，移植标志性的文化符号。

以三坊七巷的南后街为起点，穿过两旁矗立的乌塔与白塔，再现茶亭街的古风旧事，连贯八十年代的中亭街，拐过上下杭，将上杭与下杭的主要街区、古巷、旧铺重新激活。然后通过台江码头，经过解放大桥，来到烟台山，再现山上的烽火台、领事馆、教堂、邮局等异国风情。以西江月为轴线，江的东西两岸架一座大桥，仿模万寿桥的原貌，江的西边小山丘上建一座烟台山，山上复制原有的风貌，沿着小山丘周围建现代时尚民宿、酒吧、咖啡馆、品茗室。还有一座电影院，每天都播放着烟台山的传奇故事。而江的东岸，也就是万寿桥头建一座红砖灰瓦的青年会教堂，将福州的百年青年会的宗教文明激活，然后成立一所融"闽都文化"为内容的书院。这是一种玄幻的建造，又是一种穿越的构想。

以八十年代初期的时间与时空为背景，在西江月的东岸开辟一条新的中亭街，在人流车流的交错中，街的两旁店铺林立，卖着各种杂货，吃的穿的用的玩的样样都有，充满着人间烟火气。街区中主要体现几种地方的手艺、非遗、老字号、名小吃等土特产、传统工艺的风貌与风味。比如在新的中亭街有草药摊、膏药摊、接骨技术等一系列中医名师，有福州的美且有糕点、耳聋伯元宵与花生汤，长乐的冰饭与鱼丸，漳港的海鲜与海蚌。还有长乐的炒肉糕、光饼与春卷，长乐的海蛎饼与马耳，长乐的清茉莉与杠面，长乐的九层粿与芋粿。有数不清的小吃在新中亭街呈现，营造着火与香的浓度，味与色的清欢。让新中亭街有了人气、旺气和人间烟火气。

进入上下杭，在金厝边银乡里当中，编织一场双杭绮梦。让上下杭的街区回归民国时光，再现当年的会馆、商铺、埠头、弄堂、书斋。三捷河上的泛舟，河旁的吟诗作对，盘答唱戏。美人靠边上的说书人，复古院落里的评话，临时搭台上的呎唱[①]。勾勒着白墙灰瓦的深巷意境，让人步入其中，犹如梦回千年。在保持上下杭重要原貌的同时，融入现代吃喝玩乐的元素，以古今中外相结合，呈现出崭新的一座双杭记忆。

走出上下杭，直接进入茶亭街，仍然以七十年代的茶亭街为模型，开辟一条原汁原味的新茶亭街，街不需大，有杂货摊就行，街也无须长，一步一个景就行。从洋头口连接南门头，茶亭街上有箍桶匠、补锅工、磨刀店、剪刀铺、煤油灯摊，还有缝纫店、软木画根雕店、画像店等三十六行当中茶亭街占了一半。还有传统的鼎边糊、拌面、扁肉、捞化、拌粉干、芋泥、八宝饭。再融入长乐和平街的元素，长乐河下农贸市场的土特产和长乐风味，将新的茶亭街打造成八闽地方吃喝玩乐的古街。在茶亭街出口处南门头种上一棵大榕树，前方左右两边建两座乌塔和白塔。然后开街进澳门路，到达三坊七巷。

一片三坊七巷，半部中国近代史。复制这座有坊巷活化石之称的古建筑，需要巧夺天工的工匠精神。复制这座三坊七巷到长乐的西江月，主要的理念让三坊七巷铺开历史文化的画卷，以文化渲染三坊七巷的时空，把隐藏在三坊七巷深院里的真面目重现江湖，让游客身临其中，领略三坊七巷的文化底蕴和历史风貌。三坊七巷与上下杭不同，它以文化为背景，在复制中要有水街、商铺、坊巷、新街、旧景。水街就是把原来的南后街改良成水街，两旁装上美人靠，中间是一条河，直通双抛桥。水街两边是店铺，前店后坊。引入福州传统文化产品和老字号美食产品、平价百货、品牌餐饮等。几座拱桥跨越两街，游客可以自由穿梭。河可以承载历史，桥则是文化的记忆。将桥和水结合，

---

① 呎唱是福州地方戏的一种，用福州话唱戏。

建造成临水功能建筑，有码头、有戏台、有走廊、有水榭。

在一条南后街的水街两旁展现三坊与七巷主要场景，三坊里的衣锦坊是衣锦返乡，荣归故里之意。因进士王益详退归故里而得名，还有明代郎御史林廷玉、清嘉庆进士郑鹏程等旧居与住宅。衣锦坊里有水榭戏台。文儒坊里有享誉全国的进士之家。光禄坊的法祥院，光禄吟台。文儒坊则有明代抗倭名将张经，清代名将福建提督、台湾总兵甘国宝居住在此，成为五代都中进士之家。光禄坊则是辛亥黄花岗起义烈士林觉民殉难于广州之后，他的家人曾避难栖身此巷之内。

而七巷则展示历史名人，杨桥巷主要体现林觉民烈士和冰心女作家故居的平生事迹。郎官巷呈现了中国近代启蒙思想家、翻译家严复故居以及宋代的刘涛居此，其子孙数世皆为郎官，让郎官巷有了文化的解读。塔巷是明代孝子高惟一立元旌孝坊，又是闽王王审知部属琅玡安远使募缘建造的木塔而得名。黄巷顾名思义是黄氏家族居住在此，有黄楼史料记载黄家子孙多达百余人。故闽中有"陈林半天下，黄郑排满街"之说。安民巷则是唐代农民起义军黄巢入闽时到此巷告示安民，后又是新四军驻闽办事处，有安民宜居之意。宫巷主要体现清代古建筑艺术，因巷中紫极宫而得名，也是沈葆桢、林聪彝、刘冠雄的近代名人故居。吉庇巷则是有急避巷之意，又有吉祥如意之意。曾是宋代郑性之中状元衣锦还乡时，那些以前他落魄时凌辱过他的人，自感愧疚而急避此巷。

三坊与七巷，以取之精华再现于西江月的整个构想的板块之中，让五湖四海的游客在有限的时空里领略三坊七巷的风采。使西江月有了历史厚重感和深邃的文化底蕴。

在三坊七巷里，有无数的三进、五进的院落，以仿古的木结构为主要元素，招商入驻有闽都特色的从吃到穿、从玩到看、从听到演、从用到换等各种百货杂摊传统名小吃、名穿戴、名用具。名玩具、名剧种、名看点、名听唱。同时融入现代的文创产品、影视作品、动漫产品、书画艺术品、寿山石雕精品、民间工艺品、手工非遗产品。形成集文旅、康养、休闲、娱乐、度假、婚庆、会议、赛事、会展、研学、购物、拍卖、取景等于一体的综合体。让每一个人到此都能找到自己的乐趣，让每一个游客都能体验到西江月不一样的风情。这样的西江月才能聚起人气，才能吸引四面八方的朋友，才能不断地让人不厌其烦地重游。

此外，搭建一座大舞台，叫作"映象西江月"剧场，排演一场从历史到文化、从红色到娱乐、从教育到记忆的场景印象剧。浓缩历史精彩瞬间，再现三坊七巷长乐和平街历史画面，从郑和下西洋到和平街一街二进士，从林则徐的虎门销烟到辛亥年的枪声，从林觉民的《与妻书》到他的黄花岗起义的殉难，从林徽因的建筑遗产到她的《你是人间的四月天》，传承历史经典，传递波澜壮阔的人文典故，在光影乐舞中呈现一场生动、唯美、震撼而又不可复制的中国半个近代史的演艺精品。开辟一条时光隧道，以不忘初心方得始终为向导，用高科技的手段，将光与电的结合，营造一条时光隧道，让人走进这条隧道，感受穿越时光，走进历史的画卷，体验历史风雨变幻的瞬间。同时让游客置身于历史人物活动的进程，领略现代 AR 全息投影技术中，从而渲染着人们的思想，并散发出历史的光芒。开辟一条相亲街，提供给红男绿女们约会、相亲、说媒、订婚、恋爱的街区，建立一所喜娘集中营，倡导红娘婚庆活动，传播正确的婚恋价值观，打造相亲婚恋基地。打造民俗一条街，将福州与长乐的民俗一条街来呈现。让闽派民俗交融，同根同族同心，乡里乡音认祖，古味古色乡愁，使民俗一条街成为寻根问祖的地域文化街，是激活民俗活化石的大本营。成立名家名人工作室，将工作室散布在新三坊七巷之中，引入各个领域的专家学者、领军人物入驻名家名人工作室，以文化自信为引领，孵化闽派文艺精品。

这些内容像一个宏伟的工程，想在这片还依然荒野的西江月土地上诞生，既是一种天方夜谭又是一个异想天开。

我洋洋洒洒地说了两个多小时，其实还只说了一半的内容，时间已经是凌晨一刻，我怕程家安听得消化不良，我也几乎说得口渴眼花身体软。手上还一直拿着笔的程家安一下子说不出所以然，他有点不相信这些话是在我心中形成，从我嘴里说出来。他确实被我的话震撼了，被我的一番构想打蒙了，他望着墙壁上的时钟，又看着咖啡馆只剩下我跟他两个人，面无表情而又一言不发地陷入了沉思。

五

这是我在北京度过的最后一个春节。我想不到在北京一待就是十二年，其实人生没有几个十二年，十二年里周白金对我不薄，也让我赚了钱，还结识了许多个体书商、文化公司老板、出版社编辑和几个颇有名气的作家。来北京时我是在福州义序机场上了飞机，回去时飞机将降落在我的老家长乐国际机场。来北京时还是二十世纪九十年代，而回福州时已是二〇〇〇年之后。时光如此地匆忙，岁月如此地单薄，经不起回眸，也经不起停留。

我从咖啡馆回来时依然处于亢奋状态之中，整个思想被牵引到远在长乐的西江月那片处女地上，一夜未眠，满脑子浮现着西江月的愿景。已不记得程家安是怎么离开咖啡馆的，他那不敢发表任何意见的表情，一时反应不过来的思维，是否沉迷在我的构想中。第二天的早晨，我的手机铃声响了起来，心想一定是程家安打来的电话，我接通以后颇感意外，不是程家安的电话，而是好多年没有见过的同村发小、我的加亲倪水声。

当我听到是倪水声的声音时惊讶地问："你怎么知道我的手机号码啊！"

"你还敢问啊！都不跟我联系。"倪水声用责怪的口气对我说。

"你不是忙于开钢铁厂吗？有听过你投资钢铁搞得很成功，赚了很多钱，祝贺啊兄弟。"倪水声是我从小在一起玩的伙伴，人老实又实干，待人热忱且坦诚。他家是靠腌咸菜发家致富的，家境一直很好，我吃了他家很多咸菜，早餐下饭菜都是倪水声给我的。我们关系一直都很好，当我还在长乐跟朋友一起出去卖蚊帐时，他就开始全国跑，寻找废旧钢铁厂进行重新改造，他说这样投资少，上马快，一年时间就可以投入生产。据说跑了几年也开了钢铁小厂，都不怎么样，不但没赚到钱甚至还亏了钱。我来福州之后偶尔还会联系，在金峰见过几次，都是他请我吃饭，也来福州找我几次，聊了许多他的想法，自从我去了北京之后几乎没有了联系。但是我都能听到他的消息，这几年他投资的钢铁厂都很成功，赚了很多钱。我想不到这个时候，倪水声哪里打听到我的手机号，会给我突然来电。

倪水声在电话那头说："水萍，这几年钢铁市场一直都很好，我也做得有经验了，最近又在河北那边投一个厂，厂子是现成的进行改造，就是引进设备，明年五月份就可以生产出钢。总投资也就三千万元。我留一点份额给你，你看看要投多少？"倪水声是出于友情好意，他看好这个钢铁厂，一定会赚钱，所以他想办法找到我，叫我投资赚钱。其实投资份额有限，很多人抢着投，过了这个村就没有那个店。倪水声知道我财力有限，最多投十来万元而已。

我明白倪水声的意思，他是冲着让我赚钱来的，这倒是机会难得，我咬着牙说："我投十二万元怎么样？"我自己也不知道为什么说十二万元，不说十万元，其实我卡里只有三万元现金。

倪水声说："那就定十二万元，前期先交百分之五十，六万元，到明年三月份再交六万元。水萍放心，这个厂没有风险，而且现在市场很好。"

我说："投你的厂绝对放心啊！你给我银行卡号，我这一两天就转给你。"

倪水声说："不着急，一周内转过来都行。"

我们还聊了杂七杂八的事情，还告诉他我在北京帮文化公司编书赚点稿费，明年准备回福州了。倪水声也告诉我他大部分时间在外面，几个钢铁厂跑来跑去，每年春节也都有回去。我们聊了一个小时，挂断电话后我昏昏沉沉地又睡过去。

当我醒过来时才想着十二万元的钢铁投资款怎么解决？我拿起手机准备给赖瑞声说暂时不买房子了。突然手机响了一声，有一个短信进来，打开一看是程家安的短信："刀力老师，我已在机场准备登机回长乐，你把银行卡号发给我，我到长乐后给你转八万元，房子尽快定下来。关于西江月的事，我听你的总体构思方案。"

我看了几遍程家安的短信，既激动又欣喜若狂。不知道是因为八万元还是西江月的事。我马上把银行卡号发给程家安，这时候我真的需要钱。然后给赖瑞声打电话，告诉他暂时不买房子了。

赖瑞声不解，大声地问："为什么不买了？出了什么事？"

我说："钱不够。"

他说："我来想办法，就差四万元嘛。"

我不敢跟他说钱拿去投资钢铁。我就问："买房子为什么不能贷款呢？贷款为什么还要正式单位？我要咨询一下，争取走贷款按揭，这样钱就够了。"

赖瑞声说他再去落实清楚再决定。我想起了老同学刘水利和凌见星，他们最清楚。我吃完饭就给刘水利打电话，他现在是在金峰与凌见星一起经营着农商合作信用社，盘活了金峰一带民间资本，存款贷款都找农商合作信用社，为大小企业及个人提供资金支持，使民间经济更加活跃。我的电话让刘水利颇为意外，他问："你记起我了老同学。"

"怎么可能忘记呢？只是没联系而已。"我说。

"还在北京吧！什么时候回来？"他问。

"明年吧！我先问一件事，买房子可以贷款吗？"我问。

"可以啊！是你买房子吗？"刘水利睁亮眼睛又说，"在北京混得不错吧！"

"哪比得上你当几年日本鬼子，回来就是一个银行家。贷款买房要什么条件？"我问。

"要提供收入证明。"刘水利说。

"收入证明要去哪儿开？我又没单位。"我说。

"随便找一家单位代开一下，每月要写三千元至五千元收入。"刘水利教我说。

"就是做假的证明？"我问。

"谁说的？有单位盖章都是真的。"刘水利说。

"我明白了，我叫朋友赖瑞声找你办理。"我说。

"知道他，经常来这里，都是报你的大名，也在农商合作信用社贷款，他现在牛，很多工程都是他在做。"刘水利也因为我和赖瑞声成了朋友。我一下子感到买房子的事通过贷款就能成，也不影响我在倪水声那儿投资钢铁的事。一时轻松而愉悦起来，就说："水利，凌见星有在吗，叫他接电话，很久没联系他了。"

刘水利哈哈大笑地说："见星啊！他去年九月份就去上海财经学院进修了，学习两年，明年九月份毕业。"

"哦，去镀金。"我说着又问他，"水利，你现在结婚了没有？"

"离婚了。"刘水利说。

"都没听你说结婚，也没喝过你的喜酒，怎么就离婚了呢。"我不大相信地问。

他不解释却反问："你呢？结婚了没有？"

我说："我们先这样吧！"然后把电话挂断。

我刚放下手机，铃声又响了起来，以为是刘水利不死心又来追问我结婚的事。我拿起手机接通后不耐烦地说："我还没结婚，找不到老婆，行了吧！"

想不到打来电话的不是刘水利，而是电视台的陈若。她说："谁说你找不到老婆？我嫁给你。"

吓我一跳，没看号码，闹了笑话。我问："怎么是你？"

"刀力，我真的想嫁给你。"陈若一本正经地说。

我把她的话当开玩笑，说："我娶不起啊！"

陈若说："我要倒贴啊！"

我无言而对，转移了话题，说："我们谈正事，是不是程家安找你了？"

"你怎么知道？这么厉害？"陈若惊讶地问，然后说，"他一下飞机就约我去勺园一号，刚走我就给你打电话。你的构想是要把福州城复制移植到长乐西江月吗？怎么会有这样的想法？"

我嘻嘻地笑着问："程家安听懂了吗？"

"他不但听懂了，而且认为这是可行的构想，能够落地的方案。说你这是不按常理出牌，以奇制胜，不是每个人都敢有这样的想法。还说他去了一趟北京好像去了另一个星球，说你好像是一个外星人，才有这样非同一般的构想。"我虽然看不到陈若的人，但我感受到她说得眉飞色舞。

我被她吹得飘飘然起来，我说："我的想法不是空中楼阁，也不是海市蜃楼，而是接地气的充满人间烟火气的商业街区、文化景象、娱乐天地、传统旧景、现代景观，一切的构想都基于以人为本，聚集人气、营造旺气、燃烧烟火气。"

"反正是大手笔，程家安叫我说服你早点回来，他找他的哥哥商议筹钱，他亲自根据你的设想做规划设计，准备投资两个亿。"陈若的语气比我还激动。

我静静地听着，若有所思地说："他们有钱，真的做起来了，会成为千古绝唱。"

陈若说："刀力，你的构想很值钱，知道吗？不是每个人都能想得到，你要有商业思维。"

我似懂非懂，停顿一会儿说："我也计划明年回福州了。"

"你春节回来吧！我陪你过春节。"陈若带着恳求的语气说。

我说到时候再说吧！现在还没元旦呢。陈若接着说："不然我元旦去北京找你？"

我一时沉默，不知怎么回答，陈若见状说："就这样定了。"然后直接挂断电话。

我还拿着手机在屋里发呆。

六

程家安已经兴奋了好几天，他从北京回来后就给我转了八万元，然后约了陈若去勺园一号喝咖啡，委托陈若说服男朋友尽快回来，放弃编书工作，投身到西江月这个重大项目中来，并向陈若承诺西江月项目上马之后，聘她为公关部部长和宣传部部长职务，年薪五十万元，而且会给我更高的职务。

程家安离开陈若后就挂了电话给他的哥哥程家全。此时的程家全正从深圳宝安国际机场登机回来。程家安约了哥哥晚上来他家里吃饭，有重要事情商议。程家全见弟弟如此紧张而又激动，猜测应该有什么重要的项目，他不敢怠慢，答应晚上准时到。程家安交代了日本老婆晚上大哥来吃饭，做几盘日本小吃，寿司做主食，做一盘刺身，然后跟她分享了我对西江月的构想，他的老婆惊叹不已，她还建议要有像日本的北海道一样有海的味道，有海风的呢喃，散发着亚热带的风情。程家安对老婆说，日本是海岛，而长乐是沿海地区，西江月不但有海的味道，还有鱼米的芳香，刀力设想的西江月涵盖了园林、河流、水榭、亭阁、科技、田园、商业、文化、人文、古建筑、娱乐等元素，突出了福州闽都文化，将福州的三个核心文化街区、明清古建筑、历史文化、传统风貌融合在一起，通过茶亭街、中亭街、解放大桥，贯穿起三访七巷、上下杭、烟台山三座福州标志性街区和建筑，集中地展示在西江月这片处女地之上。程家安津津有味地跟他老婆分享，自己先沉醉在一片幻想之中。

七点左右，程家全敲响了弟弟的家门，自从程家全离婚之后，一直单身至今，他们两个兄弟在金峰都有房子，是九十年代集资盖的，那时程家安还在日本，金峰的房子都是哥哥为他操办的，包括装修，有一百八十平方米之大。这几年兄弟俩也在长乐市区买了联排小别墅，但是他们大部分时间住在金峰，程家全经常出差，一个人住着一百八的房子，基本不做一日三餐，都在弟弟家吃，程家安的老婆很会照顾单身的大伯，去年请了一个保姆，把家里打理得井井有条。

风尘仆仆的程家全一进屋就对着弟弟问："什么事这么激动？"

"是好事，好事。"程家安说着叫哥哥先坐下喝茶，等下再吃饭。程家安的老婆正忙着做日本料理。

程家安迫不及待地跟他的哥哥详细地介绍了西江月的事，然后提到了在福州勺园一号认识的电视台编导陈若，再由陈若介绍了我的情况。程家全听完之后问："是在漳港那边的地块？是不是在滨海新区红线内？"

"不是，靠近下沙那边，一眼可以看到王母礁，可以与滨海新区连为一片，正是考虑这一片临海又临空的地理位置，加上新区的开发，我们的西江月开发才有了战略意义。而且不是单一地开发房地产盖高楼大厦，也不是简单地建造一个风景区，刀力的超前构想，有接地气的人间烟火味，融入传统文化与时尚娱乐，将历史与现代对接，把人文与民俗结合，形成一个独一无二的商业文化综合体。像刀力所说，让西江月成为城市的牧歌，乡村的不夜城。哥，你听过这样的构想吗？你想象过这样的西江月吗？"程家安几乎激情澎湃地将我对西江月的愿景和设想，演讲般地向程家全报告一遍。

程家全显得很淡定，没有像程家安想象的那样，哥哥应该像发现新大陆一样对西江月兴趣勃勃。他见哥哥沉思不语，就问："怎么了？不感兴趣？"

程家全这时才忽然记起什么，笑着说："我们明天先去看现场。"

程家安激动地站了起来说："这就对了，来，我们先吃饭，肚子饿了。"程家安了解哥哥，能去看现场就认可了这个项目。

在饭桌上，程家安说："哥，可能要投两个亿。"

程家全说："这样宏观的项目，估计还不够，如果项目可行，要分两三期进行，也是为了把控风险，关于投资，我们认投百分之五十，剩下的走民间集资，带动乡村的亲朋好友、父老乡亲，我们长乐人都是这样的规矩。"

"这个听你的，你有这个组织能力，也是最时髦的集资方式：众筹。"程家安说。

"那不至于这样做，像西江月这样的地方，真的能够把你那个刀力的老乡想法变为现实，那是旷世之作，还怕没人投资？"程家全心里有数，西江月不是商业项目，是为长乐缔造一个奇迹，他心里盘算着如何运作，需要一个操盘高手，所以他想得比弟弟更深远一点。但是他的话也点通了程家安。

程家安说："我们明天一早就去看西江月。"

"好啊！"程家全看一下手表，觉得时间差不多了，就离开弟弟的家。

程家安知道哥哥不可能这么早回家，肯定还有应酬，就不留他了。

第二天还下了绵绵细雨，但不影响程家安兄弟的出行。他们看完西江月之后，程家全说："我要先拜访一下漳港镇政府领导，了解一下西江月的规划情况，还要去一趟长乐规划局，了解西江月有没有在政府规划红线内。"

程家安自信地说："不在红线内，漳港那边我有熟人，规划局也有朋友。"

"这不用你考虑，你前期先出一份可行性报告。对了，下午去一趟福州，见见那个我们长乐老乡刀力。"程家全说。

程家安见哥哥办事神速，高兴得很，他不好意思地说："刀力还在北京，他明年就回来了。这样，我们先去福州见刀力的女朋友、电视台编导陈若，是她引荐的，公关能力很强，是个人才，我有考虑今后将她收编过来，"

"可以啊！我们先见她了解一些情况。"程家全看一下手表说。

程家安见状，赶紧掏出手机给陈若打电话，约她下午两点三十分在勺园一号喝咖啡。陈若当然不敢怠慢，心想他们一定是欣赏刀力的构想和方案，不然不会三番五次地从长乐跑福州找她。陈若心想这事若能成，她跟我都一定会发大财。她推掉了其他应酬，中午还去了一趟美容院，洗了头，还做了面膜，然后回家打扮一番直奔勺园一号。

程家安没有告诉陈若带哥哥一起来，所以到达勺园一号后，陈若发现是两个人，赶紧又换了大一点的桌子，心想这个应该是程家安的哥哥，她曾听程家安介绍过，两个兄弟鲜明对比，一个高一个矮，一个儒雅像学者，一个粗犷更像商人。其实程家全更商人，而程家安更有情怀。

三人落座之后，程家安做了互相介绍，他们都提了我的名字，因为西江月因我而起，陈若主动伸手跟程家全握手，程家全一刹那间感到面前这位电视台媒体人让他有点紧张起来，心中甚至泛起某种说不出的冲动，陈若那种媒体人的职业女性，端庄的仪表，随性的打扮，优雅的举止，显示出知性女人的魅力深深地吸引着程家全。

　　女人的敏感让陈若感知到程家全对自己的欣赏，让她一下子倍感自信起来。她主要介绍了我在北京的情况和对西江月构想的初衷和理念，陈若是一个能说会道的媒体人，她所说的初衷和理念并不完全是我的想法，她添加了许多水分，也拔高了我的格局。这也许是她的策略，也可能为了我的面子。最后她告诉程家两个兄弟："程总，我这么推荐刀力，是因为他确实有才华，为人正道，他不但文章写得好，关键在于他敢直面人生，解剖人性，关注社会问题，通过他的文字给人警示的意义，不但是我们媒体的骄傲，更是你们长乐人的品质。在我们心目中，长乐人的创业精神，敢于拼搏的精神一直被外界津津乐道。"

　　程家安听得也挺感动，他笑着说："你的男朋友在你心目中是多么的伟大。"

　　陈若一本正经地说："其实吧！我并不是刀力的女朋友。"

　　程家兄弟同时都愕然起来，程家安问："你开玩笑吧！"

　　"前面是开玩笑，现在没有开玩笑，刀力的女朋友也是你们长乐人，是金峰高氏纺织产业的千金。"陈若说得有板有眼的，让程家兄弟相信了。

　　程家全说："高尚的堂妹，高山近的女儿？"

　　陈若说："应该是叫高敏珠，因为我的原因，他们误会了，高敏珠一气之下去了美国，而刀力为了编书赚钱去了北京。"

　　"原来这样。"程家安好像明白了什么。而陈若继续说："其实刀力一直在等他的女朋友，我曾经想将错就错，做刀力的女朋友，人家把我当哥们呢！嘻嘻。"

　　程家安也嘻嘻地笑了起来，他说："希望我这个老乡能有情人终成眷属。"

程家全一直看着陈若，然后情不自禁地说："陈记者，今晚请你吃饭，赏脸吗？"

还没等陈若回答，程家安抢先说："我可没时间，要马上赶回长乐，今晚还有一个饭局呢。"

陈若笑着说："来福州应该我做东呢，你干吗不推掉长乐的饭局呢？"陈若的讲话艺术在于侧面地答应了程家全的邀请。

此时，程家安站了起来说："下一次我们请你去长乐漳港吃海鲜。今晚让我哥请客。"程家安明白哥哥的心思，他单身这么久，都没有看上，今天看上了陈若，幸好她不是刀力的女朋友。

程家安心情愉悦地离开勺园一号，咖啡馆里留下程家全和陈若，离晚餐尚早，他们继续喝着咖啡……

尾声　长乐与她的日新月异

时间是多么神奇，来去匆匆，又是那样清高，从来不作片刻停留。即使千年的风霜，也在忽然之间，带走所有的欢乐和痛楚。但是，时间也总会沉淀一些东西留了下来，让人刻骨铭心。不管是感动与快乐，不管是遗憾与悲伤，哪怕是不堪回首，时间都会记取一些人和事的点点滴滴，有些人与事让人怀念得念念不忘，也有一些人和事让人寒酸得无法谈起，让时间抹平了一切的不堪与不平。

佰翔假日大酒店的大堂里灯火通明，咖啡喝了一遍又一遍，似曾相识的朋友来了一个又一个。我自己都想不到今年的度假会偶遇陈百歌夫妇，我还以为他们早已长期定居美国，原来他们都在国内，而且跟林芬芳她们还保持着联系，还发生了那么多的事情。

我自己掐指一算，从八十年代离开长乐，去了福州，九十年代离开福州，去了北京，回来时已经是二〇〇〇年之后。这三十年的时光想不到在这座坐落于东海之滨的佰翔假日大酒店里无端地浮现，只因为遇到了故友与旧事。记得那一年，本来计划在北京过完最后一个春节之后，在春暖花开的季节里再回到福州。那次电视台的陈若本来计划元旦来北京看我，我还准备带她去登长城，然后再去圆明园，结果她没有来北京，后来才知道她跟程家全先生一起去香港旅游，我也改变了行程，临时决定不在北京过年，提前回到福州，我从北京带回几只北京烤鸭，去拜访的第一个朋友是党校的方树，他现在升为教授，后来就慢慢没怎么联系了。我在除夕的前一天也去了香港旅游，那年的春节我是在香港度过的。第二年的国庆节陈若跟程家全举行了婚礼，我也在受邀之列。当时我跟程家兄弟毕竟关系密切，特别与程家安成为肝胆朋友。因为我为西江月做了最初的全案构想和策划，后来请了设计专家、策划专家、民俗专家等三易其稿，最后才定稿。

我回来福州后才买了房子，还是金山那边的金山绿水小区，然后忙于装修。平时，我依旧为个体书商编书，但不再为报纸写稿，刀力的笔名渐渐被人淡忘，别人还是习惯叫我倪水萍，只有老朋友或年长一些的熟人才叫我刀力。我投资长乐几个朋友的钢铁厂开始分红，这足以让我过上小康的生活。我本来计划用五年时间走遍世界各地，发现世界各地动荡不安，局部战争时有发生，我就放弃了出国旅游的念头，只在国内自由而行，然后喜欢上度假，在一个地方住上几天，吃当地的小吃，看当地的风景，了解当地的民俗，仅此而已，我称之为行走文化，也是充实的虚度时光。

我还坐在大堂里喝着咖啡，有人来到我面前叫出"倪水萍"的名字，也有人叫出"刀力"的名字，我有时似曾相识，有时一点都没有印象，毕竟人生无法像电影一样可以回放，认不出的人，忘记的事可以重新回放一次，可以记起、重温。一些我叫不出对方的名字，要靠对方自我介绍，才记起是谁，通过他们的表面轮廓，寻找他们当年的模样。这时候，程家兄弟突然出现在我面前，我当然认得程家安和程家全，他们身后还站着陈若，谁不知道他们是西江月的老板呢？程家安激动地来到我身边，拍着我肩膀说："刀力啊，你跑到哪里去了不见人影。"

我赶紧站起来，先冲着他哥哥程家全打个招呼，然后握着程家安的手说："我都在福州啊！只是很少参加各种活动，现在有了微信，在朋友圈就可以了解各种信息。"

"你是一个特立独行的人，我们羡慕啊！"程家安说。

"我是喜欢独自度假的人，可以面壁思过。你看看，陈百歌不但神通广大，而且记忆力特强，他不但认出了我，还招来这么多二十多年没有联系的朋友。"我见陈百歌忙前忙后地招呼认识的和不认识的朋友，顺便给他赞扬几句。

程家安说："听到刀力在佰翔假日大酒店，有谁敢不来？就连我哥跟我嫂子晚上飞往香港的飞机，都改签明天上午十点的航班了。"

这时程家全和陈若也走近我，陈若显得几分拘束，不像在电视台那时的随性而洒脱，现在是阔太太了，听说他们有了一个八岁的女儿，全家已移民香港。程家全握住我的手问："会经常去西江月吗？"

我摇摇头说："不经常，西江月人太多，人气太旺，又是网红打卡点。我是喜欢清静的人。"

"你也要去看一场《印象西江月》的舞台剧啊！看看与你当年构想的主题是否有偏离，你也要去穿越一下'时光隧道'啊！领略一下你当年设想的科幻效果，让人不忘初心。"程家全说着，还没等我回答，他又对弟弟程家安说，"你们是否考虑一下在西江月为倪水萍建立一间'刀力工作室'，不然的话刀力都不来西江月。"

我哈哈大笑起来，说："别别，不用建工作室，我现在已经不工作了，我明天就去西江月玩。走一走仿制的三坊七巷，看一看异地的上下杭，登一登以假乱真的烟台山。"

这时，大堂里聚集着十几个朋友，陈百歌招呼着大家说："我们上楼吧！餐厅在五楼，我们是五〇八包间。"

大家陆续坐电梯上楼，我跟林芬芳、唐诗燕边走边聊，试探地打听高敏珠的情况。这时，背后有人叫我的名字："水萍。"我回头一看一下子就认出是高尚，我叫唐诗燕和林芬芳先上楼，然后也叫着："高尚。"

久别的朋友，曾经情如手足的哥们，多年没有来往的隔阂，多少陌生了许多，客气了许多。高尚紧紧握住我的手说："自从知道你去北京之后，十几年没联系了，你回来多久了，现在怎么样？接到陈百歌的电话，说你在佰翔假日大酒店，我推掉所有的应酬就赶过来了。"高尚说得紧张而又诚恳。

我一直笑着，装着轻松的样子，因为看到高尚就让我想起他的堂妹高敏珠，我说："时间过得真快，一晃眼自己都老了。从北京回来好多年了，一直深居简出，主要在家编书稿，却喜欢上了度假，这次来佰翔假日大酒店就是度假，所以我们久别重逢了。"

高尚点点头，他轻声地问："自己过得怎么样？一家子都好吧！"

我笑了笑说："一个人过挺好，自由又无牵挂，一人饱全家饱。"

高尚握紧了我的手，不知是同情还是安慰，抑或是遗憾，他见我真实的现状后才提起高敏珠的事，他说："高敏珠去美国之后一直没有回来，也一直没有结婚，却去认领了一个孩子。"

我听后眼眶里不禁湿润起来，不敢往下问，高尚见我伤感也不敢再说什么，他指着电梯说："我们上楼吧！"

我们来到五〇八包间，里面已经高朋满座，一张能坐二十个人的大桌，桌面上圆形玻璃上摆放着各种风味冷盘小碟，缓慢旋转着。已经落座的有十五个人了，他们见我和高尚一起进来，他们都站了起来，喊着我的名字："倪水萍。"也有人叫着"刀力。"

我深为感动，知道他们今晚都是为我而来，我浏览一遍在座的朋友，最多只认出一半。他们都曾经跟我做过生意，一起玩耍过。他们是我在长乐时一起成长的见证，见证了长乐每一个时期的变化与发展。从走私到走私的湮没，从偷渡到偷渡的塌陷，从钢铁到钢铁的大发展，从纺织到纺织的产业化，从飞机在长乐起飞到滨海新区在长乐落地，从长乐撤县设市到长乐撤市设区，从长乐高速公路纵横交错到第一条通往长乐的地铁开通。这一帧帧突飞猛进的画面都在我们在座的朋友们眼皮底下呈现，他们既是见证者，也是参与者，因为他们当中大部分都是企业家、投资者、建设者，他们在长乐都有自己的产业。我既为他们成功而自豪，也为他们的勇敢拼搏而敬佩，更为他们今晚的热情而感动。

这时，陈百歌提高了讲话音量说："大家都认得倪水萍，但倪水萍不一定都认得大家，毕竟二三十年了。我要先介绍一下。"

我说："对、对，我有的认得人叫不上名字，有的记得住名字对不上人。"

陈百歌一个一个地点着名字："杨之为、卓平原、林芬芳、唐诗燕、李烟茵、池荷艳、潘雨映、何长湖、凌见星、赖瑞声、董石和、魏长海、高尚、陈宝山、倪水声、刘水利、程家安、程家全、陈若。"陈百歌念到名字，他们都站了起来。我点了点头，以笑意相敬。陈百歌还说，"有的朋友出国在国外，比如黄海浪、池也水等朋友。"

我说："我知道他们，听说在阿根廷开超市。"

陈百歌说："让倪水萍跟我们说几句话，大家鼓掌。"

我在鼓掌声中站了起来，说："感谢大家的热情，祝贺长乐的变化，为此，我为大家朗读一首刚刚写好的诗句，来表达我对长乐及长乐朋友的感情。"

我说着，拿起手机，对着手机屏幕朗读起来。

长乐 我的故乡

在浩瀚大海上，海鸥在飞翔

那是你东海之滨的腹地

沙滩、沙园还有木麻黄

在蓝天白云下，飞机在翱翔

那是你繁忙的国际机场

跑道、机位还有航站楼

你是海上丝绸之路的大门户

你是一百多条航线的枢纽地

一座拔地而起的滨海新城

是你日新月异的蜕变典范

酒店、住宅还有商务区

一条通海的湖是东湖小镇

是你数字里的网红打卡地

帆船、冰饭还有王母礁

你是福州城市的副中心

你是向海而生的新明珠

十八个乡镇各有各的风采
你织布我炼铁还有做养殖
鱼丸、杠面还有麦芽糖
一座座美丽乡村映衬呼应
那是你田园风光的宜居地
侨乡、渔镇还有龙舟赛
你的足迹布满四面八方
你念家情结又归心似箭

海风是否吹走你的疲惫
江河是否洗刷你的灰尘
时光给你积淀厚重的历史
时代赋予你由县蜕变成区

和平街是你挖掘古城入口处
琴江满族里仿佛传来了琴声
金钢腿下是谁下水走向远海
猴屿山石岩难道是猴的化石

长乐　我的故乡
探索你的神奇之旅
化作今日的梦之境
长乐　我的故乡
领略你的别样风情
化作你我当成故乡

　　服务员在陆续地上菜，酒杯已倒满红酒，大家热烈鼓掌，说："好诗，这是倪水萍给我们最好的礼物。"有人提议要建个微信群，以后好联系，定期举办活动。程家安说他准备在西江月举办一场"印象西江月嘉年华"，请在座的朋友光临做嘉宾。也有人建议陈百歌当群主，名称叫"长乐帮"，有人说这个群名不好听，要换一个。陈百歌叫我起一个群名。

我脱口而出："长乐未央"。

大家一致认为"长乐未央"做群名好，寓意为欢乐无限期。

大家拿起酒杯，在欢乐声中一饮而尽……

（完）

图书在版编目（CIP）数据

长乐未央 / 李玉平著 . -- 北京：中国文史出版社，
2024.11. --（实力榜·中国当代作家长篇小说文库）.
ISBN 978-7-5205-4816-8

Ⅰ. I247.5

中国国家版本馆 CIP 数据核字第 2024VF8274 号

福建省文联、福建省作协、福建省文学院
"新时代福建山乡巨变"福建本土重点题材原创长篇小说签约作品扶持项目

责任编辑：全秋生

出版发行：中国文史出版社
地　　址：北京市海淀区西八里庄路 69 号　　　邮编：100142
电　　话：010-81136602　81136603　81136606（发行部）
传　　真：010-81136655
印　　装：廊坊市海涛印刷有限公司
经　　销：全国新华书店
开　　本：710 毫米×1010 毫米　　1/16
印　　张：23.5
字　　数：360 千字
版　　次：2025 年 1 月北京第 1 版
印　　次：2025 年 1 月第 1 次印刷
定　　价：68.00 元